本书列入

2017年国家社会科学基金重大委托项目

"十三五"国家重点图书出版规划项目

中华传统文化百部经典

柳宗元集（节选）

柳宗元 著

尹占华 解读

国家图书馆出版社

图书在版编目（CIP）数据

柳宗元集：节选／（唐）柳宗元著；尹占华解读 . —
北京：国家图书馆出版社，2020.12（2025.8 重印）
（中华传统文化百部经典 ／ 袁行霈主编）
ISBN 978-7-5013-6976-8

Ⅰ . ①柳… Ⅱ . ①柳… ②尹… Ⅲ . ①唐诗－诗集 ②古
典散文－散文集－中国－唐代 Ⅳ . ① I214.232

中国版本图书馆 CIP 数据核字 (2020) 第 017884 号

国家图书馆出版社官方微信

书　　名	柳宗元集（节选）
著　　者	（唐）柳宗元 著　尹占华 解读
责任编辑	于春媚
重印编辑	王亚宏
特约编辑	任文京
封面设计	敬人设计工作室

出版发行	国家图书馆出版社（北京市西城区文津街 7 号　100034）
	010-66114536　63802249　nlcpress@nlc.cn（邮购）
网　　址	http://www.nlcpress.com
印　　装	北京科信印刷有限公司
版次印次	2020 年 12 月第 1 版　2025 年 8 月第 2 次印刷

开　　本	710×1000　1/16
印　　张	26.5
字　　数	297 千字
书　　号	ISBN 978-7-5013-6976-8
定　　价	81.00 元（精装）

中华传统文化百部经典

顾 问

饶宗颐	冯其庸	叶嘉莹	章开沅	张岂之
刘家和	乌丙安	程毅中	陈先达	汝信
李学勤	钱逊	王蒙	楼宇烈	陈鼓应
董光璧	王宁	李致忠	杜维明	

编委会

主任委员

袁行霈

副主任委员

韩永进　　饶权

编委

瞿林东	许逸民	陈祖武	郭齐勇	田青
陈来	洪修平	王能宪	万俊人	廖可斌
张志清	梁涛	李四龙		

编纂缘起

文化是民族的血脉，是人民的精神家园。党的十八大以来，围绕传承发展中华优秀传统文化，习近平总书记发表了一系列重要讲话，深刻揭示出中华优秀传统文化的地位和作用，梳理概括了中华优秀传统文化的历史源流、思想精神和鲜明特质，集中阐明了我们党对待传统文化的立场态度，这是中华民族继往开来、实现伟大复兴的重要文化方略。2017 年初，中共中央办公厅、国务院办公厅印发《关于实施中华优秀传统文化传承发展工程的意见》，从国家战略层面对中华优秀传统文化传承发展工作作出部署。

我国古代留下浩如烟海的典籍，其中的精华是培育民族精神和时代精神的文化基础。激活经典，熔古铸今，是增强文化自觉和文化自信的重要途径。多年来，学术界潜心研究，钩沉发覆、辨伪存真、提炼精华，做了许多有益工作。编纂《中华传统文化百部经典》（简称《百部经典》），就是在汲取已有成果基础上，力求编出一套兼具思想性、学术性和大众性的读本，使之成为广泛认同、传之久远的范本。《百部经典》所选图书上起先秦，下至辛亥革命，包括哲学、文学、历史、艺术、科技等领域的重要典籍。萃取其精华，加以解读，旨在搭建传统典籍与大众之间的桥梁，激活中华优秀传统文化，用优秀传统文化滋养当代中国人的精神世界，提振当代中国人的文化自信。

这套书采取导读、原典、注释、点评相结合的编纂体例，寻求优秀传统文化与社会主义核心价值观之间的深度契合点；以当代眼光审视和解读古代典籍，启发读者从中汲取古人的智慧和历史的经验，借以育人、资政，更好地为今人所取、为今人所用；力求深入浅出、明白晓畅地介绍古代经典，让优秀传统文化贴近现实生活，融入课堂教育，走进人们心中，最大限度地发挥以文化人的作用。

《百部经典》的编纂是一项重大文化工程。在中宣部等部门的指导和大力支持下，国家图书馆做了大量组织工作，得到学术界的积极响应和参与。由专家组成的编纂委员会，职责是作出总体规划，选定书目，制订体例，掌握进度；并延请德高望重的大家耆宿担当顾问，聘请对各书有深入研究的学者承担注释和解读，邀请相关领域的知名专家负责审订。先后约有 500 位专家参与工作。在此，向他们表示由衷的谢意。

书中疏漏不当之处，诚请读者批评指正。

2017 年 9 月 21 日

凡　例

一、《中华传统文化百部经典》的选书范围，上起先秦，下迄辛亥革命。选择在哲学、文学、历史、艺术、科技等各个领域具有重大思想价值、社会价值、历史价值和学术价值的一百部经典著作。

二、对于入选典籍，视具体情况确定节选或全录，并慎重选择底本。

三、对每部典籍，均设"导读""注释""点评"三个栏目加以诠释。导读居一书之首，主要介绍作者生平、成书过程、主要内容、历史地位、时代价值等，行文力求准确平实。注释部分解释字词、注明难字读音，串讲句子大意，务求简明扼要。点评包括篇末评和旁批两种形式。篇末评撮述原典要旨，标以"点评"，旁批萃取思想精华，印于书页一侧，力求要言不烦，雅俗共赏。

四、原文中的古今字、假借字一般不做改动，唯对异体字根据现行标准做适当转换。

五、每书附入相关善本书影，以期展现典籍的历史形态。

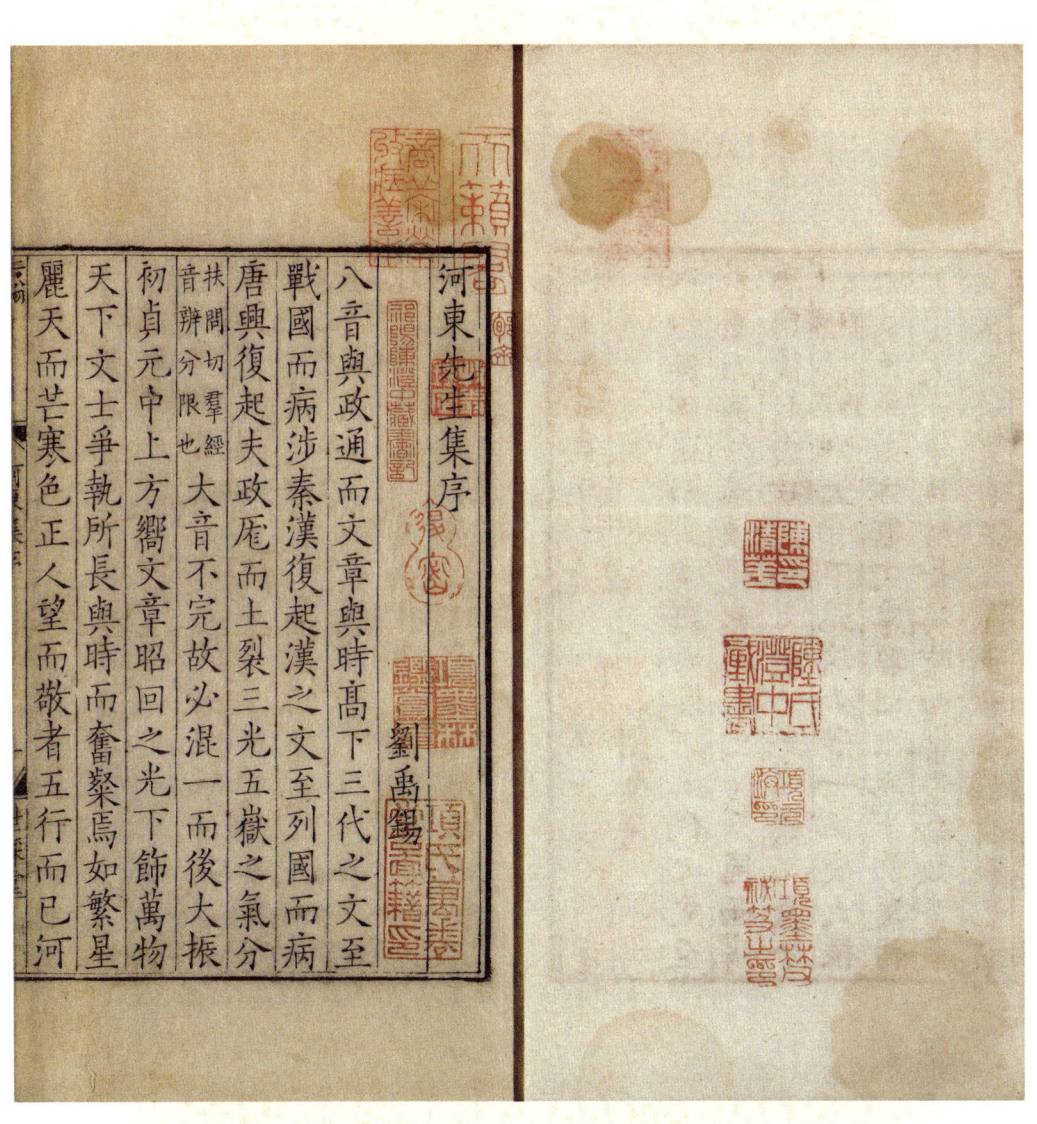

河東先生集序

八音與政通而文章與時高下三代之文至
戰國而病涉秦漢復起漢之文至列國而病
唐興復起夫政厖而土裂三光五嶽之氣分
音辨分限也
扶間切羣經
大音不完故必混一而後大振
初貞元中上方嚮文章昭回之光下飾萬物
天下文士爭執所長與時而奮粲焉如繁星
麗天而芒寒色正人望而敬者五行而已河

劉禹錫

河東先生集四十五卷外集二卷　（唐）柳宗元撰　（宋）廖瑩中校正
宋咸淳廖瑩中世綵堂刻本　國家圖書館藏

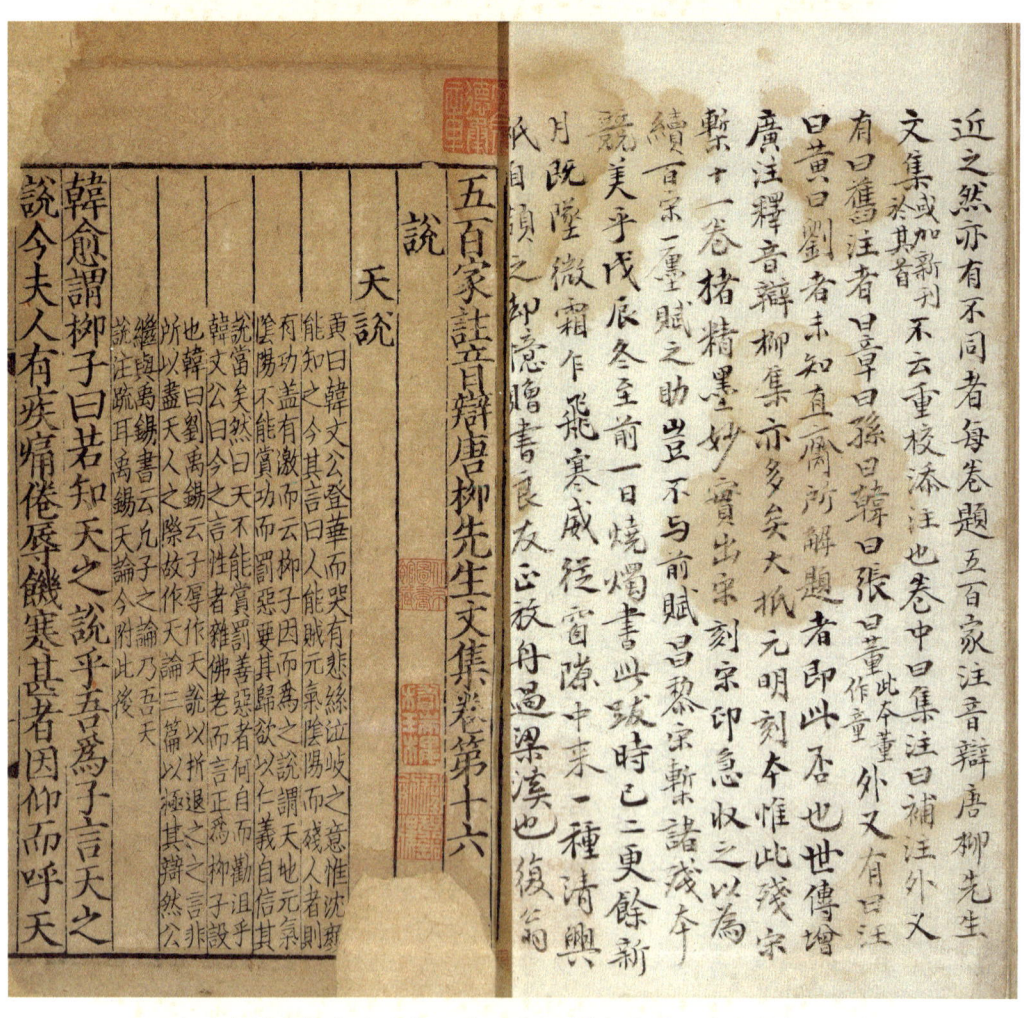

近之然亦有不同者每卷題五百家注音辯唐柳先生
文集或加其首不云重校添注也卷中曰集注曰補注外又
有曰舊注者廿二曰孫曰韓曰張曰董作童外又曰汪
曰黃曰劉者未知直一腐所解題者即此否也世傳增
廣注釋音辯柳集亦多矣大抵元明刻今惟此殘宗
擊十一卷猪精墨妙實出宗刻宗印急收之以為
續百宗一墨賦之助豈不與前賦昌黎宗斬諸戏本
競美乎戊辰冬至前一日燒燭書興誠時已二更餘新
月既墜微霜成徑窗際中來一種清興
紙固頹之卻意贈書良友正按舟過梁溪也　復公翁

五百家註音辯唐柳先生文集卷第十六

說

天說

黃曰韓文公登華而哭有悲絲泣岐之意惟沈
能知之今其言曰以能賊元氣陰陽者則
有功蓋有激而云柳子因而為之說謂天地元氣
陰陽不能賞功而罰惡何為柳子厚作
就當日天之言非能賞罰天亦以折退之
韓曰劉禹錫云天人之際故作天論二篇以
也所以盡天人之際故作天論乃吾天
繼與疏耳禹錫書云天論今附此後
說注疏耳禹錫天論乃吾天之辯然公

韓愈謂柳子曰若知天之說乎吾為子言天之
說今夫人有疾痛倦辱饑寒甚者因仰而呼天

五百家注音辯唐柳先生文集四十五卷　（唐）柳宗元撰　（宋）童宗说
（宋）韩醇等注释　（宋）魏仲举辑　宋刻本　国家图书馆藏

目　录

导　读

一 ……………………………………………………（ 1 ）

二 ……………………………………………………（ 4 ）

三 ……………………………………………………（ 9 ）

四 ……………………………………………………（ 15 ）

五 ……………………………………………………（ 19 ）

赋

牛赋 …………………………………………………（ 23 ）

梦归赋 ………………………………………………（ 25 ）

囚山赋 ………………………………………………（ 29 ）

文

封建论 ………………………………………………（ 33 ）

守道论 ………………………………………………（ 48 ）

驳复雠议 ………………………………………………（ 52 ）

桐叶封弟辩 ………………………………………………（ 59 ）

《论语》辩二篇 …………………………………………（ 62 ）

　上篇 ……………………………………………………（ 62 ）

　下篇 ……………………………………………………（ 64 ）

箕子碑 ……………………………………………………（ 67 ）

段太尉逸事状 ……………………………………………（ 72 ）

故御史周君碣 ……………………………………………（ 81 ）

亡友故秘书省校书郎独孤君墓碣 ………………………（ 84 ）

覃季子墓铭 ………………………………………………（ 89 ）

愚溪对 ……………………………………………………（ 92 ）

起废答 ……………………………………………………（ 99 ）

天说 ………………………………………………………（105）

捕蛇者说 …………………………………………………（109）

罴说 ………………………………………………………（113）

种树郭橐驼传 ……………………………………………（114）

童区寄传 …………………………………………………（118）

李赤传 ……………………………………………………（122）

蝜蝂传 ……………………………………………………（126）

骂尸虫文并序 ……………………………………………（127）

哀溺文并序 ………………………………………………（132）

吊屈原文 …………………………………………………（136）

伊尹五就桀赞并序 ………………………………………（141）

敌戒 ………………………………………………………（145）

三戒并序 ………………………………………………（147）

　　临江之麋 …………………………………………（148）

　　黔之驴 ……………………………………………（149）

　　永某氏之鼠 ………………………………………（150）

井铭并序 ………………………………………………（151）

鞭贾 ……………………………………………………（153）

读韩愈所著《毛颖传》后题 …………………………（156）

杨评事文集后序 ………………………………………（161）

送宁国范明府诗序 ……………………………………（165）

送薛存义序 ……………………………………………（169）

送诗人廖有方序 ………………………………………（171）

送贾山人南游序 ………………………………………（174）

送僧浩初序 ……………………………………………（177）

武功县丞厅壁记 ………………………………………（183）

永州铁炉步志 …………………………………………（187）

始得西山宴游记 ………………………………………（190）

钴鉧潭记 ………………………………………………（193）

钴鉧潭西小丘记 ………………………………………（195）

至小丘西小石潭记 ……………………………………（198）

袁家渴记 ………………………………………………（201）

石渠记 …………………………………………………（204）

石涧记 …………………………………………………（206）

小石城山记 ……………………………………………（208）

柳州东亭记 ……………………………………………（211）

柳州山水近治可游者记 ……………………………（213）

与李翰林建书 ………………………………………（219）

与韩愈论史官书 ……………………………………（226）

与吕道州温论《非国语》书 ………………………（233）

答友人求文章书 ……………………………………（238）

答元饶州论政理书 …………………………………（243）

贺进士王参元失火书 ………………………………（250）

答韦中立论师道书 …………………………………（255）

为南承嗣上中书门下乞两河效用状 ………………（264）

祭弟宗直文 …………………………………………（268）

非国语（六十七篇选四）…………………………（272）

　　三川震 ………………………………………（272）

　　卜 ……………………………………………（275）

　　命官 …………………………………………（277）

　　戮仆 …………………………………………（278）

诗

四言 ………………………………………………（281）

　　贞符并序 ……………………………………（281）

古体 ………………………………………………（301）

初秋夜坐赠吴武陵 …………………………………（301）

晨诣超师院读禅经 …………………………………（303）

零陵赠李卿元侍御简吴武陵 ………………………（304）

界围岩水帘 …………………………………………（306）

再至界围岩水帘遂宿岩下 …………………………………（308）

湘口馆潇湘二水所会 ……………………………………（310）

登蒲洲石矶望横江口潭岛深迥斜对香零山 …………（311）

南涧中题 ……………………………………………………（313）

与崔策登西山 ………………………………………………（315）

夏夜苦热登西楼 ……………………………………………（317）

独觉 …………………………………………………………（319）

首春逢耕者 …………………………………………………（320）

溪居 …………………………………………………………（321）

夏初雨后寻愚溪 ……………………………………………（322）

郊居岁暮 ……………………………………………………（323）

秋晓行南谷经荒村 …………………………………………（324）

雨后晓行独至愚溪北池 ……………………………………（325）

中夜起望西园值月上 ………………………………………（326）

法华寺西亭夜饮赋得酒字 …………………………………（327）

茆檐下始栽竹 ………………………………………………（328）

戏题阶前芍药 ………………………………………………（331）

自衡阳移桂十余本植零陵所住精舍 ………………………（332）

早梅 …………………………………………………………（334）

田家三首 ……………………………………………………（335）

　　其一 ……………………………………………………（335）

　　其二 ……………………………………………………（336）

　　其三 ……………………………………………………（338）

饮酒 …………………………………………………………（339）

读书 ……………………………………………………………（341）

掩役夫张进骸 ………………………………………………（343）

冉溪 ……………………………………………………………（345）

戏题石门长老东轩 …………………………………………（346）

行路难三首 …………………………………………………（348）

其一 ………………………………………………………（348）

其二 ………………………………………………………（350）

其三 ………………………………………………………（352）

放鹧鸪词 ……………………………………………………（353）

闻黄鹂 ………………………………………………………（355）

杨白花 ………………………………………………………（357）

渔翁 …………………………………………………………（359）

律诗 …………………………………………………………（361）

朗州窦常员外寄刘二十八诗见促行骑走笔酬赠 …………（361）

北还登汉阳北原题临川驿 …………………………………（363）

旦携谢山人至愚池 …………………………………………（364）

新植海石榴 …………………………………………………（365）

梅雨 …………………………………………………………（366）

南省转牒欲具江国图令尽通风俗故事 ……………………（368）

同刘二十八哭吕衡州兼寄江陵李元二侍御 ………………（369）

衡阳与梦得分路赠别 ………………………………………（371）

登柳州城楼寄漳汀封连四州 ………………………………（373）

得卢衡州书因以诗寄 ………………………………………（374）

岭南江行 ……………………………………………………（376）

别舍弟宗一 ……………………………………………（378）

柳州城西北隅种甘树 …………………………………（379）

从崔中丞过卢少府郊居 ………………………………（380）

绝句 …………………………………………………………（382）

桂州北望秦驿手开竹径至钓矶留待徐容州 …………（382）

登柳州峨山 ……………………………………………（383）

入黄溪闻猿 ……………………………………………（384）

江雪 ……………………………………………………（385）

春怀故园 ………………………………………………（386）

与浩初上人同看山寄京华亲故 ………………………（387）

过衡山见新花开却寄弟 ………………………………（388）

离觞不醉至驿却寄相送诸公 …………………………（389）

诏追赴都二月至灞亭上 ………………………………（390）

重别梦得 ………………………………………………（391）

柳州二月榕叶落尽偶题 ………………………………（392）

段九秀才处见亡友吕衡州书迹 ………………………（393）

柳州寄京中亲故 ………………………………………（394）

种木槲花 ………………………………………………（395）

酬曹侍御过象县见寄 …………………………………（396）

夏昼偶作 ………………………………………………（397）

雨晴至江渡 ……………………………………………（398）

主要参考文献 ………………………………………………（399）

导 读

　　柳宗元是唐代著名的思想家、文学家，其思想及创作成就涉及政治、哲学、文学诸方面。柳宗元以其文名列"唐宋八大家"，其诗也是唐诗中重要流派（王孟韦柳）的代表。关于柳宗元的生平、思想以及文学创作的研究，目前学术界已取得许多重要的成果，今作综述如下。

一

　　柳宗元，字子厚，祖籍河东（今山西永济）。父柳镇，曾佐郭子仪军于朔方，位终侍御史。

　　柳宗元于代宗大历八年（773）生于长安，柳家在长安有房产，在郊外也买有地作归葬之所。其《送贾山人南游序》说"吾长京师三十三年"，可知在谪永州之前，除短期至鄂岳、江西及北游邠宁外，一直在长安度过。德宗贞元五年（789），柳宗元初应进士试，未第，即《与杨诲之第二书》所说"吾年十七,求进士,四年乃得举"。至贞元九年(793),方登进士第,是年二十一岁。同年及第者尚有刘禹锡、幸南容、卫中行等。柳宗元与刘禹锡结为知己,即始于此年。贞元十一年(795),柳宗元试博学宏词未第,十二年(796)方登博学宏词科。贞元十四年(798)得授集贤殿正字,即《与杨诲之第二书》所说"二十四求博学宏词科,二年乃得仕";韩愈《柳子厚墓志铭》亦说"其后以博学宏词授集贤殿正字"。贞元十七年(801)为蓝田尉。《与杨诲之第二书》说"及为蓝田尉,留府庭",可见并未到蓝田任县尉之职,实际上是被留在京兆府从事文字工作。

贞元十九年(803),柳宗元擢任监察御史里行,与韩愈、刘禹锡同官,是柳宗元正式仕进的开始。二十一年(805)正月,顺宗即位,重用王叔文、王伾等人,实行政治革新,柳宗元被提拔为礼部员外郎。《旧唐书·柳宗元传》:"顺宗即位,王叔文、韦执谊用事,尤奇待宗元。与监察吕温密引禁中,与之图事。转尚书礼部员外郎。"王叔文柄政凡五六个月,其间颇多善政,如禁宫市、罢横暴闾里之五坊小儿、出掖庭教坊女乐归其亲族、诏追前遭贬谪的正直官员忠州刺史陆贽、郴州别驾郑馀庆、杭州刺史韩皋、道州刺史阳城赴京师,史称"永贞革新"。然王叔文的改革措施触动了宦官的利益,至欲夺宦官兵柄,尤为后者所不容。时顺宗因风疾不能言,八月,在宦官的挟制下,顺宗内禅,太子李纯即位,是为宪宗,改元元和。因为王叔文曾不支持顺宗立太子,故被先为太子、后为皇帝的唐宪宗恨之入骨,一即位王叔文、王伾("二王")即被贬,王叔文更是于次年被赐死。九月,柳宗元因交结王叔文故,被贬为邵州刺史,道中再贬永州司马。同贬者有韩泰、韩晔、刘禹锡、陈谏、凌准、程异,加上先贬者韦执谊,即所谓"八司马"。关于柳宗元交结王叔文之事,还是范仲淹说得最为公正,《述梦诗序》说:

　　刘（禹锡）与柳宗元、吕温数人，坐王叔文党，贬废不用。览数君子之作，而礼意精密，涉道非浅，如叔文狂甚，义必不交。叔文以艺进东宫，人望素轻，然传称知书，好论理道，为太子所信。顺宗即位，遂见用，引禹锡等决事禁中，及议罢中人兵权，牾俱文珍辈，又绝韦皋私请，欲斩刘辟，其意非忠乎？皋衔之，会顺宗病笃，皋揣太子意，请监国，而诛叔文，宪宗纳皋之谋而行内禅，故当朝左右谓之党人者，岂复见雪？《唐书》芜驳，因其成败而书之，无所裁正。孟子曰：“尽信《书》，不如无《书》。”吾闻夫子褒贬，不以一疵而废人之业也。（《范文正公集》卷六）

　　柳宗元居永州十年，正式官职是“永州司马员外置同正员”，即非理事之官，但品阶俸禄与正员相同。由于闲暇无事，加之心情抑郁，于是以大量精力从事写作，柳集中百分之八十以上的作品即作于此一时期，这是他创作成就最为辉煌的时期。除以多种形式的诗文抒发愤懑之情、讽刺丑恶现象外，又有思想的审思、学术的研究，也有人事交游与代人之作。他“闷即出游”，遂游遍永州周围的山水，写下了很多游记文，将此类文章的艺术性推到一个前所未有的高度。诚如韩愈《柳子厚墓志铭》所说：“然子厚斥不久，穷不极，虽有出于人，其文学辞章，必不能自力以致必传于后如今，无疑也。”

　　宪宗元和十年（815）正月，柳宗元奉诏回京[①]。三月，又出为柳州刺史。《资治通鉴》卷二三九唐宪宗元和十年：“王叔文之党坐谪官者凡十年不量移，执政有怜其才欲渐进者，悉召至京师。谏官争言其不可，上与武元衡亦恶之。三月乙酉，皆以为远州刺史。官虽进而地益远。”《旧唐书·宪宗纪下》：“（元和十年三月）乙酉，以虔州司马韩泰为漳州刺史，以永州司马柳宗元为柳州刺史，饶州司马韩晔为汀州刺史，朗州司马刘禹锡为播州刺史，台州司马陈谏为封州刺史。御史中丞裴度以禹锡母老，请移近处，乃改授连州刺史。"

柳州在唐代为下州，更在永州之南，地处僻远，且气候湿热。虽非理想之地，然柳宗元作为一州之长官，可以主政一方，实践自己的政治思想。韩愈《柳子厚墓志铭》载："既至，叹曰：'是岂不足为政邪？'因其土俗，为设教禁，州人顺赖。其俗以男女质钱，约不时赎，子本相侔，则没为奴婢。子厚与设方计，悉令赎归。其尤贫力不能者，令书其佣，足相当，则使归其质。观察使下其法于他州，比一岁，免而归者且千人。衡湘以南为进士者，皆以子厚为师，其经承子厚口讲指画为文词者，悉有法度可观。"故柳宗元死后，当地人传其为神，并立庙以祀。

元和十四年（819）十一月，柳宗元卒于柳州，年四十七。

二

柳宗元政治思想的核心是民本思想，这成为他一生政治行为的准则。民本思想虽是承继儒家的仁政爱民而来，但柳宗元把它发扬光大。在《晋问》中，柳宗元借吴武陵之口提出"民利"的为政之道："不苦兵刑，不疾赋力，所谓民利，民自利者是也。"即让人民群众得到好处，把民众的利益放在第一位，使人民安居乐业，认为这才是行政的目的，即使晋文公的霸业也不足相比，柳宗元将其称之为"尧之遗风"。《贞符序》中，柳宗元形容隋朝的人民如生活在沸鼎之中，"号呼腾蹈，莫有救止"，而唐"惟人之为"，于是人民去隋归唐，因而得出结论："是故受命不于天，于其人；休符不于祥，于其仁。"认为这才是国家兴盛并能长治久安的治国之道（上述"人"即"民"，为避唐太宗讳而改）。《际民诗》说："亦无动威，亦无止力，弗动弗止，惟民之极。""惟民之极"即唯以民心之好恶作为中正的准则。"际民"即"视民"，看待百姓之意，语出《孟子·离娄下》"文王视民如伤"。《送宁国范明府诗序》说："夫为吏者，人役也。"意思是说：所谓官吏，是为民众服务的。这种思想是把人民群众看作国家的主体，实已对传统儒家的仁政观念有所突破，在中国古代是十分难得的。正是基于上述思想，柳宗元作《段太尉逸事状》，叙段秀实三事中即有二事与爱民有关；作《捕蛇者说》，也是关注民瘼，批评苛政。

在哲学思想上，柳宗元主张元气自然说，属于朴素的唯物主义。《天说》一文是为驳斥韩愈之说而作。韩愈认为天有意志，能赏善罚恶，柳宗元认为"大谬"。他说："彼上而玄者，世谓之天；下而黄者，世谓之地。浑然而中处者，世谓之元气；寒而暑者，世谓之阴阳。是虽大，无异果蓏、痈痔、草木也。"是说天和地都是自然物质，中间充满元气，寒暑则是阴阳变化。它们虽大，但和瓜果草木是一样的。他在《答刘禹锡天论书》中又说："生植与灾荒，皆天也；法制与悖乱，皆人也。二之而已，其事各行不相预，而凶丰理乱出焉。"这是肯定自然的生长繁殖和年岁的凶歉丰获，与社会的动乱太平，各是各的事，各有各的规律，互不相干，天不能干预人事，所以天能赏善罚恶之说是荒谬的。他说："天地，大果蓏也；元气，大痈痔也；阴阳，大草木也，其乌能赏功而罚祸乎？功者自功，祸者自祸，欲望其赏罚者大谬矣。呼而怨，欲望其哀且仁者，愈大谬矣。"（《天说》）又在《非国语上·三川震》中说："山川者，特天地之物也。阴与阳者，气而游乎其间者也。自动自休，自峙自流，是恶乎与我谋？自斗自竭，自崩自缺，是恶乎为我设？"这些，都体现了柳宗元朴素的唯物主义思想。

柳宗元的历史观也是唯物主义的，他认为社会历史的发展有它必然的趋势，不以人的意志为转移，这就是"势"。在《封建论》这篇著名的史论文章中，他论证了封建制之立是因为"势"，郡县制之设也是因为"势"，"封建非圣人意也"。他论人类历史上国家的产生"彼其初与万物皆生，草木榛榛，鹿豕狉狉，人不能搏噬，而且无毛羽，莫克自奉自卫"，原始人类个人不能自我保护，必假物以为用。"夫假物者必争，争而不已，必就其能断曲直者而听命焉。其智而明者，所伏必众，告之以直而不改，必痛之而后畏，由是君长刑政生焉。"这些虽然不一定完全正确，具有推测的性质，却是对天意和圣人之意的否定，是从客观存在的现实和趋势中寻找原因，是客观唯物的。他又对历代有关帝王受命于天以及符瑞等神学思想给予系统的驳斥，这主要体现在他的《贞符序》一文中。《贞符序》中首曰："臣所贬州流人吴武陵为臣言：'董仲舒对三代受命之符，诚然非耶？'臣曰：'非也，何独仲舒尔。自司马相如、刘向、扬雄、班彪、彪子固，皆沿袭嗤嗤，推古瑞物以配受命。其言类淫巫瞽史，诳乱后代，不足以知圣人立极之本，显至德，扬大功，甚失厥趣。'"又说："惟人之仁，匪祥于天。"意思是说：政权不是神授予的，符瑞也不在于祥与不祥，在于得到人民的支持，在于施行仁政。历史上所传的什么大电、大虹、玄鸟、巨迹、白狼、白鱼、流火之乌等，是"妖淫嚚昏好怪之徒"捏造的。反驳得可谓痛快淋漓，立论也极其光明正大。又在《断刑论下》分析说："古之所以言天者，盖以愚蚩蚩者耳，非为聪明睿智者设也。"就是说：什么神授、符瑞之说，都是神道设教，目的是愚民，千万不要相信。《时令论上》又说："圣人之道，不穷异以为神，不引天以为高，利于人，备于事，如斯而已矣。"只要以民为本，把国家的事处理好了，不必搬神灵、引天命。

唐代有三教论衡，"始三家若矛盾然，卒而同归于善"（《新唐书·徐岱传》），可见当时风气。柳宗元也受佛教的影响，有调和儒释的思想倾向，如黄唐所言："至子厚序文畅，则极道其美，且欲统合儒释而一之。"（《新刊增广百家详补注唐柳先生文》卷二五引）柳宗元在《送元暠师序》中说："释之书有《大报恩》七篇，咸言由孝而极其业。"《送僧浩初序》说："浮图诚有不可斥者，往往与《易》《论语》合"，"其于性情奭然，不与孔子异道"。《送濬上人归淮南觐省序》说："金仙氏之道，盖本于孝敬，而后积以众德，归于空无。"其糅合儒释的倾向十分明显，难怪朱熹批评他"至柳子厚却反助释氏之说"（《朱子语类》卷一二二）。唐士大夫与佛教的关联，一则为玄理的谈论，二则为生死的探讨，三则为文字的交往。柳宗元虽然始终未放弃用世之志，但当人生处于逆境时，自不免与佛教的空无之说有所契合。苏轼说："柳子厚南迁，始究佛法，作曹溪、南岳诸碑，妙绝古今。"（《书柳子厚大鉴禅师碑后》，《苏轼文集》卷六六《题跋》）然唐时佛教宗派亦多，柳宗元作释教碑十一篇，大鉴禅师惠能为禅宗南宗的开派者，龙安海禅师则是调和禅宗南北宗者，弥陀和尚、无姓和尚、云峰寺和尚、般舟和尚、大明寺律和尚、衡山中院大律师则皆为天台宗。《曹溪第六祖赐谥大鉴禅师碑》叙惠能之道说："其道以无为为有，以空洞为实，以广大不荡为归。其教人，始以性善，终以性善，不假耘锄，本其静矣。"唐代禅宗南宗的影响远超北宗，然柳宗元并不信服惠能的禅宗，赞赏的是他的性善之说。《南岳大明寺律和尚碑》说："儒以礼立仁义，无之则坏；佛以律持定慧，去之则丧。是故离礼于仁义者，不可与言儒；异律于定慧者，不可与言佛。"所谓定、慧，又称止、观，为天台宗所信奉。定指坐禅，慧指大乘圆顿境界，慧由禅生。《送琛上人南游序》称赞琛上人"观经得般若之义，读论悦三观之理"，天台宗之祖慧文证一心三观。由上述可知，柳宗元所借鉴的主要是天台宗。相反，柳宗元对禅宗南宗多有所批评。《送琛上人南游序》说："而今之言禅者，有流荡舛误，迭相师用，妄取空语，而脱略方便，颠倒真实，以陷乎己，而又陷乎人。"《东海若》则为寓言，文章最后一段写二学佛者，"汩于五浊之粪"，一人认为一切皆空，无佛无众生，无修无证，只需求诸自己的"心"，心净则净，遂永远与臭腐为伴；一人则否，修念佛三昧，终得以致极乐世界。柳宗元显然认为佛性的修炼离不开实践，持戒、念佛即实践。与臭腐为伴而不以为臭腐，并非真净，这是对禅宗南宗主观唯心主义哲学最痛彻的批判。柳宗元既然否定有意识、有人格的天，当然也不会认同具有超自然力量的佛，只是将儒家的重操守、讲修养，与佛教（禅宗南宗除外）的修行、持律等量齐观，看作是对人性以及人的行为的一种约束。柳宗元显然只是将佛教看作一种信仰，并肯定它对中国文化的借鉴意义。

柳宗元并不是一个文学理论家，但他的文章也能体现出他对文学的看法。总的来看，柳宗元的文学思想也是认为文要明道。他在《答韦中立论师道书》中说："始吾幼且少，为文章，以辞为工。及长，乃知文者以明道，是固不苟为炳炳烺烺，务采色、夸声音而以为能也。"年轻时，他希望在政治上有所作为，并不以文为事，"故在长安时，不以是取名誉，意欲施之事实，以辅时及物为道"（《答吴武陵论〈非国语〉书》）。遭贬谪之后，思自己之道须借文章以传，遂以作文明道为己任。《与杨京兆凭书》说："文章未必为士之末，独采取何如耳。"《答严厚舆秀才论为师道书》说："言道、讲古、穷文辞以为师，则固吾属事。"然而柳宗元所说的"道"并非如韩愈所说专指尧、舜、禹、汤、文、武、周公、孔子、孟轲之道，故黄震批评他"间及经旨义理，则是非多谬于圣人"（《黄氏日钞》卷六〇）。所谓"以辅时及物为道"，即认为凡是可以辅助时政、有关国家民众之事者皆为道，具有济时致用的性质。大抵唐人论圣人之道，皆比较宽泛，且对道各有各的理解，柳宗元更是如此。柳宗元的文章屡言"大中"之道，是他政治与道德规范的理想标准。所谓"大中"，本为隋末大儒王通所发明，又经中唐陆质所阐发，意为中和通变，即公正平和不偏激，适应变化不拘泥，近似于一种思想方法与处世原则。陆质是一位不拘泥一家之说的经学家，柳宗元曾从陆质学《春秋》，其"大中"之说当传自陆质。

不过，柳宗元同样重视文学的抒情解忧、审美愉悦作用，并非仅仅看作是明道之具。如《与李翰林建书》中说："著书亦数十篇，心病，言少次第，不足远寄，但用自释。"此文作于永州，"自释"即指抒发自己的怨伤之情，或作为一种精神的寄托与慰藉。又在《上李中丞献所著文启》中说："宗元无异能，独好为文章。……今者畏罪悔咎，伏匿惴栗，犹未能去之。时时举首，长吟哀歌，舒泄幽郁，因取笔以书。"对于诗歌，柳宗元更是将其看作抒泄情感的渠道、描摹物象的表现，审美的作用是首要的。《愚溪诗序》说："余虽不合于俗，亦颇以文墨自慰。漱涤万物，牢笼百态，而无所避之。"他大量的文学作品也证明了这一点：在永州时，游于山水之间，进入一个物我两忘的境界，并形之于诗文。他认为文学也有愉悦作用，韩愈作《毛颖传》，这是一篇游戏性的作品，当时颇有人非议，柳宗元却十分欣赏。《读韩愈所著〈毛颖传〉后题》说："故学者终日讨说答问，呻吟习复，应对进退，掬溜播洒，则罢惫而废乱，故有息焉游焉之说。"通篇以"俳又非圣人之所弃者"立论，反映了他对文学娱乐功能的肯定。他曾自叙他的学作文章之途，《答韦中立论师道书》中说："本之《书》以求其质，本之《诗》以求其恒，本之《礼》以求其宜，本之《春秋》以求其断，本之《易》以求其动，此吾所以取道之原也。参之穀梁氏以厉其气，参之《孟》《荀》以畅其支，参之《庄》《老》以肆其端，参之《国语》以博其趣，参之《离骚》以致其幽，参之太史公以著其洁，此吾所以旁推交通而以为之文也。"《报袁君陈秀才避师名书》又说："其外者当先读六经，次《论语》、孟轲书，皆经言。《左氏》《国语》、庄周、屈原之辞，稍采取之。穀梁子、太史公甚峻洁，可以出入。"这是他的夫子自道，可以看出他所取法的对象绝不限于儒家。他作《非国语》斥其内容荒诞悖理，又称"其文深闳杰异"（《非国语序》），"《越》之下篇尤奇峻"（《非国语后序》），内容虽诬淫奇怪，却不妨学其文采。于此可见柳宗元文章取法范围之广[2]。

三

　　唐代中期，文坛上掀起一股文体文风改革的高潮，古文写作成为风气，文学史上称之为"古文运动"。其中，柳宗元所起的号召作用虽不如韩愈，但他以自己的古文创作实践和成就、对后学的指导，以及与韩愈的呼应，同样发挥了重要影响。可以说，如果没有柳宗元的参与，古文运动也难成气候，故论唐文者以"韩柳"并称。穆修说："唐之文章……至韩柳氏起，然后能大吐古人之文，其言与仁义相华实而不杂。"（《唐柳先生集后序》）茅坤说："昌黎韩退之崛起于八代之衰，又得柳柳州相为羽翼，故此唱彼和，譬之喷啸山谷，一呼一应，可谓盛已。"（《唐宋八大家文钞·柳州文钞引》）

柳宗元的文章，议论文占有相当的比重。其中《封建论》无疑是最重要的一篇，就文章来说，逻辑谨严、结构紧密、气势恢宏、论证有力。如前所述，此篇以及《天说》《贞符序》，皆体现了柳宗元朴素的唯物主义思想，后二篇论辩也堪称卓越。《桐叶封弟辩》论周公行为之不当，是对圣人的大胆批评；《非国语》更是批判《国语》诬淫悖理的一组文字。这种思想具有离经叛道的意味。苏轼推崇柳宗元的文章，却不满意他的思想，说："柳子之学，大率以礼乐为虚器，以天人为不相知云云，虽多，皆此类耳。此所谓小人无忌惮者。"（《与江惇礼》，《苏轼文集》卷五六）这种批评正反映了柳宗元思想的开放，不迷信，不盲从，善于独立思考。有些议论文具有学术研究的性质，篇幅短小者颇似后世的学术笔记。如《〈论语〉辩》辩《论语》为曾子弟子所写定；《辩〈列子〉》云刘向称列子与郑穆公同时为误；《辩〈文子〉》称《文子》为驳书，疑出众人之手；《辩〈鬼谷子〉》云刘向、班固录书无《鬼谷子》，为后人依托，等等。虽然有些观点如《辩〈列子〉》可以商榷，但许多却是由柳宗元首先提出，令人耳目一新。如论《论语》出曾子弟子之手，后人多服膺其说；胡应麟《少室山房笔丛》卷三一《四部正讹中》："《鬼谷子》，《汉志》绝无其书，文体亦不类战国。"也是承袭柳宗元的观点。

柳宗元的寓言和杂说类文章也有很多，用于讽刺批判或寄托。《三戒》属于寓言，包括"临江之麋""永某氏之鼠""黔之驴"三篇，分别讽刺它们"依势以干其非类""窃时以肆暴""出技以怒强"，讽刺对象虽难以指实，却是社会上普遍存在的丑恶现象。《蝜蝂传》写一小虫贪得无厌，遇物则取而负之，又好爬高，最后不堪重负，至坠地死。显然是讽刺贪财成性，又贪图高位的利禄之徒。《谪龙说》则写一谪来人间的龙女，贵游少年欲狎之，龙女怒，云己将返天上，狎即害汝，则是寄托了自己的身世之感。马位说此篇"可补入《搜神记》"（《秋窗随笔》）。《罴说》云"鹿畏㹇，㹇畏虎，虎畏罴"，猎人为吓虎而引来罴，计穷，被罴咬死。讽刺"不善内而恃外者"，结果是悲惨的。这些作品借物讽人，将描写的对象加以想象夸张，使它们成为生动的艺术形象。其中有的形象当是作者虚构，如蝜蝂，《尔雅·释虫》："傅，负版。"郭璞注言未详，后人亦不能明究竟是何虫。中国古代的寓言出现得很早，《庄子·寓言》说："寓言十九，藉外论之。"但先秦寓言只是穿插在整篇文章之中，借以说明某种事理。柳宗元的寓言则是完全独立的，使其成为一种独特的文学形式，是对寓言文学的创造性发展。至于《捕蛇者说》，则揭露赋敛之毒甚于蛇毒，发挥了孔子"苛政猛于虎"的思想，是反映民生疾苦的一篇，意义已超出了为个人鸣不平的范围。此文当是纪实，体现了柳宗元以民生为本的政治思想，不得与其他寓言杂说等量齐观。

　　柳宗元的传记类作品难以一概而论。有些是为了说理，如《种树郭橐驼传》写郭橐驼善于种树，因为他顺应了树木的生长规律，满足树木的生长要求，所以树木成活率高，生长得好。以种树之道喻治民，诚如文中所说，"吾问养树，得养人术"，为政也要适应人民群众的需要和愿望。《梓人传》是木工杨潜的传记，但与《种树郭橐驼传》一样，其意本不在写人，而是借其人说明某一道理。韩醇说此篇："传盖托物以寓意，端为佐天子相天下，进退人才设也。"（《诂训唐柳先生文集》卷一七）故此类作品不重在刻画人物，人物形象不突出，思维大于形象。有些则不然。《童区寄传》写十一岁的少年区寄被奴隶贩子劫持，欲去他乡贩卖，区寄凭自己的机智勇敢与他们周旋，终于杀死二盗。此文为纪实，情节紧张而生动。《李赤传》写李赤为厕鬼所惑，迷恋恶臭之地，终致死于厕中。此文亦为讽世之作，如说"乃反以世为溷，溷为帝居清都……及至是非取与向背决不为赤者，几何人耶？"唐代李赤实有其人，然此文所写情节虚构的成分居多，人物形象鲜明，语言生动，小说意味很浓。《河间传》写一贵家妇人起初贞洁修身，后被轻薄少年所引诱并被强暴，遂淫荡成性，至于诬死其夫，自己也因病髓竭而死。前人曾批评此文描写淫秽，其实此文在人物形象的刻画方面非常成功。汪琬说："前代之文有近于小说者，盖自柳子厚始，如《河间》《李赤》二传、《谪龙说》之属皆然。"（《跋王于一遗集》，《钝翁类稿》卷四八）将《李赤传》《河间传》视为小说，是很有眼光的。至于《段太尉逸事状》虽不是"传"，然其中描写段秀实入郭晞军营一段极其精彩，读其文如临其境，如见其景，如睹其人。林纾评此文"学《史》《汉》能成自然，非若侯雪苑之窜取《史记》句法，即谓为能学《史记》也"（《韩柳文研究法·柳文研究法》）。

　　柳宗元散文最负盛名的是游记类，这是柳氏散文中成就最高的一类。南北朝时期，描写山水的文字大多出现在书信中，郦道元《水经注》则是一部地理著作，至柳宗元，山水游记才成为散文中一个重要的组成部分。"永州八记"最为著名，包括《始得西山宴游记》《钴鉧潭记》《钴鉧潭西小丘记》《至小丘西小石潭记》《袁家渴记》《石渠记》《石涧记》《小石城山记》八篇。这些文章描写山水风景，"语语指划如画，千载之下，读之如置身于其际"（林云铭《古文析义》初编卷五），表现了作者对自然美的感受，丰富了描绘自然风景的艺术技巧，开拓了散文创作的领域。他写山水，不取模山范水的写法，而是将自己的情感融入其中，使山水风景打上人的烙印。本是荒郊野外的平凡山水，都被他写得千姿百态，引人入胜，它们单纯、宁静、清新、美丽，生机勃勃，充满情趣。他说自己"闷即出游"(《与李翰林建书》),"清泠之状与目谋,瀯瀯之声与耳谋,悠然而虚者与神谋,渊然而静者与心谋"(《钴鉧潭西小丘记》),在对自然美的享受中忘却人世的烦恼。但牢骚不平之气时有流露,故在他笔下,山水之景是被人遗弃的,被埋没的,不被人欣赏的,是物亦是人,借以抒发天涯沦落之感。他的山水境界,不是陶渊明式的脱离樊笼后的悠然自得,也不是王维式的远离人世的"禅悦",而是带有一种探索、发现与开拓的精神。如《始得西山宴游记》"入深林,穷回溪","斫榛莽,焚茅茷",使"嘉木立,奇石显"(《钴鉧潭西小丘记》);小潭、小丘的胜境,都是发现的结果。柳宗元的山水境界又充满了清泠的特点,可用清、奇、幽、怪四字概括,如"四面竹树环合,寂寥无人,凄神寒骨,悄怆幽邃。以其境过清,不可久居,乃记之而去"(《至小丘西小石潭记》),其实何尝不是人世的折射!其描状景物,具有极高的艺术技巧,如写小丘之石:"其石之突怒偃蹇,负土而出争为奇状者,殆不可数。其嵚然相累而下者,若牛马之饮于溪;其冲然角列而上者,若熊罴之登于山。"(《钴鉧潭西小丘记》)再如描写潭中之鱼:"潭中鱼可百许头,皆若空游无所依。日光下澈,影布石上,佁然不动,俶尔远逝,往来翕忽,似与游者相乐。"(《至小丘西小石潭记》)皆极其逼真,极其精彩。其他如《游黄溪记》《柳州东亭记》也是如此。张谦宜说:"游山水文字无如柳州,须看他如何恁底孤峭,如何恁般干净,扫去了多少俗情,洗刷了多少鄙态。"(《絸斋论文》卷二)可谓确评。

柳宗元的辞赋作品包括名为"赋"和"文"的两大类,都是押韵之文。这些作品继承了屈原的创作精神,故严羽说"唐人惟柳子厚深得骚学"(《沧浪诗话·诗评》)。他的赋作,有的情绪比较消沉,如《解崇赋》《惩咎赋》《闵生赋》,包含着对以往参加政治活动的检讨。《梦归赋》抒发对长安的思念之情,《囚山赋》则显得情绪激愤。上述作品形式上都是骚体赋。晁补之说:"宗元窜斥崎岖蛮瘴间,埋厄感郁,一寓于文,为《离骚》数十篇。惩咎者，悔志也。……后之君子，欲成人之美者，读而悲之。"（《楚辞后语》卷五《惩咎赋》解题引）名为"文"的作品，有些则为寄托或讽刺，如《乞巧文》说自己无"巧"，然他在文章中描写的所谓"巧"，只不过是善于逢迎拍马而已。《骂尸虫文》骂专门窥人"隐微"的尸虫，是那些进谗求幸的阴险小人的象征。《斩曲几文》《宥蝮蛇文》《憎王孙文》皆有所寄托。《哀溺文》则是对要钱不要命的贪财者的讽刺。

韩愈基本上不作骈文，当年为应试不得不作，"退自取所试读之，乃类于俳优者之辞，颜忸怩而心不宁者数月"（《答崔立之书》）。柳宗元却是唐代骈文大家。唐时的表状依例要用骈文写，徐师曾《文体明辨序说·表》说："至论其体，则汉晋多用散文，唐宋多用四六。"四六文即骈文。柳宗元作表状用骈文，也可以说是按例行事，为礼部员外郎时为礼部所作的诸表即是。然而不仅他的表状是骈文，其余也有不少，如为南霁云所作的《唐故特进赠开府仪同三司扬州大都督南府君睢阳庙碑》和为裴行立所作的《为裴中丞伐黄贼转牒》就都是骈文。柳宗元的骈文具有古文的气势，孙梅说："独子厚以古文之笔，而炉韝于对仗声偶间，天生斯人，使骈体、古文合为一家，明源流之无二致。"（《四六丛话》卷三二）又说："吾于有唐作家，集大成者得三家焉：于燕公（张说）极其厚，于柳州致其精，于文公（令狐楚）仰其高。"（同上）

柳宗元曾说"穀梁子、太史公甚峻洁"（《报袁君陈秀才避师名书》），他自己作文就追求峻洁。所谓"洁"，指简洁，去掉冗言赘语，意尽而言止。所谓"峻"，则指其文章风格，意象超拔，语言雅洁，表现清峻。韩文气势磅礴，气大声宏，柳文与之不同。理论文章，韩文以气势胜，柳文以缜密胜；叙事文章，韩文放荡不受拘束，柳文则真切生动；描写景物，韩文明快，柳文意在言外；寓言讽刺类，如李涂所说："退之虽时有讥讽，然大体正，子厚发之以愤激。"（《文章精义》）语言上，韩文独创性强，柳则不如；韩文畅达，柳文时有僻字，有时艰涩。林光朝说："韩柳之别，则犹作室，子厚则先量自家四至所到，不敢略侵别人田地。退之则惟意之所指，横斜曲直，只要自家屋子饱满，不问田地四至或在我与别人也。"（《读韩柳苏黄集》,《艾轩集》卷五）

四

在中唐诗坛，柳宗元的诗既不同于韩孟，也不同于元白，而是接武韦应物，故有"韦柳"之称。苏轼说："独韦应物、柳宗元发纤秾于简古，寄至味于澹泊，非余子所及也。"（《书黄子思诗集后》,《苏轼文集》卷六七）又说："柳子厚诗在陶渊明下、韦苏州上……谓其外枯而中膏，似澹而实美，渊明、子厚之流是也。"（《评韩柳诗》，同上）柳宗元的岳父是杨凭，杨凭之弟杨凌是韦应物的女婿，且柳、杨二家通好，当是柳宗元少时即从杨家觅得韦应物的诗集，用以阅读讽咏，故受韦应物影响自在情理之中。韦诗学陶渊明，自然也引导柳诗走到这条路上来。

柳宗元作诗学陶渊明、韦应物，主要指他的五言古诗。柳宗元的五言古诗有的模拟陶渊明，如《饮酒》《读书》《感遇》《咏史》《咏三良》《咏荆轲》等。当然，他的纪游诗成就最高，为了排遣苦闷而游山玩水，使这些诗带有清幽悲凉的感情色彩。苏轼说："柳仪曹诗忧中有乐，乐中有忧，盖绝妙古今矣。然老杜云'王侯与蝼蚁，同尽随丘墟'，仪曹何忧之深也？"（《苕溪渔隐丛话》前集卷一九引）如《南涧中题》：

秋气集南涧，独游亭午时。回风一萧瑟，林影久参差。始至若有得，稍深遂忘疲。羁禽响幽谷，寒藻舞沦漪。去国魂已游，怀人泪空垂。孤生易为感，失路少所宜。索寞竟何事，徘徊只自知。谁为后来者，当与此心期。

在描写完景致后，随即抒发去国与怀人之悲。其他纪游或写景诗如《溪居》《秋晓行南谷经荒村》《雨后晓行独至愚溪北池》《中夜起望西园值月上》等，都是情景交融、意境清远的佳作。

　　柳宗元描写山水之景，大多具有清冷孤峭的特点，景物也大多是残月、寒光、幽谷、深竹、寒松、阴草、零露等，与陶渊明的平和自然其实是大不一样的。这与他所遭贬谪时的忧愤、孤寂、耿切的心情有关，因而诗也透露出孤独高洁的风格特色。方回说："柳柳州诗精绝工致，古体尤高。世言韦、柳，韦诗淡而缓，柳诗峭而劲。"（《瀛奎律髓》卷四《柳州峒氓》批）当是确评。至于《田家三首》既描写农家生活，又反映农民问题，二者兼具，是陶诗的异化。韦应物也有此类作品。正如汪森所说："三诗极似陶，然陶诗是要安贫，此诗是感慨，用意故自不同。"（《韩柳诗选》）许学夷曾对韦、柳异同做过很好的分析，他说："子厚五言古，较应物有同有异，如'新沐换轻帻''悠悠雨初霁''杪秋霜露重''发地结菁茅''老僧道机熟''汲井漱寒齿'等篇，萧散冲淡，与应物相类。如'秋气集南涧''南楚春候早''志适不期贵''鹤鸣楚山静''窜身楚南极'等篇，语虽萧散，而功用始周，与应物小异。至如'稍稍雨侵竹''界围汇湘曲''九疑浚倾奔''隐忧倦永夜''瘴茅葺为宇''穷巷阒自养''守闲事服饵''幽沉谢世事''生死悠悠尔''束带值明后''燕秦不两立'等篇，则经纬绵密，气韵沉郁，与应物大异，自是子厚之诗。"（《诗源辩体》卷二三）所论甚是。

　　柳宗元的五言古诗除了写景纪游之外，还有相当数量的种植诗，是其他诗人所少有的。如《茅檐下始栽竹》《种仙灵毗》《种术》《种白蘘荷》《新植海石榴》《戏题阶前芍药》《植灵寿木》《自衡阳移桂十余本植零陵所住精舍》《湘岸移木芙蓉植龙兴精舍》等皆是。这些诗都是作于永州，在对植物做了精美描写之后，也往往寄托自己的身世之感。如说竹"琼无凌云色，岂与青山辞"（《茅檐下始栽竹》）；说石榴"芳根闵颜色，徂岁为谁荣"（《新植海石榴》）；说桂"芳意不可传，丹心徒自渥"（《自衡阳移桂十余本植零陵所住精舍》）；说木芙蓉"有美不自蔽，安能守孤根"（《湘岸移木芙蓉植龙兴精舍》）等都是。汪森说："种植诸作，俱兼比兴，其意亦由迁谪起见也。"（《韩柳诗选》）孙矿批评说："花木诸诗，俱以澹意胜，盖畏堕落耳。然于情境未极，且连篇观之，更觉一律。"（孙月峰评点《柳柳州全集》卷四三）而姚范《援鹑堂笔记》卷四四引元裕之（好问）对包括柳宗元、苏轼、党怀英在内的花木诗题词曰："柳州怨之愈深，其辞愈缓，得古诗之正，其清新婉丽，六朝辞人少有及者。"对柳诗评价甚高。

柳宗元的七言古诗也有一些寓言诗，如《跂乌词》《笼鹰词》《放鹧鸪词》，或自况身世，或讽刺邪恶，用意与他的寓言散文和寓言性质的辞赋是一致的。《行路难三首》用乐府题，也是有所寄托讽刺，但寄托深沉。邢昉说："止咏一物，借题生感，骨力老苍，张王攀之不及矣。"（《唐风定》卷一〇）如《渔翁》："渔翁夜傍西岩宿，晓汲清湘然楚竹。烟销日出不见人，欸乃一声山水绿。回看天际下中流，岩上无心云相逐。"格调清快飘逸，在柳诗中颇与其他作品有异。

柳宗元所作律诗并不多，五言律诗没有明显特色，且数量少。五言排律具有争奇斗险的倾向，如《酬韶州裴曹长使君寄道州吕八大使因以见示二十韵》，用平声删韵，然所使用的韵字全是原唱诗没有用过的，有意提高难度，致僻字迭出，自然不免佶屈聱牙。汪森《韩柳诗选》便评此篇："用韵奇险，不让昌黎。"又有《同刘二十八院长述旧言怀感时书事奉寄澧州张员外使君五十二韵之作因其韵增至八十通赠二君子》用韵更为奇险，显示才学的倾向更为突出。日人近藤元粹评"此等诗徒见斗奇，非浑然温厚之真面目"（《柳柳州集》卷二），也是确评。

如果说柳宗元的五言古诗尚存古朴平淡的特点，他的七言律诗则完全是另一番风格。许学夷说："惟子厚上承大历，下接开成，乃是正对阶级。然子厚才力虽大，而造诣未深，兴趣亦寡，故其五言长律及七言律对多凑合，语多妆构，始渐见斧凿痕，而化机遂亡矣。"（《诗源辩体》卷二三）所论柳宗元七言律诗注重形式的精美、语言的锤炼，是符合实际的，然对仗并非凑合。如被元好问《唐诗鼓吹》选为第一篇的《登柳州城楼寄漳汀封连四州》：

> 城上高楼接大荒，海天愁思正茫茫。惊风乱飐芙蓉水，密雨斜侵薜荔墙。岭树重遮千里目，江流曲似九回肠。共来百越文身地，犹自音书滞一乡。

"惊风""密雨"一联既是眼前之景，又有遭贬的寓意；"岭树""江流"一联则由眼前景自然而然地转入抒情，丝毫不露痕迹。这些手法是很高明的。《别舍弟宗一》："一身去国六千里，万死投荒十二年"，情意真挚深厚，六个数目字的使用恰到好处。金圣叹评此联"于十四字中下却六数目字，此所谓强中更有强中手也"（《与沈麟长龙升》，《圣叹尺牍》）。《从崔中丞过卢少府郊居》："莳药闲庭延国老，开樽虚室值贤人"，国老、贤人皆有二义。甘草又名国老，国老又指德高望重的老人；浊酒可称贤人，贤人又指贤德之人。对仗不仅精妙，且使此一联具有了亦此亦彼的意思。值得注意的是，柳宗元的七言律诗绝大多数作于柳州，在柳州所作诗的题材内容及所用诗体都较永州时有所改变，柳州时的柳宗元身份地位与在永州不同，当与此有关系。

　　他的绝句数量也不多，然则风格清新自然，又是一副面孔。如脍炙人口的《江雪》："千山鸟飞绝，万径人踪灭。孤舟蓑笠翁，独钓寒江雪。"全诗犹如一幅画面，周围的一切似乎都凝固了，渔翁也屹然不动，人是那样孤寂，环境又是那样严酷。王尧衢说此诗"子厚以自寓也"（《唐诗合解笺注》卷四），极是。七言绝句如以下二首：

　　宦情羁思共凄凄，春半如秋意转迷。山城过雨百花尽，榕叶满
庭莺乱啼。(《柳州二月榕叶落尽偶题》)

　　破额山前碧玉流，骚人遥驻木兰舟。春风无限潇湘忆，欲采蘋
花不自由。(《酬曹侍御过象县见寄》)

前诗意境深远，物我相融；后诗比兴兼用，含意无穷。都是不可多得的
好诗。沈德潜曾论中晚唐人绝句承继盛唐者说："愚谓李益之'回乐峰
前'、柳宗元之'破额山前'、刘禹锡之'山围故国'、杜牧之'烟笼寒水'、
郑谷之'扬子江头'，气象稍殊，亦堪接武。"(《说诗晬语》卷上)就包
括以上所引柳诗的后一首。

　　柳宗元《平淮夷雅二篇》为贺元和十二年(817)平定淮西吴元济之
叛而作，四言体，模仿《诗经》雅、颂。《唐铙歌鼓吹曲十二篇》纪唐开
国功德，为模仿魏《鼓吹曲》十二曲之作。《贞符》及《际民诗》皆通体
四言，为模仿《诗经》之作，内容堂皇正大，以诗言理，然不免有些枯燥。

　　总之，柳宗元的诗各体兼备，皆有造诣，但各体有各体的风格特色，
五言古体诗无疑是成就最高的一类。

五

　　柳宗元的文集，最早为刘禹锡所编三十卷，当是受柳宗元生前之托，
但今天已无由得见。北宋穆修为柳宗元编集，称得一旧本，共有四十五
卷，前有刘禹锡序，从卷数看，已非刘禹锡的原编本。此经穆修所校定
的本子，称《河东先生文集》，广为流传。北宋后期至南宋，对柳集的
整理工作偏重于注释，其间陆续有孙汝听的《柳集全解》、文谠的《柳
集补注》、刘嵩的《柳集全解》、童宗说的《柳文音释》、张敦颐的《柳
文音辨》、严有翼的《柳文切正》、潘纬的《柳文音义》、韩醇的《柳文

诂训》、葛崟的《柳文音释》、王俦的《柳集补注》。上述各本最初为单行，读者使用不便，需要有人把他们所做的工作汇集在一起，于是就有各种综合本，如汇集张敦颐、童宗说、潘纬的《增广注释音辩唐柳先生集》，以及郑定的《重校添注音辩唐柳先生文集》、无名氏的《新刊增广百家详补注唐柳先生文》、魏仲举的《五百家注音辩唐柳先生文集》，廖莹中的世綵堂本也是集注性质。综合本出，各种单行本除韩醇《柳文诂训》外皆废。各家所做的校勘注释工作，在集注本中有所保留，但多寡因人而异，如《增广百家详补注》引用孙汝听为最多，而严有翼的《柳文切正》，除《五百家注音辩唐柳先生文集》偶有征引（《天对》征引最多），其余不见，基本归于亡佚。总之，上述各家注本，皆由穆修的四十五卷本而来。另有宋乾道本《柳柳州外集》与之不同，然仅存外集，其正集无由得知③。

《增广注释音辩唐柳先生集》为正集四十三卷、别集二卷（即《非国语》）、外集二卷、附录一卷，题"南城先生童宗说注释、新安先生张敦颐音辩、云间先生潘纬音义"，所列引用诸贤姓氏有刘禹锡、穆修、苏轼、沈晦、童宗说、张敦颐、汪藻、张唐英、潘纬九人，无孝宗以后人物，当是柳集集注本最早的一种。此书现存最早的版本为元刻麻沙本，虽非宋刻，当是据宋刻的翻刻本。是书较通行的是《四部丛刊》据元刻的影印本。《新刊诂训唐柳先生文集》为韩醇撰，正集四十五卷、外集二卷、新编外集一卷，原刻于南宋，现藏国家图书馆。易得的是影印文渊阁《四库全书》本。《新刊增广百家详补注唐柳先生文》正集四十五卷，无外集及附录。国家图书馆所藏为原海源阁杨氏藏本，经专家鉴定为宋代蜀刻本。1978 年柳宗元集校点组即以此为底本进行校点，1979 年由中华书局排印出版，名《柳宗元集》。《五百家注音辩唐柳先生文集》为魏仲举编，正集亦为四十五卷，现存南宋刻本为残本，仅存正集二十一卷、外集三卷、《龙城录》二卷④、附录四卷。日本所藏《新刊五百家注音辩唐柳先生文集》基本完整，上面还有一些批语，然无外集，附录为二卷，为俞良甫所刻，题记云"岁次丁卯仲秋印题"，日本学者考定丁卯为日本嘉庆元年，当中国明洪武二十年（1387）。俞良甫是元人之流寓日本者。郑定的《重校添注音辩唐柳先生文集》亦为残本，现存十七卷。廖莹中的世綵堂本《河东先生集》以刻版精美著称，有正集四十五卷、外集二卷。廖莹中虽然也做了一些校注工作，但基本上是抄撮旧注，却又将注者姓氏删去，于考察原注颇有不便。民国初年，罗振常蟫隐庐影印廖氏此书，据济美堂本补入外集补遗一卷、附录二卷、《龙城录》二卷以及集传一卷。1960年中华书局上海编辑所据此断句排印，并删去《龙城录》，1974年又由上海人民出版社重印，名《柳河东集》，1991年中国书店据世界书局的影印本出版的也是此本。乾道永州刻本《柳柳州外集》为现存最早的刻本，共收柳文四十三篇，其编排颇与流传的四十五卷本有异，且有三篇为各本正、外集所未见。除元人覆刻宋本外，明代所刻柳集有嘉靖中郭云鹏所刻济美堂本，实际是《新刊增广百家详补注唐柳先生文》删去注者姓氏后的翻刻本。又有游居敬柳文与韩文合刻的《柳文》，实际是元刻《增广注释音辩唐柳先生集》删去注文后的翻刻本。崇祯间则有蒋之翘辑注的《柳河东集》，注文除引用旧注外（也将旧注者姓氏删去），增补了一些新注，并辑录了一些前人的评语。然误引较多，如将黄唐评语引作童宗说或张敦颐、王荆石（即王锡爵）引作王世贞、茅坤引作唐顺之等，不一而足。是书《四部备要》有排印本。近年来，尹占华、韩文奇以《新刊增广百家详补注唐柳先生文》为底本，将各家旧注汇集在一起，补充新注，并吸收各家校勘的成果，厘正文字，同时将所有的关于柳宗元的评论资料，分门别类予以整理和归纳，成《柳宗元集校注》，2013年由中华书局出版。此书因汇集了古人及今人最新的研究成果，故本书节选，便以《柳宗元集校注》为底本，为节省篇幅，文字校勘略而不列（个别处略作说明）。至于作品篇目的编排次序，文依此书，诗则按诗体排列，同类诗仍依原集。

除《柳柳州外集》外，各本柳宗元集的正集编排皆依文体而列，次序也相同（有极少篇次例外），标目也大同小异，只是《非国语》或列正集，或列别集。今将柳集百家注本各卷的标目罗列于后：

卷一，雅诗歌曲；卷二，古赋；卷三，论；卷四，议辩；卷五、六，碑；卷七，碑铭；卷八，行状；卷九，表铭碣诔；卷十，志；卷十一，志碣诔；卷十二，表志；卷十三，志；卷十四，对；卷十五，问答；卷十六，说；卷十七，传；卷十八，骚；卷十九，吊赞箴戒；卷二十，铭杂题；卷二十一，题序；卷二十二，序；卷二十三，序别；卷二十四、二十五，序；卷二十六至二十九，记；卷三十至三十四，书；卷三十五、三十六，启；卷三十七、三十八，表；卷三十九，奏状；卷四十、四十一，祭文；卷四十二、四十三，古今诗；卷四十四，非国语上；卷四十五，非国语下。

---

① 刘禹锡有《元和甲午岁诏书尽征江湘逐客余自武陵赴京宿于都亭有怀续来诸君子》（《刘禹锡集》卷二四），甲午即元和九年（814）。又《问大钧赋序》（同上卷一）曰：“因作《谪九年赋》以自广。是岁腊月，诏追，明年自阙下重领连山郡印绶。”亦云诏追赴京是在元和九年十二月。刘禹锡诗所云“江湘逐客”自然也包括柳宗元在内。可知下诏在元和九年年底，他们起程赴京却在第二年春。

② 以上参王运熙、杨明著《中国文学批评通史·隋唐五代卷》，上海古籍出版社 1996 年。

③ 以上参万曼著《唐集叙录》，中华书局 1980 年。

④ 《龙城录》初为单行，题《河东先生龙城录》，柳宗元撰，南宋葛峤始附入柳集，然宋人多以为王铚（或云刘焘）伪作，清人曾钊独辩《龙城录》是柳宗元所作（见《龙城录跋》，《面城楼集钞》卷二）。今人程毅中《唐代小说史》、李剑国《唐五代志怪传奇叙录》皆证宋人伪托之说无据，尹占华亦辩《龙城录》为柳宗元所作，故将其收入《柳宗元集校注》中。

赋

牛　赋 [1]

　　若知牛乎？牛之为物，魁形巨首。垂耳抱角 [2]，毛革疏厚。牟然而鸣 [3]，黄钟满脰 [4]。抵触隆曦 [5]，日耕百亩。往来修直 [6]，植乃禾黍 [7]。自种自敛 [8]，服箱以走 [9]。输入官仓，己不适口 [10]。富穷饱饥 [11]，功用不有 [12]。陷泥藨块 [13]，常在草野。人不惭愧 [14]，利满天下。皮角见用，肩尻莫保 [15]。或穿緘縢 [16]，或实俎豆 [17]。由是观之，物无逾者 [18]。不如羸驴 [19]，服逐驽马 [20]。曲意随势 [21]，不择处所。不耕不驾 [22]，藿菽自与 [23]。腾踏康庄 [24]，出入轻举 [25]。喜则齐鼻 [26]，怒则奋踯 [27]。当道长鸣，闻者惊辟 [28]。善识门户，终身不惕 [29]。牛虽有功，于己何益？命有好丑，非若能力 [30]。慎勿怨尤 [31]，以受多福 [32]。

写牛之功，由生前与死后两方面写，"利满天下"为其总括。岭外古俗皆恬杀牛，苏轼在海南曾书柳宗元此赋以赠琼州僧道赟，藉以劝民俗，正着眼于此。

写羸驴不耕不驾，却能得人善待，在于"曲意随势"，以与牛作对比。

作者将牛与羸驴的不同遭遇归结为命，并云"慎勿怨尤"，是聊以自我安慰之词。

[**注释**]

[1]此篇作于永州,具体时间不详。 [2]抱角:牛两角相向弯曲,故曰抱角。 [3]牟:牛鸣声。[4]黄钟:古代乐调,属宫声,宫声音调低沉而浑厚。《管子·地员》:"凡听宫,如牛鸣窌中。"脰(dòu):项,脖子。 [5]抵触:冒着。隆曦(xī):烈日。 [6]修直:长而直,指田中之路。 [7]植:种植。 [8]自种自敛:谓种植和收获都是牛,无其他牲畜相助。敛,收获。 [9]服箱:拉着车箱。箱为车上盛物处。《诗经·小雅·大东》:"睆彼牵牛,不以服箱。" [10]适口:吃得好。适,满足。 [11]富穷饱饥:使穷者富饥者饱。 [12]不有:不自己占有。 [13]蹶(jué)块:倒在地上。块,土地。 [14]"人不惭愧"二句:人们不因牛的辛苦而感到惭愧,它带给人们的好处却布满天下。 [15]尻(kāo):臀,屁股。此以肩尻代指全身。 [16]缄縢(jiān téng):绳索。此指缝制牛皮的绳子。 [17]俎(zǔ)豆:古代祭祀时盛祭品的器物。此指用牛肉作祭品。 [18]逾:超越。指功用没有超过牛的。 [19]羸(léi)驴:瘦弱的驴。 [20]服:顺从。驽(nú)马:劣马,力小、行动迟缓的马。 [21]曲意:委曲己意。 [22]驾:拉车。 [23]藿菽(huò shū):藿为豆叶,菽为大豆,代指好的饲料。 [24]康庄:四通八达的道路。 [25]轻举:轻率随便。 [26]齐鼻:鼻子与眼睛一样高,谓扬头。 [27]奋蹢(zhí):用力踢。 [28]辟:通"避",躲开。 [29]惕:害怕,胆怯。 [30]若:你。 [31]慎勿:千万不要。怨尤:怨天尤人。尤,责怪。 [32]多福:很多的福佑。

[**点评**]

这是一篇寓言赋,谓牛生则有耕垦之劳,为人类服务,利满天下,死后之身物亦为缄縢俎豆之用,大有功

于世人，却饲粗服重，对自己没什么好处。而羸驴跟在
驽马后面，曲意随势，反得人之善待。作者说此谓命也，
非力所能改变。这自然是贬谪后的愤激之辞。所赋之牛，
既是自喻，亦兼喻永贞革新集团中的人物。牛不得其所，
羸驴反得其所，这自然也是讽世，讽刺世道昏昧，贤能
之人不能得好结果。通篇以四字为句，为诗体赋。

梦归赋[1]

罹摈斥以窘束兮[2]，余惟梦之为归。精气注
以凝沍兮[3]，循旧乡而顾怀。夕余寐于荒陬兮[4]，
心慊慊而莫违[5]。质舒解以自恣兮[6]，息惛嫕而
愈微[7]。欻腾涌而上浮兮[8]，俄混瀁之无依[9]。
圆方混而不形兮[10]，颢醇白之霏霏[11]。上茫茫
而无星辰兮，下不见夫水陆。若有鉥余以往路
兮[12]，驭儗儗以回复[13]。浮云纵以直度兮，云
济余乎西北。风缅缅以经耳兮[14]，类行舟迅而
不息。洞然于以弥漫兮[15]，虹蜺罗列而倾侧[16]。
横冲飙以荡击兮[17]，忽中断而迷惑。灵幽漠以潏
汨兮[18]，进怊怅而不得[19]。白日邈其中出兮[20]，
阴霾披离以泮释[21]。施岳渎以定位兮[22]，互参

自起六句后，
即入梦境。至"心
回互以壅塞"，皆
梦中境界。又先
写初入梦时，肢
体舒散，气息安
和，随即梦魂若
御风而游。

梦中辨路，决
不清晰，故迟疑。

差之白黑[23]。忽崩骞上下兮[24]，聊按行而自抑。指故都以委坠兮[25]，瞰乡闾之修直[26]。原田芜秽兮峥嵘榛莽[27]，乔木摧解兮垣庐不饰[28]。山嵬嵬以岩立兮[29]，水汩汩以漂激[30]。魂恍惘若有亡兮[31]，涕汪浪以陨轼[32]。类曛黄之黯漠兮[33]，欲周流而无所极[34]。纷若喜而怡儗兮[35]，心回互以壅塞[36]。钟鼓喤以戒旦兮[37]，陶去幽而开寤[38]。眥尉蒙其复体兮[39]，孰云桎梏之不固[40]？精诚之不可再兮，余无蹈夫归路。

伟仲尼之圣德兮[41]，谓九夷之可居。惟道大而无所入兮，犹流游乎旷野[42]。老聃遁而适戎兮[43]，指淳茫以纵步[44]。蒙庄之恢怪兮[45]，寓大鹏之远去[46]。苟远适之若兹兮，胡为故国之为慕[47]？首丘之仁类兮[48]，斯君子之所誉。鸟兽之鸣号兮[49]，有动心而曲顾[50]。胶余衷之莫能舍兮[51]，虽判析而不悟[52]。列兹梦以三复兮[53]，极明昏而告愬[54]。

［注释］

[1]梦归：梦归京城。此赋作于永州。朱熹《楚辞后语》卷五引晁补之曰："《梦归赋》者，柳宗元之所作也。宗元既贬，悔其

年少气锐，不识几微，久幽不还，复贻其所知许孟容书……意托孟容以少北者，故作《梦归赋》。初言览故都乔木而悲；中言仲尼欲居九夷、老子适戎以自释；末云首丘鸣号，示终不忘其旧。当世怜之，然众畏其才高，竟废不复云。"《寄许京兆孟容书》作于元和四年（809），此赋当亦作于是年前后。　　[2]罹：遭。摈斥：弃绝排斥。窘束：窘迫束缚。　　[3]精气：精神灵魂。凝沍（hù）：凝结。沍亦凝意。　　[4]荒陬（zōu）：荒僻的地区。边隅称陬。　　[5]慊（qiàn）：恨，不满。　　[6]质：指身体。自恣：放松自己。　　[7]愔嫕（yì）：安静平缓。　　[8]欻（xū）：忽然。　　[9]滉瀁（yǎng）：深广貌。　　[10]圆方：天地。圆谓天，方谓地。不形：分辨不出形状。　　[11]颢：白。霏霏：云飘飞貌。　　[12]鈢（shù）：本指长而曲之针，引申为导引。　　[13]儗（nǐ）儗：迟疑貌。　　[14]缅（sǎ）缅：风声。　　[15]洞然：开朗貌。弥漫：广大貌。　　[16]虹蜺（ní）：彩虹。鲜明者为雄，称虹；暗淡者为雌，称蜺。　　[17]飙：大风。　　[18]灵：灵魂。潏汩（zhì gǔ）：原义为水流貌，此指意识流动。　　[19]怊（chāo）怅：惆怅。　　[20]邈：远。　　[21]霾：湿雾与尘埃。披离：分散貌。泮（pàn）释：消散。　　[22]施：用。岳渎：五岳四渎。五岳谓泰、华、衡、恒、嵩五座名山，四渎谓江、河、淮、济四水。　　[23]参差：高低不齐。白黑：谓有白有黑，即有明有暗。　　[24]崩骞：崩谓坠落，骞谓高举，形容忽上忽下。　　[25]故都：指长安。委坠：下落。　　[26]瞰（kàn）：俯视。乡间：即乡里。修直：指乡间道路。修，长。　　[27]原田：空旷的田地。芜秽：荒芜破败。峥嵘：高貌。　　[28]乔木：高大的树木。摧解：摧折。垣庐：墙壁与房屋。　　[29]嵎（yú）嵎：山高貌。岩立：矗立。岩，形容高险。　　[30]泪泪：水流声。　　[31]恍惘：恍惚怅惘，形容精神迷惑，心灵空虚。　　[32]汪浪（láng）：泪流貌。陨轼：（泪）洒在车前的横木上。陨，落。轼，车前横木。　[33]曛黄：黄昏。黝（yǎn）漠：黑暗而宁静。　[34]周流：周游。极：止。　[35]纷：多。伿儗（chì yì）：迟疑貌。《汉书·司马相如传》相如《大人赋》："沛艾赳螑，仡以伿儗兮。"颜师古注引张揖曰："伿儗，不前也。"　[36]回互：忐忑不安。壅塞：不通畅。　[37]喤（huáng）：象钟声。戒旦：指报晓的钟声。　[38]陶：沉迷于其中。"陶"可训为某种情状，如陶醉、郁陶等。寤：醒。　[39]罾罻（zēng wèi）：罗网。罾为捕鱼的网，罻为捕鸟的网。此句言醒来后觉得身上盖的被子就像罩着罗网。　[40]桎梏：脚镣手铐。桎，足械。梏，手械。　[41]"伟仲尼之圣德兮"二句：孔子字仲尼。《论语·子罕》："子欲居九夷，或曰：'陋如之何？'子曰：'君子居之，何陋之有？'"何晏集解引马融曰："九夷，东方之夷有九种。"　[42]流游：犹流落。《孔子家语》卷五载孔子在陈绝粮，"愈慷慨讲诵，弦歌不衰，乃召子路而问焉，曰：'《诗》云"匪兕匪虎，率彼旷野"，吾道非乎？奚为至于此？'"　[43]老聃：即老子李耳。《史记·老子列传》云：老子居周，见周之衰，乃西出函谷关而去。适：赴。戎：古代称西部的少数民族为戎。　[44]淳茫：原始荒漠。　[45]蒙庄：庄子，为蒙人。恢怪：离奇神异。　[46]寓：托。大鹏：《庄子·逍遥游》："北冥有鱼，其名为鲲。鲲之大，不知其几千里也。化而为鸟，其名为鹏。鹏之背，不知其几千里也。怒而飞，其翼若垂天之云。是鸟也，海运则将徙于南冥。"　[47]胡为：何为。慕：思慕。　[48]首丘：《礼记·檀弓上》："古之人有言曰：狐死正丘首，仁也。"狐穴在丘，将死即往其居处，以首枕之。后指人死后返葬故乡。　[49]鸟兽之鸣号兮：《礼记·三年问》："今是大鸟兽，则失丧其群匹，越月逾时焉，则必反巡，过其故乡，翔回焉，鸣号焉，蹢躅焉，踟蹰焉，然后乃能去之。"　[50]曲顾：回顾。　[51]胶：固执。衷：心。　[52]判析：离分。　[53]三复：多次反复。　[54]极：尽。愬：同"诉"。

[点评]

《旧唐书·柳宗元传》:"宗元少聪警绝众,尤精西汉《诗》《骚》,下笔构思,与古为侔。精裁密致,璨若珠贝,当时流辈咸推之。……既罹窜逐,涉履蛮瘴,崎岖堙厄,蕴骚人之郁悼,写情叙事,动必以文。为骚文十数篇,览之者为之凄恻。"宋代严羽也说"唐人惟子厚深得骚学"(《沧浪诗话·诗评》)。以此赋而论,便深得屈骚内容、形式之精髓。此赋述思归之苦,假借梦境,极思盼归,凄切哀怨,如泣如诉,感人至深,确为唐人骚体赋中的佳作。祝尧评此赋说:"赋也,中含讽与怨意,其有得于变风之余者。中间意思全是就《离骚》中脱出。"(《古赋辩体》卷七)

囚山赋 [1]

楚越之郊环万山兮 [2],势腾踊夫波涛 [3]。纷对回合仰伏以离迾兮 [4],若重塘之相褒 [5]。争生角逐上轶旁出兮 [6],其下坼裂而为壕 [7]。欣下颓以就顺兮 [8],曾不亩平而又高 [9]。沓云雨而渍厚土兮 [10],蒸郁勃其腥臊 [11]。阳不舒以拥隔兮 [12],群阴沍而为曹 [13]。侧耕危获苟以食兮 [14],哀斯民之增劳 [15]。攒林麓以为丛棘兮 [16],虎豹咆㕧

写永州周围的山势,亦雄伟而壮观矣,然给人以压抑之感。林纾:"通篇着眼在'阳不舒以拥隔兮,群阴沍而为曹'。"(《韩柳文研究法·柳文研究法》)

代狴牢之吠嗥[17]。胡井眢以管视兮[18]，穷坎险其焉逃[19]。顾幽昧之罪加兮[20]，虽圣犹病夫嗷嗷[21]。匪兕吾为柙兮[22]，匪豕吾为牢[23]。积十年莫吾省者兮[24]，增蔽吾以蓬蒿[25]。圣日以理兮贤日以进[26]，谁使吾山之囚吾兮滔滔[27]！

“匪兕吾为柙兮”二句近似呼喊：我不是犀牛，不是野猪，为什么把我关在这笼子里？以下几句依然如此。儒家论诗有温柔敦厚之说，此赋却可谓怨且怒了。

[注释]

[1] 囚山：囚于山。此赋云“积十年莫吾省者”，柳宗元自永贞元年（805）贬永州，可知元和九年（814）于永州作。 [2] 楚越之郊：指永州城外。 [3] 腾踊：起伏貌。此句云山势起伏如大海的波涛。 [4] 纷对：众多的山峰互相对峙。回合：环绕。离迾（liè）：遮挡隔绝。 [5] 重墉（yōng）：层层城墙。褒：拱而尊崇。 [6] 角逐：竞争互比。上轶：向上超越。旁出：多方伸出。 [7] 坼（chè）：裂。壕：沟。 [8] 下颓：向下堆积。 [9] 曾：竟然。不亩平：平地不到一亩。 [10] 沓：会合，集聚。渍（zì）：浸灌。厚土：大地。 [11] 蒸：蒸腾。郁勃：气盛貌。腥臊：指不好闻的气味。 [12] 阳：阳气。拥隔：阻隔。 [13] 群阴：众多阴气。冱（hù）：凝聚。为曹：为朋。 [14] 侧耕：在山坡耕作。危获：在高处收获。 [15] 增劳：加重劳苦。 [16] 攒（cuán）：聚集。林麓：生长林木的山坡。丛棘：丛生的荆棘。古时牢狱周围用棘堵塞，以防犯人逃走。 [17] 咆㘎（hǎn）：咆哮。狴（bì）牢：牢狱。吠嗥：犬的吠叫。犬为守牢之犬。 [18] 胡：为何。井眢（yuān）：井枯。枯井叫眢。此以喻众山围绕中的空地。管视：犹云以管窥天，视界狭小。 [19] 坎险：凶险。《周易·坎》：“习坎，重险也。” [20] 幽昧：昏暗不明。罪加：罪过加身。 [21] 圣：“治”

的避讳字。治谓治世，太平盛世。嗷（áo）嗷：哀鸣声。《诗经·小雅·鸿雁》："哀鸣嗷嗷。"　[22] 兕（sì）：犀牛。柙（xiá）：关野兽的牢槛。《论语·季氏》："虎兕出于柙。"　[23] 豕（shǐ）：野猪。《诗经·大雅·公刘》："执豕于牢。"　[24] 省（xǐng）：了解。此云被人了解。　[25] 增：更加。　[26] 圣："世"的避讳字。理："治"的避讳字。进：被提拔任用。　[27] 滔滔：长久貌。

[点评]

柳宗元在永州的山水之作，大多描写其清幽孤绝，以抒发作者"心凝形释，与万化冥合"的心情。而此赋却以山林为樊笼，将自己比喻为山中的囚徒，表现其厌恶感。世綵堂本《河东先生集》卷二引晁补之曰："仁者乐山，自昔达人，有以朝市为樊笼者矣，未闻以山林为樊笼也。宗元谪南海久，厌山不可得而出，怀朝市不可得而复，丘壑草木之可爱者，皆陷阱也，故赋《囚山》。淮南小山之辞，亦言山中不可以久留，以谓贤人远伏，非所宜尔。何至以幽独为狴牢，不可一日居哉！然终其意近《招隐》，故录之。"陈造《后囚山赋》说："柳先生蜕迹中朝，落身南州，即囚山而命赋，写胸次之幽忧。读者哀之，至今心为之凄恍，而声为之悲啾。"（《江湖长翁集》卷一）作者贬居永州已十年，此赋更强烈、更真实地表达了长期被压抑、无处诉说的愤激之情，因此才将自己比作群山之"囚"。山水何尝是所有人返璞归真的理想之地？要须设身处地以论之。

文

封建论 [1]

天地果无初乎？吾不得而知之也。生人果有初乎 [2]？吾不得而知之也。然则孰为近？曰：有初为近。孰明之？由封建而明之也。彼封建者，更古圣王尧、舜、禹、汤、文、武而莫能去之 [3]，盖非不欲去之也，势不可也。势之来 [4]，其生人之初乎？不初 [5]，无以有封建。封建，非圣人意也。

彼其初与万物皆生 [6]，草木榛榛 [7]，鹿豕狉狉 [8]，人不能搏噬 [9]，而且无毛羽，莫克自奉自卫 [10]，荀卿有言"必将假物以为用"者也 [11]。夫假物者必争，争而不已，必就其能断曲直者而听命焉 [12]。其智而明者，所伏必众 [13]，告之以直而不改 [14]，必痛之而后畏 [15]，由是君长刑政生焉 [16]。故近者聚而为群。群之分，其争必大，大而后有兵 [17]，德又大者 [18]，众群之长又就而

第一段总论封建非圣人意。所谓"势"，即客观趋势，历史发展所不得不然者。柳宗元特意拈出一个"势"字，充分体现了他唯物主义的历史观。孙琮："通篇只以'封建非圣人意'一句为断案。封建既非圣人意，乃古来圣人何以有封建？于是寻出一个'势'字来。起手轻点'势'字。'彼其初'一段，遂极言'势'之所必至，而从'势也'煞住。"（《山晓阁选唐大家柳柳州全集》卷二）高步瀛引沈德潜："势字为一篇主脑。"又说："非圣人意即是势。"（《唐宋文举要》甲编卷四）

听命焉，以安其属，于是有诸侯之列[19]。则其争又有大者焉，德又大者，诸侯之列又就而听命焉，以安其封[20]，于是有方伯、连帅之类[21]。则其争又有大者焉，德又大者，方伯、连帅之类，又就而听命焉，以安其人，然后天下会于一[22]。是故有里胥而后有县大夫[23]，有县大夫而后有诸侯[24]，有诸侯而后有方伯、连帅，有方伯、连帅而后有天子[25]。自天子至于里胥，其德在人者[26]，死必求其嗣而奉之[27]，故封建非圣人意也，势也。

夫尧、舜、禹、汤之事远矣，及有周而甚详[28]。周有天下，裂土田而瓜分之[29]，设五等[30]，邦群后[31]，布濩星罗[32]，四周于天下[33]，轮运而辐集[34]。合为朝觐会同[35]，离为守臣扞城[36]。然而降于夷王[37]，害礼伤尊，下堂而迎觐者[38]。历于宣王[39]，挟中兴复古之德[40]，雄南征北伐之威[41]，卒不能定鲁侯之嗣[42]。陵夷迄于幽、厉[43]，王室东徙[44]，而自列为诸侯矣[45]。厥后，问鼎之轻重者有之[46]，射王中肩者有之[47]，伐凡伯、诛苌弘者有之[48]，天下乖

以上论述人类社会首领、君主的产生是因为"势"。高步瀛引汪武曹："已下就有初推封建所由始，以明其势。"又曰："申明上文意总说一番，极精彩。"（同上）

螯[49]，无君君之心[50]。余以为周之丧久矣[51]，徒建空名于公侯之上耳，得非诸侯之盛强[52]，末大不掉之咎欤[53]？遂判为十二[54]，合为七国[55]，威分于陪臣之邦[56]，国殄于后封之秦[57]。则周之败端，其在乎此矣。

秦有天下[58]，裂都会而为之郡邑，废侯卫而为之守宰[59]，据天下之雄图[60]，都六合之上游[61]，摄制四海[62]，运于掌握之内，此其所以为得也[63]。不数载而天下大坏，其有由矣[64]。亟役万人[65]，暴其威刑[66]，竭其货贿[67]。负锄梃谪戍之徒[68]，圜视而合从[69]，大呼而成群。时则有叛人而无叛吏[70]，人怨于下而吏畏于上，天下相合[71]，杀守劫令而并起。咎在人怨，非郡邑之制失也。汉有天下，矫秦之枉[72]，徇周之制[73]，剖海内而立宗子[74]，封功臣，数年之间，奔命扶伤之不暇[75]。困平城[76]，病流矢[77]，陵迟不救者三代[78]。后乃谋臣献画[79]，而离削自守矣。然而封建之始，郡国居半[80]，时则有叛国而无叛郡。秦制之得，亦以明矣。继汉而帝者，虽百代可知也。唐兴[81]，制州邑，立守宰，

以上论周封建之弊，将其总括为"末大不掉"，一语中的，十分准确。高步瀛引汪武曹："撇去尧舜禹汤，专论周。"（同上）

论秦废封建，立郡县，秦之速亡，并非郡县制之失误。

汉初，郡国各半，然诸侯叛者多，方采取离削诸侯之策。

此其所以为宜也^[82]。然犹桀猾时起^[83]，虐害方域者^[84]，失不在于州而在于兵^[85]，时则有叛将而无叛州。州县之设，固不可革也^[86]。

唐设州县，藩镇反叛，是因为兵制。高步瀛引汪武曹："无叛吏，无叛郡，无叛州，见郡县之制得。"（同上）以上论秦之得、汉之失，以及唐郡县制之无可非议。

[注释]

[1]封建：指周代的封国土、建诸侯的分封制度。《左传》僖公二十四年："昔周公吊二叔之不咸，故封建亲戚，以蕃屏周。"中国历史上封建与郡县之争，其来已久。唐代安史乱后，河北诸镇取得主将世袭以及自署郡县长吏的特权，虽非同姓之王，然形势已与封建无二，显然是威胁唐朝统治的最大隐患。柳宗元论封建出于势不得已，正为此而发。此文大约作于永州。　[2]生人：即生民，指人类，引申为人类社会。因唐太宗名世民，唐人为避其讳，以"人"代"民"字。下文亦是。亦有不避处，当是后人所改。　[3]更：经历。尧、舜、禹、汤、文、武：指唐尧、虞舜、夏禹、商汤、周文王、周武王，都是儒家所称颂的古代圣人。　[4]来：形成，产生。　[5]不初：没有初始阶段的情况。　[6]彼：他们，指人类。　[7]榛（zhēn）榛：杂乱丛生貌。　[8]豕（shǐ）：野猪。狉（pī）狉：成群奔跑貌。　[9]噬（shì）：咬。　[10]莫克：不能。　[11]荀卿：名况，战国赵人，著名思想家。著有《荀子》一书。假物：凭借外物。《荀子·劝学》："假舆马者，非利足也，而致千里。假舟楫者，非能水也，而绝江河。君子生非异也，善假于物也。"　[12]听命：听从命令。　[13]伏：通"服"，服从。　[14]直：谓正确。　[15]痛之：使之痛苦。　[16]君长：谓首领。刑政：刑法与政令。　[17]兵：指兵士，军队。　[18]德：德行，威望。　[19]诸侯：这里指部落首领。列：排列。　[20]封：封疆，指所管辖的区域。　[21]方

伯：一方诸侯的首领。连帅：十国诸侯的首领。《礼记·王制》：
"千里之外，设方伯，五国以为属，属有长。十国以为连，连有
帅。三十国为卒，卒有正。二百一十国为州，州有伯。" [22] 会
于一：统一于一人。　[23] 里胥：里长，相当于乡长。县大夫：县
的长官。　[24] 诸侯：此指小国的君主。　[25] 天子：谓最高的
君主。　[26] 德：此指道德教化。　[27] 嗣（sì）：后代子孙。奉
之：指拥护他作君主。　[28] 有周：即周朝。"有"为词头，无
义。　[29] 裂土田：分割土地。瓜分：像切瓜一样分开。　[30] 五
等：五个级别。《礼记·王制》："公侯伯子男，凡五等。" [31] 邦：
本义为所封之国，此作动词用，即封。后：君长。　[32] 布濩
（hù）：散布。星罗：如繁星罗列。　[33] 周：遍及。　[34] 轮运：
车轮的转动。辐（fú）集：辐为支撑车轮圆边的直条，集中于毂。
毂为装轴的圆环。此句意谓就像车轮围绕中心运转。　[35] 朝
觐（jìn）会同：皆指诸侯朝见天子。春去叫朝，秋去叫觐，天子
随时接见叫会，同时接见许多诸侯叫同。《周礼·春官·大宗伯》：
"以宾礼亲邦国，春见曰朝，夏见曰宗，秋见曰觐，冬见曰遇，时
见曰会，殷见曰同。" [36] 离：分开。守臣：守卫疆土之臣。扞
（hàn）城：守卫城池及城中之民。　[37] 夷王：周夷王，名燮，周
朝第九代天子。　[38] 下堂而迎觐：《礼记·郊特牲》："觐礼，天
子不下堂而见诸侯。下堂而见诸侯，天子之失礼也，由夷王以
下。" [39] 宣王：周宣王，名静，周朝第十一代天子。　[40] 挟：
凭着，凭仗。中兴：复兴。复古：恢复周初的强盛，史有"宣王中兴"
之说。　[41] 雄：逞雄，显示权威。南征北伐：宣王曾起兵讨伐西
戎及北方猃狁，又先后征服荆蛮、淮夷、徐戎等。　[42] 卒：终究。
定鲁侯之嗣：鲁武公九年（前 817），武公与长子括、少子戏西朝
周宣王，王爱戏，欲立戏为鲁太子，仲山甫谏，宣王弗听，卒立
戏为鲁太子。后武公卒，戏立，是为懿公。九年（前 807），懿公

兄括之子伯御与鲁人攻杀懿公，而立伯御为君。伯御即位十一年，宣王伐鲁，杀伯御，而立懿公弟称为鲁君，是为孝公。自是诸侯多畔王命。见《国语·周语上》《史记·鲁周公世家》。　[43]陵夷：逐渐衰落。幽：周幽王，名宫涅，宣王之子，西周的最后一位君主，昏庸淫佚，为犬戎所杀。厉：周厉王，名胡，宣王之父，为政暴虐，引起国人暴动，逃亡到彘，死于该地。　[44]东徙（xǐ）：东迁。周幽王死后，太子宜臼即位，是为平王。第二年即将京城由镐迁至雒邑，史称东周。　[45]自列为诸侯矣：谓把自己降低到与诸侯同等的地位。　[46]问鼎：《左传》宣公三年："楚子观兵于周疆，定王使王孙满劳楚子，楚子问鼎之大小轻重焉。"相传夏禹铸九鼎，是天子权威的象征。　[47]射王中肩：《左传》桓公五年载：周桓王率诸侯伐郑，郑庄公出兵抵抗，诸侯兵溃散，王师大败，郑大夫祝聃射桓王中肩。　[48]凡伯：周桓王的卿士。据《左传》隐公七年：桓王遣凡伯出使鲁国，归至楚丘，为戎人所劫持。苌（cháng）弘：周敬王的大夫。据《左传》哀公三年载：晋国大夫赵鞅、范吉射相攻，苌弘助范氏，范氏败，赵鞅责问周朝，敬王被迫杀苌弘。　[49]乖盭（lì）：反常，违背常理。盭，同"戾"。　[50]君君：以君主为君。前"君"字作动词用。　[51]丧：谓丧失天子的权威。　[52]得非：难道不是，表反问。　[53]末大不掉：义同"尾大不掉"，比喻下不服上。《左传》昭公十一年："末大必折，尾大不掉。"掉，摇动。咎（jiù）：过失。　[54]判：分。十二：春秋时期有十二个主要的诸侯国，即鲁、齐、宋、卫、郑、曹、陈、蔡、晋、秦、楚、燕。　[55]合：兼并。七国：战国时期，基本上只有势力最强的七国，即秦、楚、齐、燕、赵、魏、韩。　[56]陪臣之邦：指战国时齐、赵、魏、韩。周朝天子以诸侯为臣，诸侯以大夫为臣，然至战国，田姓齐取代姜姓齐，赵、魏、韩三家分晋，皆为臣篡主权。　[57]殄（tiǎn）：灭亡。后封之秦：

秦原是周朝的附庸，秦襄公因护送平王东迁有功，才被封为诸侯，故曰后封。秦庄襄王元年（前249），庄襄王命相国吕不韦诛东周之君，东周亡。　[58]"秦有天下"二句：公元前221年，秦灭六国，建立秦朝。秦始皇废除分封制，实行郡县制，将全国分为三十六郡，郡下设县，郡守、县令由朝廷任命。裂，分裂，即废除。都会，指原六国的都城。　[59]侯卫：周朝将王畿之外的土地依远近分为九服，以护卫王室。侯服较近，卫服较远。守宰：秦时郡长官称守，县长官称令。宰也是长官之称，周有邑宰，相当于秦的县令。　[60]雄图：此指形势险要的地区。　[61]都：建都。六合：谓上下四方。上游：秦都咸阳，地势居高临下，故曰上游。《史记·高祖本纪》田肯曰："秦形胜之国，……地势便利，其以下兵于诸侯，譬犹居高屋之上建瓴水也。"　[62]摄制：控制。四海：指全国。　[63]得：得当，正确。　[64]由：原因。　[65]亟（qì）：屡次。役：役使，使服役。秦时，筑长城、造陵墓、建阿房宫，曾强征七十余万民众服役。　[66]暴：残暴地使用。　[67]竭：耗尽。货贿：钱财，财物。　[68]锄梃（tǐng）：锄头和木棍。谪戍：被罚去防守边疆。秦二世元年（前209），陈胜、吴广等九百余人被征赴渔阳守边，行至大泽乡，遇雨误期，按秦法当斩，陈胜、吴广遂率众起义反秦。　[69]圜（huán）视：向周围顾看。合从：众人联合起来。　[70]时则有叛人而无叛吏：《史记·秦始皇本纪》："（陈胜）遣诸将徇地，山东郡县少年苦秦吏，皆杀其守尉令丞反，以应陈涉。"[71]相合：互相呼应，互相配合。　[72]矫：纠正。枉：本义为弯曲，此指偏差、错误。　[73]徇（xùn）周之制：谓沿袭周的分封制。徇，沿袭。　[74]"剖海内而立宗子"二句：汉高祖刘邦统一天下之后，曾封自己的兄弟子侄及功臣如韩信、英布、彭越等为王。剖，划分。宗子，此指皇室子弟。　[75]奔命：奔走应急。扶伤：救护伤病。不暇：没有空闲时间。　[76]平城：今山西大同市东。高祖六年（前201），韩王信叛汉投降匈奴，次年刘邦亲自率军征伐，被匈奴围困于平城七日，用陈平计方得脱身。见《汉书·高帝纪下》。　[77] 流矢：飞箭。高祖十一年（前196），淮南王英布反，刘邦亲往征讨，为流矢所中。见《汉书·高帝纪下》。次年即因伤病去世。　[78] 陵迟：逐渐衰落。不救：不振。三代：指高帝以后的惠帝刘盈、文帝刘恒、景帝刘启，都发生有地方诸侯反叛朝廷的事件。　[79]“后乃谋臣献画”二句：文帝时贾谊、景帝时晁错、武帝时主父偃，都曾向朝廷建议，分割诸侯王的土地，削弱他们的势力。《汉书·诸侯王表序》：“故文帝采贾生之议，分齐、赵。景帝用晁错之计，削吴、楚。武帝施主父之策，下推恩之令，使诸侯王得分户邑以封子弟，不行黜陟而藩国自析。”画，谋划。离削，分散削弱。自守，保守自己。　[80] 郡国：郡县和诸侯国。居半：指汉初两种制度并存，各占一半。　[81]“唐兴”以下三句：唐改郡为州，州设刺史。州下为县。制，设置。州邑，即州县。守宰，指地方长官。　[82] 宜：正确，适宜。　[83] 桀（jié）猾：凶恶狡猾之人，这里指叛乱的藩镇。　[84] 方域：地方。　[85] 州：州县，指州县制。兵：军队，指兵制。唐藩镇可自行募兵，故往往拥有重兵。　[86] 固：固然，确实。革：改变。

高步瀛引储欣：“前列四代，示利害之门；此设三难，破庸人之论。”（《唐宋文举要》甲编卷四）

或者曰[1]：“封建者，必私其土，子其人[2]，适其俗，修其理[3]，施化易也[4]。守宰者，苟其心[5]，思迁其秩而已[6]，何能理乎？”余又非之。周之事迹，断可见矣。列侯骄盈[7]，黩货事戎[8]，大凡乱国多，理国寡。侯伯不得变其政[9]，天子不得变其君[10]，私土子人者，百不有一，失在于制[11]，不在于政，周事然也。秦之事迹，亦断可见矣。有理人之制，而不委郡邑[12]，是矣。有理人之臣，而不使守宰[13]，是矣。郡邑不得正其制[14]，守宰不得行其理，酷刑苦役，而万人侧目[15]，失在于政[16]，不在于制，秦事然也。汉兴，天子之政行于郡不行于国[17]，制其守宰[18]，不制其侯王，侯王虽乱[19]，不可变也，国人虽病[20]，不可除也。及夫大逆不道[21]，然后掩捕而迁之[22]，勒兵而夷之耳[23]。大逆未彰[24]，奸利浚财[25]，怙势作威[26]，大刻于民者[27]，无如之何。及夫郡邑，可谓理且安矣。何以言之？且汉知孟舒于田叔[28]，得魏尚于冯唐[29]，闻黄霸之明审[30]，睹汲黯之简靖[31]，拜之可也，复其位可也[32]，卧而委之以辑一方可也[33]。有罪得以黜[34]，有能得以赏[35]，朝拜而不道[36]，夕斥之矣[37]，夕受而不法[38]，朝斥之矣。设使汉室尽城邑而侯王之[39]，纵令其乱人[40]，戚之而已[41]。孟舒、魏尚之术莫得而施[42]，黄霸、汲黯之化莫得而行[43]，明谴而导之[44]，拜受而退已违矣[45]。下令而削之，缔交合从之谋[46]，周于同列[47]，则相顾裂眦[48]，勃然而起[49]。幸而不起，则削其半，削其半民犹瘁矣[50]，曷若举而移之[51]，以全其人乎[52]？汉事然也。今国家尽制郡邑，连置守宰[53]，其不可变也固矣。善制兵[54]，谨择守[55]，则理平矣[56]。

或者又曰："夏、商、周、汉，封建而延[57]，秦郡邑而促[58]。"尤非所谓知理者也。魏之承汉也[59]，封爵犹建。晋之承魏也[60]，因循不革，而二姓陵替[61]，不闻延祚[62]。今矫而变之[63]，垂二百祀[64]，大业弥固[65]，何系于诸侯哉？或者又以为："殷、周[66]，圣王也，而不革其制，固不当复议也[67]。"是大不然。夫殷、周之不革者，是不得已也。盖以诸侯归殷者三千焉[68]，资以黜夏[69]，汤不得而废[70]。归周者八百焉[71]，资以胜殷，武王不得而易[72]。徇之以为安[73]，仍之以为俗[74]，汤武之所不得已也[75]。夫不得已，非公之大者也[76]，私其力于己也[77]，私其卫于子孙也。秦之所以革之者，其为制，公之大者也，其情私也[78]，私其一己之威也[79]，私其

高步瀛引曾国藩："以上校论封建与郡县之治乱。"（《唐宋文举要》甲编卷四）认为周失在制，不在于政；秦失在政，不在于制；汉郡县可赏贤黜恶，诸侯国则无如之何。归结为唐之郡县制为得，并献太平之策为"善制兵，谨择守"。

尽臣畜于我也[80]。然而公天下之端自秦始[81]。

　　夫天下之道，理安，斯得人者也[82]。使贤者居上，不肖者居下[83]，而后可以理安。今夫封建者继世而理[84]，继世而理者，上果贤乎？下果不肖乎？则生人之理乱，未可知也。将欲利其社稷[85]，以一其人之视听[86]，则又有世大夫世食禄邑[87]，以尽其封略[88]，圣贤生于其时，亦无以立于天下[89]，封建者为之也[90]，岂圣人之制使至于是乎[91]？吾固曰：非圣人之意也，势也。

[注释]

[1]或者：有人。如陆机《五等诸侯论》曰："五等之君，为己思治，郡县之长，为利图物。……五等则不然，知国为己土，众皆我民，民安己受其利，国伤家婴其病，故前人欲以垂后，后嗣思其堂构。"见《文选》卷五四。　[2]子：此处用作动词，即把人民当作自己的子女一样看待。　[3]修：整顿。理：即"治"，即政治。下文同。唐高宗名治，故唐人讳"治"为"理"。　[4]施化：行施教化。　[5]苟：苟且，得过且过。　[6]迁其秩：迁升他官职的品级。　[7]骄盈：骄横傲慢。　[8]黩货：贪财。事戎：好战。　[9]侯伯：指诸侯的首领。　[10]君：此指诸侯国的君主。　[11]制：制度。　[12]不委郡邑：不把权力交给郡县。　[13]不使守宰：《唐宋文举要》甲编卷四引姚鼐曰："理人之臣，治统于丞相、御史大夫，及监郡御史，不使守宰专擅。"即上有监督之意。　[14]"郡邑不得正其制"二句：谓郡县不能修正朝廷的政策法令，地方官员不得推行自己的政治教

以上再驳二论：魏、晋封建，亦不得延祚；殷、周封建，为不得已，是出于私。云秦为郡县，虽亦"私其一己之威"，然为"公之大者"，并言"公天下之端自秦始"。此为石破天惊之语，可令儒者咋舌，然誉秦亦过分。皇帝之称始于秦始皇，秦始皇称帝，也是欲"二世三世至于万世，传之无穷"（《史记·秦始皇本纪》），权力私家所有，与"公天下"远矣。

本段由天下之道立论，归结到封建非圣人意，与篇首呼应。

化。　[15]侧目：斜着眼睛看，形容不满意，愤怒。　[16]政：此谓政治法令。　[17]国：指诸侯国。　[18]制：控制，约束。　[19]乱：指胡作非为。　[20]病：遭受痛苦。　[21]大逆不道：指诸侯王反叛朝廷。[22]掩捕：乘其不备而将他逮捕。迁：此谓流放。　[23]勒兵：率领军队。夷：平定。　[24]彰：显露，暴露。[25]奸利：非法取利。浚财：搜刮钱财。[26]怙（hù）势：倚仗权势。怙，凭仗。　[27]刻：刻剥，刻毒。　[28]孟舒、田叔：皆西汉人。孟舒为云中太守，匈奴大举进犯，劫掠云中，因而被免官。文帝召问田叔谁为天下长者，田叔以孟舒对，并云孟舒当时知士卒疲敝，寡不敌众而失利。文帝遂再用孟舒为云中太守。见《汉书·田叔传》。　[29]魏尚、冯唐：皆西汉人。魏尚为云中太守，匈奴不敢进犯。尝上功幕府，首虏差六级，文吏以法绳之，被免职。冯唐在文帝面前替魏尚辩其功大于过，文帝遂令冯唐持节赦免魏尚，复以为云中太守。见《汉书·冯唐传》。　[30]黄霸：西汉人。《汉书·循吏传·黄霸》载：宣帝时黄霸为颍川太守，外宽内明，得吏民心，治为天下第一。后又为颍川太守，前后八年，郡中愈治。明审：精明审慎。　[31]汲黯：西汉人。《汉书·汲黯传》载其学黄老言，治官民，好清静，不细苛。为东海太守，岁余，东海大治。后武帝又召他为淮阳太守，汲黯以多病辞，武帝许其卧而治之。简靖：简政安民。　[32]复其位：谓孟舒、魏尚复守云中，黄霸复守颍川。　[33]卧而委之：谓委托汲黯卧而治郡。辑：安抚。　[34]黜：罢免。　[35]能：才能，政绩。[36]拜：拜官，任命。不道：不行正道，违法乱纪。[37]斥：斥退。　[38]受：通"授"，授命，任命。　[39]侯王之：谓全部分封给诸侯王。　[40]乱人：即乱民，残害人民。　[41]戚之：为之悲愁。　[42]术：治理的办法。　[43]化：民众的教化。　[44]明谴：公开谴责。导：开导。　[45]拜受而退已违矣：谓下拜接受，事后不执行。　[46]缔交：结交。合从：联合在一起。　[47]周：遍及。　[48]裂眦（zì）：把眼眶睁裂，盛怒貌。眦，眼眶。　[49]勃然：突然发作。起：指反抗。　[50]瘁（cuì）：此谓受苦遭难。　[51]曷（hé）若：何如。举：全部。移：改革，变更。　[52]全：保全。　[53]连置：普遍设置。　[54]制：控制。　[55]守：指州郡长官。　[56]平：平安无事。　[57]延：延续，久长。　[58]促：短促。持上述之论者如曹冏《六代论》：“昔夏、殷、周之历世数十，而秦二世而亡，何则？三代之君，与天下共其民，故天下同其忧，秦王独制其民，故倾危而莫救。”见《艺文类聚》卷一一。　[59]“魏之承汉也”二句：魏继承汉制，也实行过封土赐爵的制度。　[60]“晋之承魏也”二句：晋沿袭魏制，也不改变。　[61]二姓：指曹魏和司马氏之晋。陵替：衰亡。　[62]祚（zuò）：帝位。曹魏只传五帝四十六年，西晋只传四帝五十二年，都不长。　[63]今：指唐朝。　[64]垂：将近。祀（sì）：年。　[65]大业：国家基业。　[66]殷：即商。汤灭夏，国号商。盘庚迁都于殷，后世亦称其为殷。　[67]复议：再来议论。上述言论者如陆机《五等诸侯论》：“昔者成汤亲照夏后之鉴，公旦目涉商人之戒，文质相济，损益有物，故五等之礼，不革于时，封畛之制，有隆焉尔者。”　[68]归殷者三千：《太平御览》卷八三引《尚书大传》：“汤放桀而归于亳，三千诸侯大会，汤取天子之玺，置之于天子之坐左，复而再拜，从诸侯之位。汤曰：‘此天子之位，有道者可以处之矣。夫天下非一家之有也，唯有道者之有也，唯有道者宜处之。’汤以此三让，三千诸侯莫敢即位，然后汤即天子之位。”　[69]资：凭借。黜夏：灭掉夏朝。　[70]废：指废掉诸侯。　[71]归周者八百：《史记·殷本纪》：“西伯既卒，周武王之东伐，至盟津，诸侯叛殷会周者八百。诸侯皆曰：‘纣可伐矣。’”　[72]易：变更。　[73]徇：沿袭。　[74]仍：因袭。俗：习俗。　[75]汤武：商汤、周武王。　[76]公：此指为公，出以公心。　[77]“私其力于己也”二句：意思是说，汤武是为自己考虑，希望诸侯为自己出力，希望他们保卫自己的子孙后代。　[78] 其情私：谓秦实行改革也是出以私心。　[79] 一己之威：个人的权威。　[80] 臣畜：臣服，服从。　[81] 公天下：以天下为公，指废除分封制，国家由朝廷统一管理。　[82] 斯：这。得人：得民心，得人民拥护。　[83] 不肖（xiào）者：无德之人。　[84] 继世而理：世袭而治，即父子继承的制度。　[85] 社稷（jì）：土地与五谷之神。古代建国必立社稷进行祭祀活动，故常以社稷代指国家政权。　[86] 一：统一。视听：所见所闻，引申为思想认识。　[87] 世大夫：世袭的大夫。世食：世代享受。禄邑：封给世大夫的封地。封建制下诸侯国内的大夫也是世袭的，故有此言。　[88] 封略：封疆，指国土。　[89] 立：谓树立功绩，有所建树。　[90] 为之：造成这种后果。　[91] 制：制定制度。

[点评]

　　此文是柳宗元论政治、历史的著名之作，充分体现了柳宗元进步的历史观与政治思想。苏轼说："昔之论封建者，曹元首、陆机、刘颂，及唐太宗时魏徵、李百药、颜师古，其后则刘秩、杜佑、柳宗元。宗元之论出，而诸子之论废矣，虽圣人复起，不能易也。"（《论封建》，《苏轼文集》卷五）李贽也说："柳宗元文章识见议论，不与唐人班行者。《封建论》卓且绝矣，其为叔文等所奇待也宜。"（《藏书》卷三九）柳宗元此论一出，于士大夫中引起不小波澜，议者蜂起，历代不绝。举其著者：赞成者如苏轼、吴莱（见《渊颖吴先生文集》卷八）、杨慎（见《升庵集》卷四八）；反对者如廖偁（见《宋文鉴》卷九四）、胡寅（见真德秀《文章正宗》卷一三附）、叶适（见《习学记言序目》卷四〇）、袁枚（见《小仓山房

文集》卷二三 ）；认为封建与郡县各有利弊者如朱熹（ 见
《朱子语类》卷一○八、一三九 ）、黄震（ 见《黄氏日钞》
卷六○ ）。郡县制是将地方行政权收归朝廷，封建制是立
诸侯来统治地方，封建与大一统，亦属地方与中央朝廷
权力分割的问题。大一统下的朝廷，君主是世袭的；封
建制下的诸侯，也是世袭的。故大一统与封建，是大专
权和小专权的问题，其统治者皆有不亲其民者，亦皆不
能使其必亲其民。在君主专制且世袭的时代，何者为优，
何者为劣，这个问题是没有答案的。《新唐书》卷七八《宗
室列传赞》云："救土崩之难，莫如建诸侯；削尾大之势，
莫如置守宰。"这些观点都是以统治者的长治久安、永保
一家之天下为出发点。不过，专制而世袭之主显然以少
为好，只皇帝一家亦足矣。柳宗元的理想政治是"使贤
者居上，不肖者居下"，亦认识到世袭制之弊："继世而
理者，上果贤乎？下果不肖乎？"这个问题是他无法解
决的。即使郡县制，袁枚诘之曰："必日朝拜而夕斥之矣，
其拜果贤乎？斥者果不肖乎？"（《再书封建论后》，《小
仓山房文集》卷二三 ）柳宗元也是无法回答的。柳宗元
说"上果贤乎"，虽为针对封建制而发，然对世袭制的局
限看得也是很清楚的。柳宗元自然不可能提出民主治国
的理念，然此议之出，亦足以发人深思了。要之，柳宗
元在此文中所提出的论政为公之说，以及论历史发展之
"势"的理论，诚为振聋发聩之论。就文章而论，全篇间
架宏阔，布局严谨，笔势雄俊，论证有力。诚如茅坤所说：
"一篇强词悍气，中间段落却精爽，议论却明确，千古绝
作。"（《唐宋八大家文钞》卷二四 ）林纾也说："今就文
论文，识见之伟特，文阵之前后提紧，彼此照应，不惟

识高，文亦高也。"（《韩柳文研究法·柳文研究法》）

守道论[1]

起论"守道不如守官"非圣人之言，避免将批评的矛头指向孔子。

或问曰："守道不如守官[2]，何如？"对曰：是非圣人之言，传之者误也[3]。官也者，道之器也[4]，离之非也[5]，未有守官而失道[6]，守道而失官之事者也[7]。是固非圣人之言[8]，乃传之者误也。

"官是以行吾道"是此篇的主旨。下论各种等级制度是合理的，对官员有赏有罚也是应该的。然守官以道，"在上不为抗，在下不为损"，并非一味逢迎上意、服从君主之命。官员们"率其职，司其局"，就天下大治了。

夫皮冠者[9]，是虞人之物也[10]，物者道之准也[11]。守其物[12]，由其准，而后其道存焉。苟舍之[13]，是失道也。凡圣人之所以为经纪[14]，为名物[15]，无非道者。命之曰官[16]，官是以行吾道云尔。是故立之君臣、官府、衣裳、舆马、章绶之数[17]，会朝、表著、周旋、行列之等[18]，是道之所存也[19]。则又示之典命、书制、符玺、奏复之文[20]，参伍、殷辅、陪台之役[21]，是道之所由也[22]。则又劝之以爵禄、庆赏之美[23]，惩之以黜远、鞭扑、梏拲、斩杀之惨[24]，是道之所行也[25]。故自天子至于庶人[26]，咸守其经分^[27]，而无有失道者，和之至也^[28]。失其物^[29]，去其准，道从而丧矣。易其小者^[30]，而大者亦从而丧矣^[31]。古者居其位思死其官^[32]，可易而失之哉？《礼记》曰："道合则服从^[33]，不可则去。"孟子曰："有官守者^[34]，不得其职则去。"然则失其道而居其官者，古之人不与也^[35]。是故在上不为抗^[36]，在下不为损^[37]，矢人者不为不仁^[38]，函人者不为仁，率其职^[39]，司其局^[40]，交相致以全其工也^[41]。易位而处^[42]，各安其分，而道达于天下矣。

且夫官所以行道也，而曰守道不如守官，盖亦丧其本矣^[43]。未有守官而失道，守道而失官之事者也。是非圣人之言，传之者误也，果矣^[44]。

再申文前的论点，一呼一应，议论强劲。

[注释]

[1]守道：指遵守一定的原则与道德标准。所谓守官则指居官尽职。此文作年不详，疑作于贞元间。　[2]守道不如守官：所引见《左传》昭公二十年："齐侯田于沛，招虞人以弓，不进，公使执之，辞曰：'昔我先君之田也，旃以招大夫，弓以招士，皮冠以招虞人。臣不见皮冠，故不敢进。'乃舍之。仲尼曰：'守道不如守官，君子韪之。'"又见《孟子·万章下》《孔子家语》卷九。不如，不依照。"如"有"依照"义，见杨树达《词诠》卷

五。　[3]传（zhuàn）：讲解经义的文字称传。　[4]器：指有形的具体事物。道是主观观念，无形。官指做官，为具体事物，故以器喻之。　[5]离：离析，分开。　[6]失道：不遵守道德规范。　[7]失官：未尽到为官的责任。　[8]固：固然，一定。　[9]皮冠：皮制之冠。古代国君田猎，招虞人，以此为符信。　[10]虞人：古代掌管山泽园囿及田猎的官。　[11]准：凭信。　[12]物：指皮冠。　[13]苟：假如，如果。　[14]经纪：纲常，法度。　[15]名物：名号事物。　[16]命：命名，称名。　[17]舆马：车马。章绶：章服与系印的丝带。数：礼数，仪礼标准。古代君臣尊卑有别，官府有名号，官吏有级别，出行所乘坐的车的装饰及驾马的数目、上朝所穿礼服的颜色及图案，以及官印上的丝带，皆因等级的不同而有所不同，以作为身份和等级的标识。　[18]会朝：众臣上朝觐见皇帝。表著：上朝时站立之处。《左传》昭公十一年："会朝之言，必闻于表著之位。"杜预注："朝内列位常处，谓之表著。"周旋：指进退。行（háng）列：队列及行进的次序。　[19]存：依存。　[20]典命：典是记载典章制度的典籍，如《尚书·尧典》《尚书·舜典》。先秦王者之言称命，如《尚书·说命》《尚书·顾命》等。书制：自秦之后，皇帝的命令曰制。天子之书，用玺以封，曰玺书，又曰赐书。符玺（xǐ）：帝王的印信。奏复：即批答。吴讷《文章辨体序说·批答》："盖批答与诏异，诏则宣达君上之意，批答则采臣下章疏之意而答之也。"　[21]参伍、殷辅：《周礼·天官·太宰》："设其参，傅其伍，陈其殷，置其辅。"郑玄注："参，谓卿三人。伍，谓大夫五人。殷，众士。辅，府史、庶人在官者。"陪台：臣之臣为陪，最末等为台。见《左传》昭公七年。役：役使。　[22]由：由来。　[23]爵禄：官爵俸禄。庆赏：行赏奖励。美：光荣，荣耀。　[24]黜（chù）远：罢免，疏远。鞭扑（pū）：鞭打。《广韵·屋韵》："扑，打也。"梏（gù）拲（gǒng）：

把手铐在一起。梏，《说文》："手械也。"拲，《说文》："两手同械
也。"斩杀：杀死。斩为古代死刑的一种，斩首或腰斩。惨：惨烈，
惨痛。　[25]行：实行，执行。　[26]庶人：普通百姓。　[27]经
分：规则、本分。　[28]和：和谐，相安无事。　[29]物：指作
为凭信之物。　[30]易：变易，改变。　[31]大者：指更大的
方面，指与小事相对的大事。　[32]死其官：死于官位。意谓
恪守其职，死亦不渝。　[33]"道合则服从"二句：所引见《礼
记·内则》。　[34]"有官守者"二句：所引见《孟子·公孙丑
下》。不得其职，无法尽其职责。　[35]不与：不以为是，不允
许。　[36]抗：违抗，反抗。意思是说，守道尽职，即使违背君
主之意，也不算反抗。　[37]损：损害。　[38]"矢人者不为不
仁"二句：《孟子·公孙丑上》："矢人岂不仁于函人哉？矢人惟
恐不伤人，函人惟恐伤人。"矢人，造箭之人。函人，造甲的工
匠。　[39]率：遵循，遵行。　[40]司：执掌，主管。局：所掌
管的部分。　[41]交相：互相。致：奉献。全：成全，完善。工：
工作。　[42]易位：不同的地位。处：相处，相互配合。　[43]本：
根本，原则。　[44]果矣：就是，表示肯定。

[**点评**]

　　虞人的行为是守道，孔子用"守道不如守官"肯定
他们，显然认为守官就是服从君主的命令。柳宗元不同
意这种看法，认为官、道一体，守道就是守官，但不好
直接批评孔子，故云后人的记载不可信。储欣说："道为
总名，官有定职，守道不如守官，政欲人守职，以合乎
道耳。此论最善发明圣言。其曰传之者误也，与'隶也
不力'一例看。"（《河东先生全集录》卷一）孔子是否有

此言论可勿论，柳宗元在此文中强调居官以道，官、道一体，非道则去，故守官即守道。然无论守道还是守官，都不是唯君主之命是从，而是恪尽职守，按原则办事。黄震评此文说："以守道不如守官，非圣人之言，且谓官所以行道，未有守官而失道、守道而失官之事者，其论正矣。然愚犹谓守道，我之事也；守官，非我之所可必也。若董狐为史官，以死是官，与道俱守也。舍是而必曰守官，吾恐官之守，道之离也。盍亦反其言而言曰：守官不如守道，庶几官可守则守，不可则去之，而道未尝不守也。"（《黄氏日钞》卷六〇）

驳复仇议 [1]

臣伏见天后时 [2]，有同州下邽人徐元庆者 [3]，父爽为县尉赵师韫所杀 [4]，卒能手刃父仇 [5]，束身归罪 [6]。当时谏臣陈子昂建议诛之而旌其闾 [7]，且请编之于令 [8]，永为国典。臣窃独过之 [9]。

以上略述案件经过及陈子昂之议。

臣闻礼之大本 [10]，以防乱也，若曰无为贼虐 [11]，凡为子者杀无赦 [12]。刑之大本 [13]，亦以防乱也，若曰无为贼虐 [14]，凡为理者杀无赦 [15]。其本则合 [16]，其用则异，旌与诛莫得而并焉 [17]。诛其可旌，兹谓滥 [18]，黩刑甚矣 [19]。旌其可诛，兹谓僭[20]，坏礼甚矣。果以是示于天下[21]，传于后代，趋义者不知所以向[22]，违害者不知所以立[23]，以是为典，可乎？盖圣人之制[24]，穷理以定赏罚[25]，本情以正褒贬[26]，统于一而已矣[27]。向使刺谳其诚伪[28]，考正其曲直[29]，原始而求其端[30]，则刑礼之用，判然离矣[31]。何者[32]？若元庆之父，不陷于公罪[33]，师韫之诛[34]，独以其私怨[35]，奋其吏气[36]，虐于非辜[37]，州牧不知罪[38]，刑官不知问[39]，上下蒙冒[40]，吁号不闻[41]，而元庆能以戴天为大耻[42]，枕戈为得礼[43]，处心积虑[44]，以冲雠人之胸[45]，介然自克[46]，即死无憾，是守礼而行义也。执事者宜有惭色[47]，将谢之不暇[48]，而又何诛焉？其或元庆之父[49]，不免于罪[50]，师韫之诛，不愆于法[51]，是非死于吏也，是死于法也，法其可雠乎[52]？雠天子之法，而戕奉法之吏[53]，是悖骜而凌上也[54]。执而诛之[55]，所以正邦典[56]，而又何旌焉？

且其议曰[57]："人必有子，子必有亲，亲亲相雠[58]，其乱谁救？"是惑于礼也甚矣[59]。礼

以上议断案依"礼"还是依"刑"，因标准不同，结果也不一样。唐顺之："以礼、刑大本上说起，是议论大根源处。且谓诛、旌不得并，破其首鼠两端之说，最有意见。"（明阙名评选《柳文》卷五引）

钱谷："此下设为两段议论，又深明旌、诛所以不可并处。"（同上引）

楼昉："死于吏、死于法等语，剖判精详，真辨折得倒。"（同上引）

之所谓雠者，盖以冤抑沉痛[60]，而号无告也[61]，非谓抵罪触法[62]，陷于大戮[63]。而曰"彼杀之，我乃杀之"，不议曲直，暴寡胁弱而已[64]，其非经背圣[65]，不亦甚哉！《周礼》[66]："调人掌司万人之雠[67]。凡杀人而义者[68]，令勿雠，雠之则死。""有反杀者[69]，邦国交雠之。"又安得亲亲相雠也[70]？《春秋公羊传》曰[71]："父不受诛[72]，子复雠可也。父受诛，子复雠，此推刃之道。复雠不除害。"今若取此以断两下相杀[73]，则合于礼矣。且夫不忘雠，孝也；不爱死[74]，义也。元庆能不越于礼[75]，服孝死义[76]，是必达理而闻道者也[77]。夫达理闻道之人，岂其以王法为敌雠者哉[78]？议者反以为戮[79]，黩刑坏礼，其不可以为典，明矣。

请下臣议[80]，附于令[81]，有断斯狱者[82]，不宜以前议从事[83]。谨议。

[注释]

[1]复雠：报仇。"雠"通"仇"。议：评议事物是非得失的一种文体。此文作于贞元二十一年（805）在京为礼部员外郎时。《新唐书·孝友传》载：徐元庆报父仇，自囚诣官，左拾遗陈子昂

吴楚材、吴调侯："引《周礼》《公羊》，以明杀人不义，与不受诛者，皆可复雠。论有根据，一篇主意，具见于此。"（《古文观止》卷九）

蒋之翘引钱谷："以上论旌、诛不可并，至此以达理闻道与元庆，而深抑当时之议诛者，甚有着落。"（辑注《柳河东集》卷四）吴楚材、吴调侯："收段就元庆立论，所以重与之，而深抑当时之议诛者，是通篇结案。"（《古文观止》卷九）

议诛元庆，然后旌闾墓，时以其言为是。后礼部员外郎柳宗元驳之。　[2]伏：古代臣子向皇帝报告事情或陈述意见时表示恭敬的用词。天后：即武则天。武则天原为唐高宗的皇后，号天后。天授元年（690）称帝，改国号为周，至神龙元年（705）病逝，其子中宗复位，恢复唐号，谥武则天曰则天大圣皇后。　[3]同州：唐同州冯翊郡，治所在今陕西大荔县。下邽（guī）：县名，唐属同州。今陕西渭南市东北。　[4]父爽为县尉赵师韫（yùn）所杀：徐元庆父徐爽为赵师韫所杀，师韫时为下邽县尉。后师韫为御史，元庆为报父仇，乃变姓名，于驿家作佣工。师韫旅宿驿亭时，元庆手刃师韫，赴官府自首。　[5]卒：终于。手刃：亲手将其杀死。　[6]束身归罪：把自己捆绑起来投案认罪。　[7]谏臣：给皇帝提建议、作谏诤的官。陈子昂：字伯玉，梓州射洪人（今四川射洪）。武则天时曾任右拾遗。徐元庆杀赵师韫后，当时议者以元庆孝烈，欲舍其罪，陈子昂建议：以为国法专杀者死，元庆宜正国法，然后旌其闾墓，以褒其孝义。旌（jīng）其闾（lú）：在他家的巷口用立牌坊或赐匾额的方式进行表彰。旌，表扬。闾，里巷大门。　[8]"且请编之于令"二句：之，指陈子昂所提出的处理办法。令，法令。国典，国家法典。　[9]窃：陈述个人意见时的谦辞。过：认为错误、失当。　[10]礼：此指道德伦理。大本：根本作用。　[11]无为贼虐：不要随便杀人。谓不能判徐元庆死刑。贼虐，残害。　[12]凡为子者杀无赦：凡是儿子为报杀父之仇所杀的人（如赵师韫），都是罪有应得，不能赦免的人。　[13]刑：刑法。　[14]无为贼虐：不许随便杀人。此谓徐元庆不得擅自杀死赵师韫。　[15]凡为理者杀无赦：凡是官府依照刑律定为死刑的人（指徐元庆），也是有罪当死，不能赦免的人。理者，治者，指治理人民的官吏。　[16]"其本则合"二句："本"指"礼"和"刑"的作用，是说"礼"和"刑"的作用是一致的，但它们的适用范围却不同。　[17]莫得而并：不能同时并用。　[18]兹为滥：这叫滥杀。　[19]黩刑：滥用刑法。　[20]僭（jiàn）：越轨，非法。　[21]果：果真。以是：拿这个。示：公示，作样板。　[22]趋义者：指按照道德正义行事的人。向：追求的方向。　[23]违害者：指处理犯法人事的官吏。不知所以立：无所适从之意。　[24]制：制度，法则。　[25]穷理：推究事理。　[26]本情：根据情理。　[27]统于一：归于一致。谓"礼"和"刑"不能互相矛盾。　[28]向使：假使。刺谳（yàn）：调查和定罪。谳，《集韵·线韵》："议罪也。"诚伪：真实还是作假。　[29]考正：辨别，分清。曲直：是非。　[30]原始：考察事情的原由。原，考察，推究。端：指原因，发端。　[31]判然：明显地，清楚地。离：区别，区分。[32]何者：为什么。[33]公罪：指违犯国法之罪。[34]之诛：指对徐爽的杀害。　[35]私怨：私人仇恨。　[36]奋：发作，施展。吏气：指官吏的架子、威严。　[37]虐：迫害。非辜：无辜，无罪的人。　[38]州牧：州郡的长官。不知罪：不知加罪于他（赵师韫），不治他的罪。　[39]刑官：刑部的官员。不知问：不予过问。　[40]蒙冒：蒙蔽，包庇。　[41]吁号（háo）：指鸣冤叫屈。《尚书·泰誓中》："无辜吁天。"吁，呼喊。　[42]以戴天为大耻：不共戴天之意，形容仇恨极深。戴天，与仇人共同生活在一个天底下。《礼记·曲礼上》："父之雠，不与共戴天。"　[43]枕戈：枕着武器睡觉，形容报仇心切。《礼记·檀弓上》："子夏问于孔子曰：'居父母之仇，如之何？'夫子曰：'寝苦枕干不仕，弗与共天下也。'"干，盾牌。得礼：合乎礼教。　[44]处心积虑：长久地在心里计划和思考。　[45]冲：冲击。此处意为刺杀。　[46]介然：特立独行、坚定不移的样子。自克：自我担当。　[47]执事者：执法的人。指州牧、刑部官员。宜：应当。　[48]谢之：向他（徐元庆）道歉。不暇：来不及。　[49]其或：假如。　[50]不免于罪：确实有罪。　[51] 愆（qiān）：违反。　[52] 雠：谓为仇敌。　[53] 戕（qiāng）：杀害。　[54] 悖骜（bèi ào）：桀骜不驯。凌上：犯上，不服管辖。　[55] 执：捉拿，逮捕。　[56] 正邦典：维护国家法律。　[57] 其议：指陈子昂的《复雠议状》。　[58] 亲亲相雠：各自为了孝敬自己的父母而互相仇杀。前一"亲"字用作动词，爱、敬之意。　[59] 惑：迷惑，不懂得。　[60] 冤抑：冤屈，冤枉。　[61] 号：呼号。此指申诉。　[62] 抵罪触法：犯罪违法。　[63] 大戮：指死罪。　[64] 暴寡：欺压侵害孤寡。胁弱：威胁弱者。　[65] 非经背圣：违反经典，背离圣人教导。　[66]《周礼》：记述先秦政治制度的书，儒家经典之一。　[67] 调人掌司万人之雠：引自《周礼·地官·调人》："调人掌司万民之难而谐和之。"调人，官名，主司法。掌司万人之雠，负责调解人们之间的仇怨。　[68]"凡杀人而义者"以下三句：引自《周礼·地官·调人》："凡杀人而义者，不同国，令勿雠，雠之则死。"而义，合乎道义。勿雠，不要视之为仇敌。　[69]"有反杀者"二句：引自《周礼·地官·调人》："凡杀人有反杀者，使邦国交雠之。"反杀，指因报杀人之仇而杀人。邦国，全国。交雠之，共同视其为仇敌。交，共同。　[70] 安得：怎么能够。　[71]《春秋公羊传》：《春秋》三传之一。旧说由孔子弟子子夏传于齐人公羊高，汉景帝时由公羊高的玄孙公羊寿与弟子胡毋子都成书。　[72]"父不受诛"以下六句：引自《公羊传》定公四年。何休注云："一往一来曰推刃。不除害，谓取雠身而已，不得兼其子。"不受诛，不是犯罪被杀。推刃，谓互相杀害不止。不除害，谓复仇只杀仇主，不能兼杀其亲人。　[73] 取此：拿这个作标准。断：判断。两下相杀：指赵师韫杀徐元庆之父，徐元庆又杀赵师韫。　[74] 爱：吝惜。　[75] 越：违背。　[76] 服孝死义：遵守孝道，为义而死。　[77] 达理：通达情理。闻道：懂得圣人之道。　[78] 王法：指国家法律。　[79] 议者：指陈子昂。　[80] 请下臣议：请求发下我这篇议论。　[81] 附于令：

附在法令之后。　　[82]斯狱：这一类案件。　　[83]从事：处理。

[点评]

　　子报父仇事，《新唐书·孝友传》载张琇、王君操、赵师举、同蹄智寿、徐元庆、余常安、梁悦、康买得等数人，并载陈子昂、柳宗元、韩愈之议。陈子昂议为徐元庆发，柳宗元则驳陈议，韩愈议则为梁悦发。在礼、法并行的中国古代，此种案例殊难判断，左袒为法，右袒为礼。评论者亦众说纷纭，各自为辞。陈子昂正国之典、旌表闾墓之议实为调和折中的办法。柳宗元则认为执法与旌表二者不可兼行，只是没有具体说明赵师韫之杀徐爽是出于私怨，还是徐爽确实触犯法律。不过由柳宗元所述来看，对于徐元庆之投诉"上下蒙冒，吁号不闻"，有官官相护之嫌，徐爽大概是被冤杀的，故认为徐元庆事有可原。柳宗元也说如果徐爽确实有罪，赵师韫是依法行事，徐元庆杀赵师韫则是"戕奉法之吏"，就要"执而诛之"了。韩愈议曰："有复父雠者，事发，具其事下尚书省集议以闻，酌处之。"是说要具体分析，分别而论。柳宗元议执法与旌表不可兼行，是也；然其肯定徐元庆的行为，并以合乎礼义许之，这种报仇实属私自执法，作者的这种观点我们如今却不能认同。柳宗元的本意是要杜绝冤案，为民众着想，可是，以法治社会而言，法律为世人一切行为的准则，依法办事，违法者按律惩处，且执法之权归于法律部门，个人不得擅行其事。汪琬《复雠议》说："复雠之议，载于《周官》《礼记》《春秋》，见于陈子昂、韩愈、柳宗元、王安石之文者详矣，吾不敢复剿其辞，惟以国家之律。"（《尧峰文钞》卷一）是说要以法律为准绳，庶可避免各执一端之论。就文章而论，茅坤《唐宋八大家文钞》卷二四引唐荆川（顺之）说："此等文字极严，无一字懒散。"又说："理精而文正，《左氏》《国语》之亚也。"孙琮说："前半幅说旌与诛不可并用，后半幅说宜旌不宜诛。盖前半是论理，故作两平之论，后半是论事，故作侧重之语。前半写旌诛不可并用，妙在中幅分写得明畅。后半写宜旌不宜诛，妙在引证得的确。"（《山晓阁选唐大家柳柳州全集》卷一）

桐叶封弟辩[1]

古之传者有言[2]：成王以桐叶与小弱弟[3]，戏曰[4]："以封汝。"周公入贺[5]，王曰："戏也。"周公曰："天子不可戏。"乃封小弱弟于唐[6]。吾意不然。王之弟当封耶？周公宜以时言于王[7]，不待其戏而贺以成之也[8]。不当封耶？周公乃成其不中之戏[9]，以地以人与小弱者为之主[10]，其得为圣乎？且周公以王之言不可苟焉而已[11]，必从而成之耶？设有不幸[12]，王以桐叶戏妇寺[13]，亦将举而从之乎[14]？凡王者之德[15]，

吴楚材、吴调侯：（天子不可戏）"一句抹倒。"（《古文观止》卷九）

高步瀛引李刚己："此数语驳辩至为透快，然其用笔则仍取宕漾之势。"（《唐宋文举要》甲编卷四）

在行之何若[16]，设未得其当[17]，虽十易之不为病[18]。要于其当[19]，不可使易也，而况以其戏乎[20]？若戏而必行之，是周公教王遂过也[21]。

吾意周公辅成王宜以道[22]，从容优乐[23]，要归之大中而已[24]，必不逢其失而为之辞[25]。又不当束缚之，驰骤之[26]，使若牛马然，急则败矣[27]。且家人父子尚不能以此自克[28]，况号为君臣者耶[29]？是直小丈夫𡙡𡙡者之事[30]，非周公所宜用，故不可信。或曰：封唐叔，史佚成之[31]。

[注释]

[1]桐叶封弟：事见《吕氏春秋·审应览·重言》、刘向《说苑·君道》。辩：文体的一种。此篇为辩驳之文。　[2]传(zhuàn)者：指撰写史书的人。言：记载。　[3]成王：周成王，名诵，武王之子，十三岁继位。小弱弟：年幼的弟弟，指武王幼子叔虞。　[4]戏：开玩笑。　[5]周公：名旦，周文王之子、武王之弟。武王死后，成王年幼，周公辅政。　[6]唐：古地名，在今山西翼城县西。上古桐、唐同音，周公故有此贺。　[7]宜以时：应当在适当的时候。　[8]成：促成。　[9]不中(zhòng)：不合适，不恰当。　[10]与：给予。　[11]苟：苟且，随便。　[12]设：假如。不幸：不好的事，糟糕的事。　[13]妇寺：妇人和宦官。《诗经·大雅·瞻卬》："时维妇寺。"毛传："寺，近也。"　[14]举：赞许，同

意。　[15]德：道德。　[16]行：施行，实践。　[17]当（dàng）：适当，妥当。　[18]易：改变。病：缺点，过错。　[19]要：如果，倘若，表假设。于其当：在其当，即做的是正确的事。　[20]况：何必。[21]遂过：将就过错，依从过错。[22]道：正道。[23]从容：不慌不忙。优乐：优游快乐。　[24]大中：柳宗元文章中屡言"大中"，如《断刑论下》："当也者，大中之道也"；《时令论下》："立大中，去大惑"。本为王通所发明。刘禹锡《宣歙池观察使赠左散骑常侍王公神道碑》云王质为文中子王通之后，"始文中先生有重名于隋末……以大中立言"（《刘梦得文集》卷三）。其意当是"中和通变"，即结合形势，不拘泥。　[25]逢：逢迎。为之辞：找说辞为之开脱。　[26]驰骤：本义指马奔驰，此谓催促逼迫。　[27]败：坏事。　[28]且家人父子尚不能以此自克：此句言父子家人之间免不了也开开玩笑。此，指开玩笑。克，克制。指不得开玩笑。　[29]号：名号。　[30]直：只不过。小丈夫：小男孩。缺（quē）缺：同"缺缺"，小智貌，即小聪明。《老子》："其政察察，其民缺缺。"[31]史佚：周武王时太史，或称尹佚。《史记·晋世家》："成王与叔虞戏，削桐叶为珪，以与叔虞，曰：'以此封若。'史佚因请择日立叔虞。成王曰：'吾与之戏耳。'史佚曰：'天子无戏言，言则史书之，礼成之，乐歌之。'于是遂封叔虞于唐。""或曰"即谓此。

[点评]

"天子无戏言"之说，目的在神化帝王，似乎咳唾皆成珠玉。柳宗元力驳此说，帝王也是人，如果说错，"虽十易之不为病"；也可嬉笑，"且家人父子尚不能以此自克"。故宗元此文，意在破除圣人迷信，并批判某些人

"拿着鸡毛当令箭"。虽然文末云周公促成桐叶封弟之事为"不可信",似乎是在回护圣人,但全篇之意仍是在说:周公即使做了这事,也是错的。黄震说:"谓不当因其戏而成之,甚当。"(《黄氏日钞》卷六〇)谢枋得评此文说:"七节转换,义理明莹,意味悠长。字字经思,句句着意,无一字懈怠,亦子厚之文得意者。"(《文章轨范》卷二)

《论语》辩二篇 [1]

上　篇

　　或问曰:"儒者称《论语》孔子弟子所记,信乎?"曰:未然也 [2]。孔子弟子,曾参最少 [3],少孔子四十六岁。曾子老而死,是书记曾子之死 [4],则去孔子也远矣 [5]。曾子之死,孔子弟子略无存者矣 [6]。吾意曾子弟子之为之也 [7],何哉?且是书载弟子必以字 [8],独曾子、有子不然 [9],由是言之,弟子之号之也 [10]。"然则有子何以称子?"曰:孔子之殁也 [11],诸弟子以有子为似夫子,立而师之,其后不能对诸子之问,乃叱避而退,则固尝有师之号矣 [12]。今所记独曾子最后死,余是以知之。盖乐正子春、子思之

可见柳宗元读书之细,善发前人之所未发。

再设一问,再作答。此疑一解,观点自然得立。

徒与为之尔[13]。或曰：孔子弟子尝杂记其言[14]。然而卒成其书者，曾氏之徒也[15]。

结论。高步瀛引何焯："收处甚密。"（《唐宋文举要》甲编卷四）

[**注释**]

[1]《论语》：儒家经典之一，记述孔子及其弟子的言行。《汉书·艺文志》："《论语》者，孔子应答弟子时人，及弟子相与言，而接闻于夫子之语也。当时弟子各有所记，夫子既卒，门人相与辑而论纂，故谓之《论语》。"何晏《〈论语集解〉序》云：汉有《鲁论语》二十篇，《齐论语》二十二篇，多出《问王》《知道》，其二十篇中章句亦有不同。鲁恭王时，欲以孔子宅为宫，坏壁得古文《论语》，有二十一篇，分合与篇次不与齐、鲁《论》同。安昌侯张禹本受《鲁论》，兼讲齐说，善者从之，号曰《张侯论》，为世所贵。古《论》唯博士孔安国为之训说，而世不传。汉末，大司农郑玄就《鲁论》篇章考之齐、古，以为之注。后世所传即来源于郑本。可知《论语》的写作与编定皆有一个过程。《论语》为孔子弟子甚至再传弟子的记学之言，出于多人之手，柳宗元认为是曾参的学生所写定，自有道理。程颐《程子遗书》外书卷六云："《论语》，曾子、有子弟子论撰，所以知者，唯曾子、有子不名。"陆九渊《陆象山全集》卷三四《语录上》云："夫子平生所言，岂止如《论语》所载？特当时弟子所载止此耳。今观有子、曾子独称子，或多是有若、曾子门人。"便皆采柳宗元之说。　[2]未然：未必如此。　[3]曾参：即曾子，字子舆，鲁国南武城（今山东平邑）人。　[4]曾子之死：《论语·泰伯》："曾子有疾，召门弟子曰：'启予足，启予手。'"　[5]远：时间久长。　[6]略：皆，全都。　[7]为之：谓作《论语》。　[8]必以字：必以字称之。　[9]有子：孔子弟子，姓有名若，小孔子三十三

岁。不然：不是这样。　　[10]弟子：此指曾子的弟子。号之：称呼他（曾参）。　　[11]"孔子之殁也"以下五句：《史记·仲尼弟子列传》载：孔子既殁，诸弟子思慕，有若状似孔子，弟子相与立为师，师之如夫子时。他日，弟子有所问，有若默然无以应，弟子起曰："有子避之，此非子之座也。"殁，死亡。师之，像老师一样对待他。叱避，喝叱、躲避。退，谓有若退下师座，不再充当老师了。　　[12]固：固然，一定。师之号：老师的称呼。　　[13]乐正子春：曾子弟子。《礼记·檀弓上》："曾子寝疾，病，乐正子春坐于床下。"郑玄注："子春，曾参弟子。"子思：孔子之孙、孔鲤之子，名伋。子思为曾子弟子，未见汉人有此说。韩愈《送王秀才埙序》："子思之学，盖出曾子。"后世多从此说。徒：一类人。　　[14]其：此指孔子。　　[15]曾氏之徒：曾参的弟子。徒，门徒、弟子。

下　篇

"尧曰：'咨[1]，尔舜[2]，天之历数在尔躬[3]，四海困穷[4]，天禄永终[5]。'舜亦以命禹[6]。曰[7]：'余小子履[8]，敢用玄牡[9]，敢昭告于皇天后土[10]，有罪不敢赦[11]。万方有罪[12]，罪在朕躬[13]。朕躬有罪，无以尔万方[14]。'"或问之曰："《论语》书记问对之辞尔[15]，今卒篇之首[16]，章然有是[17]，何也？"柳先生曰：《论语》之大[18]，莫大乎是也。是乃孔子常常讽道之辞云尔[19]。彼孔子者，覆生人之器者也[20]，上之尧

又发现问题。上一段文字出现在《论语》中的确有些显眼，与全书的内容与风格皆不类。

舜之不遭[21]，而禅不及己[22]；下之无汤之势[23]，而己不得为天吏[24]。生人无以泽其德[25]，日视闻其劳死怨呼[26]，而己之德涸然无所依而施[27]，故于常常讽道云尔而止也。此圣人之大志也，无容问对于其间[28]。弟子或知之，或疑之不能明[29]，相与传之，故于其为书也卒篇之首[30]，严而立之[31]。

"彼孔子者"以下数句说明柳宗元亦可谓孔子知己。吴闿生："识议能见其大，文亦雍容有度。柳子志在用世，固以天下自任者。虽不敢遽比宣圣，而意中实有所注，故津津然有味乎其言之也。"（《古文范》卷三）此评亦知柳子。

[注释]

[1]咨（zī）：语气词。　[2]尔：你。　[3]历数：谓天运，上天的使命。尔躬：你（指舜）身上。　[4]四海：指天下。困穷：困顿穷迫。　[5]天禄：上天给你的禄位。终：终止。　[6]舜亦以命禹：舜也以尧命己之辞命禹。　[7]曰：按此下为商汤的话，故"曰"当为"汤曰"。《论语集解》引孔安国曰："履，殷汤名也。此伐桀告天之文。殷家尚白，未变夏礼，故用玄牡也。……《墨子》引《汤誓》，其辞若此。"然《墨子·兼爱》又引作汤祷雨之辞，与孔安国之注不同。　[8]余小子：上古帝王自称之词。履：汤名。又《史记·殷本纪》云汤名天乙。　[9]敢：自谦之词，意同"岂敢"或"谨"。玄牡（mǔ）：黑色公牛。夏尚黑，汤伐桀时未改夏色，故犹用黑牡。　[10]昭告：公开告示。皇天后土：指天地。　[11]赦：赦免，免除。　[12]万方：指天下。　[13]朕躬：我自身。朕为古代帝王自称。　[14]无以尔万方：不要因为你（指桀）而连累天下。按：以上所引为《论语·尧曰》之辞，文字略有出入。　[15]书记：记录，记载。　[16]卒篇之首：《尧曰》为《论

语》最后一篇,"尧曰"之章居此篇之首,故云。 [17]章然:明明白白。 [18]大:伟大,宏伟。 [19]讽:诵。 [20]覆:覆盖。生人:即生民,指人民大众。器:容器。将孔子比作覆盖生民的容器,意谓孔子以生民为忧,为生民着想。 [21]遭:遇。 [22]禅(shàn):禅让。古代帝王让位于他姓,称禅让。尧、舜、禹三代皆是禅让。不及己:轮不到自己。 [23]势:势力。 [24]天吏:天使,上天的使者。 [25]泽:润泽。此谓接受润泽。德:指道德教化。 [26]视闻:看到和听到。劳死怨呼:劳苦、死亡、哀怨、呼号。 [27]涸(hé)然:竭尽貌。依:依靠。施:行施,实践。 [28]无容问对于其间:这段文字之间不容有师徒的问答。无容,不容。问对,问答。 [29]明:明白。 [30]书:记录。也:犹"之",指事之词。见裴学海《古书虚字集释》卷三。 [31]严:敬重,尊重。立:确立。

[点评]

此二篇,上篇辩《论语》为曾参的弟子写定,下篇论《尧曰》首章为孔子讽道之辞。所辩有据,所论亦足以服人。虽然《论语》为曾参的弟子写定之说,有人尚持有不同意见,但柳宗元的观点当是最接近事实的。至于下篇之论,诚如黄唐所说:"柳子亦谓《尧曰》之言为圣人之大志,其智足以知圣人"(《新刊增广百家详补注唐柳先生文》卷四引)。以此可见柳宗元读书不仅仅是读其文字,获其知识,而是有思有疑,思而寻其脉络,疑而觅其答案,故所得尤多,见解往往有他人所不及。王文濡《评校音注古文辞类纂》卷七引方苞说:"观此二篇,可知古人读书,必洞见垣一方人,而后的然无疑。不如

此，则朱子所谓以意包笼，如从数里外望见城郭，辄云
'我已知此地'者。"高步瀛《唐宋文举要》甲编卷四也说：
"此皆于无字处读书，真所谓善读书矣。"

箕子碑[1]

凡大人之道有三[2]：一曰正蒙难[3]，二曰法
授圣[4]，三曰化及民[5]。殷有仁人曰箕子[6]，实
具兹道，以立于世[7]，故孔子述六经之旨[8]，尤
殷勤焉[9]。

当纣之时[10]，大道悖乱[11]，天威之动不能
戒[12]，圣人之言无所用。进死以并命[13]，诚仁
矣，无益吾祀，故不为；委身以存祀[14]，诚仁矣，
与去吾国，故不忍。具是二道[15]，有行之者
矣[16]。是用保其明哲[17]，与之俯仰[18]，晦是谟
范[19]，辱于囚奴[20]，昏而无邪[21]，隤而不息[22]。
故在《易》曰"箕子之明夷"[23]，正蒙难也。
及天命既改[24]，生人以正[25]，乃出大法[26]，用
为圣师[27]，周人得以序彝伦而立大典[28]。故在
《书》曰"以箕子归，作《洪范》"[29]，法授圣也。

吴楚材、吴调
侯："总提三柱立
论。"又："前立三
柱，直如天外三峰，
卓然峭峙。"（《古
文观止》卷九）

吴楚材、吴调
侯："将正写箕子，
先入此段，斡旋
多少。"（同上）

及封朝鲜[30]，推道训俗[31]，惟德无陋[32]，惟人无远，用广殷祀[33]，俾夷为华[34]，化及民也。率是大道[35]，蓄于厥躬[36]，天地变化，我得其正，其大人欤？

於虖[37]！当其周时未至，殷祀未殄[38]，比干已死，微子已去，向使纣恶未稔而自毙[39]，武庚念乱以图存[40]，国无其人[41]，谁与兴理[42]？是固人事之或然者也[43]。然则先生隐忍而为此[44]，其有志于斯乎[45]？唐某年作庙汲郡[46]，岁时致祀。嘉先生独列于《易》象[47]，作是颂云[48]：

蒙难以正，授圣以谟[49]。宗祀用繁[50]，夷民其苏[51]。宪宪大人[52]，显晦不渝[53]。圣人之仁[54]，道合隆污[55]。明哲在躬[56]，不陋为奴[57]。冲让居礼[58]，不盈称孤[59]。高而无危[60]，卑不可逾[61]。非死非去[62]，有怀故都。时诎而伸[63]，卒为世模[64]。《易》象是列[65]，文王为徒。大明宣昭[66]，崇祀式孚[67]。古阙颂辞[68]，继在后儒。

此段揣摩箕子忍辱负重之心态，深得谢枋得赏赞："此等文章天地间有数，不可多见，惟杜牧之绝句诗一首似之。"（《文章轨范》卷六）指杜牧《题乌江项羽庙》诗。此段文字意气风发，吴楚材、吴调侯："忽然别起波浪，语极淋漓感慨，使人失声长恸。"（《古文观止》卷九）

[注释]

[1] 箕（jī）子：名胥余，纣戚也。食采于箕，故曰箕子。纣王始为象箸，又为淫佚、炮格之刑，箕子谏，不听。人或曰："可以去矣。"箕子曰："知不用而言，愚也。杀身以彰君之恶，而自说于民，吾不忍为也。二者不可，然且为之，不祥莫大焉。"乃披发佯狂为奴，为纣所囚。及周武王既灭商，乃释箕子，以其归镐京。箕子为武王陈《洪范》篇。事迹散见于《尚书》《韩诗外传》和《史记》之《殷本纪》《周本纪》《宋微子世家》等。碑：徐师曾《文体明辨序说·碑文》云："是知宫庙皆有碑以为识影系牲之用，后人因其上纪功德，则碑之所从来远矣。"用处甚众。此为庙碑。此文作年不详。韩醇推测为未迁谪前作（见《诂训唐柳先生文集》卷五），应大抵不差。　[2] 大人：伟大人物，正人君子。　[3] 正蒙难（nàn）：正直而遭难。蒙，犯。　[4] 法授圣：以法授圣。指箕子为武王作《洪范》。　[5] 化及民：教化施及民众。　[6] 仁人：《论语·微子》："微子去之，箕子为之奴，比干谏而死。孔子曰：'殷有三仁焉。'"　[7] 立：树立，彰显。　[8] 六经：儒家以《诗经》《尚书》《礼记》《乐记》《周易》《春秋》为六经。旨：主旨，大义。　[9] 殷勤：情意深切。　[10] 纣（zhòu）：纣王，商朝的最后一位君主，名受，号帝辛。在位时暴刑重敛，百姓怨望。周武王伐商，诸侯多叛，纣军倒戈，纣自焚于鹿台。　[11] 悖（bèi）乱：荒谬败乱。　[12] 天威：天之威严。《尚书·金縢》："今天动威，以彰周公之德。"戒：惩戒。　[13]"进死以并命"以下四句：谓比干。比干为纣王叔父，纣淫乱，比干犯颜强谏，纣怒，云闻圣人有七窍，于是剖其心。见《史记·宋微子世家》。进死，冒死。并命，连命，与命一起。诚，的确。　[14]"委身以存祀"以下四句：谓微子。微子为纣王庶兄，谏纣王不听，去国。周灭商，称臣于周，后被周封于宋。见《史记·宋微子世家》。

祀，祭祀。此指对祖先的祭祀。古人尊奉祖先，世世为祭，不使断绝。委身，委屈自己。指微子称臣于周。存祀，即保持对先人的祭祀。与（yǔ），与其。去，离开。 [15]具：具备，有。二道：两种行为。 [16]行：实行，实践。 [17]是：此，这，指箕子。保其明哲：明白事理，择安去危，以保其身。《诗经·大雅·烝民》："既明且哲，以保其身。" [18]俯仰：周旋，应付。司马迁《报任安书》："故且从俗浮沉，与时俯仰。" [19]晦（huì）：隐晦不显。谟（mó）范：谋略规范。 [20]囚奴：囚犯、奴隶。《尚书·泰誓下》："囚奴正士。"孔安国传："箕子正谏，而以为囚奴。" [21]昏：谓昏暗的时代。无邪（xié）：不做坏事，不走斜道。邪，通"斜"。 [22]隤（tuí）：败坏，身败名裂之意。隤，同"颓"。不息：不止，指不停止作为。 [23]故在《易》曰"箕子之明夷"：《周易·明夷》："箕子之明夷，利贞。"象云："明入地中。"《古文观止》卷九注："《易·明夷》卦：'六五，箕子之明夷。'夷，伤也。言六五以宗臣居暗地，近暗君，而能正其志，箕子之象也。" [24]天命：天的旨意。天命既改谓周取代商。 [25]生人：生民。以正：因得正道。 [26]大法：谓《洪范》。《洪范》为《尚书》篇名，相传为箕子所作，向周武王陈述天地之大法。 [27]圣：指周武王。 [28]序：排列次序。彝伦：人伦之道理。大典：谓《洪范》。 [29]故在《书》曰"以箕子归，作《洪范》"：所引见《尚书·洪范》。《古文观止》卷九注："大法谓《洪范》。洪，大也。范，法也。《书》：'天乃锡禹《洪范》九畴，彝伦攸叙。'《汉志》曰：'禹治洪水，锡《洛书》，法而陈之，《洪范》是也。'《史记》：'武王克殷，访问箕子以天道，箕子以《洪范》陈之。'盖《洪范》发之于禹，箕子推衍增益，以成篇欤？" [30]朝鲜：秦时为辽东外徼，汉武帝曾置郡。今为独立国家。 [31]推道训俗：推行道德，教化民俗。 [32]"惟德无陋"二句：即崇尚道德没有鄙野，尚人不分远近。　[33]广：推广。　[34]俾（bǐ）夷为华：使夷人化同华夏。夷，古代对东方各族的蔑称。　[35]率：引领，作表率。　[36]蕞（cōng）：同"丛"，丛聚。厥躬：他（指箕子）一身。　[37]於虖（wū hū）：同"呜呼"，感叹词。　[38]殄（tiǎn）：断绝。　[39]向使：假使。稔（rěn）：积久养成。毙：垮台，败亡。　[40]武庚念乱以图存：《尚书·洪范》："武王胜殷杀受，立武庚。"武庚为纣王之子，周武王灭商后被封为殷君，后勾结管叔、蔡叔，联络东夷方国部落等叛周，周公东征三年，武庚失败，被杀。图存，希图存在而不亡。　[41]其人：指治国之人。　[42]兴理：振兴而治。　[43]或然：或者会这样。　[44]隐忍：忍耐，不露真情。[45]斯：这。指所假设的纣自我灭亡，武庚没有叛周，则商朝需要箕子去治理。　[46]汲郡：今河南卫辉市。　[47]先生：指箕子。　[48]颂：颂扬之词。　[49]谟：谋划。　[50]宗祀：祖先的祭祀。用繁：因之而繁。繁，繁盛。　[51]苏：再生。　[52]宪宪：光盛貌，高尚貌。　[53]显晦：光显与晦暗。不渝：不变。　[54]圣人：此谓孔子。　[55]隆：多。污：指蒙受污秽，受侮辱。　[56]明哲：明智，洞察事理。　[57]不陋：不嫌弃。　[58]冲让：平和谦让。　[59]不盈：不满，不自满。称孤：古代王侯自称孤，故称孤指为侯王。　[60]危：危险，威胁。　[61]逾（yú）：超过。　[62]去：谓逃亡。　[63]诎（qū）：通"屈"，委屈。伸：伸展，引申为施展德才。　[64]模（mó）：模范，榜样。　[65]"《易》象是列"二句：是说《易》列箕子为卦象，与文王同等。《周易·明夷》象曰："内文明而外柔顺，以蒙大难，文王以之。""内难而能正其志，箕子以之。"　[66]大明：指日月。宣昭：宣示昭告。　[67]崇祀：尊崇的祭祀。式孚（fú）：授予。式为发语词，无义。　[68]阙：通"缺"。

[点评]

此文以孔子所云"殷有三仁"为发端。当纣王行暴虐之政时，比干谏而死，微子逃亡，箕子佯狂为奴，故先述比干、微子的行为皆为仁，然后重点述箕子之仁，归结为正蒙难、法授圣、化及民三条，一一论述称道。至"於虖"一段，则再发议论。全文布局谨严，层次清晰，文字潇洒。文后之"颂"，雍容雅正，一气呵成。蒋之翘说："似从《论语》'殷三仁'起论，而'於虖'以下，一往更有深情。"（辑注《柳河东集》卷五）林纾则称之"不惟史眼如炬，而且知圣功深，是一篇醇正坚实、千古不磨之文字"（《韩柳文研究法·柳文研究法》）。

段太尉逸事状[1]

太尉始为泾州刺史时[2]，汾阳王以副元帅居蒲[3]，王子晞为尚书[4]，领行营节度使，寓军邠州[5]，纵士卒无赖[6]。邠人偷嗜暴恶者[7]，率以货窜名军伍中[8]，则肆志[9]，吏不得问。日群行丐取于市[10]，不嗛[11]，辄奋击，折人手足，椎釜鬲瓮盎盈道上[12]，袒臂徐去[13]，至撞杀孕妇人。邠宁节度使白孝德以王故[14]，戚不敢言[15]。

叙事件缘起。《旧唐书·郭子仪传》载：盗发子仪父墓，未获，子仪对代宗曰："臣久主兵，不能禁暴，军士残人之墓，固亦多矣。"亦可见郭子仪治军不严。

太尉自州以状白府[16]，愿计事[17]。至则曰："天子以生人付公理[18]，公见人被暴害，因恬然[19]，且大乱，若何？"孝德曰："愿奉教。"太尉曰："某为泾州[20]，甚适，少事，今不忍人无寇暴死，以乱天子边事。公诚以都虞候命某者[21]，能为公已乱[22]，使公之人不得害。"孝德曰："幸甚。"如太尉请。既署一月[23]，晞军士十七人入市取酒，又以刃刺酒翁[24]，坏酿器[25]，酒流沟中。太尉列卒，取十七人，皆断头注槊上[26]，植市门外。晞一营大噪[27]，尽甲[28]。孝德震恐，召太尉曰："将奈何？"太尉曰："无伤也。"请辞于军[29]。孝德使数十人从太尉，太尉尽辞去，解佩刀，选老躄者一人持马[30]，至晞门下。甲者出，太尉笑且入曰："杀一老卒，何甲也？吾戴吾头来矣。"甲者愕[31]。因谕曰[32]："尚书固负若属耶[33]？副元帅固负若属耶[34]？奈何欲以乱败郭氏？为白尚书，出听我言。"晞出见太尉，太尉曰："副元帅勋塞天地，当务始终。今尚书恣卒为暴[35]，暴且乱，乱天子边，欲谁归罪？罪且及副元帅。今邠人恶子弟以货窜

白孝德怕惹麻烦，段秀实不忍见无辜民众遭难，挺身而出，生死度外。

邵博评："柳子厚书段太尉遗事：'解佩刀，选老躄者一人持马，至郭晞门下，甲者出，太尉笑且入曰："吾戴吾头来矣。"'宋景文修《新史》，曰：'吾戴头来矣。'去一'吾'字，便不成语。吾戴头来者，果何人之头耶？"（《邵氏闻见后录》卷一四）着一"吾"字，可见段公嬉笑之态，可谓临危不惧、视死如归矣。

名军籍中^[36]，杀害人，如是不止，几日不大乱？大乱由尚书出，人皆曰尚书倚副元帅不戮士^[37]，然则郭氏功名其与存者几何？"言未毕，晞再拜曰："公幸教晞以道，恩甚大，愿奉军以从。"顾叱左右曰："皆解甲，散还火伍中^[38]，敢哗者死^[39]。"太尉曰："吾未晡食^[40]，请假设草具^[41]。"既食，曰："吾疾作，愿留宿门下。"命持马者去，且曰："旦日来。"遂卧军中。晞不解衣，戒候卒击柝卫太尉^[42]。旦，俱至孝德所，谢不能^[43]，请改过。邠州由是无祸。

这一篇大道理，处处替郭家名声着想，郭晞不得不服。蒋之翘："语语皆顶门一针，虽大顽恶人，能不自悔。"又："然秀实固伟人，晞亦非俗子。"（辑注《柳河东集》卷八）

［注释］

[1] 段太尉：名秀实，字成公，汧阳人。唐代宗大历十二年（777），积功至泾原、郑颍节度使。德宗建中元年（780），召为司农卿。建中四年（783），朱泚反，占据长安，强迫段秀实出来做官。段秀实在议事时骂朱泚为狂贼，猛然用手中笏击中朱泚头部，流血污面，而秀实也因此被害。兴元元年（784），追赠段秀实为太尉。逸事：散佚未经记载的事迹。状：也称行状，叙述死者生平事迹的一种文体。徐师曾《文体明辨序说》："逸事状，则但录其逸者，其所已载，不必详焉。"古时给人立传，是史官的职责。私人如果熟知死者之为人，欲请史官给他立传，可以用"状"把材料写出来，供史官采录。柳宗元的这篇文章作于元和九年（814），当时韩愈任职史馆，故实际上是写了寄给

韩愈的。柳宗元《与史官韩愈致段秀实太尉逸事书》说："窃自冠，好游边上，问故老卒吏，得段太尉事最详。今所趋走州刺史崔公（能）时赐言事，又具得太尉实迹。"宋时欧阳修、宋祁修《新唐书》，便采用了这些材料，成为《新唐书·段秀实传》的主要部分。　[2]泾州：唐属关内道，治所在今甘肃泾川县北。唐代宗广德二年（764），段秀实因邠宁节度使白孝德的推荐，任泾州刺史。　[3]汾阳王：指郭子仪。郭子仪在平定安史之乱中屡立大功，肃宗至德二年（757）为司空、天下兵马副元帅，宝应元年（762）进封汾阳郡王。代宗广德二年，以子仪兼关内、河东副元帅，河中节度使，朔方节度大使，出镇河中，兼领北道邠宁、泾原、河西通和吐蕃及朔方招抚观察使。蒲：唐州名，河中府府治，今山西永济。　[4]"王子晞为尚书"二句："晞"指郭子仪的第三子郭晞。长于骑射，积功拜殿中监，加御史中丞。大历中，加检校工部尚书。领，兼任，代理。　[5]寓军：临时驻扎。邠（bīn）州：唐属关内道，今陕西彬州市。　[6]无赖：强横妄为。　[7]偷嗜：偷薄无行而贪心。暴恶：残暴凶恶。　[8]货：财物。此处指贿赂。窜名：列名，意谓假参军。　[9]肆志：肆意妄为。　[10]丐取：乞取。这里意谓强行索取。　[11]不嗛（qiè）：不能满意。嗛，通"慊"，满足，快意。　[12]椎：砸毁。鬲（lì）：古代的一种烹饪器，形似鼎而足中空。瓮：盛酒陶器。盎（àng）：盆，大腹敛口。　[13]袒臂：裸着臂膀。　[14]白孝德：李光弼部将，代宗广德二年为邠宁节度使。两《唐书》有传。王：指郭子仪。　[15]戚：忧虑。　[16]状：陈述事实的文字。白：陈述。府：此指节度使府。　[17]计事：商量公事。　[18]生人：即生民，指民众，百姓。理：治理。　[19]恬然：安然自得。　[20]为泾州：指为泾州刺史。　[21]都虞候：军队中的执法官。唐中叶以后，地方多设此官，以约束军队。　[22]已：制止。　[23]署：署理，临时代理。　[24]酒翁：酿酒工。翁为工之假借。《资治通鉴》卷二二三唐代宗广德二年胡三省注：“酒翁，酿酒者也，今人呼为酒大工。”　[25]酿器：酿酒的器具。　[26]注：附着，此处意同插在上面。槊（shuò）：长矛。　[27]噪：鼓噪，吵闹。　[28]尽甲：全都披上甲衣。　[29]辞：此处作动词用，即用言词说动。　[30]躄（bì）：跛腿。　[31]愕（è）：惊讶。　[32]谕：晓谕，劝说。　[33]尚书：此谓郭晞。然郭晞广德二年官为左常侍，此云尚书，当是柳宗元误记。《资治通鉴》卷二二三已改为“常侍”。　[34]副元帅：谓郭子仪。　[35]恣卒：放任士兵。　[36]恶：凶恶的，坏的。　[37]戢（jí）：止，敛。此处意同管束。　[38]火伍：犹言行伍、队伍。火、伍，都是古代军队编制的名称。《新唐书·兵制》：“十人为火。”《管子·小匡》：“五人为伍。”　[39]哗：喧哗，吵闹。　[40]晡（bū）食：晚饭。　[41]假设：代设。草具：粗制的餐具，借指粗糙的食物。　[42]候卒：警卫的士兵。击柝（tuò）：指打更。柝，打更用的梆子。　[43]谢不能：意谓郭晞向白孝德道歉说他没有治军的才能。

此一段回叙泾州惠政，而处理方法不同。林纾：“合两事而言，公能杀郭晞之卒，讵不能面斥此悍将？不知征营田之入，谌非有罪也。在礼宜巽，且宜感之以诚。骄卒之杀人，节度使宜问也。既问，则宜执法以治之，无惮贵要。”又：“后先倒叙，似疾雷迅雷过后，却见朗月当空，使观者改容，是叙事妙处。”（《韩柳文研究法·柳文研究法》）

先是太尉在泾州为营田官[1]，泾大将焦令谌取人田，自占数十顷，给与农，曰：“且熟[2]，归我半。”是岁大旱，野无草，农以告谌。谌曰：“我知入数而已[3]，不知旱也。”督责益急。且饥死，无以偿，即告太尉。太尉判状[4]，辞甚巽[5]，使人求谕谌。谌盛怒，召农者曰：“我畏段某耶？何敢言我！”取判铺背上，以大杖击二十，垂死[6]，舆来庭中[7]。太尉大泣曰："乃我困汝。"即自取水洗去血，裂裳衣疮[8]，手注善药[9]，旦夕自哺农者[10]，然后食。取骑马卖，市谷代偿，使勿知。淮西寓军帅尹少荣[11]，刚直士也，入见谌，大骂曰："汝诚人耶？泾州野如赭[12]，人且饥死，而必得谷，又用大杖击无罪者。段公，仁信大人也，而汝不知敬。今段公唯一马，贱卖市谷入汝，汝又取，不耻[13]。凡为人，傲天灾、犯大人、击无罪者[14]，又取仁者谷，使主人出无马，汝将何以视天地[15]？尚不愧奴隶耶？"谌虽暴抗[16]，然闻言则大愧流汗，不能食，曰："吾终不可以见段公。"一夕自恨死[17]。

及太尉自泾州以司农征[18]，戒其族："过岐[19]，朱泚幸致货币[20]，慎勿纳。"及过，泚固致大绫三百匹[21]，太尉婿韦晤坚拒，不得命[22]。至都，太尉怒曰："果不用吾言。"晤谢曰："处贱[23]，无以拒也。"太尉曰："然终不以在吾第。"以如司农治事堂[24]，栖之梁木上[25]。泚反[26]，太尉终，吏以告泚，泚取视，其故封识具存[27]。

憎恶此种行为，视贿物避之如仇。

太尉逸事如右。

元和九年月日，永州司马员外置同正员柳宗元谨上史馆[28]。

今之称太尉大节者，出入以为武人一时奋不虑死[29]，以取名天下，不知太尉之所立如是[30]。宗元尝出入岐、周、邠、斄间[31]，过真、定[32]，北上马岭[33]，历亭鄣堡戍[34]，窃好问老校退卒[35]，能言其事。太尉为人姁姁[36]，常低首拱手行步，言气卑弱，未尝以色待物[37]，人视之儒者也。遇不可[38]，必达其志，决非偶然者。会州刺史崔公来[39]，言信行直，备得太尉遗事，覆校无疑[40]。或恐尚逸坠[41]，未集太史氏[42]，敢以状私于执事[43]。谨状。

叙上述逸事之所由来，以示翔实可信。

[注释]

[1] 营田官：指掌管军队屯垦的营田副使。白孝德初为邠宁节度使，曾署段秀实为支度、营田副使，见两《唐书·段秀实传》。　[2] 且熟：等到庄稼成熟。　[3] 入数：收入粮食的数量。　[4] 判：断案的文字叫判，即判决之词。　[5] 巽（xùn）：通"逊"，谦逊。　[6] 垂：接近，几乎。　[7] 舆：此作动词用，即抬来之意。　[8] 衣疮：包裹伤处。　[9] 注：此处指敷药。　[10] 哺（bǔ）：喂。　[11] 淮西寓军：临时驻扎在泾州

的淮西军。代宗时吐蕃侵犯西北边境，常调外镇兵力加强防卫。　　[12]野如赭（zhě）：原野像赤土。意谓原野一片枯焦，旱情严重。　　[13]不耻：不知羞耻。　　[14]傲天灾：对天灾毫不介意。　　[15]视天地：仰视天、俯视地，指存活在人世间。　　[16]暴抗：暴戾、强横。抗，通"伉"。　　[17]一夕自恨死：焦令谌（chén）为马璘部将，据《旧唐书·段秀实传》：大历八年（773）吐蕃寇边，焦令谌败归，为段秀实所责。可知焦令谌当时未死。《资治通鉴》卷二二三唐代宗广德二年司马光《考异》："按《段公别传》，大历八年焦令谌犹存。盖宗元得于传闻，其实令谌不死也。"　　[18]司农：指司农卿。德宗建中元年（780），段秀实自泾原节度使被召为司农卿。《新唐书·百官志三》："司农寺卿一人，从三品……掌仓储委积之事。"　　[19]岐（qí）：唐州名，治所在今陕西岐山。　　[20]朱泚（cǐ）：昌平人。原任卢龙节度使，大历九年（774）入朝。大历十二年（777）至建中三年（782），朱泚正为凤翔尹、凤翔陇右节度使。唐凤翔府治即在岐州。货币：指钱财。　　[21]绫：细薄而有花纹的丝织品。　　[22]不得命：得不到允许，意谓推辞不掉。　　[23]处贱：意谓地位低。　　[24]如：送到。治事堂：处理公务的地方。　　[25]栖：搁置。　　[26]"泚反"二句：德宗建中四年，泾原节度使姚令言所部兵士在京师哗变，德宗出奔奉天，朱泚赋闲居京，遂被拥立为皇帝，国号大秦。朱泚召段秀实议事，秀实以笏击泚面额，溅血洒地，遂遇害。　　[27]封识：封裹，题志。识，通"志"。　　[28]史馆：国家所设修史的机构。　　[29]出入：不外乎。　　[30]立：立身处世。　　[31]岐：岐州。周：指周原，在岐山下。邠（bīn）：今陕西彬州市。斄（tái）：即邰，汉县名，在今陕西武功县西。　　[32]真、定：真，真宁。定，定平。皆唐县名，属宁州。今分别为甘肃正宁县、陕西长武县地。　[33] 马岭：山名，在今甘肃庆阳市西北，接环县界。县西有马岭坂。　[34] 亭鄣堡（bǎo）戍：古代在边地，多筑亭，设障，建堡垒，置戍所，以驻扎军队，或从事守望，防止敌人进犯。　[35] 窃：私自。老校：年老的校尉。退卒：退伍的士兵。　[36] 姁（xǔ）姁：和蔼貌。　[37] 以色待物：谓以严词厉色待人。　[38] 遇不可：遇到不认为正确的事。　[39] 崔公：指崔能。崔能元和九年自御史中丞调任永州刺史。　[40] 覆校：反复核对。　[41] 逸坠：散失而没人知道。　[42] 太史氏：指史官。　[43] 执事：信中对于对方的敬称。此指韩愈。

[点评]

此文记叙了段秀实的三件逸事：制裁横暴兵士，冒死为邠州百姓除害；在泾州之爱民；不受朱泚贿赂拉拢。记事记言、取舍剪裁，非常得体。叙述段秀实的事迹，音容笑貌十分生动，形象栩栩如生。作者不着一字议论，又分明体现了作者强烈的爱憎。黄震说："段太尉逸事凡三：其一断汾阳王子晞军扰市者十七人头，其二卖马代偿大将焦令谌所取旱岁农人谷，其三朱泚致其婿韦晤绫三百匹，栖之司农治事堂梁上。文高事核，曲尽其妙。"（《黄氏日钞》卷六〇）沈德潜也说："凡逸事三：一写其刚正，一写其慈惠，一写其清节，段段如生。"（《唐宋八家文读本》卷九）蔡世远说："段公忠义明决，叙得懔懔有生气，文笔酷似子长，欧、苏亦未易得此古峭也。"（《古文雅正》卷九）所评甚是。此文不愧是传世佳作。

故御史周君碣[1]

有唐贞臣汝南周氏讳某[2]，字某。以谏死[3]，葬于某。贞元十二年，柳宗元立碣于其墓左。在天宝年[4]，有以谄谀至相位[5]，贤臣放退[6]，公为御史，抗言以白其事[7]，得死于墀下[8]，史臣书之[9]。公之死，而佞者始畏公议[10]。

於虖[11]！古之不得其死者众矣。若公之死，志匡王国[12]，气震奸佞[13]，动获其所[14]，斯盖得其死者欤[15]？公之德之才，洽于传闻[16]，卒以不试[17]，而独申其节[18]，犹能奋百代之上[19]，以为世轨[20]。第令生于定哀之间[21]，则孔子不曰"未见刚者"[22]；出于秦楚之后[23]，则汉祖不曰"安得猛士"[24]。而存不及兴王之用[25]，没不遭圣人之叹[26]，诚立志者之所悼也[27]。故为之铭。铭曰：

忠为美，道是履[28]。谏而死，佞者止。史之志[29]，石以纪[30]，为臣轨兮。

廷杖大臣，是对人格的极大蔑视。

蒋之翘引焦竑："赞其死可以不朽，真可以壮忠臣义士之气。"（辑注《柳河东集》卷九）

蒋之翘："如此议论，真然突翻出，奇绝卓绝。"（同上）

[注释]

[1] 御史周君：文中未出其名。韩醇曰："御史周君，周子谅也。新、旧史载：明皇开元二十有四年（736）冬，张九龄等罢

知政事，遂以牛仙客为工部尚书、同中书门下三品，仍知门下事。二十五年（737）夏，监察御史周子谅窃言于御史大夫李适之，谓仙客不才，滥登相位。大夫，国之懿亲，何得坐观其事？适之遽以子谅之言奏，明皇大怒，廷诘之，子谅辞穷，撲之殿庭，朝廷决杖，死之。公谓在天宝年，与史若不相合耳。作之年月，碣首纪之。"（《诂训唐柳先生文集》卷九）林宝《元和姓纂》卷五汝南周氏："监察御史周子谅，京兆人。生颂，大理司直。生居巢，循州刺史。""居"为"君"之讹。周君巢为柳宗元友人，周子谅为周君巢之祖，此碣当是受周君巢请托而作。碣（jié）：圆顶的石碑。《后汉书·窦宪传》李贤等注："方者谓之碑，员者谓之碣。"此文贞元十二年（796）作于长安。　[2] 贞臣：正直守节之臣。汝南：县名，唐属蔡州，今属河南。　[3] 谏：直言规劝，用于下对上。　[4] 天宝：唐玄宗的年号。然此处为"开元"之误。周子谅以谏死事，见《旧唐书·牛仙客传》。《旧唐书·玄宗纪下》在开元二十五年，《资治通鉴》卷二一四也系之开元二十五年。司马光《考异》曰："柳宗元《周君墓碣》云：'有唐贞臣汝南周氏讳某字某。'又曰：'在天宝年，有以谄谀至相位，贤臣放退，公为御史，抗言以白其事，得死于墀下。'宗元集此碣虽无名字，然其事则子谅也。云在天宝年，误矣。"当是柳宗元误记。　[5] 谄谀（chǎn yú）：阿谀奉承。此指牛仙客。　[6] 贤臣：贤德之臣。此指张九龄。唐玄宗欲用牛仙客为相，张九龄谏止。玄宗又欲封牛仙客，张九龄固执如初，玄宗怒，李林甫乘机进谗言，开元二十四年十一月，贬九龄为尚书右丞，罢知政事。至此朝廷之士皆容身保位，无敢直言。　[7] 抗言：直言陈说。白：陈述。　[8] 墀（chí）：上殿的台阶。史载周子谅被杖于朝堂，流瀼州，至蓝田而死，并非当时即被杖死。　[9] 史臣书之：指载之于史。《资治通鉴》卷二一四《考异》引《玄宗实录》："子谅弹奏仙客非才，引妖谶为证，上怒，召入禁中责之，左右拉者数四，气绝而苏。"　[10] 佞者：谄媚之人。指牛仙客。公议：公正的议论。　[11] 於虖：同"呜呼"，感叹词。　[12]匡：正。　[13]震：震慑。　[14]动：举动，行动。其所：此谓效果。　[15]得其死：谓死得值得。　[16]洽：合。　[17]卒：最终，结果。不试：不得施展。《说文》："试，用也。"　[18]申：伸张，显示。节：节操。　[19]奋：振起。　[20]轨：轨范，典范。　[21]第：假设。定哀：定，指鲁定公。哀，指鲁哀公，继定公为鲁国国君。二人为鲁君正是孔子在世之时。　[22]未见刚者：见《论语·公冶长》。刚，刚强质直。　[23]秦楚：指秦末与楚项羽、汉刘邦相争之时。　[24]汉祖：汉高祖刘邦。《汉书·高帝纪下》载高祖还沛，作歌："大风起兮云飞扬，威加海内兮归故乡，安得猛士兮守四方？"　[25]存：活着时。兴王：谓开国之君。　[26]没：同"殁"，死亡。　[27]诚：确实。悼：感伤，悲伤。　[28]履：践行。此句谓正义是他（周之谅）的实践。　[29]志：记。　[30]纪：通"记"，记载。

[点评]

　　唐玄宗信任李林甫，又让无才无德的牛仙客为相，这是唐朝由盛入衰的转折。周子谅仅为御史，因刚正直言被杖死，两《唐书》皆未为之立传。孔平仲《珩璜新论》评廷杖大臣之事说："待士大夫有礼，莫如本朝，唐时风俗尚不美也。《张嘉贞传》：姜皎为秘书监，至于杖死。《张九龄传》：周子谅为监察御史，以言事杖于朝堂。代宗命刘晏考所部官吏善恶，刺史有罪，五品以上系劾；六品以下，杖然后奏。玄宗时，监察御史蒋挺坐法，诏决于朝堂，张廷珪执奏：御史有谴，当杀之，不可辱也。士大夫服其知体。"此碣文字十分简洁，并不细述周子谅当时廷争的情况，只是赞扬周子谅"志匡王国，气震奸佞"，大为周子谅的不平遭遇而鸣，当是有激而然。蒋之翘说："词简而气王，似歌似哭。虽千载下，可以招魂复起。"（辑

注《柳河东集》卷九）沈德潜说："文中不轻下一字，表正直，诛奸谀，居然史笔。"（《唐宋八家文读本》卷九）

亡友故秘书省校书郎独孤君墓碣[1]

呜呼！有唐仁人独孤君之墓[2]，祔于其父太子舍人讳助之墓之后[3]。自其祖赠太子少保讳问俗而上[4]，其墓皆在灞水之左[5]，今上王后营陵于其侧[6]，故再世在此[7]。呜呼！独孤君之道和而纯[8]，其用端而明[9]，内之为孝[10]，外之为仁，默而智[11]，言而信[12]。其穷也不忧[13]，其乐也不淫[14]。读书推孔子之道，必求诸其中[15]。其为文深而厚，尤慕古雅[16]，善赋颂[17]，其要咸归于道[18]。昔孔子之世有颜回者[19]，能得于孔子[20]，后之仰其贤者，譬之如日月而莫有议者焉[21]。呜呼！独孤君之明且仁，如遭孔子，是有两颜氏也。今之世有知其然者乎[22]？知之者其信于天下乎[23]？使夫人也夭而不嗣[24]，世之惑者[25]，犹曰尚有天道[26]，嘻乎甚邪[27]！

君讳申叔，字子重。年二十二举进士[28]，又二年[29]，用博学宏词为校书郎[30]。又三年居

以上述独孤申叔之为人处世。

述其著述。

将独孤申叔的德行比如颜回，又为申叔之遭某些人误解抱不平。蒋之翘："文甚跌宕，不得住。"（辑注《柳河东集》卷一一）

父丧 [31]，未练而没 [32]，盖贞元十八年四月五日也。是年七月十日而葬，乡曰某乡 [33]，原曰某原。

　　呜呼！君短命，行道之日未久，故其道信于其友 [34]，而未信于天下。今记其知君者于墓：韩泰安平 [35]，南阳人。李行谌元固 [36]，其弟行敏中明，赵郡赞皇人 [37]。柳宗元，河东解人 [38]。崔广略 [39]，清河人 [40]。韩愈退之 [41]，昌黎人。王涯广津 [42]，太原人。吕温和叔 [43]，东平人。崔群敦诗 [44]，清河人。刘禹锡梦得 [45]，中山人。李景俭致用 [46]，陇西人 [47]。严休复玄锡 [48]，冯翊人 [49]。韦词致用 [50]，京兆杜陵人 [51]。

王行："右碣详记其友之知名者于后，与《先君石表阴先友记》同意，又一例也。无铭诗，略也。题书亡友以表之，又一例也。"（《墓铭举例》卷一）何焯："此即记先友之意，推是以锡其类。播州请代，盖其生平之诚，非一时意气激昂也。当合《祭独孤丈母文》观。"（《义门读书记》卷三五）

[注释]

[1] 秘书省：掌管图籍的官署。校书郎：官名。唐校书郎为正九品上，掌雠校典籍。独孤君：独孤申叔。韩愈《画记》："余在京师，甚无事，同居有独孤生申叔者，始得此画"，即此人。又有《独孤申叔哀辞》。李肇《唐国史补》卷下："贞元十二年，驸马王士平与义阳公主反目，蔡南史、独孤申叔播为乐曲，号《义阳子》，有团雪散云之歌，德宗闻之怒，欲废科举，后但流斥南史、申叔而止。"又云"讹语影带有李直方、独孤申叔"。可知独孤申叔是一个喜欢开玩笑的人。此文有新出土的志石（以下简称石志），题作"故秘书省校书郎独孤君墓志"，见《中国典籍与文化》2002 年第三期周晓薇《新出土柳宗元撰〈独孤申叔墓志〉勘证》。

此文贞元十八年（802）柳宗元为蓝田尉时作。　[2]有：句首语助词，无义。仁人：仁德之人。　[3]祔（fù）：合葬。太子舍人：官名。讳助：独孤申叔之父名助。于尊长的名前加"讳"字，表示不便提及，以示尊敬。　[4]赠太子少保：太子少保是官名。官名前加"赠"字，表示此官是死后所追赠，并非生前所任官。问俗：独孤问俗是申叔的祖父。　[5]灞水：水出终南山蓝田谷，北流入渭水，在长安城东。左：东。古以东为左，西为右。　[6]今上：指唐德宗。王后：指德宗的皇后王皇后，贞元二年（786）十一月卒，葬靖陵。营陵：修筑坟墓。"上"字柳集各本阙，据石志补。　[7]此：指独孤申叔的葬地。据前文，独孤申叔自祖父以上的坟墓皆在灞水东，后因王皇后的陵墓修筑于此，故与其父的坟墓皆移至他处。《资治通鉴》卷二三二唐德宗贞元三年二月："甲申，葬昭德皇后于靖陵。"胡三省注："王后谥昭德，靖陵在奉天县东北十里。"此注有误，盖将王皇后的靖陵与唐僖宗的靖陵混为一谈。王皇后的靖陵当在"灞水之左"。　[8]道：指处世为人之道。和而纯：宽厚而纯朴。　[9]用：行事，做事。端而明：公正而坦诚。　[10]"内之为孝"二句：内，指在家。外，指在外，与人交往。　[11]智：有智慧。　[12]信：守信用。　[13]穷：谓不得志时。　[14]淫：过度，无节制。　[15]中：中和，不偏执，不过激。　[16]古雅：古朴而雅正。　[17]赋颂：皆文体名。《全唐文》收独孤申叔律赋作品六篇。　[18]要：指文章的内容、主旨。道：儒家之道。　[19]颜回：孔子学生。字子渊，好学，乐道安贫，在孔门中以德行称。　[20]得于孔子：得到孔子赞誉。《论语》中孔子称赞颜回之语有多处。　[21]譬（pì）：比如，如同。日月：喻光明。议：议论是非。　[22]知其然：知道他（独孤申叔）是这样的人。然，如此，这样。　[23]知之者其信于天下乎：了解他的人能使天下的人都相信他是这样的人吗？信，取信。　[24]夫：语助词，有指代作用。人：指独孤申叔。夭：少壮而死。不嗣：没有后代。　[25]惑：蒙惑。　[26]天道：天的道理。　[27]嘻乎：相当于"哎呀"。甚邪：也太糊涂了吧。　[28]举进士：独孤申叔于贞元十三年（797）进士及第。　[29]又二年：即贞元十五年（799）。　[30]用：凭借。博学宏词：谓博学宏词登第。唐代进士及第不能马上做官，须通过吏部试方取得做官的资格，博学宏词即为吏部试的科目。　[31]又三年：即贞元十八年（802）。居父丧：在他父亲的丧期之中。　[32]未练：未到小祥。小祥为丧后十三个月举行的一种祭奠仪式，其服为练。练，白绢布。没（mò）：死亡。　[33]"乡曰某乡"二句：石志作"万年县凤栖原义善乡"。　[34]信：取信，信服。　[35]"韩泰安平"二句：韩泰，字安平。后参预王叔文集团，与柳宗元同遭贬谪，为"八司马"之一。南阳，唐邓州南阳郡，今属河南。　[36]"李行谌（chén）元固"二句：李行谌字元固，李行敏字中明。陈景云《柳集点勘》卷一："以《世系表》考之，二李盖御史大夫栖筠之孙，元和宰相李吉甫从子，谏议大夫叔度之子也。观集中《祭中明文》，乃已仕而以贬死者。表既不著其兄弟之官位，莫得而详矣。"柳文《祭李中明文》即祭李行敏者。　[37]赵郡赞皇：唐赵州赵郡，属县有赞皇。今属河北。　[38]河东解（xiè）：解为县名。唐河中府河东郡，属县有解县。今属山西。　[39]崔广略：崔郾字广略。所举申叔友人皆先名后字，当脱"郾"字。崔郾，文宗大和二年（828）曾以礼部侍郎知贡举。两《唐书》有传。　[40]清河：唐贝州清河郡，属县有清河。今属河北。　[41]"韩愈退之"二句：韩愈字退之，唐代著名文学家。两《唐书》有传。昌黎，县名，今属河北。韩愈世居颍川，据先世郡望自称昌黎人。　[42]王涯：字广津。贞元末为翰林学士，大和七年（833）再拜同中书门下平章事，死甘露事变。两《唐书》有传。　[43]"吕温和叔"二句：吕温字和叔，又字化光，亦为王叔文集团中人，因出使吐蕃，故不在"八司马"之列。元和九年（814）卒于衡州。东平，唐郓州东平郡，今属山东。　[44]崔群：字敦诗。元和初为翰林学士，元和十二年（817）为中书侍郎、同中书门下平章事。两《唐书》有传。　[45]"刘禹锡梦得"二句：刘禹锡字梦得，柳宗元挚友，同为王叔文所重，同遭贬谪，为"八司马"之一。中山，汉郡名，在今河北省境。刘禹锡自称中山人，其祖先实为匈奴族，北魏时迁居洛阳。　[46]李景俭：《旧唐书·李景俭传》云景俭字宽中，元稹《送致用》《留呈梦得子厚致用》诗中"致用"皆指李景俭。李景俭当有两字。李景俭亦为王叔文集团中人，永贞元年（805）因居母丧，故不在"八司马"之列。　[47]陇西：唐渭州陇西郡，今属甘肃。　[48]严休复：曾为补阙、给事中、杭州刺史，见《旧唐书·裴垍传》及《杨虞卿传》、元稹《永福寺石壁法华经记》。　[49]冯翊（yì）：唐同州冯翊郡，今属陕西。　[50]韦词：吕温《故太子少保赠尚书左仆射京兆韦府君（夏卿）神道碑》云："开府辟士，则有……京兆韦词"；韩愈《唐故朝散大夫尚书库部郎中郑君（群）墓志铭》云："长女嫁京兆韦词"；《旧唐书·韦辞传》又作韦辞，云字践之，实为一人。此云韦词字致用，与李景俭之字同，太属巧合。石志"致用"作"默用"，当是。韦词当有两字，一字践之，又字默用。　[51]杜陵：地名，在今陕西西安市东南。

[点评]

独孤申叔是柳宗元的好友，元和十一年（816）申叔之母死，柳宗元又作《祭独孤氏丈母文》，可见作者与独孤家之关系。独孤申叔二十七岁即离世，柳宗元深感悲痛，故于志文中述其为人处世及著述之外，又含蓄地批评了天道之不公。志文之后不作铭文，而是详列其好友之名，以见申叔向以诚恳待人，具有很好的人缘。为好友作墓志，感情发自内心，故具有感动人心的艺术效果。蒋之翘说："昌黎集有《独孤哀辞》，悲痛特甚。柳州此作，亦复酸楚，令读者殆难为怀。"（辑注《柳河东集》卷一一）

覃季子墓铭[1]

覃季子，其人生爱书，贫甚，尤介特[2]，不苟受施[3]。读经传[4]，言其说[5]，数家推太史公、班固书下到今[6]，横竖钩贯[7]，又且数十家，通为书[8]，号《覃子史纂》[9]。又取鬻、老、管、庄、子思、晏、孟下到今[10]，其术自儒、墨、名、法[11]，至于狗彘草木[12]，凡有益于世者，为《子纂》又百有若干家[13]。笃于闻[14]，不以仕为事[15]。黜陟使取其书以氏名闻[16]，除太子校书[17]。某年月日，死永州祁阳县某乡[18]。将死，叹曰："宁有闻而穷乎[19]？将无闻而丰乎[20]？宁介而踬乎[21]？将溷而遂乎[22]？"葬其乡。后若干年，柳先生来永州，戚其文不大于世[23]，

"介特"二字是覃季子最主要的性格特点，短短的一篇墓志，"介"字便出现了两次，"特""独"各一次，可见柳宗元颇赏识覃之特立独行。

特记覃生临死之叹，包含着对天意的质问。这是覃生之叹，也是柳宗元所迷惑处。

求其墓[24]，以石铭。铭曰：

困其独[25]，丰其辱。

[注释]

[1]覃季子：陈景云《柳集点勘》卷一："于邵《送谭正字之上都序》云：'皇帝御宇明年，分命十使周流天下，弓旌一举，涧陆其空。户部侍郎赵君故得谭子于潇湘。'盖正字以建中元年由本道黜陟使赵赞表荐得官，序又有'龙楼铅椠'诸语，盖特授太子正字也。正字即季子。谭、覃不同，疑古通用。至正字、校书一也，唐人皆通称，不当以序、志互异为疑。又案《姓谱》，梁有东宁刺史覃元亮，见《通鉴》二百二十卷注。又《通鉴》开元十二年溪州蛮覃行章反，注：溪州，汉沅陵、零陵二县地。"认为此覃季子即于邵文之谭正字，当是。柳文云覃季子著有《覃子史纂》，于邵《送谭正字之上都序》云谭正字"指归旧史"，也可证二者为一人。此文作于永州，具体年代未详。　[2]介特：独特。谓为人处世不与常人相同。　[3]苟：随便。施：施舍，施予。　[4]经传（zhuàn）：经典著作称经，解释经义的文字称传。　[5]说：此指观点、看法。　[6]推：推究。太史公：指司马迁，西汉人，继其父谈为太史令，著有《史记》。太史为汉代史官名。班固：东汉人。其父班彪撰《汉书》未成，卒，固继父业，明帝诏为兰台令史，终成《汉书》。　[7]横竖：上下左右。钩贯：钩连贯通。　[8]通：贯通，打通。　[9]《覃子史纂》：其书不存。　[10]鬻（yù）：《鬻子》，书名。《汉书·艺文志》道家类："《鬻子》二十二篇。名熊，为周师，自文王以下问焉。周封为楚祖。"老：老聃，姓李名耳，道家之祖。所著《道德经》，又名《老子》。管：管仲，名夷吾，字仲。春秋时齐人。曾相齐桓公。今存

《管子》一书，经考证为战国或秦汉人假托。庄：庄子，名周，战国宋蒙人，曾为漆园吏。有《庄子》一书，其中《内篇》为庄子所作。子思：名伋，孔子之孙。相传为曾参的学生。《汉书·艺文志》儒家类著录《子思》二十三篇。晏：晏婴，字平仲，春秋齐人，曾为齐景公相。《晏子春秋》相传为晏婴作，实为后人撰集而成。《汉书·艺文志》儒家类著录《晏子》八篇。孟：孟轲，字子舆，战国邹人，受业于子思的门徒，后世儒家尊其为亚圣。著有《孟子》。　[11]儒：儒家，古代思想家流派之一。祖述尧舜，宪章文武，倡仁义之说，以孔子为宗，自秦以后，为历代统治者所推重。墨：墨家，其说以兼爱非攻、勤俭行义为主旨。为战国墨翟所创立，著有《墨子》。名：名家，亦为战国诸子百家流派之一，以辩论名实为主题，代表人物有惠施、公孙龙。法：法家，推信赏罚，贬斥仁爱，专任刑法，而欲以致治。代表人物有商鞅、韩非等，其书有《商君书》《韩非子》。　[12]狗彘（zhì）草木：指有关畜养及植物的书。彘，猪。　[13]《子纂》：其书不存。推其名称，当是诸子百家之纂要。　[14]笃：专注，忠实。闻：所听说的，所知道的。　[15]仕：指做官。事：事业。　[16]黜陟（zhì）使：唐官名，由朝廷派出，巡行诸道，督察官员。此当指赵赞，见注[1]。建中元年（780）二月，曾遣黜陟使十一人分巡天下，赵赞为其中之一。氏名：即姓名。　[17]太子校书：官名。唐东宫亦设崇文馆，有校书郎二人，从九品下，掌校理书籍。见《新唐书·百官志四上》。　[18]祁阳：永州属县有祁阳，今属湖南。　[19]穷：穷困。　[20]丰：富足。　[21]介：独立，不从俗。踬（zhì）：跌倒，引申为挫折。　[22]溷（hùn）：本义为厕所，引申为肮脏。遂：遂愿，满足志愿。　[23]戚：悲伤。不大于世：不为世人所知。大，光大之意。　[24]求：访求。　[25]"困其独"二句：遭受困苦是因为他的独特，获得丰厚是由于他的屈辱。获得指覃季子所留下的著作。

[点评]

柳宗元来永州时，覃季子已死，特意访求他的坟墓，为其作墓志铭，显然是看到了他写的书，为其文所感动，又痛惜他的遭遇，故作此文。作为墓志，此文却不述覃季子的生平经历，而专述他的学术成就，铭文也只六个字，在此类文章中可谓绝无仅有。蒋之翘说："寥寥数言，已叙得峻峭，又特以六字作铭，尤奇。"（辑注《柳河东集》卷一一）何焯说："追铭季子，盖自悼也。词约义微，故铭止六言。"（《义门读书记》卷三五）所评诚是。尤其是何焯所说的"盖自悼也"，当更得作者心意。

愚溪对 [1]

柳子名愚溪而居 [2]，五日，溪之神夜见梦曰 [3]："子何辱予，使予为愚耶？有其实者，名固从之 [4]，今予固若是耶 [5]？予闻闽有水 [6]，生毒雾厉气 [7]，中之者温屯呕泄 [8]。藏石走濑 [9]，连舻糜解 [10]。有鱼焉，锯齿锋尾而兽蹄 [11]，是食人 [12]，必断而跃之 [13]，乃仰噬焉 [14]。故其名曰恶溪 [15]。西海有水 [16]，散涣而无力 [17]，不能

问、对之起。

负芥[18]，投之则委靡垫没[19]，及底而后止，故其名曰弱水[20]。秦有水[21]，掎汩泥淖[22]，挠混沙砾[23]，视之分寸[24]，眙若眎壁[25]，浅深险易，昧昧不觌[26]，乃合清渭[27]，以自彰秽迹[28]，故其名曰浊泾[29]。雍之西有水[30]，幽险若漆[31]，不知其所出，故其名曰黑水[32]。夫恶、弱，六极也[33]；浊、黑，贱名也[34]。彼得之而不辞，穷万世而不变者[35]，有其实也。今予甚清与美，为子所喜，而又功可以及圃畦[36]，力可以载方舟[37]，朝夕者济焉[38]。子幸择而居予，而辱以无实之名以为愚，卒不见德而肆其诬[39]，岂终不可革耶[40]？"

上为愚溪神对柳子的责问，举恶溪、弱水、浊泾、黑水为例，彼受恶名有其实，而我却清而美，为何名我为愚？黄震："设溪神援恶溪、弱水、浊泾、黑水皆有其实，而予不愚。"（《黄氏日钞》卷六〇）

[注释]

[1]愚溪：在永州近郊。柳宗元《愚溪诗序》云："灌水之阳有溪焉，东流入于潇水。"原名冉溪，宗元云己以愚触罪，改名愚溪。《与杨诲之书》云"方筑愚溪东南为室"，时元和五年（810），此文亦作于是年。对：答问之意，文体的一种。　[2]名：取名。　[3]见：同"现"。　[4]固：当然。　[5]固：果真。是：如此。　[6]闽：今福建的简称。　[7]厉气：指瘴气，古人说它致人疾病。厉，通"疠"。　[8]中（zhòng）：受到。温屯：热屯聚不散，即发烧。呕泄：呕吐腹泻。　[9]藏石：水中隐藏的礁石。走濑（lài）：迅急的湍流。　[10]连舻（lú）：接连不断的船。舻，

船头，代指船。糜解：毁坏解体。　[11]锋：刀锋。锋尾是说像刀锋一样的尾巴。　[12]是：指这种鱼。　[13]断而跃之：咬断人并将人抛出水面。　[14]噬（shì）：咬。　[15]恶溪：《新唐书·地理志五》处州丽水县："东十里有恶溪，多水怪。"今属浙江。刘埙《隐居通议》卷二九："恶溪在闽，多厉毒，中者温屯呕泄，逾者脚足腐弱。其鱼多鳄。"所言之鱼当即鳄鱼。　[16]西海：此为传说中的水名。　[17]散涣：不能汇聚。　[18]芥（jiè）：一种小草。　[19]委靡：柔软无力貌。垫没：沉没。　[20]弱水：《山海经·大荒西经》："昆仑之丘……其下有弱水之渊环之。"郭璞注："其水不胜鸿毛。"　[21]秦：指今陕西、甘肃一带。　[22]掎汩（jǐ gǔ）：牵引流动。掎，牵动，夹带。泥淖（nào）：烂泥。　[23]挠（náo）混：搅和混杂。砾：小石子。　[24]分寸：指近距离。　[25]眙（chì）：直视，正面看。若：相当于。睨（nì）：斜视。　[26]昧昧：昏暗，不清楚。觌（dí）：见。　[27]清渭：渭水发源于今甘肃鸟鼠山。泾水发源于今宁夏，至陕西高陵境内流入渭水。《诗经·邶风·谷风》："泾以渭浊。"毛传"泾渭相入而清浊异"，汉唐经学家注《诗经》均解作泾浊渭清，柳宗元沿其说，故此云"清渭""浊泾"。然据今人考察，《诗经》所云泾清渭浊是符合实际的。　[28]彰：明显。秽迹：污浊的形迹。　[29]浊泾：谓泾因入渭，故显其浊。　[30]雍：古州名，大致包括今陕西中部、北部及甘肃东部。　[31]漆：形容黑。　[32]黑水：杜佑《通典》卷一七二《州郡二》"雍州西据黑水"，注："黑水出今张掖郡。"在今甘肃境内。　[33]六极：古称凶、疾、忧、贫、恶、弱为六极。　[34]贱：下贱。　[35]穷：经历。世：古以三十年为一世。　[36]圃畦：果园和菜地。　[37]方舟：两船相并。　[38]济：渡河叫济。　[39]卒：竟然。见德：戴德，谓感激我。肆：放肆，随意。诬：诬蔑。　[40]革：改变。

　　柳子对曰：“汝诚无其实，然以吾之愚而独好汝[1]，汝恶得避是名耶[2]？且汝不见贪泉乎[3]？有饮而南者[4]，见交趾宝货之多[5]，光溢于目[6]，思以两手左右攫而怀之[7]，岂泉之实耶？过而往贪焉犹以为名[8]，今汝独招愚者居焉[9]，久留而不去，虽欲革其名，不可得矣。夫明王之时[10]，智者用[11]，愚者伏[12]，用者宜迩[13]，伏者宜远。今汝之托也[14]，远王都三千余里[15]，侧僻回隐[16]，蒸郁之与曹[17]，螺蚌之与居[18]，唯触罪摈辱愚陋黜伏者[19]，日骎骎以游汝[20]，闯闯以守汝[21]。汝欲为智乎？胡不呼今之聪明皎厉握天子有司之柄以生育天下者[22]，使一经于汝[23]，而唯我独处？汝既不能得彼而见获于我[24]，是则汝之实也[25]。当汝为愚而犹以为诬[26]，宁有说耶[27]？”

　　曰：“是则然矣。敢问子之愚何如而可以及我[28]？”柳子曰：“汝欲穷我之愚说耶[29]？虽极汝之所往[30]，不足以申吾喙[31]，涸汝之所流[32]，不足以濡吾翰[33]。姑示子其略[34]：吾茫洋乎无知[35]，冰雪之交[36]，众裘我绤[37]；溽

以上为柳子回答为什么名汝为“愚”。黄震：“柳子用贪泉对，泉不贪，饮而南者贪也，汝独招愚者居焉，则汝之实也，因自陈其愚。”（《黄氏日钞》卷六〇）林纾：“贪泉一喻，尤见水与人有关系处，人可因水而贪，则水亦可因人而愚。行文至此，真颠扑不破。”（《韩柳文研究法·柳文研究法》）

林纾："以上所言，尚嫌其不甚显豁，复引起梦神一问，于是大放厥词，极写己身之因愚而得祸，却实向梦神愬说一番，有悔过意，有引罪意。则发其无尽之牢骚，泄其一腔之悲愤，楚声满纸，读之肃然。"（同上）

暑之铄[38]，众从之风，而我从之火[39]。吾荡而趋[40]，不知太行之异乎九衢[41]，以败吾车[42]；吾放而游[43]，不知吕梁之异乎安流[44]，以没吾舟[45]。吾足蹈坎井[46]，头抵木石[47]，冲冒榛莽[48]，僵仆虺蜴[49]，而不知怵惕[50]。何丧何得，进不为盈[51]，退不为抑[52]，荒凉昏默[53]，卒不自克[54]，此其大凡者也[55]。愿以是污汝，可乎？"于是溪神深思而叹曰："嘻，有余矣[56]。其及我也[57]！"因俯而羞，仰而吁[58]，涕泣交流，举手而辞，一晦一明[59]，觉而莫知所之[60]。遂书其对。

[注释]

[1]好：喜好，爱好。 [2]恶（wū）得：怎能。 [3]贪泉：《晋书·良吏传·吴隐之》载：广州二十里地名石门，有水曰贪泉，饮者怀无厌之欲。吴隐之为广州刺史，乃至泉所，酌而赋诗曰："古人云此水，一歃怀千金。试使夷齐饮，终当不易心。" [4]南：南去。 [5]交趾：今越南北部。 [6]光溢于目：光彩夺目之意。溢，充满。 [7]攫（jué）：夺取。怀之：藏在怀里。 [8]过而往贪：意谓经过贪泉往别的地方去就有了贪心。以为名：指以贪为名。 [9]愚者：指柳宗元自己。 [10]明王：开明君主。 [11]用：被任用。 [12]伏：蛰伏，不被任用。 [13]迩（ěr）：近。 [14]托：依托。 [15]王都：京城。 [16]侧僻

回隐：偏僻闭塞。　[17]蒸郁：闷热。曹：陪伴。　[18]螺蚌（bàng）：田螺河蚌。　[19]触罪摈辱：犯了罪被摈弃侮辱。愚陋黜伏：愚蠢丑陋被贬斥不用。　[20]骎（qīn）骎：本义为马跑貌，此处意为跑来。游汝：在你这里游玩。　[21]闯闯：意为出门。闯，《说文》："马出门貌。"守汝：守着你。　[22]胡：为何。皎厉：漂亮、有势力。有司：管理部门。柄：权力。生育：生长繁荣。　[23]一经于汝：经过你这里一次。　[24]见获：被我获得，被我喜欢。　[25]实：实际情况。　[26]当：恰当，适合。　[27]宁：难道。说（shuì）：辩解。　[28]及：涉及，影响。　[29]穷：追究，彻底弄清楚。　[30]极：尽。所往：指（愚溪）所流去的水。　[31]申：申明，陈述。喙（huì）：嘴。这里指要说的话。　[32]涸（hé）：干枯。　[33]濡（rú）：沾湿。翰：毛笔。　[34]示：说明，告诉。　[35]茫洋：盛大貌。谓对一切事物。　[36]交：交加。　[37]裘：皮袄。绤（chī）：细葛布。此指薄的单衣。　[38]溽（rù）暑：潮湿闷热。铄（shuò）：本义为熔化金属，这里极言气温之高。　[39]从之火：去烤火。　[40]荡而趋：游荡奔走。　[41]太行：山名，为北方著名的山，山势险峻。九衢（qú）：四通八达的道路。　[42]败：毁坏。曹操《苦寒行》："北上太行山，艰哉何巍巍。羊肠阪诘屈，车轮为之摧。"　[43]放而游：任性地行船。　[44]吕梁：水名。在今山西离石。《庄子·达生》："孔子观于吕梁，县水三十仞，流沫四十里，鼋鼍鱼鳖之所不能游也。"安流：平稳的流水。　[45]没：淹没，沉没。　[46]蹈：踩，踏。坎井：陷阱。　[47]抵：触，碰。　[48]冲冒：冲击冒犯。榛莽：指丛杂的草木。　[49]僵仆：跌倒。虺（huǐ）蜴（yì）：毒蛇和蜥蜴。《诗经·小雅·正月》："哀今之人，胡为虺蜴。"　[50]怵（chù）惕：恐惧警惕。　[51]进：进用。盈：满足。　[52]退：斥退。抑：

压抑，气馁。 [53]荒凉：冷漠凄凉。昏默：糊涂沉默。 [54]卒：终究。不自克：不自我克制。 [55]大凡：大略，大概。 [56]有余：意思是太多了。 [57]及我：意思是连累到我。 [58]吁：叹气。 [59]晦：黑暗。明：指天亮。 [60]觉：梦醒。所之：所往。

[点评]

此文假托梦境中与愚溪水神的一番对话，写了自己的"愚"，从而连累溪水也得"愚"名。柳宗元称自己的困顿是因愚所致，可是他对自己"愚"的认定却是坚决的。柳子真愚耶？假愚耶？看问题的出发点不同，结论自然不一样。由此文，可以感受到的是作者于检讨中的不服气。韩醇《诂训唐柳先生文集》卷一四解题说："晁太史无咎取以附《变骚》，其系曰：宗元之所作，亦《对襄王》《答客难》之义，而托之神也。宗元以谓我愚，而溪有得于我，溪亦当愚，故言己愚可以累神者，而神受之然。补之尝论宗元固不愚，夫安能使溪愚哉？竭其智以近利而不获，既困矣，而始曰我愚，柳宗元之困，岂愚罪邪？夫古之人臣，正言为国，犯难得死，惟晁错为愚哉，故后世咸曰：'错为一身谋则愚，为天下谋则智。'恶夫士之喜权者，幸而进，则曰'智无以过我。'不幸而退，则曰'愚无以过我。'是进不失利，退不失名。故录宗元此对极智愚之辩，以俟后之君子。"所论甚是，故全录之。茅坤说此文"柳子自嘲，并以自矜"（《唐宋八大家文钞》卷二六）；林纾也说"愤词也"（《韩柳文研究法·柳文研究法》），皆得作者之心。

起废答 [1]

柳先生既会州刺史 [2]，即治事 [3]，还，游于愚溪之上 [4]。溪上聚鬓老壮齿 [5]，十有一人，谡足以进 [6]，列植以庆 [7]。卒事 [8]，相顾加进而言曰 [9]："今兹是州，起废者二焉 [10]，先生其闻而知之欤？"答曰："谁也？"曰："东祠甓浮图 [11]，中厩病颎之驹 [12]。"曰："若是何哉 [13]？"曰："凡为浮图道者 [14]，都邑之会必有师 [15]，师善为律 [16]，以敕戒始学者与女释者 [17]，甚尊严 [18]，且优游 [19]。甓浮图有师道 [20]，少而病甓，日愈以剧 [21]，居东祠十年，扶服舆曳 [22]，未尝及人，侧匿愧恐殊甚 [23]。今年，他有师道者悉以故去 [24]，始学者与女释者伥伥无所师 [25]，遂相与出甓浮图以为师 [26]，盥濯之 [27]，扶持之 [28]，壮者执舆 [29]，幼者前驱 [30]，被以其衣，导以其旗，怵惕疾视 [31]，引且翼之 [32]。甓浮图不得已，凡师数百生 [33]，日馈饮食 [34]，时献巾帨 [35]，洋洋也 [36]，举莫敢逾其制 [37]。中厩病颎之驹，颎之病亦且十年，色玄不厖 [38]，无异技，硩然大

問、答开场。

以下舆、驱押韵，衣、旗、之押韵，帨、制押韵。

以上写甓浮图之由不得志到受人敬待。从前是"侧匿愧恐殊甚"，今则"洋洋也"。

耳^[39]。然以其病，不得齿他马^[40]，食斥弃异皁^[41]，恒少食，屏立摈辱^[42]，掣顿异甚^[43]。垂首披耳^[44]，悬涎属地^[45]，凡厩之马，无肯为伍^[46]。会今刺史以御史中丞来莅吾邦^[47]，屏弃群驷^[48]，舟以泝江^[49]，将至，无以为乘^[50]。厩人咸曰：'病颡驹大而不庬，可秣饰焉^[51]。他马，巴、僰庳狭^[52]，无可当吾刺史者。'于是众牵驹上燥土大庑下^[53]，荐之席^[54]，縻之丝^[55]，浴剔蚤鬋^[56]，刮恶除洟^[57]，莝以雕胡^[58]，秣以香萁^[59]，错贝鳞缠^[60]，凿金文羁^[61]。络以和铃^[62]，缨以朱绥^[63]，或膏其鬣^[64]，或劀其胝^[65]，御夫尽饰^[66]，然后敢持。除道履石^[67]，立之水涯^[68]，幢旌前罗^[69]，杠盖后随^[70]。千夫翼卫^[71]，当道上驰，抗首出臆^[72]，震奋遨嬉^[73]。当是时，若有知也，岂不曰宜乎^[74]？"

以下丝、洟、萁、羁、绥、胝、持、涯（yí）、随、驰、嬉、宜押韵。

以上写病颡马，从前是"屏立摈辱"，现在是"震奋遨嬉"，光鲜一时。

[注释]

[1]起废：起用废置的物或人。答：文体之一种，以问答、对话的形式写成。然此文实为辞赋体。此文云"先生来吾州亦十年"，则作于元和九年（814）。 [2]会：会见。州刺史：指永州刺史崔能。崔能元和九年由黔州观察使谪授永州刺史，见《旧唐书·崔

能传》。唐刺史为一州的行政长官。 　[3]即:当即,立刻。治事:处理事务。此句谓州刺史。 　[4]愚溪:在永州近郊,柳宗元于此筑室而居。参见前篇注[1]。 　[5]鸝(lí)老:老年人。鸝,黑黄色。壮齿:指青年人。 　[6]谡(sù)足:抬足。谡,站起来。 　[7]列植:排成一行。植,行列。 　[8]卒事:事情完了。 　[9]相顾:互相看看。加进:参预进来。 　[10]者二:两件事物。 　[11]东祠:东边的祠庙。躄(bì):《说文》:"人不能行也。"即腿有残疾。浮图:指和尚。 　[12]中厩(jiù):官府中的马棚。厩,马棚。病颡(sǎng):额头有病。颡,额头。驹:少壮的马。 　[13]若是何哉:这是怎么回事啊。 　[14]浮图道:佛门之道。 　[15]都邑:都市,城市。会:聚会。 　[16]为律:讲解佛家戒律。律指佛家戒律。 　[17]敕(chì):告诫。女释者:指尼姑。入佛门者称释者。 　[18]尊严:尊重,受尊敬重视。 　[19]优游:闲暇自在。 　[20]师道:为师的道德能力。 　[21]剧:加剧,严重。 　[22]扶服:伏地爬行。同"匍匐"。舆曳(yè):抬着挪步。曳,拖。 　[23]侧匿(nì):躲藏。愧恐:羞愧恐惧。殊甚:特别厉害。 　[24]他:其他。悉:全部。故去:死亡。 　[25]伥(chāng)伥:无所适从貌。 　[26]相与:在一起。 　[27]盥濯(guàn zhuó):洗涤。即给他洗澡。 　[28]扶持:搀扶。 　[29]执舆:即抬轿子。 　[30]前驱:在前面走。 　[31]怵(chù)惕:小心翼翼之意。疾视:迅速张望。 　[32]引:引导。翼:保护。 　[33]师:即以其为师。生:学生,弟子。 　[34]馈(kuì):赠送。献食叫馈。 　[35]巾帨(shuì):佩巾。 　[36]洋洋:得意貌。 　[37]举:全都。逾:越过,违背。制:指戒令。 　[38]玄:黑色。厖(máng):杂乱。 　[39]硿(kōng)然:翘起貌。 　[40]齿:比,并列。 　[41]斥弃:指抛弃的食物。异皂(zào):不在同一个马槽。皂,喂牲畜的槽子。 　[42]屏(bǐng)立:避开其他马站立。摈(bìn)辱:排斥侮辱。谓遭受斥辱。　[43]掣（chè）：牵，拽。顿：停下。指叫马停下。　[44]披：分开。指耳朵不直立。　[45]属地：到地。　[46]为伍：视为同类。　[47]今刺史：指崔能。莅（lì）：莅临。指到任。　[48]屏弃：不用。驷：马。　[49]泝江：沿江而上。陈景云《柳集点勘》卷二："按元和九年，黔州廉使崔能谪刺永州，自黔抵永皆水道，故屏骑登舟曰泝江者，盖泝湘江而南也。"　[50]乘：乘坐。　[51]秣（mò）：喂马。饰：装饰。　[52]巴、僰（bó）：皆为古代少数民族名，此作地名。巴，在今四川东部。僰，在今四川南部。庳（bì）狭：低矮短小。　[53]燥土：干土。大庑（wǔ）：宽大的廊屋。庑，堂下廊屋。　[54]荐：垫。　[55]縻：笼络，牵制。　[56]浴：洗刷身体。剔：修蹄。蚤：除跳蚤。鬋（jiǎn）：修剪鬃毛。《礼记·曲礼下》："乘髦马，不蚤鬋。"　[57]刮恶：刮去疮病。除洟（yí）：除去鼻涕。　[58]莝（cuò）：铡草。《说文》："斩刍也。"雕胡：菰草。　[59]香萁（qí）：豆茎。　[60]错贝：错杂的贝壳。鳞：像鱼鳞一样地排列。纕（xiāng）：马腹带。　[61]凿金：打凿黄金饰品。文：装饰。羁（jī）：马络头。　[62]络：系。和铃：指马身上的铃铛。　[63]缨：此用作动词，即以为缨。朱绥：红缨。缨为马首的装饰物。　[64]膏：此用作动词，即抹上油膏。鬣（liè）：马鬃。　[65]劘（mó）：通"磨"，磨平。脽（shuí）：尻，即屁股。　[66]御夫：驾驭马的人。　[67]除道：清道。履石：踩在石头上。履，践。　[68]水涯：水边。　[69]幢（chuáng）：旌旗。旟（yú）：画有鸟隼的旗。罗：罗列。　[70]杠盖：长柄伞。　[71]翼：围护。　[72]抗首：昂首。出臆：露出胸膛。　[73]震奋：即振奋。遨嬉（xī）：快乐地走着。　[74]宜：适合，应该。

引入下文，以明并非只是讲个奇闻异事。

先生曰："是则然矣，叟将何以教我？"鬻

老进曰：“今先生来吾州亦十年，足轶疾风[1]，鼻知膻香[2]，腹溢儒书[3]，口盈宪章[4]，包今统古，进退齐良[5]，然而一废不复，曾不若躄足涎额之犹有遭也[6]。朽人不识，敢以其惑，愿质之先生[7]。”先生笑且答曰：“叟过矣！彼之病，病乎足与额也。吾之病，病乎德也[8]。又彼之遭，遭其无耳[9]。今朝廷洎四方[10]，豪杰林立[11]，谋猷川行[12]，群谈角智[13]，列坐争英[14]，披华发辉[15]，挥喝雷霆[16]。老者育德[17]，少者驰声[18]，丱角羁贯[19]，排厕鳞征[20]，一位暂缺[21]，百事交并[22]，骈倚悬足[23]，曾不得逞[24]，不若是州之乏释师大马也。而吾以德病伏焉[25]，岂躄足涎额之可望哉[26]？叟之言过昭昭矣[27]。无重吾罪[28]。”于是鲞老壮齿，相视以喜[29]，且吁曰[30]：“谕之矣[31]！”拱揖而旋[32]，为先生病焉[33]。

以下香、章、良押韵。

以下行、英、霆、声、征、并、逞押韵。

写出竞争之激烈。

乡人以为柳先生有病，不求个出头之日，还不是有病吗？然柳先生果真有病吗？假装有病而已。他大概懂得“木秀于林，风必摧之”的道理。

[注释]

[1]轶（yì）：超过。　[2]膻：腥膻。　[3]溢：充满。　[4]盈：充盈，充满。宪章：典章制度。　[5]齐良：都好。齐，等同。　[6]遭：遭际，即赶上好时候。　[7]质：问，求教。　[8]德：道德。　[9]遭

其无：遇上没有的时候。　[10]洎（jì）：同"及"。　[11]林立：形容多。　[12]谋猷（yóu）：谋划。川行：像水流一样，形容畅达。　[13]角（jué）智：较量才智。　[14]争英：争为英杰。　[15]披华发辉：披露才华，发挥光彩。　[16]挥喝：挥来喝去之意。雷霆：即雷。迅雷为霆。　[17]育德：修养道德。　[18]驰声：驰扬名声。　[19]丱（guàn）角：儿童头上两只上翘的角辫。代指儿童。羁贯：儿童的发髻。　[20]排厕：排列参加。鳞征：依次出发。指去求取功名。[21]一位：一个位置。　[22]百事：各种人事。交并：交杂并至。形容追求此位置的人之多。　[23]骈倚：并排挤靠。悬足：踮起脚尖。形容争先恐后。　[24]得逞：得到满足。　[25]以德：因德，因为道德。病伏：有缺陷而隐伏。　[26]岂躄足涎额之可望哉：我能希望像躄足僧、病额马一样吗？望，希望，希冀。　[27]过：过失，错误。昭昭：明白貌。　[28]重：加重。　[29]喜：嬉笑。　[30]吁：叹息。　[31]谕：明白，懂得。　[32]拱揖（yī）：两手抱拳于胸前，表示恭敬。为古人的一种交往礼仪。旋：退后。　[33]为：以为。病：有病，病态。

[点评]

永州的老人们向柳宗元讲了两个故事：躄足僧和病额马，它们原先都是遭人遗弃的，后来却时来运转。并问柳宗元：您这样大才，也该交好运了吧？柳宗元回答：如今天下有的是人才，不缺我这一个。这个场景当然是作者虚构的，用以自嘲自解，且意在讽世。作者将两个故事借乡老之口娓娓道来，事本荒唐，语气却非常平和，堪称"黑色幽默"。黄震说："《答问》及《起废答》，自伤不复用。起废，谓嬖浮图、病颡驹，皆废十年而有遭，子厚之废亦十年。"(《黄氏日钞》卷六〇）储欣说："十年不复，不及嬖僧病马之有遭，言何哀也！此虽小文，亦入西汉。"(《河东先生全集录》卷三）他们都说柳宗元此文是"自伤"、自哀，非也。此文意在讽世。嬖和尚、病颡驹尚可有用武之地，风光一时，只因适逢其机遇。它们的被委用为不得已，并不能说明没有更好的僧人、更好的马，只能说明世上已经优劣不分到何等地步了。

天 说 [1]

韩愈谓柳子曰："若知天之说乎 [2]？吾为子言天之说。今夫人有疾痛、倦辱、饥寒甚者 [3]，因仰而呼天曰：'残民者昌 [4]，佑民者殃 [5]。'又仰而呼天曰：'何为使至此极戾也 [6]？'若是者，举不能知天 [7]。夫果蓏、饮食既坏 [8]，虫生之。人之血气败逆壅底 [9]，为痈疡、疣赘、瘘痔 [10]，亦虫生之。木朽而蝎中 [11]，草腐而萤飞 [12]，是岂不以坏而后出耶？物坏，虫由之生。元气阴阳之坏 [13]，人由而生。虫之生而物益坏，食啮之 [14]，攻穴之 [15]，虫之祸物也滋甚 [16]。其有关于韩愈这段话的主旨，林纾：“柳氏斥韩氏为激，实则韩氏尚谓天为有知，不过有知而倒行其赏罚，似咎人不应凿浑沌之窍，而施其智力，故天罚之也。……总言之，韩氏眼中但见得善人不受福于天，故有此语。”（《韩柳文研究法·柳文研究法》）很是准确。

能去之者，有功于物者也。繁而息之者[17]，物之雠也[18]。人之坏，元气阴阳也亦滋甚。垦原田[19]，伐山林，凿泉以井饮，窾墓以送死[20]，而又穴为偃溲[21]，筑为墙垣、城郭、台榭、观游[22]，疏为川渎、沟洫、陂池[23]，燧木以燔[24]，革金以镕[25]，陶甄琢磨[26]，悴然使天地万物不得其情[27]，倖倖冲冲[28]，攻残败挠而未尝息[29]。其为祸元气阴阳也，不甚于虫之所为乎？吾意有能残斯人使日薄岁削[30]，祸元气阴阳者滋少，是则有功于天地者也。蕃而息之者[31]，天地之雠也。今夫人举不能知天，故为是呼且怨也。吾意天闻其呼且怨，则有功者受赏必大矣，其祸焉者受罚亦大矣。子以吾言为何如？”

柳子曰：子诚有激而为是耶[32]？则信辩且美矣[33]，吾能终其说。彼上而玄者[34]，世谓之天；下而黄者，世谓之地。浑然而中处者[35]，世谓之元气；寒而暑者[36]，世之谓之阴阳。是虽大，无异果蓏、痈痔、草木也。假而有能去其攻穴者，是物也，其能有报乎[37]？蕃而息之者，其能有怒乎？天地，大果蓏也；元气，大痈痔也；

阴阳，大草木也，其乌能赏功而罚祸乎 [38]？功者自功，祸者自祸，欲望其赏罚者大谬矣。呼而怨 [39]，欲望其哀且仁者 [40]，愈大谬矣。子而信子之仁义以游其内 [41]，生而死尔 [42]，乌置存亡得丧于果蓏、痈痔、草木耶 [43]？

[注释]

[1]说：文体之一种，内容为解说、议论。文中所引韩愈之言不见于韩愈文集。刘禹锡说："余之友河东解人柳子厚作《天说》以折韩退之之言，文信美矣，盖有激而云，非所以尽天人之际。"（《天论上》，《刘禹锡集》卷五）可知韩愈确有此说。此文不详作年，大约为贞元二十年（804）前后在京师作。　[2]若：你。　[3]倦辱：劳苦屈辱。　[4]残民：残害人民。昌：昌盛。　[5]佑民：保佑人民。殃：遭殃。　[6]极戾（lì）：极端不合理。戾，悖理。　[7]举：全，都。　[8]果蓏（luǒ）：《说文》："在木曰果，在地曰蓏。"蓏即瓜类。　[9]败逆壅底：衰败堵塞，流通不畅。　[10]痈疡（yáng）：生在颈部和头部的毒疮。疣（yóu）赘：生在皮肤上的肿瘤。瘘（lòu）痔：瘘管、痔疮。　[11]蝎（hé）：《尔雅·释虫》："蝎，蛣蝴。"郭璞注："木中蠹虫。"　[12]腐：烂。萤：《礼记·月令》季夏之月"腐草为萤"。萤火虫在腐草中产卵，而后成虫，非由腐草变化而来。　[13]元气：中国古代的哲学概念，不同的学派理解不同。阴阳：中国古代相对立的一对哲学范畴。　[14]啮（niè）：咬。　[15]攻穴：钻到里面打洞。　[16]祸：危害，祸害。滋甚：越发厉害。　[17]繁：繁殖。息：生息，生长。　[18]雠：同"仇"。此句说是物的仇敌。　[19]垦：开垦，

林纾概括柳宗元观点的大意："隐言己身之祸，与天无涉。天地之中，有元气，有阴阳，然元气既谓之浑然，则一切不管，功焉而不知所以报，害焉而不知所以祸，其偶然得福，偶然得祸，万不算是赏罚。谓为赏罚者，谬也。"并总结说："二氏之说，于圣人畏天命说大歧。然行文奇诡，言人所未尝言，自是韩、柳钩心斗角之作。"（同上）

进行耕种。　　[20]窾（kuǎn）墓：挖掘坟墓。窾，空。此用作动词。送死：葬送死人。　　[21]穴：此亦用作动词，指挖坑。偃溲（sōu）：指厕所。偃，储存污物的坑池。溲，小便。　　[22]墙垣：指墙。垣，较矮的墙。城郭：指城。内城为城，外城为郭。台榭：亭台。榭为建在高台上的亭子或阁楼。观游：供人游观的场所。　　[23]疏：疏通。川渎：指河流。沟洫（xù）：沟渠。陂（bēi）池：池塘。　　[24]燧（suì）木：钻木取火。燔（fán）：烧。　　[25]革金：改变金属的形状。革，改变。镕：熔化。　　[26]陶甄：指制作陶器。琢磨：指雕刻玉石。　　[27]悴然：劳累貌。情：此指本性。　　[28]悻（xìng）悻：形容固执、执着。冲冲：形容情绪高涨。悻悻冲冲，坚持不断之意。　　[29]攻残败挠：攻击、残害、毁坏、扰乱。息：停止。　　[30]残：此谓惩罚。日薄：一天比一天减少。岁削：一年比一年削弱。　　[31]蕃：繁殖，增长。息：生长。　　[32]诚：的确，确实。激：激愤。　　[33]信：确实。辩：善辩。美：美妙。　　[34]玄：青色。　　[35]浑然：茫茫一片。中处：处于中间。　　[36]寒而暑：指寒暑变化。　　[37]报：报答。　　[38]赏功而罚祸：奖赏有功者、惩罚为祸者。　　[39]呼而怨：指韩愈所说的呼天怨地的人。　　[40]哀：怜悯。仁：仁爱，仁慈。　　[41]子：你。而：如果。游其内：指活动于其中。　　[42]尔：语气词。　　[43]乌：怎，表疑问。置：放置，寄托。

[点评]

　　柳宗元此文，颇遭儒家人士的批评。此文的核心观点即功者自功，祸者自祸；结论则是天人不相预。这种观点属于朴素的唯物主义。然所引韩愈之言，其大意谓人类垦田伐山、筑城修墓等行为，破坏天地元气，此种人愈少愈好，天有知，必使祸害自然环境者受罚，保护自然环境者受赏。柳宗元的意思则是说：天不能赏功罚祸，欲使天干预人的行为为大谬也。正如柳文所言，吾韩愈是有激之言，然柳宗元的反驳仅仅是针对韩氏所说"吾意天闻其呼且怨，则有功者受赏必大矣，其祸焉者受罚亦大矣"之句。柳宗元一向持天人相分的观点，故对天意赏罚之说不以为然。然则柳氏也有天地果蓏、人犹蠹虫之喻，皆以人类为自然环境的破坏者，与韩愈亦有相通之处。何焯说："韩子之说，盖叹夫回天跖寿之不雠也。柳子……于韩之廋词，亦有所不察也。"（《义门读书记》卷三五）也是说二人并非处处针锋相对。

捕蛇者说[1]

　　永州之野产异蛇，黑质而白章[2]，触草木尽死，以啮人[3]，无御之者[4]。然得而腊之以为饵[5]，可以已大风、挛踠、瘘、疠[6]，去死肌[7]，杀三虫[8]。其始，太医以王命聚之[9]，岁赋其二[10]，募有能捕之者，当其租入[11]。永之人争奔走焉[12]。

　　有蒋氏者，专其利三世矣[13]。问之，则曰："吾祖死于是，吾父死于是，今吾嗣为之十二

写蛇之毒，暗伏下文"毒"字。

年[14]，几死者数矣[15]。"言之，貌若甚戚者[16]。余悲之，且曰："若毒之乎[17]？余将告于莅事者[18]，更若役[19]，复若赋，则何如？"蒋氏大戚[20]，汪然出涕曰[21]："君将哀而生之乎[22]？则吾斯役之不幸，未若复吾赋不幸之甚也[23]。向吾不为斯役，则久已病矣[24]。自吾氏三世居是乡，积于今六十岁矣，而乡邻之生日蹙[25]。殚其地之出[26]，竭其庐之入[27]，号呼而转徙[28]，饥渴而顿踣[29]，触风雨，犯寒暑[30]，呼嘘毒疠[31]，往往而死者相藉也[32]。曩与吾祖居者[33]，今其室十无一焉。与吾父居者，今其室十无二三焉。与吾居十二年者，今其室十无四五焉，非死即徙尔[34]。而吾以捕蛇独存。悍吏之来吾乡[35]，叫嚣乎东西[36]，隳突乎南北[37]，哗然而骇者[38]，虽鸡狗不得宁焉[39]。吾恂恂而起[40]，视其缶[41]，而吾蛇尚存，则弛然而卧[42]。谨食之[43]，时而献焉[44]。退而甘食其土之有[45]，以尽吾齿[46]。盖一岁之犯死者二焉[47]，其余则熙熙而乐[48]，岂若吾乡邻之旦旦有是哉[49]？今虽死乎此，比吾乡邻之死则已后矣，又安敢毒耶？"

蒋之翘引杨维桢："此句一篇之纲。余观人，果有苦于任赋而逃服杂役者，深有味乎斯言。"（辑注《柳河东集》卷一六）

蒋之翘："写得惨毒，是一幅流民图。"（同上）

借蒋氏之言，极写赋敛之毒。

余闻而愈悲。孔子曰："苛政猛于虎也^[50]。"吾尝疑乎是，今以蒋氏观之，犹信。呜呼！孰知赋敛之毒^[51]，有甚是蛇者乎！故为之说^[52]，以俟夫观人风者得焉^[53]。

蒋之翘："自一段犯死至此，文势凡三、四转，愈转愈紧。只就此转一句作结便了，何等快绝。"（辑注《柳河东集》卷一六）

[注释]

[1] 此文作于永州，确切作年不详。　[2] 黑质：黑色身体。白章：白色花纹。此蛇即俗称白花蛇者。　[3] 啮（niè）：咬。　[4] 御：抵御。意谓无药可救。　[5] 腊（xī）：干肉。此处用作动词，即做成干肉。饵：药饵，即药。　[6] 已：治愈。大风：麻风病。《黄帝内经素问》卷一四《长刺节论》："骨节重，须眉堕，名曰大风。"挛踠（luán wǎn）：手足弯曲不能伸展。瘘：颈肿，现代医学称作淋巴腺结核。疠：恶性肿疮。　[7] 死肌：腐烂的肌肉。　[8] 三虫：使人生病的三种虫子。道家言人身体中有三尸虫，高濂《遵生八笺》卷九云：上虫居脑宫，中虫居明堂（胸），下虫居腹胃。现代医家未有此说。或谓三虫为蛔虫、赤虫、蛲虫。　[9] 太医：宫廷医生。唐太常寺置太医署，有医正、医师、医工等，掌医疗之事。王命：朝廷的命令。　[10] 赋：征收。　[11] 当：抵，充当。租入：租税的缴纳。　[12] 奔走：指去做捕蛇的事。　[13] 专其利：单独享受这种好处。三世：三代，即祖父、父亲与自己。　[14] 嗣（sì）：继承。　[15] 几：几乎。数（shuò）：数次，多次。　[16] 戚：悲伤，悲痛。　[17] 若：你。毒：意谓怨恨。　[18] 莅（lì）事者：管理政事的人。指地方官。　[19]"更若役"二句：更换你的差役，恢复你的赋税。　[20] 大戚：非常悲痛。　[21] 汪然：眼泪满眶的样子。　[22] 生：意谓让我活下去。　[23] 甚：厉害，严重。　[24] 病：谓困苦不堪。　[25] 日蹙：一天比一天窘迫。　[26] 殚（dān）：竭尽。

出：指生产。　[27]入：收入。　[28]转徙：辗转迁徙。　[29]顿踣（bó）：困顿而跌倒在地。踣，同"仆"，跌倒。　[30]犯：冒。　[31]呼嘘毒疠：指呼吸毒气。疠，指能使人生病的疫气。　[32]藉：枕藉，挨着压着。　[33]曩（nǎng）：从前。　[34]徙：迁徙，指搬走了。[35]悍吏：凶恶的官吏。[36]叫嚣：意谓到处喊叫。[37]隳（huī）突：意谓横冲直撞。隳，破坏。突，冲撞。　[38]哗然：形容惊恐的叫声。　[39]虽：即使。　[40]恂（xún）恂：小心谨慎的样子。　[41]缶（fǒu）：瓦罐，小口大肚。　[42]弛然：放心、安心的样子。　[43]食（sì）：同"饲"，喂养。　[44]时：到时候。　[45]甘食：美好地享受。　[46]齿：年龄，岁月。　[47]犯：指冒着危险。　[48]熙熙：安乐貌。　[49]旦旦：天天，每天。　[50]苛政：指苛刻的赋敛。《礼记·檀弓下》载："孔子过泰山侧，有妇人哭于墓者而哀，夫子式而听之，使子路问之曰：'子之哭也，壹似重有忧者。'而曰：'然。昔者吾舅死于虎，吾夫又死焉，今吾子又死焉。'夫子曰：'何为不去也？'曰：'无苛政。'夫子曰：'小子识之，苛政猛于虎也。'"政，通"征"。　[51]赋敛：指征收租赋。　[52]说：叙述。　[53]俟：等待。观人风：考察民风。"人"为"民"的避讳字。

［点评］

吕祖谦《古文关键》卷上称此文"感慨讥讽体"。历代诸评论家皆指出柳宗元此文为发挥孔子"苛政猛于虎"的思想而来，然或认为所叙纯属虚构，则非。此文具有纪实性，当是柳宗元于永州访一捕蛇者，因记录其事与其言，体现了作者以民生为本的政治思想。至于在写法上，作者一开始大力描写永州毒蛇之可怕，实为反衬赋敛之毒甚于蛇毒这一主题。楼昉说："犯死捕蛇，乃以为幸，更役复赋，反以为不幸，此岂人之情也哉？必有甚不得已者耳。此文抑扬起伏，宛转斡旋，含无限悲伤凄婉之态，若转以上闻，所谓言之者无罪，闻之者足以戒。"（《崇古文诀》卷一二）林纾说："'悍吏之来吾乡'六字，写得声色俱厉。此处若将蛇之典实，拈采掩映，便立时坠落小样。妙在'恂恂而起''弛然而卧'，竟托毒蛇为护身之符，应上'当其租入'句。文字从容暇豫中，却形出朝廷之弊政，俗吏之殃民，不待点染而情景如画。"（《韩柳文研究法·柳文研究法》）储欣说："为此说以俟采风，善矣。自唐以降，税愈繁、敛愈急，士君子于催科之中弗忘抚字，使民受一分之惠，而不至于鸡犬之不宁，庶不枉读此文者。"（《河东先生全集录》卷三）

罴　说 [1]

　　鹿畏貙 [2]，貙畏虎，虎畏罴。罴之状，被发人立 [3]，绝有力 [4]，而甚害人焉。楚之南有猎者 [5]，能吹竹为百兽之音 [6]。昔云持弓矢罌火而即之山 [7]，为鹿鸣，以感其类 [8]，伺其至 [9]，发火而射之 [10]。貙闻其鹿也，趋而至 [11]，其人恐，因为虎而骇之 [12]。貙走而虎至，愈恐，则又为罴，虎亦亡去 [13]。罴闻而求其类，至则人也，捽搏挽裂而食之 [14]。今夫不善内而恃外者 [15]，未有不为罴之食也。

何焯："总领三句，甚健。"（《义门读书记》卷三五）

一篇主旨。

[注释]

[1]羆(pí)：熊的一种，比熊大，能直立行走，俗称人熊。《尔雅·释兽》："羆如熊，黄白文。"郭璞注："似熊而长头高脚，猛憨多力，能拔树木，关西呼曰貑熊。"观文中云"楚之南有猎者"，当至永州后作。　[2]貙(chū)：兽名，似狐而体大。《尔雅·释兽》："貙似狸。"郭注："今貙虎也，大如狗，文如狸。"　[3]被：同"披"。　[4]绝：非常，特别。　[5]楚之南：楚为春秋战国时国名。楚之南包括今湖南一带，永州也在其中。　[6]吹竹：吹小竹管。　[7]"云"疑为衍字。罂(yīng)火：藏在瓦罐中的灯火。罂，一种腹大口小的瓦罐。即之：就去，遂往。　[8]感：感召。　[9]伺：等待。　[10]发火：亮出灯火。发火是为了照明。　[11]趋：快跑。　[12]为虎：作虎的咆哮声。骇：吓唬。　[13]亡去：逃走。　[14]捽(zuó)：揪住。搏：搏击。挽裂：撕裂。食：吃。　[15]恃(shì)：依仗，依靠。

[点评]

陆梦龙评此文："妙喻文，层累而不俳。"(《柳子厚集选》卷三)此寓言文是说：不靠自己的力量以图改善困境，而是希藉外力，最终的命运是悲惨的。即此文"不善内而恃外"一语。含义深刻，为警世佳作。

种树郭橐驼传[1]

郭橐驼不知始何名，病偻[2]，隆然伏行[3]，有类橐驼者，故乡人号之驼。驼闻之曰："甚善，名我固当[4]。"因舍其名，亦自谓橐驼云。其乡曰丰乐乡[5]，在长安西。驼业种树，凡长安豪富人，为观游及卖果者[6]，皆争迎取养。视驼所种树，或移徙[7]，无不活，且硕茂[8]，蚤实以蕃[9]。他植者虽窥伺效慕[10]，莫能如也。

有问之，对曰："橐驼非能使木寿且孳也[11]，能顺木之天[12]，以致其性焉尔[13]。凡植木之性，其本欲舒[14]，其培欲平[15]，其土欲故[16]，其筑欲密[17]。既然已[18]，勿动勿虑，去不复顾，其莳也若子[19]，其置也若弃[20]，则其天者全而其性得矣。故吾不害其长而已，非有能硕茂之也，不抑耗其实而已[21]，非有能蚤而蕃之也。他植者则不然，根拳而土易[22]，其培之也，若不过焉则不及[23]，苟有能反是者[24]，则又爱之太殷[25]，忧之太勤，旦视而暮抚，已去而复顾。甚者爪其肤以验其生枯[26]，摇其本以观其疏密，而木之性日以离矣[27]。虽曰爱之，其实害之，虽曰忧之，其实雠之，故不我若也[28]。吾又何能为哉！"

以上交代郭橐驼其人及本事。

蒋之翘评"以致其性"句："一篇之意，已尽于此。"（辑注《柳河东集》卷一七）

有所为，有所不为。蒋之翘引王鏊："此数语只浅浅，就植木上说道理，亦说得十分痛快。"又引李廷机："似从孟子养气工夫体贴出来。"（同上）

以上写郭橐驼种树之道。

问者曰："以子之道，移之官理[29]，可乎？"驼曰："我知种树而已。理，非吾业也。然吾居乡，见长人者好烦其令[30]，若甚怜焉[31]，而卒以祸[32]。旦暮吏来而呼曰：'官命促尔耕，勖尔植[33]，督尔获。蚤缲而绪[34]，蚤织而缕[35]。字而幼孩[36]，遂而鸡豚[37]。'鸣鼓而聚之，击木而召之[38]。吾小人辍飧饔以劳吏者[39]，且不得暇，又何以蕃吾生而安吾性耶[40]？故病且怠[41]。若是，则与吾业者其亦有类乎[42]？"问者嘻曰[43]："不亦善夫！吾问养树，得养人术[44]。"传其事以为官戒也[45]。

蒋之翘引茅坤："写出俗吏情弊，民间疾苦，读之令人凄然，可与韩文公《赠崔复州序》参观。"（同上）吴楚材、吴调侯："一篇精神命脉，直注末句结出，语极冷峭。"（《古文观止》卷九）

以上写种树之道与"官理"亦有可通之处。

[注释]

[1]橐（tuó）驼：骆驼。郭橐驼因驼背而得此名，是其外号。韩醇云此文作于贞元末，然亦可能作于为柳州刺史时。柳宗元身为州郡长官，作此文以明自己的治民之道。　[2]偻（lóu）：曲背。　[3]隆然伏行：背部高起，弯腰而行。　[4]固当：的确恰当。　[5]丰乐乡：唐属京兆府长安县。　[6]为观游：作为观赏（而种植花木）。　[7]移徙：移植。　[8]硕茂：高大茂盛。　[9]蚤实以蕃：早早地结实而且果实结得多。蚤，通"早"。　[10]窥伺效慕：暗中观察学习。　[11]寿且孳（zī）：活得长久而且生长得快。　[12]天：天性，自然。　[13]致其性：意谓使树木得到它生长本性的需要。　[14]本：树根。　[15]培：培土。　[16]故：

指用原来的土。　　[17]筑：指捣土。密：结实。　　[18]既然已：这样做完了。　　[19]莳（shì）：种植。　　[20]置：指栽好后放在一边。　　[21]抑耗：抑制损耗。其实：指树木的实际情况。　　[22]拳：拳曲，不舒展。土易：指用新土换掉旧土。　　[23]过：指培土过多。不及：指培土不够，太少。　　[24]反是：和上述做法相反。　　[25]殷：深厚。　　[26]爪其肤：指用指甲划破树皮。　　[27]日以离：一天一天地失去。　　[28]不我若：不如我。　　[29]官理：官治。意谓当官治民。　　[30]长（zhǎng）人：当人民的官长，即谓做官。烦其令：烦琐地发布命令。　　[31]怜：爱的意思。　　[32]祸：意谓造成祸害。　　[33]勖（xù）：勉励。植：播种。　　[34]缲（sāo）：煮茧抽取蚕丝。而：此处同"尔"，即你的。下面三句皆同。绪：丝的头绪。　　[35]缕：线。　　[36]字：意同抚养、养育。　　[37]遂：使其成长之意。豚：小猪。　　[38]击木：指敲梆子。　　[39]辍：停止，放下。飧饔（sūn yōng）：晚饭和早饭。《孟子·滕文公上》："饔飧而治。"赵岐注："饔飧，熟食也。朝曰饔，夕曰飧。"　　[40]蕃：繁荣。　　[41]病：困苦。怠：疲弊。　　[42]类：近似，差不多。　　[43]嘻：感叹词。　　[44]养人：即养民，治理百姓。　　[45]戒：警戒。

[点评]

　　此文因讲种树之道，徐光启《农政全书》卷三二、卷三七皆引其中文字，以至尚有人造作《郭橐驼种树书》。然此文既非写人，亦非讲种树，此人是否真实存在也不重要，所以顾炎武说是"稗官之属"（见《日知录》卷一九）；乾隆敕纂《唐宋文醇》卷一一也说："韩愈所为私传，皆其人于史法不得立传，而事有关于人心世道，不可无传者也。宗元则以发抒己议,类庄生之寓言,如《梓人》,如《郭橐驼》等,皆与此同,非所为信以传信者矣。"盖寓言规讽,以种树之道喻治民之道。司马光《资治通鉴》卷二三九特略述《梓人传》及此篇,并云"此其文之有理者也"。郭橐驼之所以善于种树,是因为他顺应了树木的生长规律。遂将其道"移之官理",治民也不能"好烦其令",应当不干扰老百姓的生活与生产劳动,让老百姓安居乐业。这种思想与老庄的无为而治有相通之处,但却不能简单地归之于老庄。文中所描写的乡吏收税时早催晚促的情景,柳宗元显然是亲眼所见的,是从实际经历中总结出来的。韩愈《柳子厚墓志铭》说他为柳州刺史时,"因其土俗,为设教禁,州人顺赖",则是已将其道用之于治民。吴楚材、吴调侯评论这篇文章的写法说:"前写橐驼种树之法,琐琐述来,涉笔成趣,纯是上圣至理,不得看为山家种树方。末入官理一段,发出绝大议论,以规讽世道,守官者当深体此文。"(《古文观止》卷九)

童区寄传[1]

柳先生曰:越人少恩[2],生男女必货视之[3]。自毁齿已上[4],父兄鬻卖[5],以觊其利[6]。不足,则盗取他室[7],束缚钳梏之[8]。至有须鬣者[9]，力不胜，皆屈为僮[10]。当道相贼杀以为俗[11]。幸得壮大[12]，则缚取么弱者。汉官因以为己利[13]，苟得僮，恣所为[14]，不问，以是越中户口滋耗[15]。少得自脱[16]，惟童区寄以十一岁胜，斯亦奇矣。桂部从事杜周士为余言之[17]。

童寄者，柳州荛牧儿也[18]，行牧且荛[19]，二豪贼劫持反接[20]，布囊其口[21]，去逾四十里之墟所卖之[22]。寄伪儿啼恐栗[23]，为儿恒状[24]。贼易之[25]，对饮酒，醉。一人去为市[26]，一人卧，植刃道上[27]。童微伺其睡[28]，以缚背刃[29]，力下上，得绝，因取刃杀之。逃未及远，市者还[30]，得童，大骇，将杀童，遽曰[31]："为两郎僮[32]，孰若为一郎僮耶[33]？彼不我恩也。郎诚见完与恩[34]，无所不可。"市者良久计曰："与其杀是僮，孰若卖之？与其卖而分[35]，孰若吾得专焉[36]？幸而杀彼，甚善。"即藏其尸，持童抵主人所[37]，愈束缚牢甚。夜半，童自转，以缚即炉火[38]，烧绝之，虽疮手勿惮[39]。复取刃杀市者。因大号[40]，一墟皆惊。童曰："我区氏儿也，不当为僮。贼二人得我，我幸皆杀之矣，愿以闻于官。"

墟吏白州[41]，州白大府[42]，大府召视，儿幼愿耳[43]，刺史颜证奇之[44]，留为小吏，不肯。与衣裳[45]，吏护还之乡。乡之行劫缚者侧目[46]，莫敢过其门，皆曰："是儿少秦武阳二岁[47]，而讨杀二豪[48]，岂可近耶？"

何焯："与发端暗配。"（《义门读书记》卷三五）

［注释］

[1]区（ōu）寄事闻之于杜周士，柳宗元有《同吴武陵送杜留后诗序》，即送杜周士，元和三年（808）作于永州，此文亦是年作。　[2]越：此指粤越。古代东南有百越之称，岭南一带的越族称粤越。少恩：缺少恩爱。　[3]货视：看作货物。　[4]毁齿：指乳牙脱落。男孩一般八月生齿，八岁毁齿。　[5]鬻（yù）：卖。　[6]觊（jì）：贪图。　[7]他室：指别人家的孩子。　[8]束缚：捆绑。钳梏（gù）：谓套上枷锁。钳，铁圈，套在脖子上。梏，木制手铐。　[9]须鬣（liè）：胡须。指长了胡子的成年人。　[10]僮：奴仆。　[11]贼杀：抢夺残杀。　[12]"幸得壮大"二句：谓僮幸得壮大，又掠取他僮以为己利，世代相续，遂成族性。么（yāo）弱，幼稚弱小。么，同"幺"。　[13]汉官：指朝廷派去的官员。唐时岭表大吏多贡南口，或以充赂遗，即谓此。　[14]恣：放纵。　[15]滋耗：越发减少。　[16]少：很少。　[17]桂部从事：在桂管观察使府任从事的。唐桂管观察使驻桂州，协助府主工作的人员统称从事。杜周士：贞元十七年（801）登进士第，元和中从事桂管。　[18]柳州：今属广西。荛（ráo）牧儿：打柴放牛的孩子。"柳"字柳集各本作"郴"，唐郴州不属桂管，故从《文苑英华》，参陈景云《柳集点勘》卷二。　[19]行：从事，

做。　[20]豪贼：强盗。反接：反绑两手。　[21]布囊其口：用布堵住他的嘴。囊，此用作动词，即罩住。　[22]墟：集市。南方称集市为墟。　[23]恐栗：害怕得发抖。栗，战栗。　[24]恒状：常态。　[25]易：忽视。　[26]为市：指谈生意，找买主。　[27]植刃：插刀。　[28]微伺：悄悄地等待。　[29]"以缚背刃"三句：把绑在手上的绳子靠在刀刃上，用力上下磨擦，将绳子割断。　[30]市者：指出去谈生意的另一个强盗。　[31]遽（jù）：急忙。　[32]郎：对对方的称呼。此文区寄自称皆曰"我"，称对方为"郎"。　[33]孰若：何如。　[34]完：指保全（我的）性命。恩：指待我好一些。　[35]卖而分：卖得钱分为两份。　[36]专：谓一人得钱。　[37]主人所：指借宿的旅店。　[38]即：靠近。　[39]疮手：手被烧伤。惮：害怕。　[40]号：呼叫。　[41]墟吏：管理集市的官吏。白：报告。　[42]大府：指桂管观察使府。　[43]幼愿：年幼朴实。　[44]颜证：《旧唐书·德宗纪下》："（贞元二十年十二月）庚午，以桂管防御使颜证为桂州刺史、桂管观察使。"至元和初犹在任。　[45]与：给予。　[46]侧目：畏惧而不敢正视。　[47]秦武阳：战国时，燕太子丹欲聘刺客行刺秦王，燕国有勇士秦武阳，年十三杀人，人不敢忤视，乃令为荆轲之副而往秦国。见《战国策·燕策三》《史记·刺客列传》。《史记》作"秦舞阳"。　[48]讨杀：诛杀。《类篇》："讨，杀也。"

[点评]

此文写一少年区寄凭靠自己的勇敢和智慧杀了两个掠卖人口的强盗，得以脱逃，情节惊险、紧张，人物形象跃然纸上。文中描写区寄两次解除绑缚的动作，以及第二个强盗在第一个强盗被杀之后的心理活动，都极其生动精彩。中唐也是传奇文大行于世的时期，此文具有报告文学的性质，然写法与传奇文毫无二致。孙琮评此文："事奇，人奇，文奇。叙来简老明快，在柳州集中又是一种笔墨，即语史法，得龙门（司马迁）之神。"（《山晓阁选唐大家柳柳州全集》卷四）沈德潜亦评："此即事传事，与《梓人》《宋清》《郭橐驼》诸传别有寄托者异也。简老明快，字字飞鸣，词令亦复工妙。"（《唐宋八家文读本》卷九）

李赤传[1]

苏轼："（李）赤见柳子厚集，自比李白，故名赤，卒为厕鬼所惑而死。今观此诗止如此，而以比太白，则其人心恙已久，非特厕鬼之罪。"（《书李白十咏》，《苏轼文集》卷六七《题跋》）

反助妇人缢己，足见其对死的向往。

李赤，江湖浪人也[2]。尝曰："吾善为歌诗，诗类李白[3]。"故自号曰李赤。游宣州[4]，州人馆之[5]。其友与俱游者有姻焉[6]，间累日，乃从之馆。赤方与妇人言，其友戏之，赤曰："是媒我也[7]，吾将娶乎是[8]。"友大骇曰："足下妻固无恙[9]，太夫人在堂[10]，安得有是？岂狂易病惑耶[11]？"取绛雪饵之[12]，赤不肯。有间[13]，妇人至，又与赤言，即取巾经其脰[14]，赤两手助之[15]，舌尽出。其友号而救之[16]，妇人解其巾走去。赤怒曰："汝无道。吾将从吾妻，汝何为者[17]？"赤乃就牖间为书[18]，辗而圆封之[19]。

又为书，博封之[20]。讫[21]，如厕。久，其友从之，见赤轩厕抱瓮[22]，诡笑而侧视[23]，势且下入，乃倒曳得之[24]。又大怒曰："吾已升堂面吾妻[25]，吾妻之容，世固无有[26]。堂之饰，宏大富丽，椒兰之气[27]，油然而起[28]，顾视汝之世[29]，犹溷厕也[30]。而吾妻之居，与帝居钧天、清都无以异[31]，若何苦余至此哉[32]？"然后其友知赤之所遭，乃厕鬼也[33]。聚仆谋曰："亟去是厕[34]。"遂行宿三十里。夜，赤又如厕久，从之，且复入矣。持出，洗其污，众环之以至旦[35]。去抵他县[36]，县之吏方宴，赤拜揖跪起无异者[37]。酒行，友未及言，已饮而顾赤[38]，则已去矣。走从之。赤入厕，举其床捍门[39]，门坚不可入，其友叫且言之。众发墙以入[40]，赤之面陷不洁者半矣[41]。又出洗之。县之吏更召巫师善咒术者守赤[42]，赤自若也[43]。夜半，守者怠[44]，皆睡。及觉[45]，更呼而求之[46]，见其足于厕外，赤死久矣。独得尸归其家[47]。取其所为书读之，盖与其母妻诀[48]，其言辞犹人也[49]。

柳先生曰：李赤之传不诬矣[50]，是其病心

已两次大怒友人之救己了。

此时"自若"与前面之"拜揖跪起无异"者，活画出一精神分裂之人的形象。

而为是耶？抑固有厕鬼耶？赤之名闻江湖间，其始为土，无以异于人也。一惑于怪，而所为若是，乃反以世为溷，溷为帝居清都[51]，其属意明白[52]。今世皆知笑赤之惑也，及至是非取与向背决不为赤者[53]，几何人耶[54]？反修而身[55]，无以欲利好恶迁其神而不返[56]，则幸矣，又何暇赤之笑哉[57]？

讽世既刻薄，亦深刻。

[注释]

[1]李赤：唐时实有其人。《太平广记》卷三四一引《独异志》亦载李赤事，所述与柳文大略相同，细节小有差异，然文颇简。此文不详作年。　[2]江湖：泛指五湖四海。浪人：狂浪之人。　[3]李白：著名诗人，盛唐人。诗歌豪放，想象丰富。　[4]宣州：今属安徽。　[5]馆之：安排他住在客馆里。馆，客馆，此处用作动词。　[6]有姻：有亲戚关系。指与李赤有亲戚关系。　[7]媒我：为我作媒。　[8]是：指这个女人。　[9]无恙：安然无事。恙，病。　[10]太夫人：指李赤的母亲。　[11]狂易：轻狂简慢。易，简慢。病惑：被迷惑。　[12]绛雪：药名。《艺文类聚》卷二引《汉武内传》："西王母云：仙之上药有玄霜绛雪。"实为道家之丹药。饵之：让他吞食。　[13]有间：过了一会儿。　[14]经其脰（dòu）：勒在他的脖子上。经，缢，勒住。脰，即颈。　[15]助之：帮助她这样做。　[16]号：呼叫。　[17]何为：为什么这样做（指救他）。　[18]牖（yǒu）：窗户。　[19]辗（zhǎn）：转动。谓拿在手中团来团去。圆封：封成一个纸团。　[20]博封：封为一大信封。

博，大。　[21]讫：做完。　[22]轩厕：即厕，厕所。刘熙《释名》卷五："厕……或曰轩，前有伏似殿轩也。"瓮：指储存粪便的大缸，半埋于地中。　[23]诡笑：怪异地笑。　[24]倒曳：倒着拽出来，即抓着腿或脚拖出来。　[25]面：面见，会面。　[26]固：的确。　[27]椒兰：皆植物名，具有芳香的气味。　[28]油然：自然而然地产生。　[29]顾视：回视。　[30]溷（hùn）厕：厕所。溷，厕所。　[31]帝居：天帝所居。钧天：天之中央。清都：指天帝所居。《史记·赵世家》："居二日半，简子寤，语大夫曰：'我之帝所，甚乐，与百神游于钧天，广乐九奏万舞，不类三代之乐，其声动人心。'"《列子·周穆王》云：周穆王"执化人之祛，腾而上者，中天乃止。……王实以为清都、紫微，钧天、广乐，帝之所居"。　[32]苦余：使我受苦。　[33]厕鬼：刘敬叔《异苑》卷五载：紫姑为人家之妾，为大妇所妒，常役以秽事，于正月十五含恨而死。相传为厕神。世人于此日图画其形，于厕间或猪栏边迎之。　[34]亟去：快离开。　[35]环：围绕。　[36]抵：到达。　[37]拜揖（yī）跪起：作揖跪拜及起来。揖，拱手行礼。　[38]已饮：指饮完一杯。　[39]举：抬。捍：阻挡，挡住。　[40]发墙：挖开墙壁。　[41]不洁：指粪便。　[42]巫师：会巫术的人。咒（zhòu）术：用咒语驱鬼降妖的方法。　[43]自若：自如，保持原来的样子。　[44]惫：困倦。　[45]觉：醒来。　[46]更：又。　[47]归：归还。　[48]诀：告别。　[49]犹人：依然像正常人。　[50]诬：欺骗，捏造。　[51]帝居清都：见注[31]。　[52]属（zhǔ）意：寄托情意。属，通"嘱"。　[53]取与：索取和给予。　[54]几何：多少。　[55]而：你。　[56]欲利好恶（wù）：嗜欲、利益、喜好、厌恶。迁：转移。神：指精神。　[57]何暇：哪里有时间。赤之笑：谓笑话李赤。

[点评]

柳宗元以传奇笔法叙李赤事，颇为生动，活画出一精神病患者的形象。孙觌《燕香堂记》云："世有李赤之徒，丧心病狂，入厕抱瓮，陷面灭顶而不可救药。输西园之铜，窒东海之瓠，转蜣螂之圆，守鲍鱼之肆，耆茄腊鼠，遗臭千载，可不为之大哀乎？"（《鸿庆居士集》卷二三）然此文之意亦有所讽刺，盖讽世人香臭不分，反以臭污之所为洞天福地。引人联想，发人深思，耐人寻味。文云"无以欲利好恶迁其神而不返"，意在警醒某些人为嗜欲、名利所驱使，深陷污秽之中而不能自拔者，当是此文主旨。

蝜蝂传[1]

蝜蝂者，善负小虫也。行遇物，辄持取，卬其首负之[2]，背愈重，虽困剧不止也[3]。其背甚涩，物积因不散，卒踬仆不能起[4]。人或怜之，为去其负，苟能行，又持取如故。又好上高[5]，极其力不已[6]，至坠地死。今世之嗜取者，遇货不避[7]，以厚其室[8]，不知为己累也[9]。唯恐其不积[10]，及其怠而踬也[11]。黜弃之[12]，迁徙之[13]，亦以病矣[14]。苟能起，又不艾[15]。日思高其位、大其禄，而贪取滋甚，以近于危坠[16]，

以上写小虫。好持取，好上高，概括其本性，正取以喻人。

观前之死亡不知戒[17]。虽其形魁然大者也[18]，其名人也[19]，而智则小虫也，亦足哀夫！

一段议论，虽非振聋发聩之言，亦足以警世。

[注释]

[1] 蝜蝂（fù bǎn）：《尔雅·释虫》："傅，负版。"郭璞注云未详，郝懿行疏云为黑色小虫，又云其名今未闻。此文作年不详。　[2] 卬（áng）：通"昂"。　[3] 困剧：疲乏到极点。　[4] 卒：终于。踬（zhì）仆：跌倒。　[5] 上高：往高处爬。　[6] 不已：不止。　[7] 货：指财物。　[8] 厚：扩充，使丰富。　[9] 累：累赘，负担。　[10] 积：积聚。　[11] 怠：困窘。　[12] 黜弃：贬斥，罢免不用。[13] 迁徙：指贬谪到远地。　[14] 病：谓受害。　[15] 艾（ài）：停止。[16] 危坠：从高处摔下。[17] 前：指前人。[18] 魁然：魁伟高大貌。　[19] 名人：名义上称之为人。

[点评]

此文名为"传"，实则寓言，以讽刺贪得无厌者。然描写小虫，却也生动。林纾说："凡善为寓言者，只手写本事，神注言外，及最后收束一语，始作画龙之点睛，倏然神往，方称佳笔。子厚之《宋清传》《郭橐驼传》《梓人传》，均发露无余……不如《蝜蝂》一传之含蓄。"（《韩柳文研究法·柳文研究法》）

骂尸虫文并序[1]

有道士言："人皆有尸虫三，处腹中，伺人

隐微失误[2]，辄籍记[3]。日庚申[4]，幸其人之昏睡，出谗于帝以求飨[5]。以是人多谪过、疾疠、夭死。"柳子特不信，曰："吾闻聪明正直者为神，帝，神之尤者[6]，其为聪明正直宜大也[7]。安有下比阴秽小虫[8]，纵其狙诡[9]，延其变诈[10]，以害于物，而又悦之以飨？其为不宜也殊甚。吾意斯虫若果为是，则帝必将怒而戮之[11]，投于下土[12]，以殄其类[13]。俾夫人咸得安其性命[14]，而苛慝不作[15]，然后为帝也。"余既处卑[16]，不得质之于帝，而嫉斯虫之说[17]，为文而骂之：

来，尸虫！汝曷不自形其形[18]？阴幽诡侧而寓乎人[19]，以贼厥灵[20]。膏肓是处兮[21]，不择秽卑[22]。潜窥默听兮，导人为非。冥持札牍兮[23]，摇动祸机[24]。卑陬拳缩兮[25]，宅体险微[26]。以曲为形，以邪为质，以仁为凶，以僭为吉[27]，以淫诹谄诬为族类[28]，以中正和平为罪疾，以通行直遂为颠蹶[29]，以逆施反斗为安佚[30]。谮下谩上[31]，恒其心术，妒人之能，幸人之失。利昏伺睡[32]，旁睨窃出[33]，走谗于帝，遽入自屈[34]。幂然无声[35]，其意乃毕[36]。

柳宗元不信尸虫之说，然又作文骂之，可见已将尸虫看作是告密小人了。

对于"帝"是否听信谗言，他还是拿不准的。

求味己口，胡人之恤[37]？彼修蚰恙心[38]，短蛲穴胃[39]，外搜疥疬[40]，下索瘘痔[41]，侵人肌肤，为己得味[42]。世皆祸之，则惟汝类。良医刮杀[43]，聚毒攻饵[44]，旋死无余[45]，乃行正气。汝虽巧能，未必为利[46]。帝之聪明，宜好正直，宁悬嘉飨[47]，答汝谗慝？叱付九关[48]，贻虎豹食[49]。下民舞跃[50]，荷帝之力[51]。是则宜然，何利之得？速收汝之生[52]，速灭汝之精，蓐收震怒[53]，将敕雷霆，击汝酆都[54]，糜乱纵横[55]，俟帝之命[56]，乃施于刑。群邪殄夷[57]，大道显明，害气永革[58]，厚人之生[59]，岂不圣且神欤[60]！

一段"骂"文，足以泄愤。

祝曰[61]：尸虫逐，祸无所伏，下民百禄[62]，惟帝之功，以受景福[63]。尸虫诛，祸无所庐[64]，下民其苏[65]，惟帝之德，万福来符[66]。臣拜稽首[67]，敢告于玄都[68]。

又写尸虫不会有好结果。

骂完之后，再对尸虫予以诅咒，"逐"之再"诛"之，使其不能害人。

[注释]

[1]尸虫：道家所说在人体内作祟的三种小虫，又名三尸。段成式《酉阳杂俎》前集卷二："庚申日，伏尸言人过。本命日，天曹计人行。三尸一日三朝：上尸青姑伐人眼，中尸白姑伐人五

脏，下尸血姑伐人胃。命亦曰玄灵。又曰：一居人头中，令人多思欲，好车马，其色黑；一居人腹，令人好食饮，恚怒，其色青；一居人足，令人好色，喜煞。七守庚申三尸灭，三守庚申三尸伏。"张读《宣室志》卷一记桦子言，云彭者为三尸之姓，常居人身中，伺察功罪，每至庚申日籍于上帝。《龙城录》卷下有"贾宣伯有治三虫之药"条，三虫即尸虫。此文云"有道士言"，道士即贾宣伯，为柳宗元在柳州所结识的友人，可知此文作于柳州。　[2]隐微：隐蔽微小。　[3]籍记：记录在册。　[4]日庚申：庚申那一天。古时也用干支记日。　[5]帝：此谓天帝。飨：犒赏。　[6]尤者：最高的。　[7]宜：应当。　[8]比：亲近。　[9]狙（jū）诡：指窥察虚伪的行为。　[10]延：延续。　[11]戮：杀。　[12]下土：指地上。　[13]殄（tiǎn）：灭绝。　[14]俾（bǐ）：使。咸：都。安其性命：谓平安生活。　[15]苛慝（tè）：骚扰、灾害。　[16]处卑：处于卑贱地位。　[17]嫉：恨。　[18]曷（hé）：同"何"，疑问词。自形其形：暴露自己的原形。　[19]阴幽诡侧：阴险狡诈地潜伏。幽，阴藏。侧，伏。寓：寄住，寄生。　[20]贼：伤害。厥灵：他（指人）的灵魂。　[21]膏肓：《左传》成公十年载：晋侯"求医于秦，秦伯使医缓为之。未至，公梦疾为二竖子曰：'彼良医也，惧伤我，焉逃之。'其一曰：'居肓之上、膏之下，若我何？'医至，曰：'疾不可为也，在肓之上、膏之下，攻之不可，达之不及。'"膏，心尖部。肓，心下膈上之处。是药力不及处。　[22]秽卑：肮脏卑下。　[23]冥持札牍：意谓暗中记录。札，小木片。牍，木板。皆为古代书写所用。　[24]祸机：致祸的机关。　[25]卑陬（zōu）：愧惧貌。　[26]宅体：住在人体中。险微：险要而隐蔽。　[27]僭（jiàn）：超过本分。　[28]淫谀（yú）谄（chǎn）诬：邪恶、奉承、献媚、诬陷。　[29]直遂：直达、顺利。颠蹶（jué）：跌倒。　[30]反斗：反目而互相争斗。安佚：即安逸，安然无事。　[31]谮(zèn)：诽谤。谩：欺骗。　[32]利：利用。伺：等待。　[33]睨(nì)：斜视。　[34]遽：急忙。自屈：自我屈辱。谓低声下气地向天帝告发。　[35]幂(mì)然：悄悄貌。幂的本义为覆盖，引申为遮掩。　[36]毕：结束，达到目的。　[37]胡：何。恤：怜悯。　[38]修蛔(huí)：长蛔虫。蛔，即蛔。恙心：害人之心。　[39]短蛲(náo)：即蛲虫，一种肠道内的寄生虫。穴胃：在胃里打洞。　[40]搜：寻求。疥疠：疥虫引起的瘙痒、顽固的癣疾。　[41]索：寻找。瘘(lòu)痔：脓肿、痔疮。　[42]得味：满足嗜欲。　[43]刮杀：刮去脓肉，用药除去病根。　[44]聚毒攻饵：集中毒物制成饵药来治疗。　[45]旋：立即。　[46]为利：得到好处。　[47]悬：悬赏。　[48]叱：喝叱，斥责。九关：《楚辞》宋玉《招魂》："虎豹九关，啄害下人些。"言天门九重，使虎豹执其关闭，将啄啮天下想要上天的人。　[49]贻(yí)：给，让。　[50]舞跃：舞蹈跳跃。形容欢快。　[51]荷(hè)：承受。　[52]生：指生命。　[53]蓐(rù)收：《国语·晋语二》："则蓐收也，天之刑神也。"韦昭注："刑杀之神也。"　[54]酆都：道教传说中的鬼都。范成大《丰都观》诗自注："道士云：此地即所谓北都罗丰所住，又名平都福地也。"诗云："云有北阴神帝庭，太阴黑簿囚鬼灵。"　[55]糜乱：破碎散乱。　[56]俟：等待。　[57]殄夷：消灭平定。　[58]革：除去。　[59]厚人：使人富足。[60]圣：圣明。神：神灵。　[61]祝：诅咒。　[62]禄：福。　[63]景：大。　[64]庐：房屋。此指藏身之地。　[65]苏：解救。　[66]符：征兆。　[67]稽首：叩头至地。古代的一种跪拜礼。　[68]玄都：天帝所居。

[点评]

黄震说："道士言人有尸虫处腹中，伺人隐微，日庚申，谗于帝。柳子特不信，为文骂之。"(《黄氏日钞》卷六〇)柳宗元不信尸虫之说，以此种特殊的形式驳斥之。在驳斥尸虫说的同时，作者也有所寄托，对尸虫的口诛笔伐，自然也融入了自己的某种感受。储欣说："大较此文之作，以骂世之萋斐工谣诼者也。"(《河东先生全集录》卷三) 那潜伏于人体，"伺人隐微失误"，辄告密于天帝，以求犒赏；"妒人之能，幸人之失""谮下谩上"的尸虫形象，不就是一帮政治上的小人吗？他们以告密为能事，陷害他人，以达到自己的目的。文章风格痛快淋漓，林纾说"泄露无味"(《韩柳文研究法·柳文研究法》)，是因作者的憎恶情绪所致。

哀溺文并序[1]

叙此文缘起。永州某民虽最善游泳，只因腰系千钱，不忍去之而溺死。同伴与此人的几段对话，虽简短，却活画出此人爱钱甚于命的形象。"得不有大货之溺大氓者乎"，将此事件引申，以明此文不专为此氓而发。

永之氓咸善游[2]，一日，水暴甚，有五六氓乘小船绝湘水[3]，中济[4]，船破，皆游。其一氓尽力而不能寻常[5]，其侣曰："汝善游，最也，今何后为[6]？"曰："吾腰千钱[7]，重，是以后。"曰："何不去之？"不应，摇其首。有顷[8]，益怠[9]。已济者立岸上，呼且号曰："汝愚之甚，蔽之甚[10]。身且死，何以货为[11]？"又摇其首，遂溺死。吾哀之[12]。且若是，得不有大货之溺大氓者乎[13]？于是作《哀溺》：

吾哀溺者之死货兮[14]，惟大氓之为忧[15]。世涛鼓以风涌兮[16]，浩滉荡而无舟[17]。不让禄以辞富兮[18]，又旁窥而诡求[19]。手足乱而无如兮，负重逾乎崇丘[20]。既浮颐而灭脐兮[21]，不忍释利而离尤[22]。呼号者之莫救兮，愈摇首以沉流[23]。发披曩以舞澜兮[24]，魂伥伥而焉游[25]？龟鼋直进以争食兮[26]，鱼鲔族而为羞[27]。始贪赢以嗇厚兮[28]，终负祸而怀雠[29]。前既没而后不知惩兮[30]，更揽取而无时休。哀兹氓之蔽愚兮，反贼己而从仇[31]。不量多以自谏兮[32]，姑指幸者而为谋[33]。夫人固灵于鸟鱼兮，胡昧爵而蒙钩[34]？大者死大兮小者死小，善游虽最兮卒以道夭[35]。与害偕行兮以死自绕[36]，推今而鉴古兮鲜克以保[37]。其生衣宝焚纣兮[38]，专利灭荣[39]。豺狼死而犹饿兮[40]，牛腹尸而不盈[41]。民既贺贺而无知兮[42]，故与彼咸谄为泯[43]。死者不足哀兮，冀中人之为余再更[44]。噫！

以上为悲悼之文，且申告诫之意。林纾："文言永民善游，乃以腰千金之故，不舍而溺。序之结尾即曰'得不有大货之溺大氓者乎'，语极沉重，有关系。文中如'既浮颐而灭脐兮，不忍释利而离尤''发披曩而舞澜兮，魂伥伥而焉游'，写溺状如画。"（《韩柳文研究法·柳文研究法》）

[注释]

[1]溺：溺水，淹没。此文作于永州，然作年无考。 [2]氓（méng）：民。 [3]绝：横渡。 [4]中济：渡船到中流。 [5]寻常：古代长度单位：八尺曰寻，倍寻曰常。此谓游得不远。 [6]何后为：为什么落在后面。 [7]腰：腰上带着。 [8]有顷：过了一会儿。 [9]怠：慢。 [10]蔽：蒙蔽，迷惑。 [11]何以货为：还要钱做什么。货，钱财。 [12]哀：悲哀，感伤。 [13]得：能。大氓：大人物。 [14]死货：死于钱财。 [15]惟：但，只。 [16]涛鼓：波涛涌起。 [17]浩：水大貌。混荡：形容波浪汹涌。 [18]让禄：让出禄位。 [19]旁窥：谓觊觎其他财富。诡求：用欺诈的手段去追求。 [20]逾：超过。崇丘：高山。 [21]浮颐：头部浮在水面。颐，面颊。灭膂（lǔ）：谓身躯没入水中。膂，脊梁骨。 [22]释利：放弃财利。离尤：遭到祸秧《楚辞》屈原《离骚》："进不入以离尤兮。"旧注：离，遭也。尤，过也。 [23]愈：越发，总是。沉流：沉没在水中。 [24]披襀（ráng）：头发散乱。《楚辞·大招》："被发襀只。"王逸注："襀，乱貌也。"舞澜：在波浪中漂动。 [25]伥（chāng）伥：无所适从貌。《荀子·修身》："人无法则伥伥然。"杨倞注："伥伥，无所适貌也，言不知所措履。" [26]鼋（yuán）：即鳖，俗称甲鱼。 [27]鲔（wěi）：又名鲟鱼，长可丈余。族：群聚。羞：通"馐"，美味食品。 [28]赢：财多。啬（sè）厚：吝啬丰厚的财物。 [29]怀雠：怀抱仇怨。 [30]惩：惩戒。 [31]贼己：残害自己。从仇：和仇敌一样。 [32]谏：规劝。 [33]幸者：侥幸者。谋：计划，打算。 [34]胡：为什么。昧罻（wèi）：看不清罗网。罻，捕鸟的网。蒙钩：被鱼钩所迷惑。蒙，蒙昧，迷惑。 [35]夭：夭折，指死亡。 [36]偕行：同行。 [37]鉴古：借鉴古人。鲜克：很少能。《诗经·大雅·荡》："靡不有初，鲜克

有终。"　[38]衣宝焚纣：《史记·殷本纪》载：周武王伐殷，殷兵败，纣王走入鹿台，衣其宝玉衣，赴火而死。　[39]专利：专擅财利。灭荣：《国语·周语上》载：周厉王好利，近荣夷公。芮良夫谏曰："王室其将卑乎，夫荣公好专利而不知大难。"后厉王果遭败亡。　[40]豺狼死而犹饿：豺狼贪而无厌，死不知足。《国语·楚语下》鬪且云："令尹问蓄聚积实如饿豺狼焉，殆必亡者也。"语出此。　[41]牛腹尸而不盈：《国语·晋语八》："叔鱼生，其母视之曰：'是虎目而豕喙，鸢肩而牛腹，溪壑可盈，是不可餍也，必以贿死。'"以牛腹喻贪婪，死也腹中不满。　[42]赟（mào）赟：同"贸贸"。《礼记·檀弓下》："贸贸然来。"郑玄注："贸贸，目不明之貌。"　[43]彼：指溺者。咸：都。谥（shì）：古代对帝王及公卿大臣死后追加的名号。氓亦有谥，幽默之言。泯（mǐn）：没于水中之意。　[44]冀：希望。中人：具有中等智慧的人。《论语·雍也》有"中人以上可以语上也"之语。再更：再作改变。

[点评]

此文当是睹事而兴慨之作，人多以此篇为作者所虚构的寓言，恐非。然此文实借事托讽，以讽刺"要钱不要命"者。韩醇说："盖端指贪利以捐生者，文意皆指是，非哀夫永之溺者，而哀夫世之溺者云耳。与《招海贾》之意同。"（《诂训唐柳先生文集》卷一八）储欣说："柳先生以骚词发舒愤懑，而教戒寓焉，盖三百篇之遗也。……余读《哀溺》篇，公所以木铎大氓者至矣。珊瑚八九尺、胡椒八百斛，适足为饕餮身赤族之资，可无哀乎？"（《河东先生全集录》卷三）

吊屈原文[1]

后先生盖千祀兮[2]，余再逐而浮湘[3]。求先生之汨罗兮[4]，擥薜若以荐芳[5]。愿荒忽之顾怀兮[6]，冀陈辞而有光[7]。

先生之不从世兮[8]，惟道是就[9]。支离抢攘兮[10]，遭世孔疚[11]。华虫荐壤兮进御羔袖[12]，牝鸡咿嚘兮孤雄束咮[13]。哇咬环观兮蒙耳大吕[14]，堇喙以为羞兮焚弃稷黍[15]。犴狱之不知避兮[16]，宫庭之不处。陷涂藉秽兮荣若绣黼[17]，榱折火烈兮娱娱笑舞[18]。谗巧之晓晓兮[19]，惑以为咸池[20]。便媚鞠恶兮美逾西施[21]。谓谟言之怪诞兮[22]，反実瑱而远违[23]。匿重痼以讳避兮[24]，进俞缓之不可为[25]。何先生之凛凛兮[26]，厉针石而从之[27]。但仲尼之去鲁兮[28]，曰吾行之迟迟。柳下惠之直道兮[29]，又焉往而可施？今夫世之议夫子兮[30]，曰胡隐忍而怀斯[31]？惟达人之卓轨兮[32]，固僻陋之所疑[33]。

委故都以从利兮[34]，吾知先生之不忍。立而视其覆坠兮[35]，又非先生之所志。穷与达固不渝兮[36]，夫唯服道以守义[37]。矧先生之悃愊兮[38]，蹈大故而不贰[39]。沉璜瘗佩兮[40]，孰幽而不光[41]？荃蕙蔽匿兮[42]，胡久而不芳[43]？先生之貌不可得兮，犹仿佛其文章[44]。托遗编而叹唶兮[45]，涣余涕之盈眶[46]。呵星辰而驱诡怪兮[47]，夫孰救于崩亡？何挥霍夫雷电兮[48]，苟为是之荒茫[49]。耀娇辞之皖朗兮[50]，世果以是之为狂。哀余衷之坎坎兮[51]，独蕴愤而增伤[52]。谅先生之不言兮[53]，后之人又何望[54]？忠诚之既内激兮[55]，抑衔忍而不长[56]。芈为屈之几何兮[57]，胡独焚其中肠[58]？

　　吾哀今之为仕兮，庸有虑时之否臧[59]？食君之禄畏不厚兮[60]，悼得位之不昌[61]。退自服以默默兮[62]，曰吾言之不行。既偷风之不可去兮[63]，怀先生之可忘[64]。

[注释]

[1]屈原：名平，战国时楚国人，曾任左徒、三闾大夫，顷襄王时被放逐于沅、湘流域一带，后投汨罗江而死。此文为柳宗元永贞元年（805）贬抵永州时所作。此次赴永州，浮湘水，过汨罗，所经皆有屈原遗踪。　[2]千祀：千年。　[3]浮湘：乘船

来到湘江。　[4]求：访求，寻找。汨（mì）罗：汨罗江，屈原所自沉之江。在今湖南省东北部。　[5]擥（lǎn）：把持，拿着。蘅若：杜蘅和杜若，两种香草。荐：祭献。　[6]荒忽：此同"恍惚"，隐约、冥蒙之间。顾怀：顾及我的怀念。　[7]冀：希望。陈辞：致词。有光：此指被理解。　[8]从世：苟同世俗，随波逐流。　[9]就：依从。　[10]支离：散乱，残破。抢攘（ráng）：纷乱貌。　[11]孔：甚，非常。疚（jiù）：病。《诗经·小雅·采薇》："忧心孔疚。"　[12]华虫：雉。《尚书·益稷》："予欲观古人之象，日月星辰，山龙华虫，作会宗彝。"孔安国传："华象草。华虫，雉也。""宗庙彝樽，亦以山龙华虫为饰。"荐壤：垫在地上，指废弃不用。进御：进献而被应用。羔袖：羊羔皮做的衣袖。《左传》襄公十四年载卫右宰谷曰："余狐裘而羔袖。"狐皮贵而羔皮贱，不相匹配。此句言贵者不获用，而贱者又得以进御。　[13]牝（pìn）鸡：雌鸡。《尚书·牧誓》："牝鸡之晨，惟家之索。"咿嚘（yī yōu）：鸡鸣声。孤雄：孤单的雄鸡。束咮（zhòu）：封住嘴。咮，即喙。此句以雌鸡喻小人，雄鸡喻君子，言君子没有说话的机会，而小人反可肆其言论。　[14]哇咬：淫声。《初学记》卷一五引梁元帝《纂要》："淫歌曰哇歌。"大吕：古代音律十二律之一。此指高级美好的音乐。此句谓淫声乃环而观赏之，闻黄钟、大吕之声，则蒙耳而不听。　[15]堇（jǐn）：乌头。喙：乌喙。皆为药草中有毒者。羞：通"馐"，美味。稷（jì）黍：泛指粮食。　[16]犴（àn）狱：牢狱。犴，通"岸"。《诗经·小雅·小宛》："宜岸宜狱。"朱熹《诗集传》："岸亦狱也。《韩诗》作犴。"此句与下句皆写楚怀王，怀王不听屈原劝阻而入秦，遭囚禁，后死于秦。　[17]涂：污泥。藉：凭靠。秽：指肮脏的东西。绣黼（fǔ）：绣有花纹的礼服。　[18]榱（cuī）：屋椽。娱娱：欢乐貌。　[19]谗巧：花言巧语的谗言。哓（xiāo）哓：喋喋不休貌。　[20]咸池：

古乐名。《礼记·乐记》："咸池备矣。"郑玄注："黄帝所作乐名也，尧增修而用之。"　[21]便媚：善于阿谀谄媚。鞠恧（jū nù）：弯着腰低声下气。西施：春秋时越国美女，越王勾践将其献于吴王夫差。　[22]谟言：富有谋略的言论。　[23]寘：同"置"。瑱（tián）：以玉充耳，不闻貌。远违：远远避开。　[24]匿：隐瞒。重痼（gù）：严重而难治的病。讳避：忌讳回避。　[25]俞缓：指俞跗、秦缓，皆为古代良医。俞跗见《史记·扁鹊列传》，秦缓见《左传》成公十年。　[26]凛凛：充满正气貌。　[27]厉：通"砺"，磨。针石：用来刺穴治病的金属针和石针。从之：即为之治病。　[28]"但仲尼之去鲁兮"二句：《孟子·万章下》云：孔子去齐，接淅而行（仅把米淘完，不等做饭就走了，急急忙忙之意）。去鲁，曰："迟迟吾行也，去父母国之道也。"仲尼为孔子字。迟迟，缓行貌。　[29]"柳下惠之直道兮"二句：柳下惠为士师，三黜而不去，且曰："直道而事人，焉往而不三黜？枉道而事人，何必去父母之邦？"见《论语·微子》。柳下惠，春秋时鲁国人，姓展名禽，又名获，食邑在柳下，死后谥曰惠。施，行施己道。　[30]夫子：指屈原。　[31]胡：何必。隐忍：暗地忍耐。怀斯：怀念此地。斯，指楚国。　[32]达人：通达事理的人。卓轨：卓越的行为。　[33]僻陋：狭隘浅陋。　[34]委：丢弃，抛开。故都：故国。从利：随从个人私利。　[35]覆坠：颠覆坠落，指灭亡。　[36]穷：指不得志。达：指受重用。渝：改变。　[37]服道：坚持理想。守义：坚守行为准则。　[38]矧（shěn）：况且，何况。悃愊（kǔn bì）：至诚，忠心耿耿。　[39]蹈：赴。大故：大的事故，指死亡。不贰：没有贰心。　[40]璜（huáng）：半圆形的玉。瘗（yì）：埋。佩：佩玉，身上佩戴的玉。　[41]孰：谁。幽：幽暗。　[42]荃蕙：荃草和蕙兰，皆香草。屈原《离骚》："兰芷变而不芳兮，荃蕙化而为茅。"蔽匿：隐蔽掩藏。　[43]胡：为何。　[44]文章：指屈原的作品。　[45]托：捧。叹喟（kuì）：叹气。喟，叹息。　[46]涣：流淌貌。眄：眼眄。　[47]呵：呵斥，质问。诡怪：奇特怪异之事。此句指屈原放逐，见楚庙图画天地山川神灵谲诡，及古圣贤怪物行事，因书其壁，作《天问》，呵而问之，假以稽疑而泄愤闷。　[48]挥霍：指挥、命令之意。《离骚》有"雷师告予以未具"，以及"吾令丰隆乘云兮"之句。　[49]荒茫：恍惚渺茫。　[50]"耀姱（kuā）辞之晄（tǎng）朗兮"二句：意谓世人多不明白你（屈原）作品的意思。姱，美好。晄朗，不明朗。　[51]坎坎：愤愤不平貌。　[52]蕴：含。增伤：增加伤感。　[53]谅：假如。　[54]望：景仰，望慕。　[55]内激：发自内心。　[56]抑：句首语助词，无义。衔忍：压抑忍让。　[57]芈（mǐ）：楚国祖姓。屈：楚同姓。几何：有多少。　[58]焚其中肠：忧心如焚之意。　[59]庸：哪里，岂。否（pǐ）臧：好与不好。否，不好。臧，好，善。　[60]禄：俸禄。　[61]悼：担心，忧虑。昌：昌盛。　[62]自服：自守。　[63]偷风：苟且偷安之风。　[64]怀：指怀念屈原。

[点评]

　　朱熹《楚辞后语》卷五引晁补之曰："《吊屈原文》者，柳宗元之所作也。原没，贾谊过湘，初为赋以吊原。……及子厚得罪，与昔人离谗去国者异，太史公所谓'虞卿非穷愁亦不能著书以自见于世'者。"然宗元此文实为以古喻今，悼念屈原，即感伤自己，故声长而语悲。祝尧说："愚谓此篇亦用比赋体，而杂出于风兴之义。其迹（屈）原之心，亦颇得之。晦翁（朱熹）尝称扬、柳于楚辞逼真，必非苟言者。"（《古赋辩体》卷一〇）至于文章风格，则颇得骚学真谛，故蒋之翘说："文磊落，大近骚体。"（辑注《柳河东集》卷一九）章士钊也说："熟读此文，足见子厚骚学本领，骚意亦同屈原一致。陋儒辄谓子厚比昵匪人，不能仰企三闾，乃楚辞门外汉之谬论。"（《柳文指要》上《体要之部》卷一九）

伊尹五就桀赞并序[1]

伊尹五就桀。或疑曰："汤之仁闻且见矣[2]，桀之不仁闻且见矣，夫何去就之亟也[3]？"柳子曰：恶[4]，是吾所以见伊尹之大者也[5]。彼伊尹，圣人也。圣人出于天下[6]，不夏、商其心[7]，心乎生民而已[8]。曰[9]：孰能由吾言[10]？由吾言者为尧舜[11]，而吾生人，尧舜人矣。退而思曰[12]：汤诚仁[13]，其功迟。桀诚不仁，朝吾从而暮及于天下可也[14]。于是就桀，桀果不可得，反而从汤。既而又思曰[15]：尚可十一乎[16]？使斯人蚤被其泽也[17]。又往就桀。桀不可，而又从汤。以至于百一、千一、万一[18]。卒不可[19]，乃相汤伐桀[20]。俾汤为尧舜[21]，而人为尧舜之人[22]，是吾所以见伊尹之大者也。仁至于汤矣，

高步瀛引吴北江（闿生）："英壮磊落，由其理盛，故其词岸伟而其气雄厚。"（《唐宋文举要》甲编卷四）

四去之[23]；不仁至于桀矣，五就之。大人之欲速其功如此[24]。不然，汤桀之辨，一恒人尽之矣[25]，又奚以憧憧圣人之足观乎[26]？吾观圣人之急生人，莫若伊尹。伊尹之大，莫若于五就桀[27]。作《伊尹五就桀赞》：

圣有伊尹，思德于民[28]。往归汤之仁，曰仁则仁矣，非久不亲[29]。退思其速之道[30]，宜夏是因[31]。就焉不可，复反亳殷[32]。犹不忍其迟[33]，亟往以观[34]。庶狂作圣[35]，一日胜残[36]。至千万冀一[37]，卒无其端[38]。五往不疲，其心乃安。遂升自陑[39]，黜桀尊汤[40]，遗民以完[41]。大人无形[42]，与道为偶[43]。道之为大，为人父母[44]。大矣伊尹，惟圣之首。既得其仁，犹病其久[45]。恒人所疑，我之所大[46]。呜呼远哉，志以为诲[47]。

茅坤："尹之五就桀处，尹知之，吾不能言之。然而子厚揣摩，亦绰有入思致处。"（《唐宋八大家文钞》卷二五）

赞文的民、仁、亲、因、殷押韵，观、残、端、安、完押韵，偶、母、首、久押韵，大（同太）、诲（读若坏）押韵。盖古韵与唐韵相结合。

[注释]

[1]伊尹：名挚，商汤之臣，是汤妻陪嫁的臣仆。后佐汤伐夏桀，灭夏，被尊为阿衡（宰相）。桀：夏朝的最后一位君主，在位以残暴称。就：归，从。赞：文体的一种，赞美之辞，一般要押韵。赞美的对象，可以是人，也可以是物。《孟子·告子下》："五

就汤、五就桀者，伊尹也。"赵岐注："伊尹为汤见贡于桀，桀不用而归汤，汤复贡之，如是者五。思济民，冀得施行其道也。"《鬼谷子·忤合》："故伊尹五就汤，五就桀，然后合于汤。"此文当作于永州，然确年不可考。　[2]闻：听说。见：明察。　[3]去就：离去和归从。亟：频繁。　[4]恶（wū）：应答声，相当于"啊"。《孟子·公孙丑下》赵岐注："曰恶者，深嗟叹。"　[5]见：显现出。大：伟大，杰出。　[6]出：杰出，特别。　[7]夏、商其心：心里不存在从夏从商的区别。　[8]生民：人民。　[9]曰：此为伊尹曰，所引为伊尹的话。　[10]孰：谁。由：用。《诗经·小雅·小弁》："君子无易由言。"郑玄笺："由，用也。"　[11]"由吾言者为尧舜"三句：用我的意见的是像尧舜那样的君主，（如果能那样）我的这些人民，就是尧舜时代的人民了。《孟子·万章上》引伊尹曰："吾岂若使是君为尧舜之君哉？吾岂若使是民为尧舜之民哉？"译成白话文就是：我何不使现在的君主成为像尧舜一样的君主呢？又何不使现在的人民做像尧舜时代一样的人民呢？与柳宗元所转述略有出入。尧舜，唐尧和虞舜，古代的贤明之君，皆被儒家尊崇为圣人。人，上二"人"字，皆为"民"字之避讳。　[12]退而思曰：此句的主语仍是伊尹。退，回来。[13]诚：的确。[14]吾从：从吾，听从我的话。及于天下：实行于天下。　[15]既而：完了。　[16]十一：十次中有一次，十分之一的可能。意思是说：桀说不定十次中有一次听从了我呢？　[17]蚤：通"早"，早些。泽：恩泽。　[18]百一、千一、万一：即百次中的一次、千次中的一次、万次中的一次。伊尹先就桀，返回。又想或有十分之一的机会，再去，又返回。又想百分之一、千分之一、万分之一的机会，又去又回，共有五个来回。　[19]卒：最终。　[20]相（xiàng）：辅佐之意。　[21]俾（bǐ）：使。为尧舜：成为像尧舜那样的君主。　[22]人：二"人"字皆"民"字的避讳。　[23]去：

离开。指伊尹离开汤。　[24]大人：大人物，有抱负的人。速其功：迅速成功。　[25]恒人：常人。尽之：意谓完全知道他们的区别。　[26]奚：何。憧（chōng）憧：心意不定貌。《周易·咸》："憧憧往来。"圣人：指伊尹。足：值得。观：观察，探望。　[27]若：比得上。　[28]德：此用作动词，施行恩德之意。　[29]亲：亲近，相从无间。　[30]速之道：快些达到目的。道，指辅佐君主的原则及政治主张。　[31]宜：应当。因：从。《说文》："因，就也。"[32]反：通"返"。亳（bó）殷：指商。亳，地名，商的都城。《史记·殷本纪》："汤始居亳。"裴骃集解引皇甫谧曰："梁国谷熟为南亳，即汤都也。"盘庚时迁都于殷，后世亦称商为殷。　[33]忍：忍耐。　[34]亟：屡次。　[35]庶狂作圣：希望狂人可以成为圣人。《尚书·多方》："惟狂克念作圣。"庶，但愿，希冀。狂，狂妄。　[36]胜残：战胜残暴之人，使不为恶。《论语·子路》："善人为邦百年，亦可以胜残去杀矣。"[37]冀：希冀，希望。　[38]无其端：无从做起。端，开端。　[39]升：登。陑（ěr）：地名。《尚书·汤誓》序："伊尹相汤伐桀，升自陑。"孔安国传："陑在河曲之南。"[40]黜：意为战胜。　[41]遗民：指夏朝的人民。完：保全，成全。　[42]无形：意为不拘形式，不在乎方法。　[43]为偶：在一起。　[44]父母：言像父母一样地受人尊崇。[45]病：忧虑，苦恼。[46]大：意为看重。[47]志：记录。诲（huì）：教导，晓示。

[点评]

此文称伊尹为圣人，并赞赏他屡次去就汤、桀之间的行为。指出伊尹不以夏、商为不可逾越的界限，而是以生民为重；以实现自己的政治理想为目的，不拘泥于方

式方法和通过什么途径。此文序文可当一篇史论，颇有
实用主义的意味，且对急功近利的行为大加赞赏。前人
多以为柳宗元此文是为自己附从二王作辩解，如苏轼云：
"读柳宗元《五就桀赞》，终篇皆妄……宗元意欲以此自
解其从王叔文之罪也。"（《柳子厚论伊尹》，《苏轼文集》
卷六五）附和苏轼之说者甚众，其实无据。章士钊《柳
文指要》上《体要之部》卷一九云："子厚一生为学入政
之大宗旨，不外'急生人'三大字。合乎此义者，至不
恤枉寻直尺以殉之，此殆子厚贬窜终身而不悔者也。"可
谓得此文之意。高步瀛评此文说："序意态矍岸，赞笔意
纵横，而句句遏抑之，使人忘其为有韵之文。"（《唐宋文
举要》甲编卷四）

敌　戒[1]

皆知敌之仇[2]，而不知为益之尤[3]；皆知敌
之害，而不知为利之大。秦有六国[4]，兢兢以
强[5]，六国既除，迤迤乃亡[6]。晋败楚鄢[7]，范
文为患，厉之不图[8]，举国造怨。孟孙恶臧[9]，
孟死臧恤：药石去矣，吾亡无日。智能知之[10]，
犹卒以危[11]，矧今之人[12]，曾不是思。敌存而
惧，敌去而舞[13]，废备自盈[14]，只益为瘉[15]。

議論緣起。

敌存灭祸，敌去召过，有能知此，道大名播^[16]。惩病克寿^[17]，矜壮死暴^[18]，纵欲不戒，匪愚伊耄^[19]。我作戒诗，思者无咎^[20]。

一篇主旨。

亦文亦诗。此文四句一换韵，强、亡押韵，患、怨押韵，恤、日押韵，之、危、思押韵，舞、瘉押韵，过、播押韵，暴、耄押韵。

[注释]

[1]戒：文体的一种。徐师曾《文体明辨序说·戒》："按字书云：'戒者，警敕之辞，字本作诫。'文既有箴，而又有戒，则戒者，箴之别名欤？"章士钊云此文当作于柳州时（见《柳文指要》上《体要之部》卷一九），疑是。 [2]仇：仇恨。 [3]尤：甚，最。 [4]六国：指战国时与秦相抗衡的齐、楚、赵、魏、韩、燕六国。 [5]兢兢：小心谨慎。 [6]訑（yí）訑：自得貌，谓心满意足。 [7]"晋败楚鄢"二句：《左传》成公十六年载：晋师败楚军于鄢陵，范文子曰："君幼，诸臣不佞，何以及此，君其戒之。"鄢，春秋时郑地，今河南鄢陵县西北。范文，即范文子，名士燮，时为晋国大夫。范文子认为外宁必有内忧，告诫晋厉公要警惕。 [8]"厉之不图"二句：《左传》成公十七年载：晋厉公侈，多外嬖，不听范文子的劝说，致晋国内乱，栾书、中行偃执厉公。明年又杀之。厉，指晋厉公。不图，不考虑，不计划。造怨，生怨。 [9]"孟孙恶（wù）臧"四句：《左传》襄公二十三年载：鲁国季孙爱臧孙，孟孙恶臧孙。孟孙卒，臧孙入哭，甚哀出涕。其御不解，臧孙曰："季孙之爱我，疾疢也。孟孙之恶我，药石也。……孟孙死，吾亡无日矣。"不久，臧孙果然被迫逃亡。孟孙，即孟孙速，春秋时鲁国大夫。恶，讨厌，不喜欢。臧，臧孙纥，也是鲁大夫。恤，忧虑，悲伤。药石，石指砭石，刺穴放血的石针。 [10]智能：指聪明有能力的人。 [11]卒：终于。危：危难。 [12]矧（shěn）：况且，何况。 [13]舞：指欢欣鼓舞。 [14]废备：解除戒备。

自盈：自满。谓骄傲自满。　[15]益：更加。瘳：病愈。瘳，同
"愈"。　[16]道大：道理光大。名播：名声远扬。　[17]惩：警戒。
克寿：能得长寿。　[18]矜：自夸，自负。暴：突然。　[19]匪愚：
不是愚蠢。匪，通"非"。伊耄（mào）：就是糊涂。伊，是。耄，
八九十岁的老年人。引申为老年无知。　[20]咎：灾祸。

[点评]

此文论"敌存灭祸，敌去召过"，敌人或反对者的存
在，有害也有利，是坏事也是好事。遂举历史上三例国
家或个人的经验教训，以证此说之不诬。大略要人居安
思危，不可骄傲自满。蒋之翘说："此与《孟子》'生于
忧患死于安乐'同意。"（辑注《柳河东集》卷一九）

三戒并序[1]

　　吾恒恶世之人，不知推己之本[2]，而乘物以
逞[3]，或依势以干非其类，出技以怒强[4]，窃时
以肆暴[5]，然卒迫于祸[6]。有客谈麋、驴、鼠三
物[7]，似其事，作《三戒》。

三篇主旨。

[注释]

[1]三戒：《论语·季氏》："孔子曰：'君子有三戒。'"篇名源
于此。此文为作者适永州时作，确切作年不详。　[2]不知推己

之本：谓不知审察自身实际所具有的能力。推，推究。本，本来面目，实际情况。　[3]乘：凭借，依靠。逞：表现，放纵。　[4]出技：显示自己的本领。　[5]窃时：趁机。　[6]迨（dài）：遭及。　[7]麋（mí）：鹿属动物，似鹿而形体稍大。

临江之麋[1]

　　临江之人，畋得麋麑[2]，畜之。入门，群犬垂涎，扬尾皆来，其人怒，怛之[3]。自是日抱就犬，习示之[4]，使勿动，稍使与之戏。积久，犬皆如人意。麋麑稍大，忘己之麋也，以为犬良我友[5]，抵触偃仆[6]，益狎[7]。犬畏主人，与之俯仰[8]，甚善，然时啖其舌[9]。三年，麋出门，见外犬在道甚众，走欲与为戏，外犬见而喜且怒，共杀食之，狼藉道上[10]。麋至死不悟。

林纾："文不涉人，而但言麋。读之焯然自了其用意之所在"。(《韩柳文研究法·柳文研究法》)

[注释]

[1]临江：唐县名，属吉州，今江西清江。　[2]畋（tián）：打猎。麋麑（ní）：幼鹿。麑，鹿子。　[3]怛（dá）：恐吓。　[4]习：习惯，熟悉。　[5]良：真是。　[6]抵触偃仆：谓犬麋嬉戏狎昵的姿态。抵触，用头角相抵相触。偃，仰倒。仆，卧倒。　[7]狎：亲近而随便。　[8]俯仰：指与麋鹿玩耍。　[9]啖（dàn）：咬嚼，借作舐、呷之意。　[10]狼藉：纵横散乱貌。

黔之驴[1]

　　黔无驴，有好事者船载以入。至则无可用，放之山下。虎见之，庞然大物也[2]，以为神。蔽林间窥之，稍出近之，慭慭然莫相知[3]。他日，驴一鸣，虎大骇远遁[4]，以为且噬己也[5]，甚恐。然往来视之，觉无异能者。益习其声，又近出前后，终不敢搏。稍近，益狎，荡倚冲冒[6]，驴不胜怒，蹄之[7]。虎因喜，计之曰[8]："技止此耳。"因跳踉大㘎[9]，断其喉，尽其肉，乃去。

　　噫！形之庞也类有德[10]，声之宏也类有能，向不出其技，虎虽猛，疑畏卒不敢取。今若是焉，悲夫！

林次崖（希元）："'形类有德'数句收拾精神。殷浩败于桑山，房琯败于陈涛，亦此类也。"（明阙名评选《柳文》卷六引）

[注释]

[1]黔：唐州名，治所在今重庆彭水。　[2]庞（páng）然：高大貌。庞，同"庞"。　[3]慭（yìn）慭然：谨慎小心的样子。　[4]遁：逃走。　[5]噬（shì）：咬。　[6]荡倚冲冒：形容虎对驴试探戏弄的各种动作。荡倚，动摇偎倚。冲冒，冲撞冒犯。　[7]蹄之：用蹄子踢它（指老虎）。　[8]计：估量。　[9]跳踉（liáng）：跳跃。大㘎（hǎn）：大声吼叫。㘎，虎吼。　[10]类：好像。

永某氏之鼠 [1]

永有某氏者，畏日 [2]，拘忌异甚 [3]。以为己生岁直子 [4]，鼠，子神也，因爱鼠，不畜猫犬，禁僮勿击鼠。仓廪庖厨，悉以恣鼠不问 [5]。由是鼠相告，皆来某氏，饱食而无祸。某氏室无完器，椸无完衣 [6]，饮食大率鼠之余也。昼累累与人兼行 [7]，夜则窃啮斗暴 [8]，其声万状，不可以寝。终不厌。数岁，某氏徙居他州，后人来居，鼠为态如故。其人曰："是阴类 [9]，恶物也，盗暴尤甚，且何以至是乎哉！"假五六猫 [10]，阖门撤瓦灌穴 [11]，购僮罗捕之 [12]，杀鼠如丘，弃之隐处，臭数月乃已 [13]。呜呼！彼以其饱食无祸为可恒也哉 [14]？

蒋之翘："冷语作结，然实大有警醒。"（辑注《柳河东集》卷一九）林纾："'可恒'二字中含无尽慨叹。见得权臣当国，引用党徒，迨一旦势败，则依草附木，恣为豪暴者，匪不尽死，顾终以利故，一不之悟，此所以可哀也。"（《韩柳文研究法·柳文研究法》）

[注释]

[1] 永：唐州名，治所在今湖南零陵。　[2] 畏日：谓因相信日辰有凶而不敢有所举动。　[3] 拘忌：拘束禁忌。　[4] 直子：正当子年。子年生的人生肖属鼠。直，通"值"。　[5] 恣鼠：任鼠所为。　[6] 椸（yí）：衣架。　[7] 累累：连贯成队貌。此谓一个接一个地。兼行：偕行，一起走。　[8] 窃啮（niè）斗暴：形容老鼠所干的各种坏事。窃啮，偷吃东西和咬坏东西。斗暴，打闹，干坏事。　[9] 阴类：意谓老鼠是穴居动物，且好夜间活动，属

阴。　[10]假：借。　[11]阖（hé）门：关起门来。撤瓦：揭开屋瓦。　[12]购：此指悬赏。僮罗：指童仆。　[13]臭：指鼠尸发出的臭气。　[14]恒：持久，长久。

[点评]

此为一组寓言文，包括三篇短文，前加一序。其有意为讽，则不言而喻。《临江之麋》讽刺"依势以干非其类"；《黔之驴》讽刺"出技以怒强"；《永某氏之鼠》讽刺"窃时以肆暴"。至于讽刺对象，与其坐实，字比句附，不如视作宽泛之喻，为针对某种人丑恶或愚蠢的行为而发。或曰《三戒》对事不对人，作此理解亦无不可。三篇故事虽短小，然描写细致，形象生动。孙琮说："读此文，真如鸡人早唱，晨钟夜警，唤醒无数梦梦。妙在写麋，写犬，写驴，写虎，写鼠，写某氏，皆描情绘影，因物肖形，使读者说其解颐，忘其猛醒。"（《山晓阁选唐大家柳柳州全集》卷四）苏轼很欣赏这一组文章，曾说"予读柳子厚《三戒》而爱之，又悼世之人有妄怒以招悔、欲盖而彰者"，因仿之作《二鱼说》（见《苏轼文集》卷六四）。后人模拟者除苏轼外，尚有宋薛季宣（见其《浪语集》卷一四《五监》），明赵㧑谦（见《赵考古文集》卷二《三戒》），可见柳氏此文影响之大。

井铭并序 [1]

始州之人 [2]，各以罂甒负江水 [3]，莫克井饮[4]。崖岸峻厚[5]，旱则水益远，人陟降大艰[6]。雨多，涂则滑而颠[7]。恒惟咨嗟[8]，怨惑讹言[9]，终不能就[10]。元和十一年三月朔[11]，命为井城北隍上[12]。未晦[13]，果寒食[14]，冽而多泉[15]，邑人以灌[16]。其土坚埆[17]，其利悠久。其相者[18]，浮图谈康、诸军事牙将米景[19]。凿者，蒋晏。凡用罚布六千三百[20]，役庸三十六[21]，大砖千七百。其深八寻有二尺[22]。铭曰：

盈以其神[23]，其来不穷，惠我后之人[24]。噫！畴肯似于[25]，政其来日新[26]。

旁注：
说明凿井缘由：自江负水，无论旱或雨时，都太艰难。由"怨惑讹言"观之，可见当时也有一些反对凿井的迷信说法。

祝愿之文，愿井水不穷，惠及后代。

[注释]

[1]铭：文体一种，刻于器物或山川、居室、碑石上的文字。此文元和十一年（816）作于柳州，文中已云。　[2]州：指柳州。　[3]罌（yīng）：瓶类，大腹小口。甀（qì）：瓦器。《尔雅·释器》："康瓠，谓之甀。"瓠即壶。负：背。　[4]莫克：不能。　[5]峻厚：险峻而深。　[6]陟（zhì）降：上和下，指爬上爬下。大艰：非常艰难。　[7]涂：通"途"，道路。颠：坎坷不平。　[8]恒：长久。咨嗟：感叹。　[9]怨惑：埋怨和迷惑。讹言：谣言。　[10]就：办成。指凿井之事。　[11]朔：即初一。　[12]隍（huáng）：护城壕。　[13]晦：月的最后一天叫晦。意谓用了不到一个月的时间。　[14]食：可以饮用之意。《周易·井》："井冽，寒泉食。"[15]冽：清澈。多泉：谓水出充足。　[16]灌：流灌。

指将水从井里汲上来使水沿着水沟流走。　[17]坚垍（jì）：坚实。垍，坚土。　[18]相：考察，选择。　[19]浮图：指僧人。牙将：即衙将，负责州城守卫任务的将领。谈康、米景皆人名。　[20]罚布：赎罪的钱。布，指钱币。《周礼·地官·廛人》：廛人掌敛市之罚布。郑玄注：“罚布者，犯市令者之泉也。”钱行之曰布，藏之曰泉。　[21]役庸：征用劳工。庸，雇工。　[22]寻：八尺为寻。　[23]盈：充盈。神：指井神。　[24]惠：惠及。后之人：后代之民。　[25]畴：畴昔。似：相似。谓过去怎能比得上今天。于，语助词，无义。　[26]政：通“正”。日新：每天都不一样。

[点评]

柳宗元元和十年（815）六月至柳州，第二年三月即主持凿井事。是因为看到柳州民众日常用水皆自江边背来，十分辛苦，遂立即操办此事。完工之后，写了这篇铭文。他将凿井原由、开工时日以及勘测者、具体负责者、费用开支、用工人数等，都记得清清楚楚。然文极简，当书则书，一句多余的话也没有。储欣说：“几不能哀益一字。”（《河东先生全集录》卷三）据赵明诚《金石录》卷九载：此文长庆三年（823）刻石，立于柳州，沈传师书。

鞭　贾[1]

市之鬻鞭者[2]，人问之，其贾直十[3]，必曰五万。复之以五十[4]，则伏而笑[5]。以五百，则小怒；五千，则大怒。必五万而后可。有富者子适市买鞭[6]，出五万，持以夸余。视其首[7]，则拳蹙而不遂[8]；视其握[9]，则蹇仄而不植[10]。其行水者[11]，一去一来不相承。其节朽黑而无文[12]，搯之灭爪[13]，而不得其所穷[14]，举之翾然[15]，若挥虚焉[16]。余曰："子何取于是而不爱五万？"曰："吾爱其黄而泽[17]，且贾者云[18]。"余乃召僮爚汤以濯之[19]，则遬然枯[20]，苍然白[21]，向之黄者栀也[22]，泽者蜡也[23]。富者不悦，然犹持之三年。后出东郊，争道长乐坂下[24]，马相踶[25]，因大击，鞭折而为五六。马踶不已，坠于地，伤焉。视其内[26]，则空空然，其理若粪壤[27]，无所赖者[28]。

今之栀其貌[29]，蜡其言，以求贾技于朝者[30]，当其分则善[31]。一误而过其分[32]，则喜，当其分，则反怒。曰："余曷不至于公卿[33]？"然而至焉者亦良多矣[34]。居无事，虽过三年不害。当其有事，驱之于陈力之列以御乎物[35]，以夫空空之内[36]，粪壤之理[37]，

描写买卖双方讨价还价的情景，惟妙惟肖。

体物亦工。

话题一转：鞭有徒有其表而不堪用者，官亦如是。末段由劣鞭说到劣官，正如林纾所说："理明词达，全局都醒矣。"（《韩柳文研究法·柳文研究法》）

而责其大击之效^[38]，恶有不折其用^[39]，而获坠伤之患者乎^[40]？

[注释]

[1] 鞭贾（gǔ）：卖鞭商人。此文贞元间作于长安，确切作年未详。　[2] 鬻（yù）：卖。　[3] 贾（jià）：同"价"，价钱。直：通"值"，价值。　[4] 复：回复。这里指还价。　[5] 伏：弯腰。　[6] 适：到。　[7] 首：此指鞭梢。　[8] 拳蹙：卷曲、皱缩。遂：伸展。　[9] 握：指把柄。　[10] 塞仄（zè）：歪斜不正。植：同"直"。　[11] 行水：一说指鞭把与鞭条的连接部分，一说指鞭缨，具体所指待考。林纾说："行水不相承者，仪不足也。"见《韩柳文研究法·柳文研究法》。　[12] 节：指鞭子各部位的结合处。文：同"纹"，纹理。　[13] 掐（qiā）：用指甲按。灭爪：指甲陷进去。谓太软。　[14] 不得其所穷：意谓不知道是用什么东西做的。　[15] 翲（piāo）然：轻飘飘的样子。翲，同"飘"。　[16] 挥虚：挥空，好像手里什么也没拿。　[17] 泽：有光泽。　[18] 云：这里把鞭商的话省略了。　[19] 爚（yuè）汤：烧热水。濯：洗，浇。　[20] 遨（sù）然：形容时间很短。枯：干。　[21] 苍然：灰白貌。　[22] 栀（zhī）：木名，果实可作黄色染料。　[23] 泽者蜡：有光泽原来是涂了蜡。　[24] 长乐坂：《资治通鉴》卷二五八唐昭宗大顺元年："两军中尉钱（张）浚于长乐坂。"胡三省注："长乐坂在长安城东，即浐坡。"　[25] 蹄（dì）：即踢。《庄子·马蹄》："怒则分背相蹄。"　[26] 其：指鞭子。　[27] 理：指质地。粪壤：粪土。　[28] 赖：支持。　[29] "今之栀其貌"二句：现在像用栀实染黄其外表，像打蜡增光装饰其言辞。指弄虚作假。　[30] 贾（gǔ）：卖，兜售。技：伎俩。　[31] 当其分：谓能力相当。分，本

分。　[32]过其分：超过了他的实际能力。　[33]曷：为什么。曷，同"何"。公卿：三公九卿，指最高的官位。　[34]良：的确。　[35]驱：驱使，派遣。陈力：施展才力本领。御乎物：处理事务。　[36]内：指本事。　[37]理：指本质。　[38]责：要求。大击：指像那鞭子一样地用力打。效：效果，效用。　[39]恶（wū）有：哪有。折：折断。　[40]坠伤：坠地受伤。

[点评]

此文作意，正如韩醇所说："大抵端以讽空空于内者，贾技于朝，求过其分，而实不足赖云尔。"（《诂训唐柳先生文集》卷二〇）然写卖鞭商人兜售伪劣商品以牟取暴利，也揭出商人的逐利本性。其中描写劣鞭一段文字十分精彩，林纾说："然命题既仄，而鞭之内空外泽，又至难写。子厚偏于仄题中能曲绘物状，匪一不肖，不惟笔妙，亦体物工也。"（《韩柳文研究法·柳文研究法》）

孙琮："此篇前后有前后妙处，中间有中间妙处。前幅一起，独表韩文一段，痛扫世人一段，已是写得出色。"（《山晓阁选唐大家柳柳州全集》卷四）

通篇议论之依据。

读韩愈所著《毛颖传》后题[1]

自吾居夷[2]，不与中州人通书[3]。有来南者，时言韩愈为《毛颖传》，不能举其辞[4]，而独大笑以为怪，而吾久不克见[5]，杨子诲之来[6]，始持其书。索而读之，若捕龙蛇，搏虎豹[7]，急与之角而力不敢暇[8]，信韩子之怪于文也[9]。世之模拟窜窃^[10]，取青媲白^[11]，肥皮厚肉^[12]，柔筋脆骨^[13]，而以为辞者之读之也^[14]，其大笑固宜^[15]。

　　且世人笑之也，不以其俳乎^[16]？而俳又非圣人之所弃者。《诗》曰^[17]："善戏谑兮，不为虐兮。"太史公书有《滑稽列传》^[18]，皆取乎有益于世者也。故学者终日讨说答问^[19]，呻吟习复^[20]，应对进退^[21]，掬溜播洒^[22]，则罢恧而废乱^[23]，故有息焉游焉之说^[24]。不学操缦^[25]，不能安弦，有所拘者^[26]，有所纵也^[27]。大羹玄酒^[28]，体节之荐^[29]，味之至者^[30]。而又设以奇异小虫、水草、楂梨、橘柚^[31]，苦醎酸辛，虽蜇吻裂鼻^[32]，缩舌涩齿^[33]，而咸有笃好之者^[34]。文王之昌蒲菹^[35]，屈到之芰^[36]，曾晳之羊枣^[37]，然后尽天下之奇味以足于口^[38]。独文异乎？韩子之为也，亦将弛焉而不为虐欤^[39]？息焉游焉而有所纵欤？尽六艺之奇味以足其口欤^[40]？而不若是，则韩子之辞若壅大川焉^[41]，其必决而放诸陆^[42]，不可以不陈也^[43]。

　　且凡古今是非六艺百家，大细穿穴用而不

以食物的多种味道喻文章，信乎文章不能拘于一格。林纾："太羹玄酒外，嗜者尚有菖蒲、芰与羊枣之类，见得古文于道理之外，拘极而纵，殊无伤也。"（《韩柳文研究法·柳文研究法》）

孙琮："中幅一段说韩子此文无害其俳，一段说韩子此文是游息之法，一段说韩子此文是嗜奇之想，已是写得精采。妙在四段忽将上三段一总，说韩子不如此，其才更有不可遏者，得此反写一笔，便觉上三段发发有势，又是加倍精采。"（《山晓阁选唐大家柳柳州全集》卷四）

遗者[44]，毛颖之功也。韩子穷古书，好斯文，嘉颖之能尽其意[45]，故奋而为之传，以发其郁积[46]，而学者得以励[47]，其有益于世欤！是其言也固与异[48]，世者语而贪常嗜琐者[49]，犹呫呫然动其喙[50]，彼亦甚劳矣乎[51]！

孙琮："妙在后幅说韩子之文与世异者语，不与世人语，隐隐缴到自己。"（同上）

[注释]

[1]《毛颖传》：韩愈所著。韩愈《毛颖传》将毛笔拟人化，笔用兔毛制成，颖指笔锋，故将笔的姓名拟为"毛颖"。为游戏之文，故有人批评韩愈"以文为戏"。据柳宗元《与杨诲之书》云："足下所持韩生《毛颖传》来，仆甚奇其书"，为元和五年（810）作，此文当同时作。　[2]夷：中国古代对少数民族的泛称，这里指永州。　[3]中州：指中原一带。　[4]举：举出，说出。　[5]克见：能见到。　[6]杨子诲之：杨诲之，为柳宗元岳父杨凭之子，柳宗元的内弟。　[7]搏：搏斗。　[8]角（jué）：比赛。暇：松懈。　[9]信：确实。怪于文：文章变幻莫测，不同寻常。　[10]窜窃：窜改剽窃。　[11]取青媲（pì）白：拼凑的意思。媲，配。　[12]肥皮厚肉：喻文章冗长拖沓。　[13]柔筋脆骨：喻文章软弱松散。　[14]以为辞者之读之：拿韩愈的《毛颖传》让模拟窜窃的作文者读一读。以，用来。为辞者，指作上述文章者。　[15]固宜：固然适合。　[16]俳（pái）：戏谑，玩笑。　[17]"《诗》曰"三句：《诗》指《诗经》。所引见《诗经·卫风·淇奥》，意思是说：善于开玩笑，不算是虐害。　[18]太史公：指汉代史学家司马迁，著有《史记》。滑稽：言语诙谐，智计百出。《史记》中有《滑稽列传》，载淳于髡、优孟、优旃事，皆为优

人。[19]讨说：探讨研究。答问：提出问题和回答问题。[20]呻吟：指诵读。习复：即复习，反复学习。[21]应对：酬应对答。进退：迎送客人和与人来往。《论语·子张》："子夏之门人小子，当洒扫应对进退，则可矣。"[22]掬溜播洒：手捧着房檐上流下来的水，播洒到别处。意谓传播前代的道德学问。[23]罢（pí）惫：即疲惫。罢，同"疲"。废乱：残破散乱。[24]息焉游焉：《礼记·学记》："故君子之于学也，藏焉修焉，息焉游焉。"息，休息。游，交游，游玩。[25]"不学操缦"二句：学琴不学操弄，就不能定弦，就弹不出好音调。《礼记·学记》："不学操缦，不能安弦。"郑玄注："操缦，杂弄也。"[26]拘：拘守。[27]纵：放纵自如。[28]大羹：不加调料的肉汁。《礼记·乐记》："大羹不和，有遗味者矣。"郑玄注："大羹，肉湆，不调以盐菜。"湆即汁。玄酒：《礼记·礼运》："玄酒在室。"孔颖达疏："玄酒谓水也，以其色黑，谓之玄。而太古无酒，此水当酒所用，故谓之玄酒。"[29]体节之荐：《左传》宣公十六年："王享有体荐。"杜预注："享则半解其体而荐之，所以示共俭。"体，指牲全体。节，指部分。荐，进献。[30]至者：最好的。[31]设：陈设。楂（zhā）：似梨而酸。《庄子·天运》："故譬三皇五帝之礼义法度，其犹柤梨橘柚邪？其味相反而皆可于口。"柤，同"楂"。[32]蜇（zhé）吻：刺激嘴唇。裂鼻：形容气味刺激鼻孔。[33]涩齿：牙齿咀嚼不利，俗称倒牙。[34]笃好：非常喜欢。[35]文王之昌蒲菹：《吕氏春秋·孝行·遇合》云："文王嗜菖蒲菹，孔子闻而服之，缩颏而食之。三年，然后胜之。"菖蒲，多年生草本植物，长于水边，根茎可入药。菹，腌菜。[36]屈到之芰（jì）：楚屈到嗜芰，有疾，召其宗老，属之曰："祭我必以芰。"见《国语·楚语上》。芰，俗称菱角。[37]曾皙（xī）之羊枣：曾点字皙，孔子弟子，曾参之父。《孟子·尽心下》："曾皙嗜羊枣，而曾子不忍食羊枣。"何焯《义门读书记》卷六云:"羊枣,非枣也,乃柿之小者。初生色黄,熟则黑,似羊矢,其树再接即成柿。……今俗呼牛奶柿,一名梬枣,而临沂人亦呼羊枣曰梬枣。" [38]奇味:奇特的滋味。足:满足。 [39]弛:放松。 [40]六艺:即六经。《史记·滑稽列传》:"孔子曰:'六艺于治一也,《礼》以节人,《乐》以发和,《书》以道事,《诗》以达意,《易》以神化,《春秋》以义。'" [41]壅:堵塞。川:河流,水道。 [42]决:决口。陆:陆地。《国语·周语上》:"防民之口,甚于防川。川壅而溃,伤人必多。" [43]陈:陈词,申说。 [44]大细穿穴:特细的丝线能穿过洞眼,谓无孔不入,无微不至。穴,洞。 [45]嘉:赞美。 [46]郁积:积聚的苦闷。 [47]励:勉励。 [48]与:谓。 [49]世者:世人。而:你。指韩愈。贪常嗜琐:喜好平常、琐碎之事。 [50]呫(chè)呫:多言貌,意同喋喋不休。喙:嘴。 [51]劳:劳神。

[点评]

　　韩愈《毛颖传》为游戏之文,隐约若有寓意在其中。柳宗元既赏其谐谑,亦云"以发其郁积",可谓韩愈知音。蒋之翘说:"总只说昌黎之以文滑稽耳。议论反复,不见重叠,是其运笔妙处。"(辑注《柳河东集》卷二一)然柳宗元并非只是欣赏韩文的俳谐,姜宸英说:"韩退之为《毛颖传》,时人传笑以为怪,独柳子厚深善之……凡古人文字不轻下笔,虽一时游戏滑稽之文,其中必有含讽讥切,关于比兴,惟其称物小而寓意大,属辞近而取旨远,故足传也。"(《求志轩集题辞》,《湛园集》卷七)所论甚是。

杨评事文集后序 [1]

赞曰 [2]：文之用，辞令褒贬 [3]，导扬讽谕而已 [4]。虽其言鄙野 [5]，足以备于用，然而阙其文采 [6]，固不足以竦动其听 [7]，夸示后学。立言而朽 [8]，君子不由也 [9]。故作者抱其根源 [10]，而必由是假道焉 [11]。作于圣，故曰经 [12]；述于才 [13]，故曰文。文有二道：辞令褒贬，本乎著述者也 [14]；导扬讽谕，本乎比兴者也 [15]。著述者流，盖出于《书》之谟、训 [16]，《易》之象、系 [17]，《春秋》之笔削 [18]，其要在于高壮广厚 [19]，词正而理备 [20]，谓宜藏于简册也 [21]。比兴者流，盖出于虞、夏之咏歌 [22]，殷、周之风、雅 [23]，其要在于丽则清越 [24]，言畅而意美 [25]，谓宜流于谣诵也 [26]。兹二者 [27]，考其旨义，乖离不合，故秉笔之士恒偏胜独得 [28]，而罕有兼者焉。厥有能而专美 [29]，命之曰艺成 [30]，虽古文雅之盛世 [31]，不能并肩而生 [32]。

唐兴以来，称是选而不怍者 [33]，梓潼陈拾遗 [34]。其后燕文贞以著述之余 [35]，攻比兴而

先从文章与诗歌的源流说起，再说二者难以兼善，为下文埋下伏笔。茅坤："览此序，亦可见古之欲兼诗与文而并盛者，亦世所难，而况吾曹乎？"（《唐宋八大家文钞》卷二一）

莫能极[36]，张曲江以比兴之隟[37]，穷著述而不克备[38]。其余各探一隅[39]，相与背驰于道者，其去弥远[40]。文之难兼，斯亦甚矣。若杨君者，少以篇什著声于时[41]，其炳耀尤异之词[42]，讽诵于文人，盈满于江湖[43]，达于京师。晚节遍悟文体[44]，尤邃叙述[45]，学富识远，才涌未已，其雄杰老成之风[46]，与时增加。既获是，不数年而夭[47]。其季年所作尤善[48]，其为《鄂州新城颂》[49]《诸葛武侯传论》[50]，饯送梓潼陈众甫、汝南周愿、河东裴泰、武都符义府、太山羊士谔、陇西李錬[51]，凡六序，《庐山禅居记》《辞李常侍启》《远游赋》《七夕赋》[52]，皆人文之选已[53]。用是陪陈君之后[54]，其可谓具体者欤[55]？

呜呼！公既悟文而疾，既即功而废[56]，废不逾年，大病及之，卒不得穷其工、竟其才，遗文未克流于世[57]，休声未克充于时[58]。凡我从事于文者，所宜追惜而悼慕也。宗元以通家修好，幼获省谒[59]，故得奉公元兄命[60]，论次篇简[61]，遂述其制作之所诣[62]，以系于后。

[注释]

[1]杨评事：杨凌，柳宗元岳父杨凭之弟。柳宗元《先君石表阴先友记》云："杨氏兄弟者，弘农人。……凌，以大理评事卒。最善文。"杨凌卒于贞元七年（791），其文集不传。此文作年不详。　[2]赞：文体的一种，以赞美为主。　[3]辞令：交流的言辞。　[4]导扬：引导颂扬。讽谕：用委婉曲折的言辞进行讽刺劝导。　[5]鄙野：粗疏。　[6]文采：指文章的艺术性。　[7]竦动：惊动。　[8]立言：《左传》襄公二十四年："太上有立德，其次有立功，其次有立言。……此之谓不朽。"谓言得其要，理足可传，身殁而其言犹存。朽：这里指不被流传。　[9]不由：不从，不做。　[10]抱：坚守。　[11]假道：凭借着道。　[12]经：指儒家经典《周易》《诗经》《尚书》《礼记》《春秋》。　[13]述：圣人所写称"作"，一般人所写称"述"，故孔子有"述而不作"之语。见《论语·述而》。　[14]著述：指议论、记叙之类的文章。　[15]比兴：用比兴手法的诗歌。此文以比兴代指诗歌。　[16]《书》之谟、训：《尚书》有《大禹谟》《皋陶谟》《伊训》。　[17]《易》之象、系：《周易》分经、传两部分，传有《象上》《象下》《系辞上》《系辞下》，为解说《易经》的文字。　[18]《春秋》之笔削：《春秋》为春秋时代鲁国的编年史，相传孔子据《鲁春秋》修订《春秋》，一字之间寓有褒贬。"笔削"即有所删改之意。　[19]要：要领。　[20]词正：措词严正。理备：说理充分。　[21]简册：古代无纸，写于竹简，连缀成册，故称。　[22]虞、夏之咏歌：虞，虞舜。夏，夏禹。相传《击壤歌》出尧时，《南风歌》出舜时，《涂山歌》出禹时。　[23]殷、周之风、雅：殷即商。《诗经》中的《国风》《大雅》《小雅》都是周朝作品，柳宗元认为也有殷商时的作品。　[24]丽则：华美而合乎法则。扬雄《法言·吾子》云"诗人之赋丽以则"。清越：指

音韵清亮高昂。　[25]畅：畅达。意：意境。　[26]谣诵：歌唱和
朗读。　[27]二者：指著述和比兴，即文章与诗歌。　[28]偏胜：
只在某个方面擅长。独得：只能得其中之一。　[29]厥：其。能：可
以做到。专美：专擅一项，一个方面好。　[30]艺成：才艺成功。《礼
记·乐记》："德成而上，艺成而下。"　[31]虽：即使。文雅：高雅
文化。　[32]并肩：指诗文兼善。　[33]是选：这方面的突出人物。
指诗文兼善方面。　[34]梓潼：唐梓州梓潼郡，今属四川。陈拾遗：
陈子昂，梓州射洪人（今四川射洪）。尝为右拾遗。唐兴，文章承徐、
庾余风，天下祖尚，子昂始变正风雅。两《唐书》有传。　[35]燕
文贞：张说，字道济，洛阳（今河南洛阳）人。玄宗朝宰相，封燕
国公。谥文贞。为一代文宗，朝廷大述作多出其手。为文属思精壮，
长于碑志。两《唐书》有传。　[36]极：指取得很高的成就。　[37]张
曲江：张九龄，字子寿，韶州曲江人（今广东韶关）。玄宗朝曾为相。
所作《感遇》诗即为兴寄之作。两《唐书》有传。隟（xì）：同"隙"，
空余时间。　[38]不克备：不能完备。　[39]一隅：一个角落。此指
一个方面。　[40]弥：更。　[41]篇什：此指诗歌作品。著声：享有
名声。　[42]炳耀：光彩夺目。尤异：尤其不同。　[43]江湖：泛指
五湖四海。　[44]遍悟：全面理解。文体：指各种文体。　[45]邃
（suì）：深，精通之意。叙述：指述事文。　[46]老成：老练。　[47]夭：
夭折，指死亡。　[48]季年：晚年，去世前的几年。　[49]鄂州：
唐鄂州江夏郡，今湖北武昌。　[50]诸葛武侯：三国时蜀相诸葛亮，
曾被封为武乡侯。　[51]饯送：设宴送别。陈众甫：其名亦列柳宗
元《先君石表阴先友记》中。周愿：李肇《唐国史补》卷上、阙名
《大唐传载》、赵璘《因话录》卷四皆载其逸事。裴泰：贞元十八年
（802），裴泰为安南都护。符义府：岑仲勉《唐史余瀋》卷二"再说
符载"条云即符载，符载字厚之，或其曾名义府。岑仲勉《读〈全
唐诗〉札记》曾云符载当作苻载。羊士谔：字谏卿，贞元元年（785）

登进士第，为监察御史等，后贬巴州刺史，又为资、洋、睦等州刺史，入为户部郎中。李鍊：未详。　[52]李常侍：陈景云《柳集点勘》卷二：“《辞李常侍启》，案常侍名兼，建中二年，以鄂岳防御使加散骑常侍，见赵憬《鄂州新厅记》。又评事集中《鄂州新城颂》即为兼作，盖颂其破李希烈功。”　[53]人文：人间优秀文章。　[54]陈君：指陈子昂。　[55]具体：指像陈子昂一样诗文兼善的人。　[56]即功：接近成功。　[57]克：能够。　[58]休声：美好的声誉。　[59]省谒（xǐng yè）：拜见。　[60]元兄：指杨凌之兄杨凭。　[61]论次：依照次序编排。篇简：指文稿。　[62]诣：造诣。

[点评]

　　此篇是为杨凌的文集所写的后序。先写诗文不同，再写诗文难以兼善，方归结到杨凌的诗文。又说杨凌创作，早年以诗名，晚期重著述，所举名篇也都是文章。孙琮说：“一篇大段有四：第一段叙文章流别，原有此二种。第二段言世罕兼通，曾难其人。第三段述评事能兼通二种。第四段述己叙述遗文。妙在有第一段分别源流，便见第四段自己论次不谬，有第二段世罕兼通，便见第三段评事旷代一人，自是文章互相照耀处。”（《山晓阁选唐大家柳柳州全集》卷二）林纾说：“不坐实，不过誉，言至得体。”（《韩柳文研究法·柳文研究法》）

送宁国范明府诗序 [1]

　　近制，凡得仕于王者 [2]，岁登名于吏部、兵部[3]，则必参其等列[4]，分而合之[5]，率三十人以为曹[6]，谓之甲[7]。名书为三，其一藏之有司[8]，其二藏之中书洎门下[9]。每大选[10]，置大考绩[11]，必关决会验而视其成[12]，有不合者下有司，罢去甚众。由是吏得为奸以立威[13]，贼知以弄权[14]，诡窃窜易[15]，而莫示其实[16]。必求端悫而习于事、辩达而勤其务者[17]，命之官而掌之。居三年，则又益其官[18]，而后去其职[19]。

有范氏传真者，始来京师，近臣多言其美[20]，宰相闻之，用以为是职[21]。在门下[22]，甚获休问[23]。初命京兆武功尉[24]，既有成绩，复于有司[25]，为宣州宁国令[26]。人咸曰："由邦畿而调者[27]，命东西部尉[28]，以为美仕[29]。"范生曰："不然。夫仕之为美，利乎人之谓也[30]。与其给于供备[31]，孰若安于化导[32]？故求发吾所学者[33]，施于物而已矣[34]。夫为吏者，人役也，役于人而食其力[35]，可无报耶？今吾将致其慈爱礼节[36]，而去其欺伪凌暴[37]，以惠斯人[38]，而后有其禄[39]，庶可平吾心而不愧于

以上述唐代铨选官员的过程，颇有史料价值。

大段转述范传真的话，因为这也是柳宗元所极为赞赏的地方。于京城做县尉尽管前程远大，但"夫为吏者，人（即民）役也"，怎能不尽力为人民群众做点事？后在宣州为当地民众修治大农陂，范传真是说到做到的。

色[40]。苟获是焉，足矣。"季弟为殿中侍御史[41]，以是言也告于其僚[42]，咸悦而尚之[43]，故为诗以重其去[44]，而使余为序。

[注释]

[1]宁国：县名，今属安徽。范明府：范传真，范传正之兄。唐人称县令为明府。诗序：把参加送别的众人所作的诗汇集起来，前面再写一篇序，叫诗序。文中有云其"季弟为殿中侍御史，以是言也告于其僚"，"季弟"即指范传正，"其僚"则指柳宗元等人，故知此文作于贞元二十年（804）柳宗元为监察御史时。韦瓘《宣州南陵县大农陂记》述元和四年（809），以宣州宁国令范君摄南陵县，因大农废陂置石堰三百步，水所及者六十里，遂无水旱之灾。后三年，范传正观察宣部，允邑人请勒石为记。见《全唐文》卷六九五。宁国令范君即范传真。　[2]王者：指朝廷。　[3]岁登名于吏部、兵部：唐代考核选拔官员分文选、武选，文选归吏部，武选归兵部，见《新唐书·选举志下》。　[4]参：参照。等列：等级。　[5]分而合之：分别归类。　[6]率：大致。曹：相当于档次。　[7]甲：档次的名称。　[8]有司：管理部门。此指尚书省。唐尚书省为具体行政机关，下设六部。　[9]中书：中书省，为唐朝起草和宣布政令的机关。洎：同"及"。门下：门下省，唐朝审核命令、驳正违失的机关。中书省、门下省与尚书省合称"三省"，为朝廷最高政权机关。　[10]大选：唐时铨选官员，由吏部、兵部郎官主持者称小选，由尚书、侍郎主持者称大选。一般三年一选。见《新唐书·选举志下》。　[11]置：设。考绩：考核政绩。唐时考核官员政绩分上中下三等，每等又分三级，如上上、中上、下上等。　[12]关决：指通过。成：谓考核所得的等

级。　[13]奸：奸诈。立威：树立权威。　[14]贼知：出鬼主意。弄权：耍弄权术。　[15]诡窃窜易：私下窜改相关文件或改换名单。　[16]示：公布。《新唐书·选举志下》也说："选人猥至，文簿纷杂，吏因得以为奸利，士至蹉跌，或十年不得官，而阙员亦累岁不补。"　[17]端悫（què）：正直诚实。习：熟练精通。辩达：通晓事务。勤：勤奋，不辞劳苦。　[18]益：升迁。　[19]去其职：免去他原来的职务。　[20]美：好。指具有优秀的品质。　[21]是职：指任宁国县令。　[22]门下：指门下省。　[23]休问：美好的声誉。　[24]京兆：唐京兆府，今陕西西安。武功：县名，唐属京兆府，今属陕西。尉：唐县尉负责拘捕盗贼等治安方面的事务。　[25]复：上报的意思。　[26]宣州宁国：唐宣州宣城郡，今安徽宣城。宣州属县有宁国。　[27]邦畿：指京城的县。　[28]东西部尉：陈景云《柳集点勘》卷二："东西部尉，按唐崔琬《御史台记》：凡畿尉召入，其除官美恶，凡有六道：其得长安、万年二赤尉者，名仙道。令最下，号畜生道。此云东西部尉，即二赤县之尉，而所部分东西也。"　[29]美仕：好的职位。　[30]人：即民。因避讳以"人"代"民"。　[31]给（jǐ）：充足。《说文》："给，相足也。"供备：供应完备充裕。　[32]化导：教化、引导。　[33]发：发挥。　[34]物：指具体政事。　[35]役于人而食其力：为民众服役而且被民众所供养。　[36]致：使。　[37]凌暴：欺凌残暴。　[38]惠：好处。此处作动词用，即给予好处。　[39]禄：俸禄。　[40]庶可：庶几可以，差不多可以。　[41]季弟为殿中侍御史：据《旧唐书·范传正传》，传正自渭南尉拜监察御史、殿中侍御史。殿中侍御史为朝廷的监察官员。季弟，最小的弟弟，指范传正。　[42]僚：同僚。柳宗元时为监察御史，与范传正同僚。　[43]尚之：尊敬他（指范传真）。　[44]重：看重，隆重地对待。

[点评]

唐代对于初入仕者来说，京城县尉是个美差，不仅待遇好，且因离朝廷近，以后提拔的机会就多，故当时人宁肯当个京城县尉也不愿到外地去当县令。范传真却反其道而行之，偏偏选择了遥远的宣州宁国县去当县令。他说："役于人（即民）而食其力，可无报耶？"就是说：是为了报答老百姓而去的。这种思想境界实为难得。柳宗元此文所称颂对方的也正在这里。蒋之翘说："述范生处，其言足为官箴，而文亦典。"（辑注《柳河东集》卷二二）甚是。

送薛存义序 [1]

河东薛存义将行 [2]，柳子载肉于俎 [3]，崇酒于觞 [4]，追而送之江之浒 [5]，饮食之 [6]。且告曰："凡吏于土者 [7]，若知其职乎 [8]？盖民之役 [9]，非以役民而已也 [10]。凡民之食于土者 [11]，出其十一佣乎吏 [12]，使司平于我也 [13]。今我受其直、怠其事者 [14]，天下皆然。岂唯怠之，又从而盗之 [15]。向使佣一夫于家 [16]，受若直、怠若事，又盗若货器 [17]，则必甚怒而黜罚之矣 [18]。以今天下多类此，而民莫敢肆其怒与黜罚 [19]，何哉？

以上叙事。谢枋得："起句紧切。"（《文章轨范》卷五）

势不同也[20]。势不同而理同，如吾民何[21]？有达于理者[22]，得不恐而畏乎？"

存义假令零陵二年矣[23]，蚤作而夜思[24]，勤力而劳心，讼者平[25]，赋者均，老弱无怀诈暴憎[26]，其为不虚取直也的矣[27]，其知恐而畏也审矣[28]。吾贱且辱，不得与考绩幽明之说[29]，于其往也，故赏以酒肉，而重之以辞[30]。

[注释]

[1]序：一种文体。此为赠序，即送别时为对方写的临别赠言。此文作于永州。薛存义代理永州零陵县令二年，去官离开永州时，柳宗元作此序送之。　[2]河东：今山西永济。薛、柳二人同籍。　[3]俎（zǔ）：古代盛肉的器物。　[4]崇酒：满酒，斟满酒。觞（shāng）：酒器。　[5]江之浒：江边。　[6]饮食（sì）之：请他吃喝。《诗经·小雅·绵蛮》："饮之食之。"　[7]吏：官吏。此处作动词用，为官吏之意。　[8]若：你。　[9]役：仆役。　[10]役民：奴役人民。此处"役"为动词。　[11]食于土：依靠土地生活。　[12]十一：指人民要拿出收入的十分之一向政府缴纳赋税。佣：雇用。　[13]司平：管理，治理。我：此谓我们百姓。　[14]我：我等，指我们这些做官的人。直：通"值"，指官员所享受的俸禄。怠：懈怠，轻忽。　[15]盗：指贪污受贿。　[16]向使：假如。　[17]若：与上文二"若"皆"你"意。货器：财物器物。　[18]黜罚：这里意思是驱逐。　[19]肆：指发泄出来。黜罚：罢免的处分。　[20]势：这里指地位。　[21]如吾民何：老百

姓又能怎么样呢？　[22]达：通达。　[23]假：代理。零陵：唐永州零陵郡，属县有零陵。今属湖南。　[24]蚤作：起早工作。蚤，同"早"。　[25]"讼者平"二句：谓打官司的都得到公平处理，缴纳赋税的比例公平。　[26]怀诈暴憎：内怀奸诈，外露憎恨。　[27]的：确实。　[28]审：显然。　[29]考绩：考核官员的政绩。幽明：指好与不好。幽谓不好，明谓好。《尚书·舜典上》："三载考绩，三考，黜陟幽明。"　[30]重（chóng）：又。指又说了这些话。

[点评]

序言官与民的关系，"盖民之役，非以役民而已也"，官是为民众服务的。蒋之翘说："犹言民之出其直以雇吏，使之治平于己也"（辑注《柳河东集》卷二三），甚得其要。一千多年前的柳宗元能有如此认识，怎么称扬也不为过。王霆震《古文集成》卷一引敦斋《古文标准》评曰："此篇文势转圆，如珠走盘中，略无凝滞。加之论为吏者乃民之役，非以役民，议论过人远甚。中间以庸夫受直怠事为譬，且云势不同而理同，此识见最高。至于结句用赏以酒肉而重之以辞，亦与发端数语相应，学者宜玩味。"

送诗人廖有方序 [1]

交州多南金、珠玑、瑇瑁、象犀 [2]，其产皆奇怪，至于草木亦殊异 [3]。吾尝怪阳德之炳耀 [4]，

储欣："欲人知贵廖生，而本其风土为之导。"（《河东先生全集录》卷四）

独发于纷葩瓓丽[5]，而罕钟乎人[6]。今廖生刚健重厚，孝悌信让，以质乎中而文乎外[7]，为唐诗有大雅之道[8]，夫固钟于阳德者耶？是世之所罕也[9]。

今之世，恒人其于纷葩瓓丽[10]，则凡知贵之矣，其亦有贵廖生者耶[11]？果能是，则吾不谓之恒人也，实亦世之所罕也。

[注释]

[1]廖有方：范摅《云溪友议》卷下《名义士》条载廖有方为一病死逆旅之不相识举子理葬事。计有功《唐诗纪事》卷四九亦载其事，与《云溪友议》略同，然文简。云有方元和十年（815）失意游蜀，至宝鸡西界，窆旅逝者，书板记之，复为铭曰："嗟君没世委空囊，几度劳心翰墨场。半面为君申一恸，不知何处是家乡。"明年，李逢吉擢有方及第，改名游卿。并云有方交州人，柳子厚以序送之。《中山大学学报》2009年第五期胡可先《新出土唐代诗人廖有方墓志考论》介绍了新发现的阙名撰《唐故京兆府云阳县令廖君墓铭》，志云廖有方原名有方，字游卿。后改名游卿，字秦都。父伯元为严州刺史，后宦于广州。有方元和十一年（816）进士及第，曾为夏州节度掌书记、大理评事、殿中御史等。大和六年（832）卒。柳宗元此序作于廖有方及第前由岭南赴京时，故以元和九年（814）为近似。时在永州。柳宗元又有《答贡士廖有方论文书》。　[2]交州：汉交州统南海等九郡，吴分置广州，而交州治交趾。唐为安南都护府，南海、番禺、合

蒋之翘引唐顺之："三'罕'字似相呼应，而一字一义，又各不同。"（辑注《柳河东集》卷二五）

蒋之翘引茅坤："说世人不知贵廖生，益见廖生可贵。《老子》云：'知我者希，则我贵是已。'"（同上）

浦、交趾，皆其所属。南金：南方出产的黄金质量最好，故称南金。张华见薛兼、纪瞻等曰："皆南金也。"见《晋书·薛兼传》。珠玑（jī）：即珍珠。《说文》："玑，珠不圆者也。"瑇瑁（dài mào）：形状像龟的爬行动物，生活于热带海中，甲壳可作装饰品。《后汉书·王符传》载王符《潜夫论·浮侈》："犀象珠玉，虎魄瑇瑁。"李贤等注："《吴录》曰：瑇瑁似龟而大，出南海。"瑇，同"玳"。象犀：象牙犀角，可以制器具，皆为贵重之物。　[3]殊：特别，不一般。　[4]阳德：阳气。《周礼·春官·大宗伯》："以天产作阴德，以中礼防之。以地产作阳德，以和乐防之。"郑玄注："阳德，阳气在人者。阳气盈纯之则躁，故食植物，作之使静，过则伤性，制和乐以节之，如是，然后阴阳平，情性和，而能育其类。"炳耀：光彩焕发。　[5]纷葩（pā）：谓草木繁茂美丽。《说文》："葩，华也。"瓌（guī）丽：珍奇华丽。谓南金、珠玑之类。瓌，同"瑰"。　[6]罕：少有，少见。钟：集聚。　[7]质乎中而文乎外：谓上述美德发自他的内心，表现在他的行动上。　[8]大雅：《诗经》有《大雅》《小雅》，雅为周王畿内正声，故以大雅指诗歌的正声。　[9]罕：稀少。　[10]恒人：常人。　[11]贵：看重，重视。

[点评]

此文极简短。先述交州多产奇异贵重之物，以显示廖生亦当秉其地之阳德，必将大有作为。孙琮说："文仅及百字，却有无数层折。第一层说天之钟灵，不于人而于物。第二层说廖生正是天之钟灵者。第三层叹世人不知廖生。第四层望世人深知廖生。曲曲写来，无限波折，只是一个转字。"（《山晓阁选唐大家柳柳州全集》卷二）又引孙鑛说："笔多转折，文甚华丽。"（同上）何孟春则评曰："韩退之《送廖道士序》，柳子厚《送廖有方序》，皆出一时，文不相袭，而议论符合。欧阳永叔《送廖倚序》，又合于韩、柳之所言者，欧岂有所袭耶？所送皆南人，其人皆廖姓，殊可异。"（《馀冬叙录》卷四○）

送贾山人南游序[1]

文章一开始先引孔子的话"学以为己"，即为了自己的道德修养，以笼罩全篇。再述自己坎坷不平的经历，以与贾景伯的人生作对比，"孰匪孰充"，任人寻思。

传所谓学以为己者[2]，是果有其人乎？吾长京师三十三年[3]，游乡党[4]，入太学[5]，取礼部、吏部科[6]，校集贤秘书[7]，出入去来，凡所与言，无非学者[8]。盖不啻百数[9]，然而莫知所谓学而为己者。及见逐于尚书[10]，居永州，刺柳州[11]，所见学者益希少，常以为今之世无是决也[12]。

贾景伯没有什么华夷的偏见，这次去较柳州更偏南的地方，不避荒僻原始，也说明了这一点。

居数月，长乐贾景伯来[13]，与之言，邃于经书[14]，博取诸史群子昔之为文章者[15]，毕贯统[16]，言未尝诐[17]，行未尝怪。其居室惵然[18]，不欲出门，其见人侃侃而肃[19]。召之仕，怏然不喜[20]。导之还中国[21]，视其意，夷夏若均[22]，莫取其是非[23]。曰："姑为道而已尔[24]。"若然者[25]，其实为己乎[26]？非己乎？使吾取乎今之世，贾君果其人乎[27]？其足也则居，其匮也则行[28]，行不苟之[29]，居不苟容[30]，以是之于今世，其果逃于匮乎[31]？吾名逐禄贬[32]，言见疵于世[33]，奈贾君何？

于其之也[34]，即其舟与之酒[35]，侑之以歌[36]。歌曰："充乎己居[37]，或踬其涂[38]。匮己之虚[39]，或盈其庐[40]。孰匮孰充？为泰为穷[41]。君子乌乎取[42]？以宁其躬[43]。"若君者[44]，之于道而已尔，世孰知其从容者耶[45]？

歌是文的补充。"世孰知其从容者耶"，似乎作者对贾山人的人生也有一些羡慕。

[注释]

[1]贾山人：即贾景伯。各本皆注"景，一作宣"。《龙城录》卷下《华阳洞小儿化为龙》《贾宣伯有治三虫之药》《刘仲卿隐金华洞》皆提到贾宣伯，即此人。《重修政和证类本草》卷二二引柳宗元《救三死方》云"元和十一年得丁疮……长乐贾方伯教用蜣螂心"，亦此人，"方"字误。此文当元和十一年（816）作于柳州。　[2]传（zhuàn）：解释经籍的文字叫传。《论语·宪问》记孔子言"古之学者为己"，意思是说古代学者的目的在于修养自己的学问道德。　[3]三十三年：柳宗元生于大历八年（773），至永贞元年（805）贬为永州司马，正为三十三年。　[4]乡党：犹言乡里。《论语·乡党》："孔子于乡党，恂恂如也。"　[5]太学：汉武帝立太学，为朝廷所设的最高学府。唐设国子监，有国子、太学、广文、四门、律、书、算七学。此以太学代指国子监。　[6]礼部：唐代科举考试归礼部，柳宗元于贞元九年（793）进士及第。

吏部：唐代士人进士登第后并不能马上授官，须经过吏部的考试，科目则有博学宏词、书判拔粹等。柳宗元于贞元十二年（796）博学宏词登第。　[7]集贤秘书：贞元十四年（798），柳宗元被授为集贤殿正字。正字也可称为秘书。唐集贤殿书院属中书省，正字掌整理图书，校勘谬误。　[8]学者：志学之人。　[9]不啻（chì）：不止。　[10]尚书：指尚书省，下设六部。柳宗元贬永州前为尚书礼部员外郎。　[11]柳州：元和十年（815），柳宗元由永州奉调回京，旋出为柳州刺史。即谓此。　[12]是：指学为己者。决：一定的，表肯定。　[13]长乐：唐福州长乐郡，属县有长乐。今福建福州。　[14]邃：深。此指理解深刻。经书：指儒家经典。　[15]诸史：各种史书。群子：指除儒家之外的诸子百家。　[16]毕：全都，全部。贯统：连贯、成系统。　[17]诐（bì）：偏颇，邪蔽。《孟子·公孙丑上》："诐辞知其所蔽。"　[18]愔（yīn）然：悄寂的样子。　[19]侃侃：耿直貌。《论语·乡党》："朝与下大夫言，侃侃如也。"为理直气壮、直抒己见之意。　[20]怏（yàng）然：不高兴的样子。　[21]中国：指中原地区，当时是文化发达的地区。　[22]夷夏：指边裔和中原。均：均等，一样。　[23]莫取其是非：意思是说不要有边疆地区和中原地区谁先进、谁落后，谁野蛮、谁文明的看法。　[24]道：道德观念。　[25]若然：像这样。　[26]"其实为己乎"二句：他果真是为了自己的道德修养呢？或者并不是为了自己的道德修养呢？　[27]果其人乎：果真是孔子所说的这样的人吗？　[28]匮：匮乏，不足。　[29]行不苟之：所去之地不是随便决定的。之，往。　[30]居不苟容：所住下的地方不是能住即可。容，容身。　[31]其果逃于匮乎：意思是说：他果真能逃脱物质的匮乏吗？　[32]名逐禄贬：姓名被放逐，俸禄被削减。　[33]疕（bì）：同"痹"，湿病。《集韵·至韵》："痹，湿病也。或作疕。"此处意同"病"，是说自己的言语见解不被世人理解。　[34]之：往。　[35]即：登上。　[36]侑（yòu）：助。　[37]充：充盈，盛多。　[38]或：有时。下句同。踬（zhì）：跌倒。涂：通"途"，道路。　[39]虚：处所。　[40]庐：所住的房屋。　[41]泰：通达。《广雅·释诂》："泰，通也。"穷：不通达，不得志。　[42]乌：怎样，如何。表疑问。　[43]宁：安宁，平定。躬：自身，生命。　[44]若：像。　[45]从容：不慌不忙，安逸舒缓。

[点评]

　　贾景伯是作者来柳州后所结识的友人，是一位博览群书、不乐仕进、行踪不定、四海为家的人。问其原因，则曰："姑为道而已尔。"这个"道"显然只是指个人的道德修养，与儒家人士的理解是大相异趣的。当是一位道家人物。柳宗元作文送其南游，联想到自己为名禄所羁绊，歌曰："孰匮孰充？为泰为穷。"看来他自己也有些茫然。储欣说"柳晚节乃益疏宕"（《河东先生全集录》卷四），以此文观之，所言为信。

送僧浩初序[1]

　　儒者韩退之与余善[2]，尝病余嗜浮图言[3]，訾余与浮图游[4]。近陇西李生础自东都来[5]，退之又寓书罪余[6]，且曰"见《送元生序》，不斥

通篇即为"不斥浮图"作辩解。

周必大："韩退之力排佛氏，欲火其书，柳子厚乃推尊之，谓与《易》《论语》合。浩初之序，左右佩剑。今考二公心迹，谁为善学展季者耶？"（《跋此庵记》，《文忠集》卷一六）

林云铭："又以世人营营名利，浮图多乐山水、嗜闲安，放诮之余，无可与语，因与之游。即退之贬潮州，称大颠能外形骸，以理自胜，相与往来之意，亦非去儒以从其教也。二公良友责善，同中有异，异中有同，均以不诡于儒为主。"（《古文析义》初编卷五）

浮图"[7]。浮图诚有不可斥者[8]，往往与《易》《论语》合[9]，诚乐之[10]，其于性情奭然[11]，不与孔子异道。退之好儒未能过扬子[12]，扬子之书于庄、墨、申、韩皆有取焉[13]。浮图者，反不及庄、墨、申、韩之怪僻险贼耶[14]？曰："以其夷也[15]。"果不信道而斥焉以夷[16]，则将友恶来、盗跖[17]，而贱季札、由余乎[18]？非所谓去名求实者矣[19]。吾之所取者与《易》《论语》合，虽圣人复生，不可得而斥也。退之所罪者其迹也[20]，曰："髡而缁[21]，无夫妇父子[22]，不为耕农蚕桑而活乎人[23]。"若是，虽吾亦不乐也。退之忿其外而遗其中[24]，是知石而不知韫玉也[25]。吾之所以嗜浮图之言以此。与其人游者，未必能通其言也[26]。且凡为其道者[27]，不爱官，不争能，乐山水而嗜闲安者为多[28]。吾病世之逐逐然唯印组为务以相轧也[29]，则舍是其焉从[30]？吾之好与浮图游以此。

今浩初闲其性，安其情，读其书，通《易》《论语》，唯山水之乐，有文而文之[31]，又父子咸为其道[32]，以养而居[33]，泊焉而无求[34]，则其贤于为庄、墨、申、韩之言，而逐逐然唯印组为务以相轧者^[35]，其亦远矣。李生础与浩初又善。今之往也，以吾言示之^[36]。因北人寓退之^[37]，视何如也?

[注释]

[1]浩初：柳宗元《龙安海禅师碑》云"其弟子玄觉泪怀直、浩初等"，可知浩初为龙安海禅师弟子。此文云"近陇西李生础自东都来"，韩愈送李础归湖南在元和五年（810），时韩愈为河南县令，则此文当是柳宗元元和五、六年（810、811）间作于永州。宗元又有《浩初上人见贻绝句欲登仙人山因以酬之》《与浩初上人同看山寄京华亲故》诗，则为柳州时作，非一时。　[2]韩退之：韩愈，字退之。善：友善，有很好的交谊。　[3]病：不满意。浮图：梵语"佛陀"的音译，亦作"浮屠"，指佛。此指佛教。　[4]訾（zǐ）：指责，批评。浮图：此指佛教徒，僧人。游：交往。　[5]陇西：郡名，在今甘肃陇西县东南。李生础：李础。时为湖南从事，元和五年请告省其父于东都，韩愈有《送李判官正字础归湖南序》，又有《送湖南李正字归》诗。韩愈与李础及其父李仁钧曾同在汴州董晋幕，故韩序有"离十三年"之语。东都：唐东都洛阳。　[6]寓书：谓托李础带信。此书今不见于韩愈集。罪余：责备我。　[7]《送元生序》：指柳宗元所作《送元十八山人南游序》，其中有云："太史公没，其后有释氏，固学者之所怪骇舛逆其尤者也。"谓释氏也可佐世，故遭韩愈的批评。　[8]诚：确实。　[9]《易》：即《周易》，卜筮之书。相传为周文王、周公所作，儒家经典之一。《论语》：亦为儒家经典，为孔子弟子及后

学关于孔子言行思想的记录。 [10]乐：喜欢。 [11]性情：佛教词语。性指人内在的不可改变的本质，情则指后天所生的各种感情。奭（shì）然：消释貌。谓解释得透彻。《庄子·秋水》："奭然四解。" [12]扬子：扬雄，字子云，西汉文学家、哲学家。推崇孔子，主张一切言论应以五经为准则。 [13]庄：庄子，名周，战国时人。其思想见《庄子》，主张适情任性、自由无为，对儒家的仁义之说多有批评。墨：墨子，名翟，战国初期人。其思想见《墨子》，主兼爱、非攻、尚同，反对儒家"爱有差等"之说。申：申不害，战国时人。著有《申子》，今存辑本。尊刑名之学，为法家思想的重要人物，尤重视"术"的作用。"术"即君主驾驭群臣的方法。韩：韩非，战国时人，为法家思想的集大成者。其思想见《韩非子》，主张集权力于君主，以法律治国，法、术、势相结合。取焉：有所汲取，有所采纳。扬雄《法言·问道》："老子之言道德，吾有取焉耳。"扬雄的思想比较驳杂，后世道学家多谓其言论"蔓衍而无断，优柔而不决"，故柳宗元说他于庄、墨、申、韩皆有所取。 [14]怪僻险贼：怪僻险恶而具有破坏性。 [15]以其夷也：因为它（指佛教）是从外国传来的。夷，旧指华夏以外的各族及各国。佛教由天竺传入中国，故云。 [16]果：竟然。道：指佛教的学说、教义。斥焉以夷：因为是外来的而排斥它（佛教）。焉，代词，代指佛教。 [17]恶来：商纣王的臣子，多作恶。《史记·殷本纪》："纣又用恶来，恶来善毁谗。"司马贞索隐："秦之祖蜚廉子。"盗跖（zhí）：春秋战国时期的大盗。《庄子·盗跖》："柳下季之弟名曰盗跖。盗跖从卒九千人，横行天下，侵暴诸侯。" [18]贱：意为蔑视，看不起。季札：春秋时吴王寿梦的少子。寿梦欲传以王位，辞不受。封以延陵，又称延陵季子。见《史记·吴太伯世家》。由余：戎人，使秦，向秦穆公言治国之策。戎王淫乐，不听由余之谏，由余归秦，秦拜为上卿，并国十二，辟地千里，遂称霸西戎。见《韩诗外传》卷九。　[19]去名求实：抛开名称而讲求实际。　[20]罪：怪罪，指斥。迹：指表面的东西，外在的表现。　[21]髡（kūn）：剃光头发。缁（zī）：黑色。僧人穿黑色衣服。　[22]无夫妇父子：指僧人不婚娶，出家为僧，不拜父母。　[23]不为耕农蚕桑而活乎人：指不从事耕田养蚕等劳动而依靠别人养活。　[24]忿：忿恨，不满。遗：抛弃，丢失。中：指佛教教义的内涵。　[25]韫（yùn）玉：石中包藏的玉。陆机《文赋》：“石韫玉而山晖。”　[26]未必能通其言也：未必在思想上能够理解他们的教义。　[27]为其道：指信奉佛教。　[28]嗜闲安：爱好安逸清静。　[29]病：厌恶，不满。逐逐：互相追逐竞争。《周易·颐》：“虎视眈眈，其欲逐逐。”印组：代指权力。印，官印。权力的象征。组，系印的丝带。为务：作为主要事情。相轧（yà）：互相倾轧，互相排挤。　[30]是：指韩愈所指责的“与浮图游”。焉从：何从，与谁交往。　[31]有文而文之：有文才，能写文章。　[32]父子：指浩初与其儿子。刘禹锡《海阳湖别浩初师并引》亦称其“婴冠带，縶妻子”，则浩初为僧人而娶妻生子者。　[33]养：供养。指供养妻子。[34]泊：淡泊。　[35]逐逐然唯印组为务以相轧者：指那些在官场上争权夺利的人。　[36]之：指李础。　[37]因：借。北人：到北方去的人。寓：寄。

［点评］

李础由东都回湖南，带来了韩愈的书信，信中批评柳宗元“与浮图游”。柳宗元借送浩初，作文对韩愈的批评作了反驳。文章大意是说：佛家教义并非与圣人之说皆忤，浮图之人淡泊功利，且大有通达事理者，“舍是其焉从？”由柳宗元此序以及刘禹锡《海阳湖别浩初师并引》观之，浩初通《易》《论语》，又娶妻生子，显然不是一般的僧人，故成为刘、柳的友人。前人评此文，多看到韩、柳奉道不同，如《新刊增广百家详补注唐柳先生文》卷二五引黄唐曰：“释教戾于吾儒，故退之力排之。其序文畅也，叹息当时诸公所序之诗，不告以圣人之道，而徒举浮屠之说。至子厚序文畅，则极道其美，且欲统合儒释而一之。序元暠，序浩初，亦无拒绝。子厚不害为忠恕也。”韩愈排佛，着眼于佛教对儒家纲常伦理的破坏。柳宗元则多包容，能从思想上看问题。如儒家讲仁爱，佛教倡慈悲，正是其相合之处。柳宗元不拘泥于圣人之道，主张汲取百家之长，《送元十八山人南游序》说：“余观老子，亦孔氏之异流也，不得以相抗，又况杨、墨、申、商、刑、名、纵横之说，其迭相訾毁抵捂而不合者，可胜言耶？然皆有以佐世。”至于此文，评论家多对其写法赞不绝口。《新刊增广百家详注唐柳先生文》卷二五王俦补注引陈长方曰：“子厚作序皆平平，惟《送僧浩初》一序，真文章之法。”孙琮说：“只是欲说自己喜与浩初游，乐与浩初言，先说出两大段浮屠之言可嗜，浮屠之人可游，为一篇断案。欲写此两段断案，先借退之病‘余与浮屠言’‘与浮屠游’二段，为一篇翻案。于是翻案在前，断案在中，定案在后。便将自己出豁得干干净净，真是绝不费力文字。”（《山晓阁选唐大家柳柳州全集》卷二）蒋之翘也说：“然其文特澹宕可诵。”（辑注《柳河东集》卷二五）

武功县丞厅壁记 [1]

《殷颂》曰 [2]："邦畿千里 [3]。"周制 [4]，千里之内曰甸服 [5]，《穀梁》谓之寰内诸侯 [6]，为王内臣，其制甚重 [7]。今京兆尹理京师部二十有三县 [8]，幅员之广 [9]，其犹古也 [10]。县吏之长曰令，其贰曰丞 [11]。丞之位，正八品下 [12]，盖丞述六职以辅其令也 [13]。秦、汉有丞相 [14]，今尚书有左右丞 [15]，御史有中丞 [16]，至于九卿之列 [17]，亦皆有丞，下以达天下之县。政有小大，其旨同也。

武功为甸内大县，按其图 [18]，古后稷封有邰之地 [19]。秦作四十一县 [20]，邰、美阳、武功各异 [21]，至是合焉。盖尝为稷州 [22]，已而复县。其土疆沃美高厚 [23]，有丘陵坟衍之大 [24]，其植物丰畅茂遂 [25]，有秬秠藿菽之宜 [26]。其人善树蓻 [27]，其俗有礼让，宜乎其《大雅》之遗烈焉 [28]。

贞元十五年改邑于南里 [29]。既成新城，凡官署旧记 [30]，壁坏文逸 [31]，而未克继之者 [32]。后三年 [33]，而颍川陈南仲居是官 [34]，邑人宜之[35]，号为简靖[36]，因其族子存持地图以来[37]，谒余为记。夫以武功疆理之大，人徒之多，而陈生以简靖辅其理，斯固难矣[38]。汉高帝尝诏天下[39]，凡以战得爵[40]，七大夫公乘以上[41]，令丞与抗礼[42]，故为丞益难。今天子崇武念功[43]，与汉初相类[44]，分禁旅以守县道[45]，武功为多。陈生为丞于是[46]，而又职盗贼[47]，其为理无败事[48]，吾庸可度哉[49]！为之记云。

在该说的都说了之后，归到"为丞益难"。现实之事不好多说，因为牵扯到各方面，谁能保证县丞会把什么事都处理得圆圆满满呢？

[注释]

[1]武功：县名，唐属京兆府，今属陕西。县丞：县令之佐，辅佐县令处理县内事务。壁记：嵌在墙上的石刻纪事性文字。封演《封氏闻见记》卷五："朝廷百司诸厅皆有壁记。"后州县官署也有壁记。此文是柳宗元为武功县丞厅所撰的壁记。韩醇云此文当贞元十八年（802）作，柳宗元时为蓝田尉，可从。　[2]《殷颂》：即《商颂》。汤灭夏，建立商朝，至盘庚迁都于殷，又称殷商。　[3]邦畿千里：见《诗经·商颂·玄鸟》。邦畿，国境。毛传："畿，疆也。"　[4]周制：周朝制度。　[5]甸服：古代于王畿外围，每五百里为一区划，分甸服、侯服、绥服、要服、荒服。《礼记·王制》："千里之内曰甸。"　[6]"《穀梁》谓之寰内诸侯"二句：《穀梁传》隐公元年："寰内诸侯，非有天子之命不得出会诸侯。"寰内，京都周围千里以内。内臣，宫廷内的臣僚。《穀梁传》庄公二十三年："祭叔来聘，其不言使何也？天子之内臣也。"　[7]重：重要，重大。　[8]京兆尹：唐京城的最高行政长官。二十有三

县：隋时京兆府领二十二县，唐时县之分改废置不一，此所云当是贞元时的情况。　　[9]幅员：疆域。广狭称幅，周围称员。《诗经·商颂·长发》："幅陨既长。"郑玄注云"陨"当作"圆"，周也。　　[10]犹：如同。　　[11]贰：副手。　　[12]正八品下：唐制：畿县丞一人，正八品下。见《新唐书·百官志四下》。武功为畿县。　　[13]六职：指治、教、礼、政、刑、事六种职务。《周礼·天官·小宰》："以官府之六职辨邦治。"　　[14]丞相：秦置左右丞相，辅助皇帝处理政务。汉时改为一丞相。　　[15]左右丞：唐制：尚书省，令一人，左右丞各一人。　　[16]御史有中丞：汉、唐时皆为御史大夫之佐，监督百僚，举劾案章。　　[17]九卿：古代中央朝廷的九个高级官职，具体所指历代不一。此为泛称。　　[18]图：图籍。　　[19]后稷：周始祖，名弃。长大后播种百谷，被尧封于邰。《史记·周本纪》："封弃于邰，号曰后稷。"张守节正义引《括地志》："故斄城，一名武功城，在雍州武功县西南二十二里。古邰国，后稷所封也，有后稷及姜嫄祠。"斄（tái）：与"邰"同。　　[20]秦作四十一县：《史记·秦本纪》载孝公十二年作为咸阳，下设四十一县。　　[21]"斄、美阳、武功各异"二句：汉时右扶风有斄、美阳、武功三县，唐时合为武功，故武功为甸内最大县。　　[22]"盖尝为稷州"二句：唐武德初，曾分武功、好畤、盩厔、扶风四县为稷州，因后稷所封为名。贞观元年州废，县皆属京兆。天授中，复于置稷州，大足元年又废，如初。　　[23]土疆：土地和疆界。沃美高厚：土厚而肥沃，疆界高敞而优美。　　[24]丘陵坟衍：《周礼·地官·大司徒》："大司徒……辨其山林、川泽、丘陵、坟衍、原隰之名物。"郑玄注："土高曰丘，大阜曰陵，水崖（涯）曰坟，下平曰衍。"　　[25]丰：多种多样。畅：生长得好。茂：繁盛。遂：生长顺利。　　[26]秬（jù）：黑黍。秠（pī）：黑黍的一种，一稃二米。藿（huò）：本为豆叶，此指大豆。菽（shū）：

豆类作物。《诗经·大雅·生民》："蓻之荏菽，荏菽旆旆。"又："诞降嘉种，维秬维秠。" [27] 树蓻（yì）：种植。《孟子·滕文公上》："后稷教民稼穑，树藝五谷。"蓻，同"艺（藝）"。 [28]《大雅》：指《诗经·大雅·生民》篇，为歌颂周始祖后稷之诗。毛序："后稷生于姜嫄，文武之功起于后稷，故推以配天焉。"遗烈：遗存的功业。 [29] 改邑：迁移县治。南里：县城南部。 [30] 官署：即县衙门。 [31] 逸：丢失。 [32] 克：能够。 [33] 后三年：即贞元十八年（802）。 [34] 颍川：唐许州颍川郡，今属河南。陈南仲：无考。 [35] 宜之：拥护他。 [36] 简靖：政令简便，境内安定。 [37] 族子存：族子，同族人之子。陈存，赵璘《因话录》卷六载："进士陈存，能为古歌诗而命蹇。"即此人。 [38] 固：确实。 [39] 汉高帝：刘邦，汉开国皇帝。 [40] 战：指战功。爵：官爵。 [41] 七大夫公乘：章士钊《柳文指要》上《体要之部》卷二六："秦爵共分二十级。七大夫，公大夫也，爵第七，故曰七大夫。公乘，爵第八。"公大夫、公乘，皆为秦汉爵位名。 [42] 令丞：县令与县丞。抗礼：《汉书·高帝纪下》载：汉高帝即位，乃西都，下诏曰：七大夫、公乘以上，皆高爵也。……异日秦民爵公大夫以上，令丞与亢礼。颜师古注："亢者，当也。言高下相当，无所卑屈。"亢，同"抗"。言县令县丞与公大夫、公乘同等级。 [43] 崇武念功：崇尚武功。县亦名"武功"，有双关义。 [44] 相类：相似。 [45] 禁旅：指禁军，皇宫护卫军。 [46] 于是：在这种情况下。 [47] 职：职当，负责之意。 [48] 败事：糟糕的事，把事情办坏。 [49] 庸：怎么，表示反问。度（duó）：揣测。

[点评]

此文先述武功县作为京县的重要性；再述"丞"的地位，无论朝廷之"丞"还是地方之"丞"，都是长官之佐，即副职，自有艰辛与难为之事。以下再述武功县的历史、自然及人文环境，引《诗经·大雅·生民》为证，以见武功不仅为京县之大者，其历史亦非他县可比。最后一段回归主题，即作记之由来，且突出"为丞益难"。当今之"难"难在何处？正如何焯所说："德宗以后，神策军士倚中官为暴横于畿赤，结语微及之。"（《义门读书记》卷三六）显然作者不敢多说，故点到即止。蒋之翘评曰："文庄雅，与《监祭使》《四门助教》二记同一机局。"（辑注《柳河东集》卷二六）

永州铁炉步志 [1]

江之浒 [2]，凡舟可縻而上下者曰步 [3]。永州北郭有步曰铁炉步 [4]，余乘舟来，居九年，往来求其所以为铁炉者无有。问之人，曰："盖尝有锻者居 [5]，其人去而炉毁者不知年矣，独有其号冒而存 [6]。"余曰："嘻，世固有事去名存而冒焉若是耶 [7]？"步之人曰："子何独怪是 [8]？今世有负其姓而立于天下者 [9]，曰：'吾门大，他不我敌也 [10]。'问其位与德，曰：'久矣其先也 [11]。'然而彼犹曰'我大'，世亦曰'某氏大'，其冒

議论之所由起。

于号有以异于兹步者乎？向使有闻兹步之号[12]，而不足釜锜、钱镈、刀铁者[13]，怀价而来[14]，能有得其欲乎？则求位与德于彼[15]，其不可得亦犹是也。位存焉而德无有，犹不足以大其门[16]，然世且乐为之下[17]，子胡不怪彼而独怪于是[18]？大者桀冒禹[19]，纣冒汤，幽厉冒文武，以傲天下[20]，由不知推其本而姑大其故号[21]，以至于败，为世笑僇[22]，斯可以甚惧[23]。若求兹步之实，而不得釜锜、钱镈、刀铁者，则去而之他[24]，又何害乎？子之惊于是[25]，末矣[26]。”

余以为古有太史[27]，观民风[28]，采民言，若是者[29]，则有得矣。嘉其言可采[30]，书以为志。

[注释]

[1] 步：通“埠”，即码头。此地原有炼铁炉，故名。韩醇云：“吴人呼水际曰步。韩昌黎《罗池庙碑》云‘步有新船’，即此旨也。”（《诂训唐柳先生文集》卷二八）志：即“记”，一种记事性文体。文云“余乘舟来，居九年”，可知作于元和八年（813）。　[2] 浒：水边。　[3] 縻（mí）：系，拴。　[4] 北郭：北边城边。　[5] 锻者：打铁的人，铁匠。　[6] 号：名号。冒：虚冒，意为有其名无其实。　[7] 固有：真有。　[8] 怪是：以此为

黄唐：“尊尚姓氏，始于魏之太和。齐据河北，推重崔卢，梁陈在江南，首先王谢。……唐家一统，当一洗而新之，奈何文皇帝以陇西旧族矜夸其臣……黜陟废置，皆不由于贤否，但以姓氏升降去留，定为荣辱。衰宗落谱，昭穆所不齿者，皆称禁婚，民俗安知礼义忠信为何物耶？”（《新刊增广百家详补注唐柳先生文》卷二八引）储欣：“氏族莫重于唐，公故作此讽之。”（《河东先生全集录》卷四）

怪。　[9]负：凭靠，依仗。姓：姓氏。指依靠先人的名望。　[10]不我敌：不敌我，比不上我。　[11]先：指祖先。　[12]向使：假使。　[13]不足：不够。釜（fǔ）锜（qí）：铁锅。两耳的叫釜，三足的叫锜。《左传》隐公三年："筐筥锜釜之器。"杜预注："有足曰锜，无足曰釜。"钱（jiǎn）镈（bó）：古代农具。钱似铲，镈似锄。《诗经·周颂·臣工》："庤乃钱镈。"刀鈇（fū）：刀类器具。鈇，砍刀。　[14]怀价：带着买铁器的钱。　[15]彼：指世上那些"负其姓"者。　[16]大其门：光大其门第。　[17]下：指拜倒在他们的门下。　[18]胡：为什么。　[19]"大者桀冒禹"以下三句：大者，从大的方面说。桀，夏桀，夏朝的最后一位君主。禹，夏禹，夏朝开国君主。纣，商纣王，商朝的最后一位君主。汤，商汤，商朝的开国君主。幽，周幽王，西周的最后一位君主。厉，周厉王，西周第十代君主。文，周文王。武，周武王。经过周文王的准备，周武王灭商，建立周朝。历代史书桀、纣、幽、厉都被视为残暴君主的代表，而禹、汤、文、武则被视为圣人。　[20]傲：指骄横跋扈。　[21]由：由于。推：推究。本：本质。姑：姑且。故号：指祖先的旧名号。　[22]僇（lù）：耻辱。　[23]惧：警惕。　[24]之他：到别的地方去。[25]惊：惊怪。[26]末：浅薄，细碎。　[27]太史：古代记录史事、编写史书的官员。　[28]"观民风"二句：考察民间风气，采集民间言论。《礼记·王制》："命大师陈诗以观民风。"《汉书·艺文志》："故古有采诗之官，王者所以观风俗、知得失、自考正也。"　[29]是：指铁炉步上的人所说的话。　[30]嘉：赞赏。

[点评]

铁炉步名不副实，故作者借题发挥。章士钊《柳文指要》上《体要之部》卷二八："子厚此作，明有所讽，盖唐世重门第，好夸张，子孙冒祖父之名与位，以震骇流俗，所在多有，子厚或亲遇其事而恶之，故借铁炉而揭其事于此。"茅坤也说："志步特数言，托讽言外者，无限深情。转处妙。"（《唐宋八大家文钞》卷二三）也有人批评此文小题大作，如何焯说："此文直斥在上者徒建空名，旨趣既已偏宕，求其警策，则又无有，何以存诸集中？按，此文似为以门地论相而发。"（《义门读书记》卷三六）但小题也不妨大作，正如此文所言，可以"观民风"。

始得西山宴游记 [1]

自余为僇人 [2]，居是州，恒惴栗 [3]。其隙也 [4]，则施施而行 [5]，漫漫而游 [6]，日与其徒上高山 [7]，入深林，穷回溪 [8]，幽泉怪石，无远不到。到则披草而坐，倾壶而醉。醉则更相枕以卧 [9]，卧而梦 [10]，意有所极 [11]，梦亦同趣 [12]。觉而起，起而归。以为凡是州之山水有异态者 [13]，皆我有也，而未始知西山之怪特。

今年九月二十八日，因坐法华西亭 [14]，望西山，始指异之 [15]。遂命仆人过湘江 [16]，缘染溪 [17]，斫榛莽 [18]，焚茅茷 [19]，穷山之高而止。

浦起龙："始得有惊喜意，得而宴游，且有快足意，此扼题眼法也。"（《古文眉诠》卷五三）高步瀛引汪武曹："极力写前此之游，以托起篇末'然后知吾向之未始游'句。"（《唐宋文举要》甲编卷四）

攀援而登，箕踞而遨[20]，则凡数州之土壤，皆在衽席之下[21]。其高下之势，岈然洼然[22]，若垤若穴[23]，尺寸千里[24]，攒蹙累积[25]，莫得遁隐[26]。萦青缭白[27]，外与天际[28]，四望如一。然后知是山之特出[29]，不与培塿为类[30]，悠悠乎与灏气俱[31]，而莫得其涯[32]，洋洋乎与造物者游[33]，而不知其所穷[34]。引觞满酌[35]，颓然就醉[36]，不知日之入。苍然暮色[37]，自远而至，至无所见，而犹不欲归。心凝形释[38]，与万化冥合[39]，然后知吾向之未始游，游于是乎始，故为之文以志[40]。是岁元和四年也。

[注释]

[1]西山：乾隆《大清一统志》卷二八二永州府："西山在零陵县西，唐柳宗元有《始得西山宴游记》。《县志》：在县西隔河二里，自朝阳岩起至黄茅岭北，长亘数里，皆西山也。"此文元和四年（809）作于永州。　[2]僇（lù）人：犹言罪人。僇，通"戮"，刑辱之人。　[3]惴（zhuì）栗：忧惧貌。　[4]隟（xì）：同"隙"，指闲暇时间。　[5]施（yí）施：徐行貌。　[6]漫漫：舒散无拘束的样子。　[7]徒：指同伴。　[8]回溪：萦回曲折的溪流。　[9]相枕：互相靠着对方的身体。　[10]梦：做梦。　[11]极：至。　[12]趣：通"趋"，往，赴。　[13]异态：奇异特殊的样子。　[14]法华：寺名。《大清一统志》卷二八三永州府："法华

蒋之翘："少陵《望岳》诗有'齐鲁青未了'一语，何等气概！子厚此记实可与争雄，然读者必登高豁目，自见其趣。"（辑注《柳河东集》卷二九）高步瀛引李刚己："此三句气象尤为雄远。"（《唐宋文举要》甲编卷四）

何焯引李光地："羁忧中一得旷豁，写得情景俱真。"（《义门读书记》卷三六）高步瀛引沈德潜："从'始得'着意，人皆知之，苍劲秀削，一归元化，人巧既尽，浑然天工矣。"（《唐宋文举要》甲编卷四）

寺在零陵县东山，唐柳宗元有《法华寺新作西亭记》。宋改名万寿寺，明洪武初改名高山寺。"［15］指异：指点称异。　［16］湘江：其实当是潇水。作者有时潇、湘不分。潇水流经零陵城西，由南而北至浮洲（今称蘋洲）与湘水合流。西山在潇水西，自东山法华寺去西山，自当过潇水。　［17］染溪：潇水支流，又名冉溪。《大清一统志》卷二八二永州府："愚溪在零陵县西南，源出鸦山。其水澈，底皆石，旧名冉溪，亦名染溪，唐柳宗元改名愚溪，有《愚溪诗序》。源出戴花山，分二派，一东合贤水，一北径钴铒潭入潇水。"　［18］榛莽：指丛生的灌木杂草。　［19］茅茷（fèi）：指茅草。《说文》："茷，草叶多。"　［20］箕踞：席地而坐，伸开两腿，形状如簸箕。为不拘礼仪的坐姿。遨：本义为遨游，这里指目游，眺望四周。　［21］衽（rèn）席：席子。　［22］岈（xiā）然：山空旷貌。洼然：溪谷低洼貌。　［23］垤（dié）：蚁穴外的小土堆。穴：洞穴。　［24］尺寸千里：谓登高远望，尺寸之间，却有千里之遥。　［25］攒（cuán）蹙：簇聚，密集紧接。累积：累累相聚。　［26］遁隐：隐藏。　［27］萦青缭白：青山白水交错缭绕。青指山，白指水。　［28］际：连接，接合。　［29］特出：特立出众。　［30］培塿（lóu）：小土堆。　［31］悠悠：邈远广大貌。灏（hào）气：即浩气，天地间的大气。俱：同在一起。　［32］涯：边际。　［33］洋洋：完美貌。造物者：指创造世间万物的大自然。　［34］穷：尽头。　［35］觞：酒杯。　［36］颓然：醉倒的样子。　［37］苍然：深暗色。　［38］心凝：头脑停止思考。凝，凝结。形释：身体与周围融合而为一。释，消散。　［39］万化：万物。冥合：暗中相合。　［40］志：记。

［点评］

　　此篇为后世所称"永州八记"之首篇，故先从"始得"二字着意描写。林云铭说："全在'始得'二字着笔，语语指画如画。千载而下，读之如置身于其际，非得游中三昧，不能道只字。"（《古文析义》初编卷五）文章描写西山景物，从大处着笔，突出居高临下之感，"尺寸千里"一语，正衬托出山之高峻。"悠悠乎""洋洋乎"二句，写自己陶醉于山水的境界之中，因而获得精神上的超脱。"然后知是山之特出"，也隐然有自况之意。茅坤说："公之探奇，所向若神助。"（《唐宋八大家文钞》卷二三）正是针对此文的写法。

钻铒潭记 [1]

钻铒潭在西山西 [2]，其始盖冉水自南奔注 [3]，抵山石 [4]，屈折东流，其颠委势峻 [5]，荡击益暴 [6]，啮其涯 [7]，故旁广而中深，毕至石乃止 [8]。流沫成轮 [9]，然后徐行，其清而平者且十亩余 [10]，有树环焉 [11]，有泉悬焉。其上有居者，以予之亟游也 [12]，一旦款门来告曰 [13]："不胜官租私券之委积 [14]，既芟山而更居 [15]，愿以潭上田贸财以缓祸 [16]。"予乐而如其言 [17]，则崇其台 [18]，延其槛 [19]，行其泉于高者而坠之潭 [20]，

何焯："写出钻铒形貌。"（《义门读书记》卷三六）林纾："钻铒潭，非胜概也。但状冉水之奔迅，工夫全在一'抵'字，以下水势均从'抵'字生出。水势南来，山石当水之去路，水不能直泻，自转而东流，故成为屈折。'屈'字即抵不过山石，因折而他逝耳。其所以荡击之故，又在'颠委势峻'四字。"（《韩柳文研究法·柳文研究法》）

高步瀛："以上得潭之始末。"又引刘（大櫆）："结处极幽冷之趣，而情甚凄楚。"又引徐幼铮："结语哀怨之音，反用一'乐'字托出，在诸记中，尤令人泪随声下。"（《唐宋文举要》甲编卷四）

有声潨然[21]。尤与中秋观月为宜，于以见天之高、气之迥[22]。孰使予乐居夷而忘故土者[23]，非兹潭也欤？

[注释]

[1] 钴鉧：熨斗。范成大《骖鸾录》："渡潇水即至愚溪。溪上愚亭，以祠子厚。路傍有钴鉧潭。钴鉧，熨斗也，潭状似之。"姚宽《西溪丛语》卷下："柳子厚《钴鉧潭记》，'鉧'字字书无之……又鏻，音满补反。钴鏻，温器。"韩醇云："据《潭西小丘记》云：'得西山后八日，又得钴鉧潭。'则此记在前记后作，亦元和四年（809）。"（《诂训唐柳先生文集》卷二九）韩说是。 [2] 西山：即上文《始得西山宴游记》之西山。 [3] 冉水：即冉溪。见上文注[17]。奔注：急流而下。 [4] 抵：触。 [5] 颠委：指首尾，水的上游和下游。势峻：水势峻急。 [6] 荡击：冲击。暴：猛烈。 [7] 啮（niè）：咬。此为侵蚀意。涯：岸。 [8] 毕：最终。 [9] 沫：水沫。成轮：圆形波纹。《诗经・魏风・伐檀》："河水清且沦猗。"毛传："小风水成文，转如轮也。" [10] 且：将近，大约。 [11] 环：围绕。 [12] 亟（qì）游：屡次去游。 [13] 款门：敲门。 [14] 不胜：负担不了。官租：官家租税。私券：私人债务。券，借据。委积：积压。 [15] 既：已经。芟（shān）山：指在山上开荒。芟，铲除杂草。更居：搬家。 [16] 贸财：换钱。缓祸：缓解灾祸。 [17] 如其言：照他说的办。 [18] 崇：筑高。 [19] 延其槛：修了长栏杆。 [20] 行：导引。 [21] 潨（cōng）然：小水流入大水所发出的水声。 [22] 迥：辽阔。 [23] 夷：本指边地的少数民族，此指僻远之地。

[点评]

此篇写钻鉧潭，虽文字极简，却把钻鉧潭位置、面积、潭水形态及周围环境，描写得清新秀丽。再写购潭过程及对潭环境的修整加工，归结到这里正是他"乐居夷而忘故土"的原因。这当然是自我慰解。孙琮《山晓阁选唐大家柳柳州全集》卷三评曰："此篇第一段叙潭中形势，第二段叙土人鬻潭，第三段叙己增置。妙在第一段中写'清而平者且十亩'一句，便是描画尽此潭。结处'乐居夷而忘故土'一句，便是知己尽此潭。笔墨之间，声情倍至。"又引锺伯敬（惺）评曰："点缀小景，遂成大观。"又引卢文子（元昌）评曰："潭字起，潭字住，潇然洒然。"

钻鉧潭西小丘记 [1]

得西山后八日 [2]，寻山口西北道二百步 [3]，又得钻鉧潭。潭西二十五步，当湍而浚者为鱼梁 [4]。梁之上有丘焉，生竹树。其石之突怒偃蹇 [5]，负土而出争为奇状者，殆不可数 [6]。其嵚然相累而下者 [7]，若牛马之饮于溪；其冲然角列而上者 [8]，若熊罴之登于山 [9]。丘之小不能一亩 [10]，可以笼而有之 [11]。问其主，曰："唐氏之

罗洪先："此段状山石之奇宕，尽小丘之巨观，当令兹记与兹丘，千古生色。"（明阙名评选《柳文》卷四引）陈衍："案'嵚然相累'四句，状潭处向上向下之石，工妙绝伦。殆即从《无羊》诗'或降于阿，或饮于池'名句悟出。后'清泠之状'四句，与此相映带，用《考工记》'进与马谋，退与人谋'句法，可谓食古能化。"（《石遗室论文》卷四）

弃地，货而不售[12]。"问其价，曰："止四百。"余怜而售之[13]。李深源、元克己时同游[14]，皆大喜，出自意外。即更取器用[15]，铲刈秽草[16]，伐去恶木[17]，烈火而焚之。嘉木立，美竹露，奇石显。由其中以望，则山之高，云之浮，溪之流，鸟兽之遨游，举熙熙然回巧献技[18]，以效兹丘之下。枕席而卧[19]，则清泠之状与目谋[20]，瀯瀯之声与耳谋[21]，悠然而虚者与神谋[22]，渊然而静者与心谋[23]。不匝旬而得异地者二[24]，虽古好事之士[25]，或未能至焉。

噫！以兹丘之胜[26]，致之沣、镐、鄠、杜[27]，则贵游之士争买者[28]，日增千金而愈不可得。今弃是州也，农夫渔父过而陋之[29]，贾四百[30]，连岁不能售。而我与深源、克己独喜得之，是其果有遭乎[31]！书于石，所以贺兹丘之遭也。

蒋之翘引唐顺之："问其主，问其价，二意似浅浅者。然子厚备述到此，最有斟酌，且文字亦骚。"（辑注《柳河东集》卷二九）

高步瀛引刘（大櫆）："前写小丘之胜，后写弃置之感，转折独见幽冷。"（《唐宋文举要》甲编卷四）

[注释]

[1]钴𬭸潭：见上文注[1]。本篇亦作于元和四年（809）。　[2]得西山后八日：指西山游后的第八天。西山之游为元和四年九月二十八日，则此游为十月六日。西山，见《始得西山宴游记》注

[1]。　[3]寻:沿着。步:古代长度单位,旧制以营造尺五尺为一步。　[4]当湍而浚者为鱼梁:谓在水急而深的地方有一座鱼梁。湍,急流。浚,深。鱼梁,捕鱼用的石堰,中空,留一缺口,以笱(竹编的笼子)承之,鱼随水流入,便不能复出。　[5]突怒偃蹇:形容山石奇崛的状态。突怒,高起貌。偃蹇,屈曲起伏貌。　[6]殆:几乎。　[7]嵚(qīn)然:山石耸立的样子。相累:层层相叠。　[8]冲然:突起貌。角列:倾斜着排列。　[9]罴:熊的一种,体形较熊大。　[10]不能:不足。　[11]笼:这里作动词用,意谓几乎可以装入笼中。　[12]货而不售:标价出卖却没有卖出去。货,出卖。售,卖出。　[13]售之:使之得以售,即买下的意思。　[14]李深源:即李幼清,字深源。曾为睦州刺史,因得罪李锜贬南海,李锜伏诛后量移永州,即柳宗元《同吴武陵赠李睦州诗序》《与李睦州论服气书》之李睦州。元克己:曾为侍御史,此时亦谪居永州。　[15]更:又。器用:器具,工具。　[16]刈(yì):割。秽草:杂乱的草。　[17]恶木:不好的树木。　[18]举:全都。熙熙然:和谐快乐的样子。回巧献技:运用和呈献出各种巧妙和技艺。　[19]枕席而卧:意谓就小丘枕石席地而卧。　[20]清泠(líng):指天空的清澈明净。谋:相合。　[21]潆(yíng)潆:流水声。水回旋叫潆。　[22]悠然:空虚的样子。指天空。　[23]渊然:幽深的样子。　[24]不匝旬:不满十天。十天为一旬。异地者二:指钴鉧潭和小丘。　[25]好(hào)事:指爱好游览。　[26]胜:指景物优美。　[27]沣(fēng)、镐(hào)、鄠(hù)、杜:皆为长安附近的地名。沣,本为水名,借为鄷,邑名,周文王所都,在今陕西西安市鄠邑区。镐,周武王所都,在今陕西西安市西南。鄠,汉县名,上林苑所在。今陕西西安市鄠邑区。杜,杜曲,在今西安市南。[28]贵游:富贵而好游玩。　[29]陋之:看不上它。　[30]贾

（jià）：通"价"，作价。　[31]遭：遭际，遇合。

[点评]

这篇文章描写钴𬭧潭西面的小丘。首段写小丘之石："其嵌然相累而下者，若牛马之饮于溪；其冲然角列而上者，若熊罴之登于山"，描写最为生动，这样就将本无生命的石头写活了。写小丘周围之境界，笔致幽冷，实是作者本人心境的反映。篇末贺小丘终于遭逢赏识之主，所寄托的感慨是不言而喻的。孙琮说："此篇平平写来，最有步骤。一段先叙小丘，次叙买丘，又次叙辟芜刈秽，又次叙游赏此丘，末后从小丘上发出一段感慨，不挽越一笔，不倒用一笔，妙！妙！"（《山晓阁选唐大家柳柳州全集》卷三）洪迈说："柳子厚《钴𬭧潭西小丘记》云……苏子美（舜钦）《沧浪亭记》云……予谓二境之胜绝如此，至于人弃不售，安知其后卒为名人赏践？如沧浪亭者，今为韩蕲王家所有，价直数百万矣，但钴𬭧复埋没不可识。士之处世，遇与不遇，其亦如是哉！"（《容斋三笔》卷九）吴楚材、吴调侯亦评此篇曰："至末从小丘上发出一段感慨，为兹丘致贺。贺兹丘，所以自吊也。"（《古文观止》卷九）

何焯："水激石而成声，一句中将下两层都暗领。"（《义门读书记》卷三六）高步瀛引李刚己："从水声入，行文曲折，有逸致。"（《唐宋文举要》甲编卷四）

至小丘西小石潭记[1]

从小丘西行百二十步，隔篁竹[2]，闻水声，如鸣佩环[3]，心乐之。伐竹取道，下见小潭，水尤清冽[4]。全石以为底[5]，近岸，卷石底以出[6]，为坻为屿[7]，为嵁为岩[8]。青树翠蔓，蒙络摇缀[9]，参差披拂[10]。潭中鱼可百许头[11]，皆若空游无所依[12]，日光下澈[13]，影布石上，佁然不动[14]，俶尔远逝[15]，往来翕忽[16]，似与游者相乐。潭西南而望，斗折蛇行[17]，明灭可见。其岸势犬牙差互[18]，不可知其源。坐潭上，四面竹树环合，寂寥无人，凄神寒骨[19]，悄怆幽邃[20]。以其境过清，不可久居，乃记之而去。

同游者：吴武陵、龚古[21]，余弟宗玄[22]。隶而从者[23]，崔氏二小生[24]，曰恕己，曰奉壹。

[注释]

[1] 本文紧接上文，亦作于元和四年（809）十月。　[2] 篁（huáng）：竹林。《说文》："篁，竹田也。"　[3] 佩环：即佩玉。古人系在腰带上的玉饰，走路时互相撞击而发出响声。　[4] 清冽（liè）：水清貌。冽，清澈。　[5] 全石：整块石头。　[6] 卷石底以出：底石向上翻卷而突出水面。　[7] 坻（chí）：水中高地。屿：小岛。　[8] 嵁（kān）：不平的岩石。岩：高大的石头。　[9] 蒙络：覆盖缠绕。摇缀：摇曳连缀。　[10] 披拂：随风飘荡。　[11] 可：大约。　[12] 空游：在空中游动。此句写潭水的清澈透明。　[13] 澈：映到水底。　[14] 佁（yǐ）然：静止的样子。　[15] 俶（chù）尔：

储欣："小石潭止记潭中鱼，着笔一小物，而清绝之景具见。嗟乎！此雅俗所由判也。"（《河东先生全集录》卷四）林纾："此等写景之文，即王维之以画入诗，亦不能肖。潭鱼受日不动，景状绝类花坞之藕香桥，桥下即清潭，游鱼百数聚日影中，见人弗逝，一举手，则争窜入潭际幽兰花下。所谓'往来翕忽，与游者相乐'，真体物到极神化处矣。"（林纾选评《古文辞类纂》卷九）

高步瀛引李刚己："此数句文境，亦极悄怆幽邃，尘劳中读之，可以涤烦襟而释躁念，此古文所谓一卷冰雪文也。"（《唐宋文举要》甲编卷四）

忽然。　[16]翕（xī）忽：迅捷、轻快貌。　[17]斗折蛇行：形容泉流曲折像北斗星，蜿蜒又如游蛇。　[18]犬牙差互：形容岸势如犬牙互相交错。差互，交错貌。　[19]凄神寒骨：冷清得使人心神凄凉，寒气透骨。　[20]悄怆（chuàng）：忧伤。《说文》：“悄，忧也。”幽邃：幽深。　[21]吴武陵：信州人，元和二年（807）进士，元和三年（808）因事贬永州。《新唐书》有传。龚古：未详。　[22]宗玄：作者从弟。　[23]隶而从：依附而相随从。隶，依附。　[24]崔氏二小生：指作者姐夫崔简二子。柳宗元《永州刺史崔君权厝志》云崔简子为处道及守讷，《新唐书·宰相世系表二下》博陵安平崔氏崔简子铎、镡，与此不同。

[点评]

蒋之翘辑注《柳河东集》卷二九评此篇：“无多景，却写得杳杳冥冥，忽忽悠悠，是绝妙小品文字。”寥寥百余字，写潭水，写树木，写岩石，都极有诗情画意。当然最生动还是描写游鱼，“空游无依”数句最为论者所激赏。如高步瀛《唐宋文举要》甲编卷四引刘大櫆评：“摹写鱼之游行澄水中，如化工肖物。”又引李刚己评：“此上皆就水言，摹写鱼之游行，正以见水之清冽。”又曰：“此八句摹写物状，尤为穷微尽妙，具此笔力，可以镌镵造化，雕刻百态矣。”本文前面写景开朗明净，流露着作者欢快的心情。至“潭西南而望”一段，又突出石潭周围景物的幽邃而凄清，也是他谪居之中孤寂心境的反映。陈衍说：“又《小石潭记》极短篇，不过百许字，亦无特别风景可以出色，始终写水竹凄清之景而

已。而前言心乐，中言潭中鱼与游者相乐，后‘凄神寒骨’，理似相反，然乐而生悲，游者常情。”（《石遗室论文》卷四）

袁家渴记[1]

由冉溪西南水行十里[2]，山水之可取者五，莫若钻鉧潭。由溪口而西陆行，可取者八九，莫若西山。由朝阳岩东南[3]，水行至芜江[4]，可取者三，莫若袁家渴。皆永中幽丽其处也。楚、越之间方言[5]，谓水之反流者为渴。音若衣褐之褐[6]。渴上与南馆高嶂合[7]，下与百家濑合[8]。其中重洲小溪[9]，澄潭浅渚[10]，间厕曲折[11]，平者深黑[12]，峻者沸白[13]。舟行若穷，忽又无际。有小山出水中，山皆美石，上生青丛[14]，冬夏常蔚然[15]。其旁多岩洞，其下多白砾[16]，其树多枫柟石楠[17]，梗槠樟柚[18]，草则兰芷[19]。又有异卉[20]，类合欢而蔓生[21]，缪缭水石[22]。每风自四山而下，振动大木，掩苒众草[23]，纷红骇绿[24]，蓊葧香气[25]，冲涛旋濑[26]，退贮溪

唐荆川：“此段似《子虚赋》。”（明阙名评选《柳文》卷五）储欣：“或谓似赋，由熟精《文选》而得之，余曰非也。赋家多浮夸，先生诸记，一一天地真景。”（《河东先生全集录》卷四）

苏轼：“柳子厚、刘梦得皆善造语，若此句，殆入妙矣。”（《书子厚梦得造语》，《苏轼文集》卷六七《题跋》）林纾：“此篇写风动草木，描神赋色，非身历其境，不能见其工。”（林纾选评《古文辞类纂》卷九）

谷^[27]，摇扬葳蕤^[28]，与时推移^[29]。其大都如此，余无以穷其状。

永之人未尝游焉，余得之不敢专也^[30]，出而传于世^[31]。其地世主袁氏，故以名焉。

［注释］

[1] 袁家渴（hè）：《明一统志》卷六五永州府："袁家渴在朝阳岩东南。柳宗元记楚越之间方言谓水之反流者为渴。"渴，当作"堨"。堨，遏也，遏水使不通行。郑玉《师山集》卷四《小母堨记》："堨之音褐，吴楚之方言耳。按韵书：堨有揭、竭、遏三音，而不音褐，皆云堰也。柳子厚《袁家渴记》虽云音褐，而所用乃'渴'字。吾郡旧俗，相传用韵书'堨'字而音如柳子厚记，今姑从俗，庶便观览云。"百家注本卷二九引韩醇曰："自《袁家渴》至《小石城山记》，皆同时作也。"《石渠记》云"元和七年十月十九日"云云，此记亦作于元和七年（812）十月。 [2] 冉溪：见《始得西山宴游记》注[17]。 [3] 朝阳岩：在永州城南、潇水岸边。岩因洞涧出，流入湘江。大历元年（766），元结因维舟岩下，以其高而东向，遂名朝阳。见元结《朝阳岩铭并序》。 [4] 芜江：地名，在今湖南永州市零陵区，濒潇水。 [5] 楚、越之间：指永州一带。柳宗元《与李翰林建书》："永州于楚为最南，状与越相类。" [6] 音若衣褐之褐：此句当是作者自己加的注，非正文。《文苑英华》卷八二三即作小字注，何焯校《增广注释音辩唐柳先生集》卷二九亦云："'音若'句六字乃侧注，不入行中。" [7] 南馆：城南的馆驿。高嶂：指高山。 [8] 百家濑：乾隆《大清一统志》卷二八三永州府："百家渡在零陵县南二里，即古百家濑也。宋苏轼有诗。" [9] 重洲：连续的洲。 [10] 浅渚：刚

露出水面的小洲。小洲曰渚。　　[11]间厕：夹杂，杂列。　　[12]平者：指平静的潭水。　　[13]峻者：指从高处流下的溪流。沸白：翻腾着白色泡沫。　　[14]青丛：绿色的草树丛。　　[15]蔚然：草木茂盛貌。　　[16]砾（lì）：小圆石子。　　[17]枫：枫树。柟：常绿乔木，木质坚硬，气味芬芳。石楠：亦作石南。唐慎微《证类本草》卷一四引陶隐居曰："石楠叶状如枇杷叶。"又引《图经》："石南生于石上，株极有高大者，江湖间出者叶如枇杷叶，有小刺，凌冬不凋，春生白花成簇，秋结细红实。"　　[18]楩（pián）：《汉书·司马相如传》颜师古注："楩音便，又音步田反，即今黄楩木也。"楮（zhū）：《山海经·中山经》："前山其木多楮。"郭璞注："似柞，子可食，冬夏生，作屋柱难腐。"樟：即豫章。李时珍《本草纲目》卷三四："木高丈余，小叶似楠而尖长，背有黄赤茸毛，四时不凋，夏开细花，结小子，木大者数抱，肌理细而错纵有文，宜于雕刻，气甚氛烈。"柚：《史记·司马相如列传》张守节正义："小曰橘，大曰柚，树有刺，冬不凋。叶青花白子黄，亦二树相似。"　　[19]兰：泽兰，香草。芷：白芷，亦香草，根可入药。《汉书·司马相如传》颜师古注："兰即今泽兰也。"又引张揖曰："芷，白芷。"　　[20]异卉：奇特的花草。　　[21]合欢：《证类本草》卷一四引《图经》："合欢，夜合也。木似梧桐，枝甚柔弱，叶似皂荚、槐等，极细而繁密。其叶至暮而合，故一名合昏。五月花发，红白色，瓣上若丝茸然，至秋而实，作荚，子极薄细。"　　[22]镠辖（jiāo gě）：交加错杂。《文选》张衡《东京赋》："阘戟镠辖。"薛综注："镠辖，杂乱貌。"　　[23]掩苒：草被风吹貌。　　[24]纷红骇绿：形容红花绿叶纷乱摇动的样子。　　[25]蓊葧（wěng bó）：形容香气浓郁。　　[26]冲涛：谓大风吹起波涛。旋濑：谓大风使溪流回旋。　　[27]退贮：谓水倒流回去。　　[28]摇扬：摇动、飘动。葳蕤（wēi ruí）：草木华盛貌。　　[29]与时推移：随着时间的不同而变化。　　[30]专：独自享受。　　[31]出：写出。

[点评]

此篇描写袁家渴的景色，凡所描写之物，皆有声有色，声色俱妙。沈德潜评此文说："记水，记山，记石，记树，记草，无不入妙。尤在记风一段，共九句，凡性情、形势，往来动定，一一具备，可云化工。王右丞'安知清流转，忽与前山通'，神来之句。读'舟行若穷'二语，故应胜之。"（《唐宋八家文读本》卷九）孙琮也极力推崇此文，说："读《袁家渴》一记，只如一幅小山水，色色画到。其间写水，便觉水有声。写山，便觉山有色。写树，便见枝干扶疏。写草，便见花叶摇曳。真有流水飞花，俱成文章者也。"（《山晓阁选唐大家柳柳州全集》卷三）

石渠记 [1]

自渴西南行，不能百步 [2]，得石渠，民桥其上 [3]。有泉幽幽然 [4]，其鸣乍大乍细 [5]。渠之广 [6]，或咫尺 [7]，或倍尺 [8]，其长可十许步 [9]。其流抵大石 [10]，伏出其下 [11]。逾石而往 [12]，有石泓 [13]，昌蒲被之 [14]，青藓环周。又折西行，旁陷岩石下，北堕小潭 [15]。潭幅员减百尺 [16]，清深多鲦鱼 [17]。又北曲行纡余 [18]，睨若无穷 [19]，然卒入于渴 [20]。其侧皆诡石怪木 [21]，奇卉美箭^[22]，可列坐而庥焉^[23]。风摇其颠^[24]，韵动崖谷^[25]，视之既静^[26]，其听始远^[27]。

予从州牧得之^[28]，揽去翳朽^[29]，决疏土石，既崇而焚^[30]，既酾而盈^[31]。惜其未始有传焉者，故累记其所属^[32]，遗之其人^[33]，书之其阳^[34]，俾后好事者求之得以易^[35]。元和七年正月八日，蠲渠至大石^[36]。十月十九日，逾石得石泓小潭，渠之美于是始穷也^[37]。

何焯引李（光地）："名理。远者虚谷相应，故此貌已静，彼声转远也。"（《义门读书记》卷三六）

蒋之翘："子厚诸记，每状一水一石处，亦各极其致，故令人读之，似欲解衣盘礴于其境。"（辑注《柳河东集》卷二九）

[注释]

[1]此文作于元和七年（812）十月，文中已云。 [2]不能：不到。 [3]桥：此作动词用，即架桥。 [4]幽幽：幽深细微貌。 [5]乍：忽。 [6]广：宽。 [7]咫尺：一尺。咫，八寸。 [8]倍：加倍，即二倍。 [9]可：大约，大概。 [10]抵：遇到。 [11]伏出：谓从大石底下流出。 [12]逾：越过。 [13]石泓（hóng）：聚水的深潭。 [14]昌蒲：即菖蒲。此指水菖蒲。唐慎微《证类本草》卷六引《图经》曰："又有水菖蒲，生溪涧水泽中甚多，叶亦相似，但中心无脊。"被：覆盖。 [15]堕：指水落入。 [16]幅员：指面积。减：不足。 [17]鲦（tiáo）鱼：《淮南子·览冥》高诱注："鲦鱼，小鱼也。" [18]纡（yū）余：曲折延伸。 [19]睨（nì）：看。 [20]卒入：最终流入。渴：指袁家渴。 [21]诡：奇突。 [22]卉：花卉。箭：此指小竹。 [23]列坐：排列而坐。庥（xiū）：在其下休息。《尔雅·释言》："庇、庥，荫也。" [24]颠：指树梢、竹梢。 [25]韵：声音。 [26]既静：

已经不动。　[27]其听:指山谷中的回声。　[28]州牧:州刺史。元和七年,永州刺史为韦彪。　[29]揽去:动手除掉。翳(yì)朽:指腐朽的遮蔽物。　[30]崇而焚:把它们(指朽物)堆起来烧掉。　[31]酾(shī):疏导。《汉书·沟洫志》:"乃酾二渠以引其河。"颜师古注引孟康曰:"酾,分也,分其流、泄其怒也。"盈:水满。指石渠之水。　[32]累记:一一记下。属:指所有。　[33]遗(wèi):传赠。人:民。　[34]其阳:指袁家渴之南。　[35]俾:使。求:访寻。易:容易。　[36]蠲(juān):清除,疏理。　[37]穷:尽。

[点评]

　　此篇先写石渠,再写石泓、小潭,继写石渠,至其流入袁家渴。最后一段写作者整治石渠环境,并作记之意。浦起龙说:"题止石渠,其由渠而泓而潭,回复上溯,去渴似远,卒以渴为归者,皆渠身也。收住句以渠总之,中缀小景,神远。"(《古文眉诠》卷五三)沈德潜说:"视之既静,其听始远,补《袁家渴》篇写风所未及。"(《唐宋八家文读本》卷九)

石涧记[1]

　　石渠之事既穷[2],上由桥西北下土山之阴[3],民又桥焉[4]。其水之大,倍石渠三之一[5],亘石为底[6],达于两涯[7]。若床若堂,若陈筵席[8]，若限阃奥[9]。水平布其上，流若织文[10]，响若操琴[11]。揭跣而往[12]，折竹箭，扫陈叶，排腐木，可罗胡床十八九[13]。居之[14]，交络之流[15]，触激之音[16]，皆在床下；翠羽之木[17]，龙鳞之石[18]，均荫其上[19]。古之人其有乐乎此耶？后之来者有能追予之践履耶[20]？得之日，与石渠同。

由渴而来者[21]，先石渠，后石涧。由百家濑上而来者[22]，先石涧，后石渠。涧之可穷者[23]，皆出石城村东南[24]，其间可乐者数焉[25]。其上深山幽林，逾峭险道狭[26]，不可穷也。

[注释]

[1]本文亦作于元和七年（812）十月。　[2]穷：完毕。　[3]阴：山北。山北为阴。　[4]桥：架桥。　[5]倍：增加。三之一：三分之一。　[6]亘（gèn）：连续不断。　[7]涯：岸，边。　[8]陈：排列。　[9]限：门限，门槛。此用作动词。阃（kǔn）奥：指室内。《礼记·曲礼上》郑玄注："梱，门限也。"《尔雅·释宫》："西南隅谓之奥。"郭璞注："室中隐奥之处。"　[10]织文：织成的锦文。　[11]操琴：弹琴。　[12]揭（qì）：提起衣裳。跣（xiǎn）：赤脚。　[13]胡床：一种坐具，即交椅。《晋书·五行志上》："泰始之后，中国相尚用胡床、貊槃。"程大昌《演繁露》卷一四："今之交床，制本自虏来，始名胡床。桓伊下马据胡床，取笛三

高步瀛引吴汝纶："襟抱偶然一露，是谓神到。"（同上）

王文濡："尺幅中有千里之观，一结尤为隽妙。"（《评校音注古文辞类纂》卷五二）高步瀛引沈德潜："去路悠然。"又引汪武曹："结法与上各别。"又引沈德潜："连《袁家渴》《石渠》二篇，俱以'穷'字作线索。"又："柳州游山水记诸篇，有次第，有联络，而又不显然露次第联络之迹，所以别于后人。"（《唐宋文举要》甲编卷四）

弄是也。隋以谶有'胡'，改名交床。"张端义《贵耳集》卷下："今之交椅，古之胡床也。"[14]居：坐。　[15]交络之流：指涧中流水。上文已云流水像交织的纹理。　[16]触激之音：指水流冲激所发出的声响。　[17]翠羽：本指翠鸟的羽毛，此以喻树木的叶子。　[18]龙鳞：指排列像龙鳞一样的石头。　[19]荫：遮盖。　[20]践履：足迹。　[21]渴：指袁家渴。　[22]百家濑：见《袁家渴记》注[8]。　[23]穷：穷尽，指源头。　[24]石城村：村名，当在石城山附近。　[25]数（shuò）：好几处。　[26]逾：越。峭：陡峭。

[点评]

石涧虽荒僻，但在柳宗元的笔下，却是另一番天地。茅坤评此文："点缀如明珠翠羽。"（《唐宋八大家文钞》卷二三）蒋之翘辑注《柳河东集》卷二九则说："永中山水，子厚已搜抉无遗。使子厚不谪居于此，则永终一荒壤耳。"写泉水"流若织文，响若操琴"，孙琮说："今观其泉声潺潺，入我床下，翠木怪石，交加枕上，此是何等游法！"（《山晓阁选唐大家柳柳州全集》卷三）

小石城山记 [1]

自西山道口径北 [2]，逾黄茅岭而下 [3]，有二道，其一西出，寻之无所得。其一少北而东 [4]，不过四十丈，土断而川分 [5]，有积石横当其垠 [6]。

其上为睥睨梁欐之形[7]，其旁出堡坞[8]，有若门焉，窥之正黑。投以小石，洞然有水声[9]，其响之激越[10]，良久乃已[11]。环之可上[12]，望甚远，无土壤而生嘉树美箭[13]，益奇而坚，其疏数偃仰[14]，类智者所施设也[15]。

噫！吾疑造物者之有无久矣[16]，及是，愈以为诚有[17]。又怪其不为之于中州[18]，而列是夷狄[19]，更千百年不得一售其伎[20]，是故劳而无用[21]。神者傥不宜如是[22]，则其果无乎？或曰：“以慰夫贤而辱于此者[23]。”或曰：“其气之灵不为伟人[24]，而独为是物，故楚之南少人而多石[25]。”是二者[26]，余未信之。

高步瀛引沈德潜：“四字尽山水之妙。”（《唐宋文举要》甲编卷四）

吴楚材、吴调侯：“借两‘或曰’，错落自说胸中愤懑，随笔蓬勃。”（《古文观止》卷九）

茅坤：“借石之瑰玮，以吐胸中之气。”（《唐宋八大家文钞》卷二三）高步瀛引茅坤：“不了语，读之有远音。”又引储欣：“惝恍然疑，总束永州诸山水记，千古绝调。”（《唐宋文举要》甲编卷四）

[注释]

[1] 小石城山：《明一统志》卷六五永州府：“石城山，在西山东北。”清雍正《湖广通志》卷一一桂阳州零陵县：“小石城山在城西黄茅岭北，唐柳宗元有记。”本文亦作于元和七年（812）十月。　[2] 西山：见《始得西山宴游记》注[1]。径：一直。　[3] 逾：翻过。黄茅岭：又名芝山。雍正《湖广通志》卷一一零陵县：“芝山在县西北，去西山二里。蒋本厚《永州山水纪》：‘山顶一洞，入数十步稍暗，从东北出，见潇湘合流处。’”　[4] 少北：偏北。　[5] 土断：指路断。川分：谓平野被小石城山分开。川指平野。　[6] 积石：累积的石头。其：指道路。垠（yín）：边界。　[7] 睥

睨（pì nì）：城上矮墙。同“埤堄”。朱翌《猗觉寮杂记》卷上：“杜诗‘脾睨登哀柝’，又‘连连脾睨侵’，或从土为埤堄，城上短墙也。”梁欐（lì）：房屋的大梁。《广韵·支韵》：“欐，梁栋别名。”《古文观止》卷九：“山以小石城名者以此。”　[8]出：突出。堡坞：小城堡。堡，《广韵·皓韵》：“堢，堢障，小城。”坞，《广韵·姥韵》引《通俗文》：“营居曰坞。”　[9]洞然：形容水声。　[10]激越：响亮清脆。　[11]良久：好久。　[12]环：盘旋，绕行。　[13]箭：筿，小竹。　[14]疏：稀疏。数（cù）：密。偃：倒伏。仰：直立挺拔。　[15]类：似。施设：安排。　[16]造物者：指创造世间万物的神。　[17]诚：的确，确实。　[18]中州：指中原地区。　[19]夷狄：古代对边地民族的蔑称，此代指偏远荒僻的地区。　[20]更（gēng）：经历。售其伎：使它的技能得到发挥，即为人所欣赏之意。　[21]劳：指为此小石城山。　[22]傥：或许。不宜：不应该。　[23]辱：谓遭贬谪。　[24]为（wèi）：造就。下句“为”字意同。　[25]楚之南：指包括永州在内的今湖南一带地区。人：指伟人。　[26]二者：指上面两个“或曰”的说法。

［点评］

此篇前面部分描写小石城山的地理位置及上面的优美景色，后面借题发挥，正如孙琮所说：“前幅一段，径叙小石城。妙在后幅，从石城上忽信一段造物有神，忽疑一段造物无神，忽捏一段留此石以娱贤，忽捏一段不钟灵于人而钟灵于石，诙谐变幻，一吐胸中郁勃。”（《山晓阁选唐大家柳柳州全集》卷三）乾隆敕纂《唐宋文醇》卷一六评曰：“郦道元《水经注》，史家地理志之流也。宗元永州八记，虽非一时所成，而若断若续，令读者如陆务观诗所云'山重水复疑无路，柳暗花明又一村'也，绝似《水经注》文字，读者宜合而观之。"又引虞集曰："公之好奇，若贪夫之笼百货，而文亦变幻百出。"

柳州东亭记[1]

出州南谯门[2]，左行二十六步，有弃地在道南，南值江[3]，西际垂杨传置[4]，东曰东馆。其内草木猥奥[5]，有崖谷倾亚缺坼[6]，豕得以为囿[7]，蛇得以为薮[8]，人莫能居。至是始命披剗翳疏[9]，树以竹箭松柽[10]，桂桧柏杉[11]。易为堂亭[12]，峭为杠梁[13]，下上徊翔[14]。前出两翼[15]，凭空拒江[16]，江化为湖[17]。众山横环，嶔阔潆湾[18]，当邑居之剧[19]，而忘乎人间，斯亦奇矣。

乃取馆之北宇[20]，右辟之以为夕室[21]，取传置之东宇，左辟之以为朝室，又北辟之以为阴室，作屋于北墉下以为阳室[22]，作斯亭于中以为中室。朝室以夕居之，夕室以朝居之，中室日中而居之，阴室以违温风焉[23]，阳室以违凄风

陆梦龙："只轻轻点叙，已是加人数等。"（《柳子厚集选》卷三）

陈衍："《柳州东亭记》后半云……本《晏子春秋》。"（《石遗室论文》卷四）

焉^[24]。若无寒暑也^[25]，则朝、夕复其号。

　　既成，作石于中室，书以告后之人，庶勿坏^[26]。元和十二年九月某日^[27]，柳宗元记。

王文濡："得弃地而新之，辟亭作室，位置得宜，以见事在人为。"（《评校音注古文辞类纂》卷五二）

[注释]

[1]东亭：柳宗元为柳州刺史时所建。此文元和十二年（817）九月作于柳州，文中已云。　[2]谯（qiáo）门：即城门。谯，城上楼。周祈《名义考》卷三："《陈胜传》'战谯门中'，……师古曰：'门上为高楼以望曰谯。'《广韵》：'谯，楼之别称。'古者为楼以望敌阵，兵列于其间，下为门，上为楼，或曰谯门，或曰谯楼也。"　[3]值：到。江：指柳江。　[4]际：接。垂杨：地名。传（zhuàn）置：驿站。《汉书·文帝纪》："余皆以给传置。"颜师古注："传，音张恋反。置者，置传驿之所，因名置也。"　[5]猥奥：杂乱密集。　[6]倾亚：歪斜不正貌。缺圮（pǐ）：残缺塌陷。圮，倒塌。　[7]豕（shǐ）：猪。圂：养动物的园子。此指猪圈。　[8]薮（sǒu）：聚集的地方。　[9]披：分开。剕（fú）：砍断。蠲（juān）：除去。疏：疏理。四字谓除去杂树和杂草，进行清理整治。　[10]竹：大竹。箭：小竹。柽（chēng）：柳树的一种，俗称西河柳。《尔雅·释木》："柽，河柳。"郭璞注："今河旁赤茎小杨。"　[11]桧（guì）：常绿乔木，质坚。又名圆柏。《尔雅·释木》："桧，柏叶松身。"　[12]易：指平展之地。　[13]峭：指陡峭之处。杠梁：横木为桥。指小桥。　[14]下上徊翔：下指堂亭，上指杠梁。徊翔，本形容鸟飞来飞去，此谓杠梁和堂亭就像上下飞舞的两只鸟。　[15]两翼：指两道阻拦江水的石堰，并不闭合，以通江水。　[16]拒江：拦住江水。　[17]江化为湖：江水蓄积于此好像湖泊。　[18]嶚（liáo）阔瀴（yīng）湾：言山高峻而辽阔，

水远而曲折。嶛，同“寮”，山高而险貌。㵾，水绝远貌。[19]当邑居之剧：当公务繁忙之际。剧，嚣杂，繁忙。[20]北宇：北面房屋。[21]辟：开辟成。夕室：连同下文的“朝室”“阴室”“阳室”“中室”都是作者为各室所取的室名。[22]墉：高墙。[23]违：此为躲避之意。温风：指热风。[24]凄风：指凉风。[25]“若无寒暑也”二句：谓如果没有冷热的变化，那么阳室、阴室也叫朝室、夕室。[26]庶：希望。[27]某：《文苑英华》作“三”。

[点评]

此文为在柳州城南修建的东亭所作。亭为柳宗元所建，记也由他本人来写。景物描写虽不似永州所作诸记之赏心悦目，却也有精彩之处。如写堂亭与杠梁如两只飞鸟，“下上徊翔”；又说“当邑居之剧，而忘乎人间”，也是他心情的寄托。孙琮说：“此篇大约分四段：一段写弃地，一段写辟地，一段写建亭筑室，一段写四时序室之宜。笔笔涉趣。”又引卢文子（元昌）曰：“读后幅，已开宋人作记一线。”（《山晓阁选唐大家柳柳州全集》卷三）

柳州山水近治可游者记[1]

古之州治，在浔水南山石间[2]，今徙在水北[3]，直平四十里[4]，南北东西皆水汇[5]。 以上为总说。

北有双山[6]，夹道崭然[7]，曰背石山[8]。有高步瀛引汪武曹：“零零碎碎叙去，而其中自有线索，打成一片，此天下奇文也。若但以其将南北东西分叙，而谓为似《史记·天官书》，犹皮相耳。”又引何焯：“此篇多拟《山经》。”（《唐宋文举要》甲编卷四）

支川[9]，东流入于浔水。浔水因是北而东，尽大壁下[10]。其壁曰龙壁[11]，其下多秀石，可砚[12]。南绝水[13]，有山无麓[14]，广百寻[15]，高五丈，下上若一[16]，曰甑山[17]。山之南皆大山，多奇。又南且西曰驾鹤山[18]，壮耸环立[19]，古州治负焉[20]。有泉在坎下[21]，恒盈而不流[22]。南有山，正方而崇[23]，类屏者，曰屏山[24]。其西曰四姥山[25]，皆独立不倚。北流浔水濑下又西曰仙弈之山[26]。山之西可上，其上有穴，穴有屏，有室，有宇[27]。其宇下有流石成形[28]，如肺肝，如茄房[29]，或积于下，如人，如禽，如器物，甚众[30]。东西九十尺，南北少半[31]。东登入小穴，常有四尺[32]，则廓然甚大[33]。无窍[34]，正黑，烛之[35]，高，仅见其宇[36]，皆流石怪状。由屏南室中入小穴，倍常而上[37]，始黑，已而大明，为上室。由上室而上，有穴，北出之，乃临大野，飞鸟皆视其背[38]。其始登者，得石枰于上[39]，黑肌而赤脉[40]，十有八道，可弈[41]，故以云。其山多枰多楮[42]，多篔筜之竹[43]，多橐吾[44]。其鸟多秭归[45]。

高步瀛：“以上按东西南北，写诸山水之形状及景物。”（同上）

石鱼之山[46]，全石，无大草木。山小而高，其形如立鱼，尤多秭归。西有穴，类仙弈[47]。入其穴东出，其西北，灵泉在东趾下[48]，有麓环之[49]。泉大类毂雷鸣[50]，西奔二十尺，有洄在石涧[51]，因伏无所见[52]。多绿青之鱼，及石鲫[53]，多鲦[54]。雷山两崖皆东西[55]，雷水出焉，蓄崖中曰雷塘[56]，能出云气，作雷雨，变见有光[57]。祷用俎鱼、豆羞、脩形、糈粢、阴酒[58]。虔则应[59]。在立鱼南，其间多美山，无名而深。峨山在野中[60]，无麓。峨水出焉[61]，东流入于浔水。

[注释]

[1]近治：邻近柳州州治之地。此文作于柳州，确年不详。　[2]浔水：即柳江。《明一统志》卷八三柳州府："柳江，在府城南门外，一名浔水。源出怀远县，流经象州，历浔、藤，至广州界入于海。" [3]徙：迁移。　[4]直平：纵横。　[5]水汇：水流环绕。柳江自柳州城西北而来，绕城西、南、东三面。　[6]双山：《明一统志》卷八三："夹道双山，在府城北一十里，东山曰桃竹，西山曰雀儿。" [7]嶻然：形容山高而险。　[8]背石山：即双山。乾隆《大清一统志》卷三五七柳州府："背石山，在马平县西北三十里。……《名胜志》：背石山，其东山曰桃竹，西曰雀冈，俗名夹道双山。" [9]支川：支流。　[10]尽：全都流过。　[11]龙

高步瀛引汪武曹："石鱼山及雷山，陡然直起，而下文将在'多秭归西''在立鱼南'二句纽合，点法奇变，此断续法也。"（同上）

陈衍："柳子厚《柳州山水近治可游者记》，全学《山海经》而偶参以《仪礼》《考工记》《水经注》句法……惟此篇中如'常有四尺''倍常而上''西奔二十尺'，尺寸皆度量太真，不无可议。游山水非营造比也。"（《石遗室论文》卷四）

壁:《明一统志》卷八三:"龙壁山,在府城东北一十五里,中有石壁峭立,下临滩濑。宋陶弼诗:'曾看柳侯山水记,信知龙壁好烟霞。'" [12]可砚:可做砚台。 [13]绝水:横渡江水。 [14]麓:山脚。无麓谓山陡峭而无山坡。 [15]广:宽。寻:八尺为一寻。 [16]若一:一样。是说山陡直、直立。 [17]甑(zèng)山:《明一统志》卷八三:"甑山,在龙壁山南,广百寻,高五丈,下上若一,绝水无麓。" [18]驾鹤山:《明一统志》卷八三:"驾鹤山,在府城东南,旁临大江,耸立如鹤形,古州治负此。" [19]环立:卫护而立。 [20]负:靠。 [21]坎:凹陷的山洞。 [22]盈:满。 [23]正方:正方形。崇:高。 [24]屏山:《明一统志》卷八三:"屏山,在府城南二里,其形方正类屏。宋陶弼诗:'一峰高起塞天关,堪作皇家外屏山。可惜化工安著远,半遮中国半遮蛮。'" [25]四姥(mǔ)山:《明一统志》卷八三:"四姥山,在府城西五里,其山四面对峙,因名。" [26]濑:急流。仙弈之山:《明一统志》卷八三:"仙弈山,在府城南。山上有穴,穴有屏,有室,有宇。始登者得石枰于上,黑肌而赤脉,十有八道,可弈,故名。" [27]宇:屋檐。 [28]流石:章士钊《柳文指要》上《体要之部》卷二九:"篇中所用流石字,古籍中绝罕见,大概是子厚自造字。指地壳翻腾时,火山爆发,流质坚而成石,如肺、如茄、如禽、如物等等,各种怪状都有,因而名之曰流石云。" [29]茄(jiā)房:莲蓬。《尔雅·释草》:"荷,芙蕖。其茎茄。" [30]众:多。 [31]少半:小于一半。 [32]常有四尺:倍寻为常,常即一丈六尺。有,通"又"。常又四尺即二丈。 [33]廓然:宽广貌。 [34]窍:孔洞。 [35]烛之:用蜡烛照明。 [36]其宇:其檐。谓洞顶甚高。 [37]倍常:即三丈二尺。 [38]飞鸟皆视其背:意谓飞鸟在下方,见所处之高。 [39]石枰(píng):石制棋盘。 [40]黑肌:黑色石质。赤脉:红色纹理。 [41]弈:

下棋。　　[42] 柽（chēng）：即柽柳，又名观音柳、西河柳。落叶小乔木。槠（zhū）：常绿乔木，木质坚硬。　　[43] 筼筜（yún dāng）：竹名。李衎《竹谱》卷六："筼筜竹一名筸竹，生湘中，蜀、广间亦有之。每节可长四五尺，《广州记》云节长一丈。今曲江县及蜀中俱有此竹。"　　[44] 橐（tuó）吾：草本植物。史游《急就篇》卷四："半夏皂荚艾橐吾。"颜师古注："橐吾似款冬，而腹中有丝，生陆地，华黄色。一名兔须。"方以智《通雅》卷四一："橐吾非款冬，《本草》以为一，误矣。傅咸《款冬赋序》言：'仲冬之月，冰凌积雪，款冬独敷华艳。'则谓红花者，俗呼蜂斗叶。其黄白花当是橐吾。今《本草纲目》合橐吾、颗冻为一。……款东即款冬，生水中，花紫赤色，一名兔奚。分言二物，明甚。今有花粘者，粘肺害人，可要辩。"可知橐吾、款冬为二物，然相似。　　[45] 秭（zǐ）归：即子规，又名杜鹃，鸟名。《文选》宋玉《高唐赋》"姊归思妇"李善注："《尔雅》曰隽周。郭璞曰：子隽鸟，出蜀中。或曰：即子规，一名姊归。"吴曾《能改斋漫录》卷四："予按《史记·历书》曰：'昔自在古，历建正作于孟春，于时冰泮发蛰，百草奋兴，秭鴂先滜。'注：徐广曰：'秭音姊，鴂音规，子规鸟也，一名鹈鴂。'乃知子厚以子规作秭归，不为无所本矣。"　　[46] 石鱼之山：《明一统志》卷八三："石鱼山，在府城西南，山小而高，形如立鱼。"雍正《广西通志》卷一六山川柳州府："立鱼岩在江之南，与仙奕山对峙，深邃奇怪。内有三洞相通，多名人题咏。山腰有鱼峰寺。"　　[47] 类仙奕：像仙奕山的洞穴。　　[48] 灵泉：顾祖禹《读史方舆纪要》卷一〇九柳州府："（仙奕山）其南为石鱼山，山小而高，形如立鱼。山半有立鱼岩，岩之东麓灵泉出焉。"趾：脚。　　[49] 麓：生长在山脚的树木。　　[50] 毂（gǔ）雷：像雷鸣一样的车轮转动辗地的声音。毂，本为车轮中心有圆洞可以装轴的部分，此代指车。　　[51] 泂：回旋的水流。　[52]伏：低下，隐藏。　[53]石鲫：唐慎微《证类本草》卷二〇引《图经》："鲫鱼……似鲤鱼，色黑而体促，肚大而脊隆，亦有大者，至重二三斤。又黔州有一种重唇石鲫鱼，亦其类也。"　[54]鲦（tiáo）：罗愿《尔雅翼》卷二八："鲦，白鲦也。其形纤长而白，故曰白鲦。"《淮南子·览冥》："若观鲦鱼。"高诱注："鲦鱼，小鱼也，在水中可观见。"　[55]雷山：《明一统志》卷八三："雷山，在象州东六十余里。《风土记》云：天欲雷雨，则此山先有云雾。"乾隆《大清一统志》卷三五七柳州府："雷山在马平县南十里。柳宗元记：'雷山两崖皆东向，雷水出焉，蓄崖中有雷塘，能出云气，作雷雨，变见有光。'"引柳宗元文作"东向"。高步瀛《唐宋文举要》甲编卷四："姚（鼐）曰：'西'字当作'面'。吴先生（汝纶）曰：姚说是。今从之。"当是。　[56]雷塘：顾祖禹《读史方舆纪要》卷一〇九："雷山，府南三里。两崖东西相向，雷水出焉，蓄于崖中谓之雷塘。一名大龙潭。"　[57]见：通"现"，显现。　[58]俎鱼：用俎盛的鱼。俎，放祭品的容器。豆豶（zhì）：用豆盛的猪肉。豆，祭器名，形如高脚盘。豶，猪。脩形：高步瀛《唐宋文举要》："方望溪曰：'形当作刑。'案《周礼·天官·内饔》曰：'掌共羞脩刑，膴胖骨鯺，以待共膳。'《外饔》曰：'共其脯脩刑膴。'郑注曰：'脩，锻脯也。刑，铏羹也。'"疑是。糈粻（xǔ tú）：祭神所用精米。糈，《楚辞》屈原《离骚》："怀椒糈而要之。"王逸注："糈，精米，所以享神也。"粻，同"稌"。稌，稻。《山海经·南山经》："糈用稌米。"郭璞注："糈，祀神之米名。稌，稻也。"阴酒：即黍酒。《太平御览》卷八四三引《春秋纬》："凡黍为酒，阳据阴乃能动，故以曲酿黍为酒。"注："曲，阴也，是先渍曲，黍后入，故曰阳相感皆据阴也。"　[59]虔：虔诚，恭敬。应：谓干旱时祭祷可有效果。　[60]峨山：亦作鹅山。《明一统志》卷八三："鹅山，在府城西，山巅有石如鹅。"顾祖禹《读史方舆纪要》卷一〇九："峨山在城西三里，一名深峨山，亦曰鹅山，谓瀑布飞流如鹅也。"　[61] 峨水：亦名鹅水。《明一统志》卷八三："鹅水，在府城西南四十里，流入柳江。"

[点评]

柳宗元的山水游记文在柳州几乎绝迹，此篇也不是游记，倒像是一篇山水名胜志。并非柳宗元到柳州后游兴顿减，亦非柳州无可游之处。柳宗元在永州为司马，且为挂职不理事，故得任性广事游览。至柳州则不然，刺史为州郡长官，因而不避劳怨，尽力民事，以故出游时少，文字亦阒然无闻。此篇大抵记录地理，用备参稽。故蒋之翘说："前半似《水经注》，后半似《山海经》。极其奇古。"（辑注《柳河东集》卷二九）沈德潜则说："体似太史公《天官书》，句似郦道元《水经注》，零零杂杂，不立间架，不用联络照应，真奇作也。"（《唐宋八家文读本》卷九）然全文以浔水始，浔水终，脉络清晰连贯，甚似一幅画图长卷。茅坤说："全是叙事，不着一句议论，感慨却澹宕风雅。"（《唐宋八大家文钞》卷二三）

与李翰林建书[1]

杓直足下：州传遽至[2]，得足下书，又于梦得处得足下前次一书^[3]，意皆勤厚^[4]。庄周言^[5]：逃蓬蒿者^[6]，闻人足音，则跫然喜^[7]。仆在蛮夷中^[8]，比得足下二书^[9]，及致药饵^[10]，喜复何言！仆自去年八月来，痞疾稍已^[11]，往时间一二日作^[12]，今一月乃二三作。用南人槟榔余甘^[13]，破决壅隔大过^[14]，阴邪虽败^[15]，已伤正气，行则膝颤^[16]，坐则髀痹^[17]。所欲者补气丰血，强筋骨，辅心力，有与此宜者^[18]，更致数物^[19]。忽得良方，偕至^[20]，益善。

永州于楚为最南^[21]，状与越相类^[22]。仆闷即出游，游复多恐。涉野则有蝮虺大蜂^[23]，仰空视地，寸步劳倦。近水即畏射工沙虱^[24]，含怒窃发^[25]，中人形影，动成疮痏^[26]。时到幽树好石，暂得一笑，已复不乐。何者？譬如囚拘圜土^[27]，一遇和景出^[28]，负墙搔摩^[29]，伸展支体，当此之时，亦以为适。然顾地窥天，不过寻丈^[30]，终不得出，岂复能久为舒畅哉？明时百姓^[31]，皆获欢乐，仆士人，颇识古今理道^[32]，独怆怆如此^[33]。诚不足为理世下执事^[34]，至比愚夫愚妇又不可得，窃自悼也^[35]。

高步瀛："以上得书及近状，并望致药物。"（《唐宋文举要》甲编卷四）

高步瀛："凄戾，令人不忍卒读。以上谪居异域之苦。蝮虺大蜂、射工沙虱等，虽属实物，而意含比况。若果尽如此，则永州诸游记乌能作哉？"（同上）

[注释]

[1] 李翰林建：元和四年李建为殿中侍御史，书称其"李翰林"，盖以前官称之。李建字杓（biāo）直，进士第，补校书郎，擢左拾遗、翰林学士。顺宗时左迁太子詹事，改殿中侍御史。宪宗元和间为比部、兵部、吏部郎，出为澧州刺史，召拜刑部侍郎。见新、旧《唐书》本传。韩愈《故太学博士李君墓志》历数为药饵所误者，有"刑部尚书李逊，逊弟刑部侍郎建……刑部且死，谓余曰：'我为药误。'其季建一旦无病死。"可知李建迷信仙药，故此书首及服药事。韩醇（《诂训唐柳先生文集》卷三〇）、陈景云《柳集点勘》卷二皆定此书元和四年（809）作于永州，甚是。　[2] 传（zhuàn）：传车，古时驿站用来传送公文、邮件等的车辆。遽：忽然。　[3] 梦得：即刘禹锡，字梦得。时刘禹锡为朗州司马。　[4] 勤厚：殷勤深厚。　[5] 庄周：战国时人，其思想属道家。著有《庄子》。　[6] 蓬藋（diào）：蓬草和灰藋。此以指草莽荒僻之地。灰藋，一年生草本植物，似藜。　[7] 跫（qióng）然：脚踏地声。柳宗元误解为欢喜貌。以上所引见《庄子·徐无鬼》。光聪谐《有不为斋随笔》辛："按《庄子·徐无鬼》'闻人足音跫然而喜矣'。司马彪以跫然为喜貌。李颐云：'犹逃窜之闻人者，安能不跫然改貌。'此子厚所本者。其实'跫'字从足，当为足音，非喜貌也。"　[8] 蛮夷：古代称少数民族居住的地区为蛮夷。此指永州。　[9] 比（bì）：近来。　[10] 药饵：服用的药物。　[11] 痞（pǐ）疾：腹内有痞块的病。痞，腹内硬块。已：好，痊愈。　[12] 间（jiàn）：间隔。作：发作。　[13] 槟榔：热带植物，果实可入药。唐慎微《证类本草》卷一三："槟榔味辛温，无毒，主消谷逐水，除痰癖，杀三虫伏尸，疗寸白。生南海。"余甘：《文选》左思《吴都赋》："其果有丹橘余甘。"刘渊林注引薛莹《荆扬已南异物志》："余甘如梅李，核有刺，初食之味苦，后口中更甘。

高凉、建安皆有之。"《证类本草》卷一三："庵摩勒味苦，甘寒无毒，主风虚热气。一名余甘。生岭南交、广、爱等州。"　[14]壅隔：气血不畅。大过：即太过，太过分。　[15]阴邪：体内阴伏的邪气。　[16]膝颤：膝盖颤抖。　[17]髀（bì）痹（bì）：大腿麻木。髀，大腿及股部。痹，肢体疼痛或麻木。　[18]宜者：指适合的药物。　[19]更：再。　[20]偕至：一起带来。　[21]楚：此泛指长江中下游地区，为古代楚地。　[22]越：此泛指岭南地区。　[23]蝮虺（huǐ）：蝮蛇，细颈大头焦尾，色如绶文，一种有剧毒的蛇。大蜂：一种毒蜂。段成式《酉阳杂俎》卷一七："毒蜂，岭南有毒菌夜明，经雨而腐化为巨蜂，黑色，喙若锯，长三分余，夜入人耳鼻中，断人心系。"　[24]射工：即蜮，一名水弩、短狐。《诗经·小雅·何人斯》："为鬼为蜮。"葛洪《抱朴子·登涉》："又有短狐，一名蜮，一名射工，一名射影，其实水虫也。……口中有横物角弩，如闻人声，缘口中物如角弩，以气为矢，则因水而射人，中人身者即发疮，中影者亦病。"沙虱：《抱朴子·登涉》："又有沙虱……其大如毛发之端，初着人，便入其皮里，其所在如芒刺之状，小犯大痛。可以针挑取之，正赤如丹，着爪上行动也。若不挑之，虫钻至骨，便周行走入身。其与射工相似，皆煞人。"　[25]窃发：偷偷发射。　[26]疮痏（wěi）：皮肤上的肿烂溃疡。　[27]圜土：《周礼·地官·司救》："三罚而归于圜土。"郑玄注："圜土，狱城也。"　[28]和景：风和日丽的好天气。　[29]负墙：背靠着墙。搔摩：搔痒按摩。　[30]寻尺：言活动范围内之小。古代八尺为寻。　[31]明时：政治清明之时。　[32]理道：即治道，治理天下的道理。　[33]怆怆：悲伤凄怆。　[34]理世：治世。下执事：下等小官。　[35]窃：私自。自悼：自我哀怜。

仆曩时所犯[1]，足下适在禁中[2]，备观本末[3]，不复一一言之。今仆癃残顽鄙[4]，不死幸甚。苟为尧人[5]，不必立事程功[6]，唯欲为量移官[7]，差轻罪累[8]。即便耕田艺麻[9]，取老农女为妻，生男育孙，以供力役，时时作文，以咏太平。摧伤之余[10]，气力可想。假令病尽已，身复壮，悠悠人世[11]，越不过为三十年客耳[12]。前过三十七年[13]，与瞬息无异[14]。复所得者[15]，其不足把玩[16]，亦已审矣[17]。杓直以为诚然乎[18]？

仆近求得经史诸子数百卷，尝候战悸稍定[19]，时即伏读[20]，颇见圣人用心、贤士君子立志之分[21]。著书亦数十篇，心病[22]，言少次第[23]，不足远寄，但用自释[24]。贫者士之常[25]，今仆虽羸馁[26]，亦甘如饴矣[27]。足下言已白常州煦仆[28]，仆岂敢众人待常州耶[29]？若众人，即不复煦仆矣。然常州未尝有书遗仆[30]，仆安敢先焉[31]？裴应叔、萧思谦[32]，仆各有书，足下求取观之，相戒勿示人。敦诗在近地[33]，简人事，今不能致书，足下默以此书见之[34]。勉尽志虑[35]，辅成一王之法[36]，以宥罪戾[37]。不

陆梦龙："情至之语，缕缕无限。"（《柳子厚集选》卷三）高步瀛："以上愿为老农没世，且不可得，念岁月易逝，愈增悲怆。"（《唐宋文举要》甲编卷四）

高步瀛："以上读书安贫。"（同上）

悉[38]。宗元白[39]。

[注释]

[1]曩（nǎng）时：过去，从前。所犯：指与王叔文等人在一起。　[2]适：恰好。禁中：指皇宫。李建当时为翰林学士，为皇帝起草诏书。唐时翰林学士为机要职务，禁例不得与外人相来往。　[3]备：全都。本末：指事情的全过程。　[4]癃（lóng）残：弯腰曲背，身体衰残。顽鄙：顽固鄙陋。　[5]苟：姑且。尧人：尧民。尧为古人所称颂的贤明君主。　[6]立事程功：事业成就，建立功业。　[7]量移官：调近处任职。唐代官员因罪贬谪到远方，遇赦可酌量移至距京城近处，称量移。　[8]差：稍微。罪累：所受罪罚。　[9]艺：种植。　[10]摧伤：摧残毁伤。　[11]悠悠：形容漫长。　[12]越不过为三十年客耳：超不过再做人间三十年的客人了。越，超过。　[13]三十七年：元和四年，柳宗元三十七岁。　[14]瞬息：形容时间极短。瞬，眨眼。息，呼气。　[15]复：再。　[16]把玩：本义为拿在手里观赏，此用作"欣赏"意。　[17]审：明显。　[18]诚然：的确如此。　[19]战悸（jì）：颤抖、心跳过度。　[20]伏读：伏案阅读。　[21]分：本分。　[22]心病：指难以告人的思想负担。　[23]次第：条理，次序。　[24]但：只是。自释：自我消解愁闷。　[25]常：常情，常态。《列子·天瑞》载荣启期曰："贫者士之常也，死者人之终也。"[26]羸馁（léi něi）：瘦弱饥饿。　[27]饴（yí）：糖浆。　[28]白：告诉。常州：指李建之兄李逊，时为常州刺史。《旧唐书·宪宗纪上》："（元和五年八月）以常州刺史李逊为越州刺史、浙东观察使。"煦：关怀、存问之意。　[29]众人待：像对待一般人一样地对待。　[30]遗（wèi）：赠，给。　[31]先：指先去信。　[32]裴应叔：裴垍，字应叔，裴塨之弟。裴瑾则是柳宗

元姐夫。柳宗元有《与裴埙书》。萧思谦：萧俛，字思谦。元和初
为右拾遗，迁右补阙。元和六年（811）召充翰林学士。柳宗元
有《与萧翰林俛书》，系编集时书其后来之官。　[33] 敦诗：崔群
字敦诗。柳宗元在长安时曾作《送崔群序》，云"余于崔君有通
家之旧"。元和初崔群为翰林学士，故下文云"简人事，今不能
致书"。近地：指宫禁之地。　[34] 见之：给他看。　[35] 勉尽志
虑：即"勉志尽虑"，勉力心志，尽心尽力。　[36] 一王之法：指
皇帝的政令。《汉书·儒林传序》："（孔子）因鲁《春秋》，举十二
公行事，绳之以文武之道，成一王法。"　[37] 宥：宽容，宽恕。戾：
罪过。　[38] 不悉：不再详细多写。为书信用语。　[39] 白：告白。

[点评]

　　元和四年，柳宗元一连写了好几篇书信，较重要的
除此篇外，尚有《寄许京兆孟容书》《与萧翰林俛书》《与
裴埙书》《与顾十郎书》。此篇即述自己贬永州后的生活
遭遇以及艰难处境，后半则感人生岁月之促，情绪比较
低沉，但情真语切，读来凄婉感人。茅坤说："予览子厚
书，由贬谪永州、柳州以后，大较并从司马迁《答任少卿》
及杨恽《报孙会宗书》中来。故其为书多悲怆呜咽之旨，
而其辞气环诡跌宕，譬之听胡笳、闻塞曲，令人断肠者
也。"（《唐宋八大家文钞》卷一七）孙琮则比较了各篇异
同，评论说："子厚谪居后诸书，其文意大略相似，然合
诸书读之，其详略之法各极其妙。如《答许京兆书》，详
写被罪之由，不写谪永之苦。此篇独写谪永之苦，不写
获罪之由。《萧翰林书》详写居永之苦，不兼写贫病。此
篇写居永之苦，兼写贫病。《答许京兆书》详写娶妻嗣续，

此篇略写娶妻嗣续。只此数意，详略写来，各臻其妙。"（《山晓阁选唐大家柳柳州全集》卷一）这些评论都很符合实际。

与韩愈论史官书[1]

胡应麟："退之之避史笔也，柳州诤之是矣，然其时故有说焉。《淮西碑》则以为失实而踣，而段文昌改撰之。《顺宗录》则以为不称而废，而韦处厚续撰之。《毛颖传》足继太史，乃当时诮其滑稽，裴晋公书后世詧其纰缪。使退之而任史，其祸变当有甚此者。柳徒责韩而莫能自奋其时，故不易也。"（《少室山房笔丛》卷一三《史书占毕一》）

正月二十一日，某顿首十八丈退之侍者前[2]：获书言史事[3]，云具《与刘秀才书》[4]，及今乃见书藁[5]，私心甚不喜[6]，与退之往年言史事甚大谬[7]。

若书中言，退之不宜一日在馆下[8]，安有探宰相意[9]，以为苟以史荣一韩退之耶[10]？若果尔[11]，退之岂宜虚受宰相荣己[12]，而冒居馆下[13]，近密地[14]，食奉养[15]，役使掌固[16]，利纸笔为私书[17]，取以供子弟费[18]？古之志于道者[19]，不若是。且退之以为纪录者有刑祸[20]，避不肯就[21]，尤非也。史以名为褒贬[22]，犹且恐惧不敢为。设使退之为御史中丞、大夫[23]，其褒贬成败人愈益显[24]，其宜恐惧尤大也，则又将扬扬入台府[25]，美食安坐[26]，行呼唱于朝廷而已耶[27]？在御史犹尔，设使退之为宰相，生杀出入升黜天下士[28]，其敌益众，则又将扬扬入政事堂[29]，美食安坐，行呼唱于内庭外衢而已耶[30]？何以异不为史而荣其号、利其禄也[31]？

又言"不有人祸，则有天刑"[32]。若以罪夫前古之为史者[33]，然亦甚惑[34]。凡居其位，思直其道[35]。道苟直，虽死不可回也[36]。如回之，莫若亟去其位[37]。孔子之困于鲁、卫、陈、宋、蔡、齐、楚者[38]，其时暗[39]，诸侯不能行也[40]。其不遇而死[41]，不以作《春秋》故也[42]。当其时，虽不作《春秋》[43]，孔子犹不遇而死也。若周公、史佚[44]，虽纪言书事，犹遇且显也[45]，又不得以《春秋》为孔子累[46]。范晔悖乱[47]，虽不为史[48]，其族亦赤[49]。司马迁触天子喜怒[50]，班固不检下[51]，崔浩沽其直以斗暴虏[52]，皆非中道[53]。左丘明以疾盲[54]，出于不幸。子夏不为史亦盲[55]，不可以是为戒[56]。其余皆不出此[57]。是退之宜守中道，不忘其直，无以他事自恐[58]。退之之恐[59]，唯在不直[60]，不得中道，刑祸非

王霆震："力诋纪录者有刑祸之说。"（《古文集成》卷一七）

所恐也。

[注释]

[1] 史官：负责编写史书的官员。唐设国史馆，元和八年（813）韩愈为国史馆修撰。此文元和九年（814）作于永州。　[2] 某：代作者的名字。十八丈：韩愈行十八。丈，对年长者的尊称。韩愈长兄韩会是柳宗元之父柳镇的友人，且又年长于柳宗元，故用尊称。退之：韩愈字。侍者：侍从者。古时于收信人的名字前加"侍者"，是一种客气且表示尊重的写法。　[3] 获书：韩集中不见与柳宗元论史事的书。　[4] 具：详细，全在。《与刘秀才书》：即韩愈所作《答刘秀才论史书》。刘秀才为刘轲。　[5] 藁：同"稿"。　[6] 私心：内心。　[7] 谬：错误，不合情理。　[8] 不宜：不适合。馆下：史馆中。　[9] 探：揣摩，揣测。　[10] 苟：苟且，随便。荣：荣耀。此用作动词，即使之荣耀。韩愈《答刘秀才论史书》云："仆年志已就衰……宰相知其无他才能……苟加一职荣之耳。"上二句就此而言。　[11] 果尔：果真如此。　[12] 荣己：给自己荣誉。　[13] 冒：冒充，谓空有其名。　[14] 密地：机密之地。此指皇宫。　[15] 奉养：指俸禄。　[16] 役使：供使唤。掌固：掌礼乐制度等故事。《史记·晁错传》："以文学为太常掌故。"司马贞索隐引《汉旧仪》："太常博士弟子试射策，中甲科补郎，中乙科补掌故。"　[17] 利：利用。私书：指为个人私利著书。　[18] 子弟费：指家人的生活费用。　[19] 道：指政治理想。　[20] 纪录者：指作史书的人。刑祸：刑罚、灾祸。韩愈《答刘秀才论史书》云："夫为史者，不有人祸，则有天刑，岂可不畏惧而轻为之哉！"　[21] 就：指就任史职。　[22] 名：指人物名声。　[23] 设使：假使。御史中丞、大夫：唐代御史中丞和御史大夫，为监察官员，负责对朝廷官员进行监察，实行弹劾。　[24] 成

败：谓成就官员或废退官员。愈益显：越发明显。　　[25]扬扬：得意洋洋。台府：指御史台，唐代的最高监察机关。御史大夫、御史中丞，皆御史台的官员。　　[26]美食：享用美好的食物。　　[27]呼唱：呼万岁和唱名。古代臣子上朝，要呼皇帝万岁和报自己的姓名。　　[28]生杀：决定官员的生和死。出入：把官员调出朝廷或调入朝廷。升黜：提升官员或将其免职。　　[29]政事堂：宰相处理政事的官署。　　[30]内庭：皇宫内，皇帝处理政事的地方。外衢（qú）：指朝堂，臣子朝见皇帝的地方。"外"相对于皇宫之内而言。　　[31]何以异：有什么不同。荣其号：以称号为荣。利其禄：以优厚的俸禄为利益。　　[32]又言"不有人祸，则有天刑"：见注[20]。　　[33]罪：归罪，加罪。　　[34]惑：疑惑，迷惑。　　[35]直：谓正确履行。　　[36]回：改变，回避。　　[37]亟：赶快，立即。　　[38]孔子之困于鲁、卫、陈、宋、蔡、齐、楚者：鲁、卫、陈、宋、蔡、齐、楚，都是春秋时的诸侯国名。孔子曾到这些诸侯国游说，希望能得到任用，但都遭到拒绝。　　[39]暗：昏暗，混乱。　　[40]行：指实行孔子的治国之道。　　[41]不遇：不得志，没有受到重用。　　[42]《春秋》：古代编年体史书，相传孔子据鲁史修订而成。　　[43]虽：即使。　　[44]周公：姓姬名旦，周文王第四子、武王之弟。因封地在周，故称周公。曾助武王灭商，建立周朝典章制度。相传《周礼》为其所作。史佚（yì）：西周初期的史官。《左传》僖公十五年："且史佚有言曰：无始祸，无怙乱。"杜预注："史佚，周武王时太史，名佚。"　　[45]遇：得到重用。显：显赫。　　[46]累：连累，拖累。　　[47]范晔：南朝宋人，字蔚宗。著有《后汉书》，为删辑众家《后汉书》成一家之作。悖乱：叛乱。宋文帝元嘉二十二年（445），范晔因谋反，被族诛。见《宋书·范晔传》。　　[48]虽：即使。　　[49]其族亦赤：他的家族也被杀光。族赤，灭族，被杀掉整个家族。　　[50]司马

迁：西汉史学家，继其父为太史令，著有《史记》。《汉书·司马迁
传》载：汉武帝天汉二年（前99），司马迁因替李陵败降匈奴事辩
解，触怒武帝，被下狱，受宫刑。　[51]班固：东汉史学家，著有
《汉书》。汉和帝永元初，因班固的仆人曾骂过洛阳令种兢，种兢
借事捕班固入狱，固因死狱中。见《后汉书·班固传》。不检下：
不约束手下人。　[52]崔浩：北魏人，汉族人，好经史文学。沽
其直：显示他的正直。斗暴虏：与残暴的鲜卑贵族做斗争。据《魏
书·崔浩传》载：北魏太武帝神麚二年（429）诏崔浩修国史，浩
尽述国事，立碑以彰直笔，众怒，谮于太武帝，以为暴扬国恶，
帝怒，遂族诛崔浩等。　[53]中道：即柳宗元所推崇的"大中之
道"，在道德规范上大意同中庸平和。　[54]左丘明：春秋时鲁国
人，曾任鲁国太史。相传《春秋左氏传》《国语》皆为左丘明所
作。疾盲：因生病而双目失明。　[55]子夏不为史亦盲：子夏即
卜商，孔子弟子，以文学见称。《礼记·檀弓上》："子夏丧其子而
丧其明。"　[56]以是：以上述事例。戒：鉴戒。　[57]其余：指韩
愈信中所列举的其他人如齐太史兄弟、陈寿、王隐、习凿齿、魏收、
宋孝王等的事例。　[58]自恐：自己吓唬自己。　[59]恐：恐惧，
害怕。　[60]不直：不能坚持正义，不能恪守道德原则。

凡言二百年文武士多有诚如此者[1]。今退之
曰："我一人也[2]，何能明？"则同职者又所云
若是[3]，后来继今者又所云若是，人人皆曰我一
人，则卒谁能纪传之耶[4]？如退之但以所闻知
孜孜不敢怠[5]，同职者、后来继今者，亦各以所
闻知孜孜不敢怠，则庶几不坠[6]，使卒有明也[7]。

王荆石（锡
爵）："一翻万钧之
力。"（明阙名评选
《柳文》卷二引）

不然，徒信人口语^[8]，每每异辞^[9]，日以滋久^[10]，则所云"磊磊轩天地"者决必沉没^[11]，且乱杂无可考^[12]，非有志者所忍恣也^[13]。果有志，岂当待人督责迫蹙然后为官守耶^[14]？

又凡鬼神事，眇茫荒惑无可准^[15]，明者所不道^[16]。退之之智而犹惧于此。今学如退之^[17]，辞如退之^[18]，好议论如退之，慷慨自谓正直行行焉如退之^[19]，犹所云若是，则唐之史述其卒无可托乎^[20]？明天子贤宰相得史才如此，而又不果^[21]，甚可痛哉！退之宜更思^[22]，可为速为，果卒以为恐惧不敢，则一日可引去^[23]，又何以云"行且谋"也^[24]？今当为而不为，又诱馆中他人及后生者^[25]，此大惑已。不勉己而欲勉人^[26]，难矣哉！

无名氏："此意言既不为，则当去，申上岂宜虚受宰相荣己之意。"又引吕雅山："收煞，束语警末。"（明阙名评选《柳文》卷二）孙琮："末幅一收，作三段看：一段勉励之，一段激发之，一段切责之。皆是疾风骤雨之文，劈头劈脸而来，令人不可躲避，又是一种笔法。"（《山晓阁选唐大家柳柳州全集》卷一）

[注释]

[1] 二百年：指唐朝建立二百年以来。诚：确实。　[2] "我一人也"二句：韩愈《答刘秀才论史书》中说："唐有天下二百年矣，圣君贤相相踵，其余文武之士立功名跨越前后者，不可胜数，岂一人卒卒能纪而传之邪？"即谓此。　[3] 若是：像您这样说。　[4] 卒：最终。纪传（zhuàn）：即传记之意。古代史书皇帝的传记称"纪"，其他人的传记称"传"。　[5] 孜孜：勤奋貌。怠：

松懈。　[6] 庶几：也许。不坠：不失传，不遗漏。　[7] 明：明白，知晓。　[8] 口语：口头传说。　[9] 每每：往往。　[10] 滋：更加。　[11] 磊磊：才气卓越。轩天地：意谓顶天立地。韩愈答刘轲书有"夫圣唐巨迹及贤士大夫事，皆磊磊轩天地，决不沈没"之语。轩，高大。　[12] 考：考究，查考。　[13] 忍：容忍。恣：放任，任意。　[14] 督责：督促责备。迫蹙：逼迫，催逼。为官守：指担任史官。　[15] 眇茫：迷茫。眇，同"渺"。荒惑：荒唐迷乱。准：根据。韩愈答刘轲书有"若有鬼神，将不福人"之语。　[16] 明者：明白事理的人。　[17] 学：学问。　[18] 辞：文辞，指文章。　[19] 行（háng）行：刚强貌。《论语·先进》："行行如也。"　[20] 史述：历史记述。指修国史的任务。　[21] 不果：没有结果，没有达到目的。　[22] 更思：再三考虑。　[23] 一日：即日，当天。引去：辞去，离开。　[24] 行且谋：韩愈答刘轲书云："贱不敢逆盛指，行且谋引去。"即一边做此事一边想辞职之意。　[25] 诱：诱导，劝导。后生：年轻人。韩愈答刘轲书有"后生可畏，安知不在足下"之语。　[26] 勉：勉励。

[点评]

韩愈《答刘秀才论史书》具言为史者不有人祸，必有天刑，岂可不畏惧而轻为之，至引自古为史不得善终者为证。柳宗元以为不然，寄此书与韩愈论辩，义正词严，笔力遒劲，韩愈当无言以对。真德秀说："退之之论如此，宜其为子厚所屈也。"（《文章正宗》卷一四）谢枋得说："辩难攻击之文，要人心服。子厚此书，文公不复辩，亦理胜也。"（《文章轨范》卷二）此文逻辑谨严，议论周密，驳论能抓住对方要害，对方自然理屈心服。林云铭说："柳州拿定不作史不宜居馆下一句作主，而以人祸天刑细细翻驳，复为作史设策于不易作中寻出庶几可作之法。末以退之自诿，为唐史之虑，且为天子宰相痛惜，正所以深惜退之也。笔力奇横极矣。"（《古文析义》初编卷五）当然也有为韩愈解脱的。东雅堂本《韩昌黎全集》外集卷二《答刘秀才论史书解题》："或问张子韶曰：退之与刘秀才论史书，谓为史不有人祸，必有天殃，子厚以书辟之，其说甚有理，退之所论似屈。子韶曰：此亦退之说得未尽处，想其意亦不专在畏祸，但恐褒贬足以贻祸，故迁就其说而失之泥，宜为子厚所攻。"

与吕道州温论《非国语》书 [1]

四月三日，宗元白化光足下 [2]：近世之言理道者众矣 [3]，率由大中而出者咸无焉 [4]。其言本儒术，则迂回茫洋而不知其适 [5]。其或切于事，则峭刻核 [6]，不能从容 [7]，卒泥乎大道 [8]。甚者好怪而妄言，推天引神 [9]，以为灵奇，恍惚若化而终不可逐 [10]。故道不明于天下，而学者之至少也。

吾自得友君子 [11]，而后知中庸之门户阶室 [12]，渐染砥砺 [13]，几乎道真 [14]。然而常欲立

言世俗之弊：空言治道，甚或推天引神，不切实际。

言垂文[15]，则恐而不敢。今动作悖谬[16]，以为
僇于世[17]。身编夷人[18]，名列囚籍[19]，以道之
穷也，而施乎事者无日[20]。故乃挽引[21]，强为
小书，以志乎中之所得焉[22]。

　　尝读《国语》，病其文胜而言尨[23]，好诡以
反伦[24]，其道舛逆[25]。而学者以其文也，咸嗜
悦焉[26]。伏膺呻吟者[27]，至比六经[28]，则溺其
文必信其实[29]，是圣人之道翳也[30]。余勇不自
制[31]，以当后世之讪怒[32]，辄乃黜其不臧[33]，
救世之谬[34]。凡为六十七篇，命之曰《非国语》。
既就，累日怏怏然不喜[35]，以道之难明而习俗
之不可变也。如其知我者果谁欤[36]？凡今之及
道者，果可知也已[37]。后之来者，则吾未之见，
其可忽耶[38]？故思欲尽其瑕颣[39]，以别白中
正[40]。度成吾书者[41]，非化光而谁？辄令往一
通[42]，惟少留视役虑[43]，以卒相之也[44]。

　　往时致用作《孟子评》[45]，有韦词者告余
曰[46]："吾以致用书示路子[47]，路子曰：善则善
矣，然昔之为书者，岂若是摭前人耶[48]？"韦
子贤斯言也[49]。余曰：致用之志以明道也，非以

摭《孟子》，盖求诸中而表乎世焉尔[50]。今余为是书，非左氏尤甚[51]。若二子者[52]，固世之好言者也[53]，而犹出乎是[54]，况不及是者滋众[55]，则余之望乎世也愈狭矣[56]，卒如之何？苟不悖于圣道[57]，而有以启明者之虑[58]，则用是罪余者[59]，虽累百世滋不憾而恧焉[60]。于化光何如哉？激乎中必厉乎外[61]，想不思而得也[62]。宗元白。

世风反对挑剔古人，世人如何看待《非国语》就可想而知了。后世就此批评柳宗元者果不乏其人，仅举二例：王应麟："江端礼尝病柳子厚作《非国语》，乃作《非〈非国语〉》，东坡见之曰：'久有意为此书，不谓君先之也。'"（《困学纪闻》卷六）虞集弟槃："槃幼时尝读柳子厚《非国语》，以为《国语》诚可非，而柳子之说亦非也，著《非〈非国语〉》，时人已叹其有识。"（《元史·虞集传》）

［注释］

[1] 吕道州温：即吕温，字和叔，一字化光，河中人。吕渭长子。元和三年（808）为道州刺史，五年（810）转衡州刺史。吕温亦为王叔文集团中人，因正出使吐蕃，故于永贞元年（805）并未同时遭贬。《非国语》：《国语》相传为春秋时左丘明所作，分别记载西周末年至春秋时期周、鲁、齐、晋、郑、楚、吴、越八国的史事。柳宗元认为《国语》"其说多诬淫，不概于圣"（《〈非国语〉序》），作《非国语》共六十七篇，批评其中的诬妄记载与错误观念。《非国语》脱稿当在此年，其与友人反复表白他的意图，可见柳宗元对此书之重视。此文元和四年（809）作于永州。　[2] 足下：书信用语，为对对方的敬称。　[3] 理道：即治道，治世之道。为避唐高宗李治讳改。　[4] 率由：遵循。大中：为柳宗元理想的政治标准和道德规范，大致与"中和""中庸""中正"相似。咸：全都。　[5] 迂回茫洋：拐弯抹角，漫无边际。适：适从。　[6] 苛峭刻核：苛刻死板，烦琐考证。　[7] 从容：指灵

活变通。　[8] 泥：拘泥。大道：大道理。　[9] 推天引神：推测天命，称引鬼神。　[10] 恍惚若化：恍恍惚惚进入幻想的境界。逐：捉摸，把握。　[11] 友：此处用作动词，即做朋友。君子：指吕温。　[12] 中庸：此处意同"大中"。门户阶室：门路和入室的途径。　[13] 渐（jiān）染：浸染，受感染。砥砺：磨炼。　[14] 几乎：几于接近。　[15] 立言垂文：指著书立说以传后世。　[16] 动作：行为。悖谬：荒谬不合事理。　[17] 僇（lù）：受侮辱。　[18] 夷人：古代对少数民族的蔑称。此句谓与夷人编籍在一起。　[19] 囚籍：囚犯的名册。　[20] 施乎事：行施于政事。　[21] 挽引：援引，搜集。　[22] 志：记录。中：通"衷"，内心。　[23] 文胜：文辞华丽。言厖（páng）：内容杂乱。　[24] 好诡：喜好神怪诡异。反伦：违反伦理道德。　[25] 舛（chuǎn）逆：错乱不通。　[26] 嗜悦：爱好喜欢。　[27] 伏膺：信服，悦服。呻吟：此指诵读吟咏。　[28] 六经：儒家以《诗经》《尚书》《礼记》《周易》《乐记》《春秋》为六经。　[29] 溺：沉溺。实：指内容。　[30] 翳（yì）：掩盖，遮蔽。　[31] 制：控制，克制。　[32] 讪（shàn）怒：讥笑、忿怒。　[33] 黜：此处意为驳斥。不臧：指错误荒谬之处。臧，好。　[34] 救：纠正。谬：错误的看法。　[35] 累日：连日。怏怏：闷闷不乐。　[36] 如其：像这样的情况。　[37] 果：诚然。　[38] 忽：忽略，忽视。　[39] 其：指《国语》。瑕颣（lèi）：指缺点、毛病。瑕，玉上的斑点。颣，丝上的疙瘩。　[40] 别白：辨别明白。中正：正确的道理，指大中之道。　[41] 度（duó）：料想，估计。　[42] 令往：派人送往。一通：指《非国语》的书稿。　[43] 役虑：用心思。　[44] 相之：意为帮助完成此书。　[45] 致用：李景俭，字致用，也是柳宗元的好友。永贞元年因母死守丧在家，也未同时遭贬。《孟子评》一书不传。　[46] 韦词：字践之，又字默用。吕温《故太子少保赠尚书左仆射京兆韦府君（夏卿）神道碑》："开府辟士，则有……京兆韦词、陇西李景俭、中山卫中行、平阳路随。"李翱《唐故金紫光禄大夫尚书右仆射致仕上柱国弘农郡开国公食邑二千户赠司空杨公（於陵）墓志铭》："其在广州，以韦词为节度判官。"即此人。　[47]路子：路随。"随"或作"隋"。陈景云《柳集点勘》卷三："按路子必路隋也。韦、路并早有高名，又素友善，《独孤申叔墓碣》列一时同志名流，凡十余人，词与焉。又隋父泌见《石表先友记》，则子厚与隋亦仍世有好矣。隋后登宰辅，词亦扬历清显。唐史并有传。"　[48]撦（zhí）：拾取，摘取。此处意同挑剔。　[49]贤：此处意为赞赏。　[50]中：通"衷"，指内心的想法、观点。表：公布，发表。　[51]非：批判。左氏：指左丘明。相传《国语》为左丘明所作。尤甚：更厉害。　[52]二子：指韦词、路随。　[53]好言：好发议论。　[54]是：指说出这样的话。　[55]滋众：更多。　[56]望：期望。狭：小。　[57]苟：如果。　[58]启：启发。明者：有见识的人。虑：思考。　[59]罪余：加罪于我。　[60]累：累积。滋：更加。恧（nǜ）：惭愧。　[61]激乎中：激于内心。厉乎外：表现强烈、过激。　[62]得：意为理解。

[点评]

此文先批评《国语》"文胜而言厖，好诡以反伦"，表明自己之所以作《非国语》的意图是"黜其不臧，救世之谬"，消除它的不良影响。又言世人迷信古人，对批评者妄加指责，自己的书不可能得到好的待见。但自己的著作只要能"启明者之虑"，则"虽累百世滋不憾而恧焉"，可见其不随流俗、不盲信盲从、坚持独立思考的态度。孙琮说："篇中言世人不明道，又说化光成吾书，此不是轻薄世人，独许化光，全是矜惜自己著书。盖矜惜自己著书，不得不虑世无知我，又不得不幸世有知我。辗转写来，全是一番自怜自惜情事，真是笔墨淋漓。"（《山晓阁选唐大家柳柳州全集》卷一）

答友人求文章书[1]

古今号文章为难[2]，足下知其所以难乎？非谓比兴之不足[3]，恢拓之不远[4]，钻砺之不工[5]，颇颣之不除也[6]。得之为难，知之愈难耳。苟或得其高朗[7]，探其深赜[8]，虽有芜败[9]，则为日月之蚀也，大圭之瑕也[10]，曷足伤其明、黜其宝哉[11]？且自孔氏以来，兹道大阐[12]。家修人励[13]，刓精竭虑者[14]，几千年矣。其间耗费简札[15]，役用心神者[16]，其可数乎？登文章之箓[17]，波及后代，越不过数十人耳[18]。其余谁不欲争裂绮绣[19]，互攀日月[20]，高视于万物之中，雄峙于百代之下乎[21]？率皆纵臾而不克[22]，踯躅而不进[23]，力蹙势穷[24]，吞志而没[25]。故曰得之为难。

嗟乎！道之显晦[26]，幸不幸系焉；谈之辩讷[27]，升降系焉[28]；鉴之颇正[29]，好恶系焉；交之广狭[30]，屈伸系焉[31]。则彼卓然自得以奋其间者[32]，合乎否乎？是未可知也。而又荣古陋今者[33]，比肩叠迹[34]。大抵生则不遇[35]，死而垂声者众焉[36]。扬雄没而《法言》大兴[37]，马迁生而《史记》未振[38]。彼之二才，且犹若是，况乎未甚闻著者哉[39]！固有文不传于后祀[40]，声遂绝于天下者矣[41]。故曰知之愈难。而为文之士，亦多渔猎前作[42]，戕贼文史[43]，抉其意[44]，抽其华[45]，置齿牙间[46]，遇事蜂起[47]，金声玉耀[48]，诳聋瞽之人[49]，徼一时之声[50]。虽终沦弃[51]，而其夺朱乱雅[52]，为害已甚。是其所以难也。

间闻足下欲观仆文章，退发囊笥[53]，编其芜秽[54]，心悸气动[55]，交于胸中[56]，未知孰胜[57]，故久滞而不往也[58]。今往仆所著赋、颂、碑、碣、文、记、议、论、书、序之文[59]，凡四十八篇，合为一通[60]），想令治书苍头吟讽之也[61]。击辕拊缶[62]，必有所择，顾鉴视其何如

林纾："其言知之难，则系乎'道之显晦''谈之辩讷''鉴之颇正''交之广狭'，似其中皆有运命存焉。彼扬雄、马迁之文运昌荣，皆在身后，尤有'文不传于后祀，声遂绝于天下'，此则子厚自方，汲汲防其无名，即是文高而知寡耳。"（同上）

林纾："于是痛詈当世文家之流弊，'夺朱乱雅，为害已甚'，又回顾到得者之难。通篇大意，均未言作文之法，但切指弊病，实则能去弊病，则文体自趋于正。"（同上）

耳^[63]，还以一字示褒贬焉^[64]。

[注释]

[1]答友人求文章书：百家注本题作"与友人论为文书"，然书信内容并非与人论文，而是为答复友人求文章而作，故据《唐文粹》、世綵堂本校语改。柳宗元《贺进士王参元失火书》云："足下前要仆文章古书，极不忘，候得数十幅乃并往耳。"可知王参元曾向柳宗元索要文章著作，此"友人"或即王参元。若此则此书当作于元和四年（809）或五年（810）。 [2]号：号称。 [3]比兴：诗歌中的两种创作手法，以他物比此物叫比，先言他物以引起所咏之词叫兴。 [4]恢拓：恢张、开拓。 [5]钻砺：钻研磨炼。工：巧。 [6]颇颣（lèi）：偏颇缺陷。 [7]高朗：高明。 [8]深赜（zé）：深奥。赜，玄妙。 [9]芜败：杂乱、不成功。 [10]圭：玉器。瑕：玉上的斑点，即瑕疵。 [11]曷：何，疑问词。伤：损害。明：即上所说日月之明。黜：贬低。宝：即上所说大圭的宝贵。 [12]孔氏：孔子。兹道：指为文之道。阐：发扬，显明。 [13]家修人励：家家都学习，人人都互相勉励。 [14]刓（wán）精竭虑：削损精力，竭尽思虑。 [15]简札：书写的材料。简，竹简。札，木简，又称牍。无纸的年代，即以简札作书写之用。 [16]役用：使用。 [17]箓（lù）：簿籍，书册。 [18]越：超越。 [19]裂：这里是裁剪的意思。绮（qǐ）绣：有文彩的丝织品。这里用裁剪丝织品做衣服比喻作文章。 [20]攀日月：攀上日月便可与日月同辉，比喻争强斗胜。 [21]雄峙：雄伟耸立。 [22]率：大略。纵臾：怂恿，奖劝之意。《汉书·衡山王刘赐传》："日夜纵臾王谋反事。"注引如淳曰："纵臾，犹言勉强也。"颜师古曰："纵臾谓奖劝也。"克：成功。 [23]踯躅（zhí zhú）：徘徊。 [24]蹙：窘迫，贫乏。 [25]吞志：未能实现自己的志

向。没：死亡。　［26］显晦：显明还是晦暗。　［27］谈：指言论。辩讷（nè）：善于辩论还是不善言讲。　［28］升降：升迁还是贬黜。　［29］鉴：鉴定，评价。颇正：偏颇还是公正。［30］交：结交，交际。　［31］屈伸：屈曲还是伸展。屈谓委屈，受压抑。伸谓伸张，实现志向。　［32］卓然：卓越，不平凡。自得：谓自得其志。奋：奋发，奋斗。其间：指从事的文字工作之间。　［33］荣古陋今：称颂古代，鄙视当今。意同"厚古薄今"。　［34］比肩叠迹：肩并着肩，脚印压着脚印。形容人多，重复别人走过的路。　［35］不遇：怀才不遇，有才干却没得到发挥。　［36］垂声：名声传于后世。　［37］扬雄：字子云，西汉成都人。汉代著名文学家。《法言》：扬雄仿《论语》所作，共十三篇。《汉书·扬雄传赞》："自雄之没至今四十余年，其《法言》大行，而《（太）玄》终不显。"［38］马迁：司马迁，字子长，西汉著名史学家、文学家。曾继其父谈为太史令，后成《史记》。《史记》：司马迁所著，为纪传体通史的史学著作。《汉书·司马迁传》云"迁既死，后其书稍出"，其书于司马迁生前并不为世人所知。　［39］著：显著，著名。［40］固：固然，诚然。后祀：后世。祀，年。　［41］绝：绝灭，湮没。　［42］渔猎：谓侵夺、剽窃。　［43］戕（qiāng）贼：损害，割裂。［44］抉：挑取。　［45］抽：抽取。华：指文彩。［46］齿牙：谓嘴巴。　［47］蜂起：蜂拥而起。　［48］金声玉耀：像金属一样的声音，像玉一样的光亮。比喻外表华美。［49］诳：欺骗。聋瞽（gǔ）：聋子和瞎子。　［50］徼：通"侥"，侥幸获得。　［51］沦弃：沉沦、被抛弃。　［52］夺朱乱雅：《论语·阳货》："恶紫之夺朱也，恶郑声之乱雅乐也。"紫夺朱，紫色夺去了大红色的地位。郑声乱雅，郑国的音乐破坏了典雅的音乐。孔子认为"郑声淫"，见《论语·卫灵公》。　［53］退发：回来打开。囊笥（sì）：口袋、竹箱。盛放文稿的用具。　［54］编：指收拾整理。芜秽：杂乱不好的东西，是说自己文稿的谦辞。　[55]心悸：心跳。气动：气息不平和。形容心情激动。　[56]交：交织，交集。　[57]孰胜：哪些篇好。　[58]久滞：拖了很久。往：指寄给你。　[59]赋、颂、碑、碣、文、记、议、论、书、序：都是各类文体名。　[60]一通：一捆。唐时文稿为单页纸，把它们叠在一起并卷起来，再加捆扎。　[61]治书：管理书籍。苍头：指奴仆。吟讽：吟读诵读。　[62]击辕：敲击车辕。崔骃《上四巡颂表》："唐虞之世，樵夫牧竖，击辕中《韶》，感于和也。"拊（fǔ）缶（fǒu）：拍打缶。缶是一种形似瓦罐的乐器。《汉书·杨恽传》："仰天拊缶而呼乌乌。"　[63]顾：看。鉴视：鉴定评价。　[64]一字示褒贬：儒家谓《春秋》笔法，一字之中寓褒贬之意。杜预《〈春秋经传集解〉序》："《春秋》虽以一字为褒贬，然皆须数句以成言。"

[点评]

　　此篇围绕着一个"难"字立论，作者作文难，读者理解更难，是为二"难"。为什么使人理解更难？一是有关作者的身份地位，二是世上"荣古陋今"的风气。又批评了时下"渔猎前作，戕贼文史"的恶劣文风。孙琮说："作文固难，知文不易。子厚是作文之人，友人是知文之人，以旷古难觏之事，一席相遇，岂不大快！今却反写作者之难得，知者之难识，立一篇议论，说得甚难，愈见其大快。"（《山晓阁选唐大家柳柳州全集》卷一）林纾说："柳州《与友人论为文书》与昌黎异。昌黎诸书，是论作文之艰苦，及回甘之滋味，柳州则但叙文人之遇，及为文之流弊而已。意盖轻藐流辈之不知文，虽有独得之秘，世亦莫知。"（《韩柳文研究法·柳文研究法》）正如林纾所评，柳宗元对于自己的文章，是很自负的。不过由此书观之，当时想观摩学习柳文者，也是大有人在。

答元饶州论政理书[1]

奉书，辱示以政理之说及刘梦得书[2]，往复甚善。类非今之长人者之志[3]，不唯充赋税养禄秩足己而已[4]，独以富庶且教为大任[5]，甚盛甚盛[6]。

孔子曰："吾与回言终日[7]，不违如愚。"然则，蒙者固难晓[8]，必劳申谕[9]，乃得悦服[10]。用是尚有一疑焉[11]。兄所言免贫病者，而不益富者税[12]，此诚当也[13]。乘理政之后[14]，固非若此不可[15]，不幸乘弊政之后[16]，其可尔邪[17]？夫弊政之大，莫若贿赂行而征赋乱[18]。苟然[19]，则贫者无赀以求于吏[20]，所谓有贫之实而不得贫之名。富者操其赢以市于吏[21]，则无富之名而有富之实，贫者愈困饿死亡而莫之省[22]，富者愈恣横侈泰而无所忌[23]。兄若所遇如是，则将信其故乎[24]？是不可惧挠人而终不问也^[25]。固必问其实^[26]。问其实，则贫者固免而富者固增赋矣，安得持一定之论哉^[27]？若曰止免贫者而富者不问^[28]，则侥幸者众^[29]，皆挟重利以邀^[30]，贫者犹若不免焉^[31]。若曰检富者惧不得实^[32]，而不可增焉，则贫者亦不得实，不可免矣。若皆得实，而故纵以为不均^[33]，何哉？孔子曰："不患寡而患不均^[34]，不患贫而患不安。"今富者税益少，贫者不免于捃拾以输县官^[35]，其为不均大矣。然非唯此而已，必将服役而奴使之^[36]，多与之田而取其半^[37]，或乃出其一而收其二三^[38]。主上思人之劳苦^[39]，或减除其税^[40]，则富者以户独免^[41]，而贫者以受役^[42]，卒输其二三与半焉^[43]。是泽不下流^[44]，而人无所告诉^[45]，其为不安亦大矣。夫如是，不一定经界、核名实^[46]，而姑重改作^[47]，其可理乎^[48]？

唐荆川（顺之）："赋役，元饶州意在仍旧籍，不必扰民，而子厚意在核贫富之实。"（明阙名评选《柳文》卷二引）孙琮："前幅力言弊政之后，贫富不得其实，不可行此法。"（《山晓阁选唐大家柳柳州全集》卷一）

［注释］

[1] 元饶州：元洪。据郁贤皓《唐刺史考》，元洪元和七年（812）至九年（814）为饶州刺史。饶州：唐饶州鄱阳郡，今江西上饶。此文约作于元和七年，柳宗元时为永州司马。　[2] 刘

梦得：刘禹锡，字梦得。与柳宗元同时遭贬者之一。时为朗州司马。刘有《答饶州元使君书》，书云："辱示政事与治兵之要。"见《刘禹锡集》卷一〇，即指此书。　[3]类：似，像。长（zhǎng）人者：即"长民者"，当民众官长的人，指地方长官。　[4]充赋税：指征收赋税，充实官府财政。养禄秩：供养官员的俸禄。禄，俸禄，为朝廷发给官员的钱财。秩，亦指俸禄。足己：满足自己。　[5]富庶：使民众富裕。且教：且使他们受教化。《论语·子路》："子适卫，冉有仆。子曰：'庶矣哉！'冉有曰：'既庶矣，又何加焉？'曰：'富之。'曰：'既富矣，又何加焉？'曰：'教之。'"大任：最大的责任。　[6]甚盛：极好。"盛"表赞美。　[7]"吾与回言终日"二句：见《论语·为政》。回，颜回，孔子的学生。不违，不提反对意见。如愚，像个愚人。　[8]蒙者：糊涂、不明白的人。此以指自己。晓：明白。　[9]劳：有劳，需要别人。申谕：说明。　[10]悦服：心悦诚服。　[11]用是：运用这些。是，指元洪的行政措施。　[12]益：增加。　[13]诚当：的确应该。　[14]理政：即"治政"，太平盛世的政治。　[15]固：固然。非若此不可：不这样做就不行。　[16]弊政：衰弊的政治。指民众贫困，吏治败坏，与上文"理政"相对而言。　[17]尔：这样，如此。　[18]行：施行。乱：混乱，不遵守法律。　[19]苟然：假使这样。　[20]赀（zī）：资产，钱财。赀，同"资"。吏：官吏。代指官府。　[21]赢：赢余，指多余的钱财。市：收买，即贿赂。　[22]愈：越发。省：省察，抚恤。　[23]恣横：任意胡为。侈泰：奢侈。泰，《玉篇》："泰，侈也。"忌：顾忌。　[24]故：原由，原因。　[25]可惧：可怕。挠人：扰人，使人烦恼。　[26]固：一定。实：指实际情况。　[27]持：保持，保守。　[28]免：指减免赋税。　[29]侥幸：谓投机取巧。　[30]挟：持，拿着。重利：重要的利益。邀：招，请。　[31]若：同，相当。　[32]检：检查，核实。惧：怕，担心。得实：确定是实际情况。　[33]纵：放纵，放任。不均：不均衡，不公正。　[34]"不患寡而患不均"二句：见《论语·季氏》。患，忧患，忧虑。寡，缺少。指缺少财富。贫，贫困。安，安定。　[35]捃（jùn）拾：捡拾，采集。指捡拾遗落的粮食和采集野菜、野果。输：指缴纳赋税。　[36]服役：服劳役。指替人干活，当佣工。奴使：像奴隶一样地使唤。　[37]与：给。即租给他们。取其半：收取收获的一半。　[38]出：这里指借出，即借给他们。收其二三：即收回是借出的二三倍。所说即高利贷。　[39]主上：指皇帝。人：民。　[40]减除其税：朝廷有时因灾荒或战乱减除某地区的赋税。　[41]以户：因有户籍。　[42]受役：替人干活。这些人依附于富人，所以没有单独的户籍。　[43]二三与半：指缴纳他们所收入的十分之二三或一半。　[44]泽：水泽，池水。　[45]告诉：申诉，诉说。　[46]一：统一，一律。定经界：确定所拥有土地的范围、亩数。核名实：核实所报告的与实际情况是否相符。　[47]姑：姑且。改作：改变措施。　[48]理：治。

　　夫富室，贫之母也，诚不可破坏[1]。然使其大幸而役于下[2]，则又不可。兄云惧富人流为工商浮窳[3]，盖甚急而不均[4]，则有此尔。若富者虽益赋[5]，而其实输当其十一[6]，犹足安其堵[7]，虽驱之不肯易也[8]。检之逾精[9]，则下逾巧[10]，诚如兄之言。管子亦不欲以民产为征[11]，故有"杀畜伐木"之说[12]。今若非市井之征[13]，则舍其产而唯丁田之问[14]，推以诚质[15]，示以恩惠，严责吏以法[16]，如所陈一社一村之制[17]，递以信相考[18]，安有不得其实？不得其实，则一社一村之制亦不可行矣。是故乘弊政必须一定制，而后兄之说乃得行焉。蒙之所见[19]，及此而已。永州以僻隅[20]，少知人事。兄之所代者谁耶[21]？理欤[22]？弊欤？理，则其说行矣。若其弊也，蒙之说其在可用之数乎[23]？

　　因南人来，重晓之[24]。其他皆善。愚不足以议[25]，愿同梦得之云者[26]。兄通《春秋》[27]，取圣人大中之法以为理[28]。饶之理，小也，不足费其虑[29]。无所论刺[30]，故独举均赋之事[31]，以求往复而除其惑焉[32]。不习吏职而强言之[33]，宜为长者所笑弄[34]。然不如是，则无以来至当之言[35]，盖明而教之，君子所以开后学也[36]。

　　又闻兄之莅政三日[37]，举韩宣英以代己[38]。宣英达识多闻[39]，而习于事[40]，宜当贤者类举[41]。今负罪屏弃[42]，凡人不敢称道其善，又况闻之于大君以二千石荐之哉[43]！是乃希世拔俗[44]，果于直道[45]，斯古人之所难，而兄行之。宗元与宣英同罪，皆世所背驰者也[46]，兄一举

孙琮："中幅止辨免贫病者，不益富者税，亦是偏枯，缴清乘弊政之后，尤为不可。"（《山晓阁选唐大家柳柳州全集》卷一）

孙琮："末处以荐韩宣英作收，余音自尔缕缕。"（同上）

而德皆及焉[47]。祁大夫不见叔向[48]，今而预知斯举，下走之大过矣[49]。书虽多，言不足导意[50]，故止于此。不宣。宗元再拜。

[注释]

[1]破坏：意为伤害。　[2]幸：此指得利。役：谓奴役贫者。　[3]浮窳（yǔ）：流散的惰民。窳，懒惰。《商君书·垦令》："爱子惰民不窳，则故田不荒。"[4]急：猛烈，剧烈。　[5]益：增加。　[6]十一：十分之一。　[7]堵：墙壁，代指家庭。　[8]驱：驱赶。易：变换。谓搬迁，转移。　[9]逾：越。　[10]下：指下面的人。巧：奸巧。　[11]管子：管仲，名夷吾，字仲。相齐桓公，主张通货积财、富国强兵。相传《管子》为管仲所作。征：征税。　[12]杀畜伐木：《管子·海王》："桓公问于管子曰：'吾欲藉于台雉，何如？'管子对曰：'此毁成也。''吾欲藉于树木。'管子对曰：'此伐生也。''吾欲藉于六畜。'管子对曰：'此杀生也。''吾欲藉于人，何如？'管子对曰：'此隐情也。'"[13]市井之征：向市场征的税。　[14]舍其产：不问他的家产。丁田：指成年男子所占有的土地。古代成年男子称丁，唐代规定为十八岁。　[15]诚质：诚意。　[16]责吏以法：责令官吏必须按法律办事。　[17]陈：述。一社一村：社即里，古代农村的组织单位。唐代百户为里，设里长，也称社长。村，村庄。村庄为自然形成，非政府组织。　[18]递：依次，依照顺序。　[19]蒙：指自己。见上文注[8]。　[20]以：因。僻隅：僻居一隅，在一个偏僻的地方。　[21]兄之所代者：指代替您（元洪）任饶州刺史的。　[22]理：治。　[23]数：列。　[24]重（chóng）：又。　[25]愚：自称。议：讨论。　[26]梦得：刘禹

锡。刘禹锡《答饶州元使君书》有云:"厚发奸之赏,峻欺下之诛。调赋之权,不关于猾吏;逋亡之责,不迁于丰室。因有年之利以补败,汰不急之用以啬财。"远不如柳宗元所说的具体。此处为客气话。 [27]《春秋》:编年体史书,相传为孔子据鲁史修订而成。为儒家经典。后世传《春秋》者有左丘明、公羊高、穀梁赤三家。 [28]大中:柳宗元《唐故给事中皇太子侍读陆文通先生墓表》云陆质"明章大中";《答元饶州论〈春秋〉书》云己不克卒业于陆先生之门,可知柳宗元"大中"之说源于陆质。刘禹锡也曾求学于陆质门下。 [29]其:指刘禹锡。虑:思考。 [30]论刺:论述建言。 [31]均赋:均衡赋税。 [32]往复:答复。 [33]吏职:古代具体办事的官员称吏。吏职指处理具体事务。 [34]长者:指有经验的人。笑弄:取笑,嘲笑。 [35]至当:最为正确可行。 [36]开:开启,启发。 [37]莅(lì)政:到任。 [38]举:举荐。韩宣英:韩晔,字宣英。永贞元年(805)韩晔亦坐王叔文之党被贬为饶州司马,为与刘、柳同贬者。时正为饶州司马。 [39]达识多闻:谓见识多、有主意。 [40]习:熟练。 [41]类举:例举。唐时州郡长官到任,依例可举一人自代,逢官缺时,即以荐举多者量而授之。见《唐会要》卷二六《举人自代》。 [42]屏(bǐng)弃:斥退废弃。 [43]大君:大州之主。刘禹锡《答饶州元使君书》便云:"濒江之郡,饶为大。"二千石(dàn):汉代郡守俸禄为二千石,此代称州郡长官。十斗为一石。 [44]希世:世所少有。拔俗:超脱流俗。 [45]果:果敢行事。 [46]背驰:背道而驰,谓世人不与合作。 [47]皆及:指道德与才干都显示出来。 [48]祁大夫不见叔向:《左传》襄公二十一年:晋囚叔向,祁大夫"以言诸公而免之,不见叔向而归,叔向亦不告免焉而朝。"典出此。言双方皆为公事,不徇私情。 [49]下走:称自己的谦辞。《文选》司马迁《报任少卿书》:

"太史公牛马走。"李善注:"走,犹仆也。" [50] 导:表达。

[点评]

　　元洪给柳宗元写信,显然是请教关于地方税收政策如何制定的问题。柳宗元回信,详细阐明了他的看法。富家大户为了逃税或少缴赋税,往往虚报瞒报其实际占有的田产,甚至向官员行贿,而贫者无此能力,自然加大了贫富不均,也影响了政府的财政收入。故柳宗元认为征收赋税的首要之事是"一定经界、核名实",不能全依靠过去的簿籍,这样就可以根据实际情况,田产多者多缴,少者少缴,无者可免。柳宗元也认为"富室贫之母",诚不可伤害,但一定要依法纳税,不得偷逃。古代理财,如何既能增加政府财政收入而又不增加民众负担,而民众又有贫有富,做到公平合理,诚为一件难事。柳宗元之意,是以富者多承担,贫者少承担,羸病者免,减小贫富差距为施政之要则。陆梦龙评此文说:"固是大有经济人。"(《柳子厚集选》卷四)连清朝乾隆皇帝也说:"今观此文所论,其于人情物理,洞达周圆,一丝不隔。"并称赞"然则宗元实能臣"(《唐宋文醇》卷一三)。

贺进士王参元失火书 [1]

　　得杨八书 [2],知足下遇火灾,家无余储。仆始闻而骇,中而疑,终乃大喜,盖将吊而更以贺也[3]。道远言略，犹未能究知其状[4]。若果荡焉泯焉而悉无有[5]，乃吾所以尤贺者也。

足下勤奉养[6]，宁朝夕，惟恬安无事是望也[7]。乃今有焚炀赫烈之虞[8]，以震骇左右[9]，而脂膏滫瀡之具[10]，或以不给[11]，吾是以始而骇也。凡人之言，皆曰盈虚倚伏[12]，去来之不可常，或将大有为也，乃始厄困震悸[13]，于是有水火之孽[14]，有群小之愠[15]，劳苦变动，而后能光明，古之人皆然。斯道辽阔诞漫[16]，虽圣人不能以是必信，是故中而疑也。

以足下读古人书，为文章，善小学[17]，其为多能若是，而进不能出群士之上，以取显贵者，无他故焉。京城人多言足下家有积货[18]，士之好廉名者皆畏忌，不敢道足下之善。独自得之，心蓄之，衔忍而不出诸口，以公道之难明，而世之多嫌也[19]。一出口，则嗤嗤者以为得重赂[20]。仆自贞元十五年见足下之文章[21]，蓄之者盖六七年未尝言，是仆私一身而负公道久矣，非特负足下也。及为御史、尚书郎[22]，自以幸为天子近臣[23]，得奋其舌[24]，思以发明足下之

开篇便不同凡响。吴楚材、吴调侯："因骇疑而将吊，因大喜而更以贺。"（《古文观止》卷九）

蒋之翘引归有光："想参元亲在，故前云勤奉养、乐朝夕。末慰之方。方照上'养'字、'乐'字。"（辑注《柳河东集》卷三三）

郁塞[25]。然时称道于行列[26]，犹有顾视而窃笑者，仆良恨修己之不亮[27]，素誉之不立[28]，而为世嫌之所加，常与孟幾道言而痛之[29]。乃今幸为天火之所涤荡[30]，凡众之疑虑，举为灰埃，黔其庐[31]，赭其垣[32]，以示其无有，而足下之才能乃可显白而不污，其实出矣。是祝融、回禄之相吾子也[33]。则仆与幾道十年之相知，不若兹火一夕之为足下誉也。宥而彰之[34]，使夫蓄于心者，咸得开其喙[35]，发策决科者[36]，授子而不栗[37]，虽欲如向之蓄缩受侮[38]，其可得乎？于兹吾有望乎尔，是以终乃大喜也。古者列国有灾，同位者皆相吊，许不吊灾[39]，君子恶之。今吾之所陈若是，有以异乎古，故将吊而更以贺也。颜、曾之养[40]，其为乐也大矣，又何阙焉？

足下前要仆文章古书，极不忘，候得数十幅乃并往耳。吴二十一武陵来[41]，言足下为《醉赋》及《对问》，大善，可寄一本。仆近亦好作文，与在京城时颇异。思与足下辈言之，桎梏甚固[42]，未可得也。因人南来，致书访死生。不悉。宗元白。

［注释］

[1] 王参元：郿坊节度使王栖曜少子、王茂元之弟，元和二年（807）进士及第。见王应麟《困学纪闻》卷一七、陈景云《柳集点勘》卷三。李商隐《樊南文集》卷八《李贺小传》："所与游者王参元、杨敬之、权璩、崔植为密。"又云"长吉姊嫁王氏者"，疑即王参元所娶。此书云"吴二十一武陵来"，吴武陵以事谪永州在元和四年（809），此书当在四年后于永州作。　[2] 杨八：杨敬之，杨凌子。刘禹锡有《答杨八敬之》诗。　[3] 吊：祭奠死者或对遭遇凶事的人表示慰问称吊。此指后者。《左传》昭公八年："可吊也而又贺之。"　[4] 究知：详细知道。　[5] 荡：荡然无存。泯：完全毁灭。悉：全部。　[6] 奉养：指奉养其母亲。　[7] 恬安：安逸平和。　[8] 炀（yáng）：指大火。赫烈：火势凶猛貌。虞：忧患。　[9] 左右：指王参元的亲戚、友人。　[10] 脂膏：肥肉、食油。滫（xiū）瀡（suǐ）：《礼记·内则》："滫瀡以滑之，脂膏以膏之。"郑玄注："秦人溲曰滫，齐人滑曰瀡也。"滫，泔水。瀡，使食物柔滑的食品。　[11] 给（jǐ）：充足。　[12] 盈虚：满和空。《周易·丰》："天地盈虚，与时消息。"倚伏：依赖和藏伏。《老子》："祸兮福之所倚，福兮祸之所伏。"　[13] 厄困：困，灾难。震悸：震惊。　[14] 孽：灾祸。草木之怪谓之妖，虫豸之怪谓之孽。　[15] 群小：许多小人。愠：怨恨。《诗经·邶风·柏舟》："忧心悄悄，愠于群小。"　[16] 诞漫：难以捉摸。　[17] 小学：古人把文字、音韵、训诂之学统称为小学。　[18] 积货：积聚的钱财。　[19] 嫌：嫌疑。　[20] 嗤嗤：讥笑。　[21] 贞元十五年（799）：柳宗元在京为集贤殿正字。　[22] 御史：贞元十九年（803）柳宗元为监察御史里行。尚书郎：贞元二十一年（805）柳宗元为尚书礼部员外郎。　[23] 天子近臣：可以接近皇帝的人。　[24] 奋其舌：意为积极发表意见。　[25] 发明：申说。郁塞：

愁闷，不愉快。 [26]行列：指同僚、同事。 [27]修己之不亮：自己的道德修养不够完备。 [28]素誉：平时的声誉。 [29]孟幾道：孟简，字幾道，德州平昌人。曾为谏官。两《唐书》有传。 [30]涤荡：清除扫荡。 [31]黔：黑。庐：房屋。 [32]赭（zhě）：红色，此用作动词。垣：墙壁。 [33]祝融：黄帝时的掌火官，传说死后为火神。回禄：火神。《左传》昭公二十九年："颛顼氏有子曰犁，为祝融。"杜预注："犁为火正。"又《左传》昭公十八年："禳火于玄冥、回禄。"杜预注："玄冥，水神。回禄，火神。"相：辅助。 [34]宥：相助。彰：彰显，明白。 [35]喙：嘴。开其喙谓开口说话。 [36]发策决科：指主持科举考试。《法言·学行》："须以发策决科。"汉代考明经，将问难疑义，书之于策，量其大小，署为甲乙之科，排列放置，不使试者知晓。试者探取，随其所取得而解释之。故云。 [37]栗：担忧。 [38]蓄缩：退缩。 [39]"许不吊灾"二句：《左传》昭公十八年载：宋、卫、陈、郑发生火灾，陈不救火，许不吊灾，君子是以知陈、许之亡也。 [40]颜、曾：颜指颜回，安贫乐道。曾指曾参，事亲至孝。都是孔子学生。 [41]吴二十一武陵：吴武陵，行二十一，信州人。王参元与杨敬之、吴武陵同年登进士第。 [42]桎梏（zhì gù）：本义为脚镣手铐，此处意为束缚压制，不得自由。

[点评]

蒋之翘辑注《柳河东集》卷三三引罗大经曰："东坡眼空一世，独喜陶、柳，虽迁海外，亦以二集自随。尝指子厚《贺失火书》谓山谷曰：'此人奇奇怪怪，亦三端中得一好处也。'"孙琮评此文说："此篇提柱分应，一段写骇，一段写疑，一段写吊且贺。虽分四段，其写骇、

写疑、写吊、写贺，是客意，写喜一段是正意，盖失火
而贺。此是奇文，失火而反表白参元之材，又是奇事，
从奇处立论，便见超越，固知写喜一段是一篇正文也。"
（《山晓阁选唐大家柳柳州全集》卷一）朋友家失火而贺，
似乎不近人情，然作者却从情理之外着笔，发挥了《老
子》"祸兮福所倚，福兮祸所伏"的思想。虽是奇思异想，
然亦有婉转之意、诙谐之味。婉转之意在王家之富，财
多招祸；诙谐之味在予友人以安慰，想开一些。这些可
从言外得之。

答韦中立论师道书[1]

　二十一日，宗元白：辱书云欲相师[2]，仆道
不笃[3]，业甚浅近[4]，环顾其中[5]，未见可师者。
虽常好言论，为文章，甚不自是也[6]。不意吾
子自京师来蛮夷间[7]，乃幸见取[8]。仆自卜固无
取[9]，假令有取，亦不敢为人师。为众人师且不
敢[10]，况敢为吾子师乎？

　　孟子称"人之患在好为人师"[11]。由魏晋
氏以下[12]，人益不事师。今之世，不闻有师，
有辄哗笑之[13]，以为狂人。独韩愈奋不顾流俗，

以上先陈不敢
为对方之师之意。

犯笑侮[14]，收召后学，作《师说》[15]，因抗颜而为师[16]。世果群怪聚骂，指目牵引[17]，而增与为言辞[18]，愈以是得狂名。居长安，炊不暇熟[19]，又挈挈而东[20]，如是者数矣[21]。屈子赋曰[22]："邑犬群吠，吠所怪也。"仆往闻庸蜀之南[23]，恒雨少日，日出则犬吠，余以为过言[24]。前六七年，仆来南二年[25]，冬，幸大雪，逾岭被南越中数州[26]，数州之犬，皆苍黄吠噬[27]，狂走者累日[28]，至无雪乃已[29]，然后始信前所闻者。今韩愈既自以为蜀之日[30]，而吾子又欲使吾为越之雪，不以病乎？非独见病[31]，亦以病吾子[32]。然雪与日岂有过哉？顾吠者犬耳[33]。度今天下不吠者几人[34]，而谁敢衒怪于群目[35]，以召闹取怒乎[36]？

仆自谪过以来[37]，益少志虑[38]。居南中九年，增脚气病[39]，渐不喜闹，岂可使呶呶者早暮哔吾耳、骚吾心[40]？则固僵仆烦愦[41]，愈不可过矣。平居望外[42]，遭齿舌不少[43]，独欠为人师耳。抑又闻之，古者重冠礼[44]，将以责成人之道，是圣人所尤用心者也。数百年来，人不

冯叙吉："蜀日越雪之喻，意味最深，其愤世嫉俗之情，特借韩愈以泄怨耳，故子厚云云。"（明阙名评选《柳文》卷一引）

以上写世俗恶言为师，可与韩愈《师说》"士大夫之族，曰师曰弟子云者，则群聚而笑之"相参看。

复行[45]。近有孙昌胤者[46]，独发愤行之[47]。既成礼，明日造朝至外廷[48]，荐笏言于卿士曰[49]："某子冠毕[50]。"应之者咸怃然[51]。京兆尹郑叔则怫然曳笏却立[52]，曰："何预我耶[53]？"廷中皆大笑。天下不以非郑尹而快孙子[54]，何哉？独为所不为也[55]。今之命师者大类此[56]。

沈德潜："引冠礼之不行，以例师道之不行，见古之不宜于今也。"（《唐宋八大家文读本》卷七）

[注释]

[1] 韦中立：为时任永州刺史韦彪之孙。岑仲勉《元和姓纂四校记》云："知彪于元和七、八年刺永，其孙中立南来，当是省祖，由是可决《姓纂》称永州刺史为彪之见官。"韦中立自永州赴京后，致书柳宗元求教，柳作此书答之。此书元和八年（813）在永州作。柳集又有《送韦七秀才下第求益友序》，所云韦七即韦中立，言其文懿且高、行愿以恒，而不录于有司，作于此书后。韦中立于元和十四年（819）进士及第。　[2] 相师：拜我作老师。　[3] 笃：深厚，扎实。　[4] 业：学业。　[5] 其中：指自己所拥有的学问。　[6] 自是：自信，自以为是。　[7] 蛮夷：此处指永州。　[8] 见取：被看中，被认可。　[9] 卜：估量。　[10] 众人：意为普通人。　[11] 人之患在好为人师：所引见《孟子·离娄上》。　[12] "由魏晋氏以下"二句：魏晋重门阀，轻师道，故有此言。益，越发。　[13] 哗笑：喧哗嘲笑。　[14] 犯：冒犯。笑侮：讥笑、轻视。　[15]《师说》：为韩愈所作文章，批评当时耻于从师的习俗。　[16] 抗颜：态度严正。　[17] 指目牵引：用手指、递眼色，拉扯以示意。　[18] 言辞：指诽谤的言辞。　[19] 炊不暇熟：饭都来不及煮熟。　[20] 挈（qiè）挈：孤独的样子。而

东：离长安东去。　[21]数（shuò）：屡次。　[22]"屈子赋曰"以下三句：屈子，屈原。屈原《九章·怀沙》："邑犬之群吠兮，吠所怪也。"　[23]庸蜀：泛指今湖北、四川。庸，商时小国名，后被楚所灭。其都城故址在今湖北竹山东南。蜀，古国名，在今四川。　[24]过言：言过其实。　[25]来南二年：柳宗元永贞元年（805）至永州，二年指元和元年（806）。　[26]逾岭：指大雪越过五岭。被：覆盖。南越：指今广东一带。　[27]苍黄：惊慌失措。吠噬（shì）：又叫又咬。　[28]狂走：乱跑。　[29]已：停止。　[30]"今韩愈既自以为蜀之日"以下三句：是说韩愈自己已经做了蜀地的太阳，你又要使我成为越地的雪，不是要吃苦头吗？　[31]见病：被病。指自己吃苦头。　[32]病吾子：连累你吃苦头。　[33]顾：只是，不过。　[34]度（duó）：想，推测。　[35]衒（xuàn）怪：夸耀被人见怪的事。衒，同"炫"，炫耀。群目：众人眼前。　[36]召闹取怒：招来吵闹和愤怒。　[37]谪过：因过错而遭贬谪。　[38]志虑：记录和思考。　[39]脚气：一种足病，脚趾间发痒，重者糜烂。　[40]呶（náo）呶：唠叨不止。咈（fú）：拂逆。骚：骚扰。　[41]僵仆：躺倒不动。烦愦（kuì）：烦恼昏乱。　[42]平居：平日闲居。望外：意料之外。　[43]齿舌：口舌。指被人说闲话。　[44]冠礼：古代男子二十岁举行加冠仪式，表示已经成年。《礼记·冠义》："冠者，礼之始也。"　[45]不复行：不再举行。　[46]孙昌胤：《旧唐书·赵宗儒传》："又秘书少监郑云逵考其同官孙昌裔入上下，宗儒复入中上。"《唐诗纪事》卷四六孙昌胤："昌胤，登天宝进士第。"当即此人。　[47]发愤：意为鼓起勇气。　[48]造朝：上朝。外廷：宫廷外院。　[49]荐笏：把笏插在腰带上。笏，笏板，用玉或竹、木制成，古代臣子上朝时所执，有事可写在上面，以免奏事时遗忘。卿士：指等候上朝的官员。　[50]某子：我的某个儿子。　[51]咸：都。忨（wǔ）然：

茫然。　[52]京兆尹：唐设京兆府，掌京城政务，其最高长官称京兆尹。郑叔则：贞元初为京兆尹。贞元五年（789）贬永州长史。后终福建观察使。怫（fú）然：愤怒貌。曳笏：拖着笏。却立：后退站立。　[53]预：相干。　[54]非：指责。郑尹：指郑叔则。快：欢快，嘻笑。孙子：指孙昌胤。　[55]独为：单独做了。　[56]命师：请人当老师。

　　吾子行厚而辞深[1]，凡所作皆恢恢然有古人形貌[2]，虽仆敢为师，亦何所增加也[3]？假而以仆年先吾子[4]，闻道著书之日不后，诚欲往来言所闻[5]，则仆固愿悉陈中所得者[6]，吾子苟自择之[7]，取某事去某事，则可矣。若定是非以教吾子，仆材不足，而又畏前所陈者，其为不敢也决矣[8]。吾子前所欲见吾文，既悉以陈之，非以耀明于子[9]，聊欲以观子气色诚好恶何如也[10]。今书来，言者皆大过[11]。吾子诚非佞誉诬谀之徒[12]，直见爱甚[13]，故然耳。

　　始吾幼且少，为文章，以辞为工[14]。及长，乃知文者以明道[15]，是固不苟为炳炳烺烺[16]，务采色、夸声音而以为能也[17]。凡吾所陈，皆自谓近道[18]，而不知道之果近乎[19]？远乎？吾子好道而可吾文[20]，或者其于道不远矣。故

　　无名氏："此段承上接下，词亦婉曲且古。林次崖曰：以上言己不敢为师之意。此下言生平之所自得者以示之，盖虽不敢当师之名，而所以教之者，大要不出此矣。王荆石曰：分明避其名、居其实。"（明阙名评选《柳文》卷一）

何焯："下六句乃即临文言之。抑、扬二句，谓命意也。疏、廉二句，谓布势也。发、存二句，谓炼格也。此于逐句反复，先后尤当，彼此相成，斯为意不浮，为势不窘，为格不涩也。"（《义门读书记》卷三六）

以上述文以明道之意，并述如何从古人的文章中汲取营养，实已教之如何作文了。

吾每为文章，未尝敢以轻心掉之[21]，惧其剽而不留也[22]；未尝敢以怠心易之[23]，惧其弛而不严也[24]；未尝敢以昏气出之[25]，惧其昧没而杂也[26]；未尝敢以矜气作之[27]，惧其偃蹇而骄也[28]。抑之欲其奥[29]，扬之欲其明[30]，疏之欲其通[31]，廉之欲其节[32]，激而发之欲其清[33]，固而存之欲其重[34]，此吾所以羽翼夫道也[35]。本之《书》以求其质[36]，本之《诗》以求其恒[37]，本之《礼》以求其宜[38]，本之《春秋》以求其断[39]，本之《易》以求其动[40]，此吾所以取道之原也[41]。参之穀梁氏以厉其气[42]，参之《孟》《荀》以畅其支[43]，参之《庄》《老》以肆其端[44]，参之《国语》以博其趣[45]，参之《离骚》以致其幽[46]，参之太史公以著其洁[47]，此吾所以旁推交通而以为之文也[48]。凡若此者，果是耶，非耶？有取乎？抑其无取乎？吾子幸观焉择焉[49]，有余以告焉[50]。苟亟来以广是道[51]，子不有得焉[52]，则我得矣，又何以师云尔哉[53]？取其实而去其名，无招越、蜀吠怪[54]，而为外廷所笑，则幸矣。宗元白。

[注释]

[1]行厚：品行淳厚。辞深：文辞功底深厚。　[2]恢恢然：形容文章气势宏伟。　[3]增加：指对对方有所补益。　[4]假而：假如。　[5]言所闻：指谈论学问。　[6]悉：全部。陈：陈述。中：心中。古人认为心是记忆思考的器官。　[7]苟：但。　[8]决：肯定。　[9]耀明：炫耀。　[10]气色：表情。诚：确实。好恶（wù）：喜欢与不喜欢。　[11]大过：指过分夸奖。　[12]佞誉：巧言赞美。诬谀：胡乱奉承。　[13]直：只不过。见爱：喜爱我。　[14]以辞为工：以辞藻华丽为好。　[15]明道：阐明"道"。"道"指做人做事的原则、道理，包括学问，不尽指儒家之道。　[16]苟为：随便做。炳炳烺（lǎng）烺：指光彩照人、辞藻华美的作品。　[17]务采色：追求词采。夸声音：夸耀声调音韵。　[18]近道：接近作文之道。　[19]果：果真。　[20]可：认可，肯定。　[21]未尝敢：从来不敢。轻心掉之：即掉以轻心。指轻率动笔。掉，玩弄。　[22]剽而不留：浮夸而不凝滞。　[23]怠心：怠慢之心。易：轻忽，忽视。　[24]弛：松弛。严：严谨。　[25]昏气：昏乱之气，谓糊里糊涂。出：写出。　[26]昧没：模糊不清。杂：杂乱。　[27]矜气：骄矜之气。　[28]偃蹇（yǎn jiǎn）：夭矫貌，耸然高出貌。屈原《九歌·东皇太一》："灵偃蹇兮姣服。"骄：骄傲。　[29]抑：抑制。奥：深刻，含蓄。　[30]扬：发挥，发扬。明：明白，明朗。　[31]疏：疏导。通：通畅。　[32]廉：简洁，删削繁冗。节：有节制。　[33]激：指激发情感。清：清爽，爽快。　[34]固：指保持充足的气势。重：深厚凝重。　[35]羽翼：此用作动词，辅助的意思。　[36]《书》：《尚书》，儒家经典之一。分虞书、夏书、商书、周书四部分。现存五十八篇，有汉代孔安国传、唐孔颖达疏。质：质朴。　[37]《诗》：《诗经》，中国第一部诗

歌总集，也是儒家经典。现存三百零五篇，大部分是周代诗歌。
恒：永恒。　　[38]《礼》：指《周礼》《仪礼》《礼记》，都是记录
古代礼仪法制的书，也是儒家经典。宜：合乎时宜。　　[39]《春
秋》：孔子据鲁史所修订的一部编年体史书，起鲁隐公元年，迄
鲁哀公十四年，凡十二公二百四十二年。叙事极简。传《春秋》
者有左丘明、公羊高、穀梁赤三家。断：决断，判断。　[40]《易》：
《周易》，儒家尊为《易经》，古代卜筮之书。因伏羲所画八卦，
重之为六十四卦，三百八十四爻。动：变化，演化。　　[41]原：
本原，根本。　　[42]穀梁氏：指《穀梁传》，《春秋》三传之一。
穀梁子名赤，一名淑（俶），鲁人，曾受经于子夏。人称“穀
梁清而婉，其失也短”（范宁《〈春秋穀梁传〉序》）。厉其气：
磨炼文气。　　[43]《孟》：《孟子》，相传孟轲所著，可能是他的
弟子所纂辑。共七篇。孟轲，战国邹人，孔子学说的重要继承
人。《荀》:《荀子》，战国荀况所著，现存为汉代刘向所编定，共
三十二篇。荀况为战国赵人，曾为楚兰陵令。畅其支：使文章
条理畅达。　　[44]《庄》：《庄子》，分内篇七、外篇十五、杂篇
十一，内篇当是庄子自著。庄子名周，战国宋人。其学说属道家。
《老》:《老子》，又名《道德经》，相传为老子所作。老子姓李名
耳，字聃，春秋时楚人。道家学派的创始人。肆其端：放纵其端
绪，使文章意境开阔又富于变化。　　[45]《国语》：相传为春秋
时左丘明所作，分别记载西周末年至春秋时期周、鲁、齐、晋、
郑、楚、吴、越八国的史事。博其趣：扩展文章的情趣。　　[46]《离
骚》：战国楚屈原所作，为长篇诗歌作品，以芳草美人以喻君子，
艺术想象极其丰富。致其幽：求得文意的隐微深沉。　　[47]太史
公：指汉代司马迁所著《史记》，一百三十篇，原名《太史公书》。
为纪传体通史。著其洁：显明地表现文章简洁精练。　　[48]旁
推：依傍推究。旁，通“傍”。交通：互相参照、贯通。　　[49]观：

观看。择：选择。　[50]有余：有空闲的时候。　[51]亟：急切。
广：扩充。　[52]得：指收获。　[53]云尔：如此称呼。　[54]招：
招致。越、蜀吠怪：指越蜀之犬见雪、日而吠事。

[点评]

　　此文为柳宗元论文的一篇重要著作。文中阐述了"文
以明道"的主张，并就如何打好作文的基础、从古人著
作中汲取营养等问题畅谈了自己的看法，也是自己的经
验。白斑说："为文之法，备于是矣。学者诚能如此用功，
文其有不过人者乎？"（《湛渊静语》卷二）前半部分犹
就师道而论，因韦中立要拜柳宗元为师，故先说辞谢之
意。其中批评世俗，亦可谓嬉笑怒骂。后半部分则将自
己的写作心得，向韦中立倒箧而出，虽不名为师，却已
尽为师之实。沈德潜说："前论师道，犹作谐谑语。后示
为文根柢，倾囊倒困而出之，辞师之名，示师之实，在
中立之自得之耳。较昌黎论文尤为本末俱到。"（《唐宋八
家文读本》卷七）此文虽为书信，却写得曲折多姿，绝
无枯燥之感。朱宗洛说："如此文虽反复驰骋，曲折顿挫，
极文章之胜观，然总不出结处'取其实而去其名'一句
意。"（《古文一隅》卷中）论者又多以之与韩愈《答李翊
书》并称，蔡世远《古文雅正》卷九便说："此篇当与昌
黎《答李翊书》参看。见古人以文章名家，皆由苦心力
索之功。"洪迈《容斋随笔》卷七："韩退之自言作为文章，
上规姚姒《盘》《诰》《春秋》《易》《诗》左氏、《庄》《骚》、
太史、子云、相如，闳其中而肆其外。柳子厚自言每为
文章，本之《书》《诗》《礼》《春秋》《易》，参之穀梁氏

以厉其气，参之《孟》《荀》以畅其支，参之《庄》《老》以肆其端，参之《国语》以博其趣，参之《离骚》以致其幽，参之太史公以著其洁。此韩、柳为文之旨要，学者宜思之。"

为南承嗣上中书门下乞两河效用状[1]

右[2]，伏以越败夫差[3]，多会稽纳官之子；赵摧栗腹[4]，即长平死事之孤。何者？义烈之余[5]，色气猛厉[6]，上将效于国用，下欲济其家声[7]，所以愤激凄怆，常思致命者也[8]。

某先父死难睢阳[9]，事存简册[10]，累降优余[11]，荣及子孙。爰自襁褓[12]，超升品秩[13]，肉食廪给[14]，未尝暂停。顷守涪州[15]，属西蜀遘逆[16]，将致死命，以尽夙心[17]，寝戈尝胆[18]，志愿未究[19]。会刀笔之吏置以深文[20]，首级之差[21]，今复谁辩？薏苡之谤[22]，不能自明。犹赖旧勋，谪居乐土[23]。食人力之粟，守无事之官，拳拳血诚[24]，无所陈露。伏见明制兴师[25]，讨伐恒冀，蔑尔小丑，尚欲逋诛[26]。某材非古人，

引用典故，说明烈士之孤会继承先人的忠勇，摧敌制胜。

说自己蒙受国家重恩，未能报效，如今正是机会。

说明先前的过错，并非全是自己的责任，也是案吏意在挑剔，致使有冤难明。

志慕前烈，愿得身当一队[27]，效死戎行[28]，竭平生之忠恳，申幽明之冤痛。抚剑心往[29]，发言涕零。尝闻汉法有奋击匈奴者，诸侯不得拥遏[30]，又况丞相总军国之重[31]，定廊庙之谋[32]，固当弘奖[33]，无所弃捐[34]。伏乞哀悯收抚，以成其心[35]。无任恳迫惶恐之至。

陈述自己的志向，希望获得准许。是此状意图所在。

[注释]

[1]南承嗣：南霁云之子。七岁为婺州别驾，历刺施、涪二州。元和元年（806）刘辟叛，承嗣因无防备，被免职，谪来永州，得与柳宗元游。柳宗元为其作《南府君（霁云）睢阳庙碑》《送南涪州量移澧州序》，并代作《为南承嗣请从军状》及此篇。中书门下：唐代的政府组织为三省制，即中书省、门下省、尚书省。中书省主发布命令，门下省主复核审查，尚书省主行政。地方官员向朝廷呈报或申请事务即上报中书门下。两河：河南河北。状：文体之一种，唐时官员向皇帝或中书门下陈述事实或有所呈报、申请的文书皆称状。陈景云《柳集点勘》卷三："元和四年十月癸酉，下诏讨王承宗。庚寅，立邓王宁为皇太子。癸巳，以册储肆赦，南承嗣以永州司马移澧州长史。此二状乃甫闻癸酉之诏，未奉癸巳赦文前作。然状虽上而所请不允，故寻有《送承嗣赴澧序》。"陈考甚详，可为定论。此状作于元和四年（809）十月南承嗣赴澧州之前。　[2]右：状的行文格式，代指所陈述、呈报或申请的事项。正式之状前有状头，简列本状事项，类似题目。中即状文，末署年月及具状人官职姓名。此状的具状人是南承嗣，柳宗元是代作，故收入文集时题目加"为南承嗣"的字样，且只

收状文。　[3]"伏以越败夫差"二句：伏以，自己以为。伏，弯腰低头，表示谦恭。陈述个人意见时冠以"伏以"，为表状的例行格式。《国语·越语上》载越国被吴王夫差打败后，"孤子寡妇疾疹贫病者，纳宦其子"。韦昭注："宦，仕也。仕其子而教以廪食之也。"可知"官"当作"宦"。后越灭吴，夫差自杀。会稽，越国都城。　[4]"赵摧栗腹"二句：《史记·廉颇蔺相如列传附赵奢》：赵成王时，秦与赵兵相距长平，赵以赵奢子赵括将赵军，军败，数十万之众降秦，秦悉坑之。燕用栗腹之谋，曰："赵壮者尽于长平，其孤未壮。"举兵击赵，赵使廉颇将军，大破燕军于鄗，杀栗腹，遂围燕。燕割五城请和。孤，孤儿。父死为孤。　[5]义烈之余：忠义壮烈的后代。　[6]猛厉：勇猛激励。厉，通"励"。　[7]济：发扬，成就。　[8]致命：舍命，拼命。　[9]先父死难睢（suī）阳：安史之乱时，南霁云与张巡、许远守睢阳，顽强抗击十三万叛军的围困。曾冒死突围至临淮求救兵，河南节度使贺兰进明不肯发兵，且欲留霁云，霁云啮落自己一指以示进明，返回睢阳。城陷，遂与张巡等同被害。可参《资治通鉴》卷二一九、卷二二〇唐肃宗至德元载、至德二载。睢阳，唐郡名，郡治在今河南商丘南。　[10]简册：指史书。[11]优诏：优待的诏书。　[12]爰（yuán）：句首语助词，无义。襁褓（qiǎng bǎo）：包裹婴儿的布幅，代指幼儿。　[13]品秩：官员级别。南承嗣因父忠义死难事，七岁便为婺州别驾，赐绯鱼袋。　[14]肉食：指享受厚禄。廪（lǐn）给：官府供给粮食。廪，粮仓。[15]涪（fú）州：唐涪州涪陵郡，今属四川。　[16]遘（gòu）逆：作逆。永贞元年（805）八月，剑南西川行军司马刘辟自为节度留后，对抗朝廷。　[17]夙心：平时的心愿。　[18]寝戈：即枕戈。《晋书·刘琨传》："与范阳祖逖为友。闻逖被用，与亲故书曰：'吾枕戈待旦，志枭逆虏，常恐祖生先吾著鞭。'"

尝胆：春秋时越王勾践战败，为吴所执，后放归，欲报吴仇，苦身焦思，置胆于坐，饮食尝之，使不忘会稽之耻。见《史记·越王勾践世家》。　[19]究：尽，完成。　[20]刀笔之吏：刀和笔都是古代书写的工具，故以刀笔吏称文职官员。深文：指琐碎刻意的案件之文。　[21]"首级之差"二句：西汉云中太守魏尚，抗击匈奴有功，坐上功首虏差六级，案吏上其事，文帝免魏尚之职。冯唐向文帝言魏尚之功，功大于过，文帝遂恢复魏尚官爵。见《汉书·冯唐传》。　[22]"薏苡（yì yǐ）之谤"二句：后汉马援征交趾，饵薏苡，军还，载之一车。后有上书谮之者，以为前所载还皆明珠文犀。光武帝怒，援妻孥惧，不敢以丧还旧茔葬。见《后汉书·马援传》。薏苡，草本植物，子为薏米，可食。　[23]乐土：安乐之地。此指永州。　[24]拳拳：形容忠诚。血诚：发自内心的诚意。《晋书·谢玄传》谢玄上书："区区血诚，忧国实深。"　[25]"伏见明制兴师"二句：元和四年，成德军节度使王承宗据德、棣二州反叛朝廷。十月，朝廷下诏削夺王承宗官爵，发诸镇之军征讨之。王承宗为王士真长子，袭为成德军节度使。恒，恒州。唐镇州常山郡，本恒州恒山郡，后改名，为成德军治所在。冀，唐冀州信都郡，为成德军治地。今皆属河北。　[26]逋（bū）诛：逃脱被诛杀。　[27]一队：汉武帝天汉二年，汉军出酒泉击匈奴，李陵上书自请："愿得自当一队，到兰干山南以分单于兵。"见《汉书·李陵传》。颜师古注："队，部也。"[28]戎行（háng）：军队。　[29]抚剑：抚摸宝剑，表示志在杀敌立功。《三国志·魏书·陈思王曹植传》曹植上疏求自试："抚剑东顾，而心已驰于吴会矣。"　[30]拥遏（è）：阻拦，阻止。　[31]总：总理，总管。军国：军务与国政。　[32]廊庙：古代君主与大臣议论政事的地方，因而代指朝廷。廊，殿周围的廊。庙，太庙。　[33]弘奖：弘扬奖励。　[34]弃捐：弃置不用。　[35] 成：成就。

[**点评**]

此状虽为代人而作，仍然写得慷慨激昂，可以看出，柳宗元是满怀激情地为南承嗣作这篇文章的。正如陆梦龙所评："读之勃然。"（《柳子厚集选》卷四）这是一篇骈文，骈文又称四六文，以四、六句式为主，讲究对偶和用典。此文并不刻意追求对偶之工，也不堆砌典故，而是以气势为主导，骈散结合，行文流畅，是将散文的作法应用于骈文的结果。孙梅说："独子厚以古文之笔，而炉鞲于对仗声偶间，天生斯人，使骈体、古文合为一家。"（《四六丛话》卷三二）正对此而言。于此篇可以领略柳宗元骈体文的风采。

祭弟宗直文 [1]

维年月日 [2]，八哥以清酌之奠 [3]，祭于亡弟十郎之灵。吾门凋丧 [4]，岁月已久，但见祸谪 [5]，未闻昌延 [6]，使尔有志，不得存立。延陵已上 [7]，四房子姓 [8]，各为单子 [9]，恺恺早夭 [10]，汝又继终，两房祭祀 [11]，今已无主。吾又未有男子 [12]，尔曹则虽有如无 [13]，一门嗣续 [14]，不

先从宗续说起，因古人视传宗接代为孝道之先。

绝如线[15]。仁义正直，天竟不知，理极道乖[16]，无所告诉。

汝生有志气，好善嫉邪[17]，勤学成癖，攻文致病[18]。年过三十，不禄命尽[19]，苍天苍天，岂有真宰[20]？如汝德业[21]，尚早合出身[22]，由吾被谤年深[23]，使汝负才自弃。志愿不就[24]，罪非他人，死丧之中，益复为愧[25]。汝墨法绝代[26]，识者尚稀。及所著文，不令沉没[27]，吾皆收录，以授知音[28]。《文类》之功[29]，更亦广布[30]，使传于世人，以慰汝灵。知在永州，私有孕妇[31]，吾专优恤[32]，以俟其期[33]。男为小宗[34]，女亦当爱，延子长大，必使有归[35]。抚育教视[36]，使如己子。吾身未死，如汝存焉[37]。

炎荒万里，毒瘴充塞[38]，汝已久病，来此伴吾。到未数日，自云小差[39]，雷塘灵泉[40]，言笑如故。一寐不觉，便为古人[41]。茫茫上天，岂知此痛？郡城之隅[42]，佛寺之北，饰以殡绋[43]，寄于高原。死生同归[44]，誓不相弃，庶几有灵[45]，知我哀恳。

柳宗元怀愧之深，不能助弟有所成就，正为此也。

孙琮："其惓惓若此，乃知子厚之为十郎哀者，文学之事重，而兄弟之情，因此而更深焉。"（《山晓阁选唐大家柳柳州全集》卷四）

林纾："此数行中，无尽深情，无穷体恤。"（《韩柳文研究法·柳文研究法》）

林纾："末写厝棺萧寺之惨状，临棺痛哭之誓词。"（同上）

［注释］

[1]宗直：柳宗元同祖异父弟，字正夫，随从柳宗元至永州，又从至柳州。祭文：文体之一种，祭奠亲友之辞。柳集有《志从父弟宗直殡》，云宗直元和十年（815）七月卒于柳州，此文亦同时作。　[2]年月日：具体年月日当是编集时省去。古人为他人所作的祭文或墓志铭，有时年月日前先留空，或作"某"字，待祭奠时或刻石时补上。　[3]八哥：柳宗元自谓。清酌：清酒。　[4]凋丧：衰落、死亡。　[5]祸谪：灾祸、贬谪。　[6]昌延：昌盛、延续。　[7]延陵：春秋时，吴王寿梦有子四人：诸樊、余祭、余昧、季札。季札封于延陵，号延陵季子。柳宗元祖父柳察躬有五子：镇、缜、缜、综、续。柳宗元为柳镇之子。此以延陵季子喻其最小的叔父柳续。　[8]子姓：同姓。《国语·楚语下》："帅其子姓，从其时享。"韦昭注："子姓，众同姓也。"　[9]单子（jié）：独子。《说文》："孑，无右臂也。"　[10]慥（zào）慥：当是人名，柳宗元从弟，然未知谁之子。　[11]两房：两家。祭祀：古代祭祀祖先由男子主持，无儿即意味着绝祀。　[12]男子：指儿子。　[13]尔曹：尔辈。指宗直。虽有如无：据下文，柳宗直有遗孕，不知是男是女，故云。虽，虽然。　[14]嗣续：后代子孙。　[15]不绝如线：没有断绝，却细如一线。《公羊传》僖公四年："中国不绝若线。"何休注："线，缝帛缕，以喻微也。"　[16]极：穷尽。　[17]嫉邪：憎恨邪恶。　[18]攻文致病：柳宗元《志从父弟宗直殡》云："读书不废，蚤夜以专，故得上气病，胪胀奔逆。每作，害寝食，难俯仰。时少闲，又执业以兴，呻痛咏言，杂莫能知。"　[19]不禄：无功名仕禄。　[20]真宰：指天。天为万物的主宰，故云。[21]德业：道德学业。[22]合：应该。出身：唐代科举，举子通过礼部试的称及第，通过吏部试的称出身。获得出身即获得做官资格。　[23]被谤：指因参预王

叔文集团而遭贬谪。　[24] 就：成就，成全。　[25] 愧：惭愧。
"为愧"指作者自己。　[26] 墨法：书法。绝代：即绝世，世所
少有。《志从父弟宗直殡》云："善操觚牍，得师法甚备，融液屈
折，奇峭博丽，知之者以为工。" [27] 沉没：埋没。　[28] 知
音：《志从父弟宗直殡》云："作文辞淡泊尚古，谨声律，切事
类。" [29]《文类》：柳宗直曾编《汉书》文章为四十卷，赋、颂、
诗、歌、书、奏、诏、策、辩、论之作，各以类分，号《西汉文
类》。宗元为之作序，即《柳宗直西汉文类序》。　[30] 广布：广
泛传布。　[31] 私有：谓非正式婚姻关系。　[32] 专：特意。优恤：
优厚的周济。　[33] 俟：等待。　[34] 小宗：古时嫡系长子以下
诸子的世系为小宗，与大宗相对而言。　[35] 归：女子出嫁叫归。
此针对如果是女儿而言。　[36] 教视：教育看待。此针对如果是
儿子而言。 [37] 存：活着。　[38] 毒瘴：有毒的瘴气。　[39] 小
差：差不多好了。 [40] 雷塘灵泉：元和十年七月，宗直南来柳州，
道加疟寒，数日良已。又随从柳宗元祷雨于雷塘神所，还戏灵泉
上，洋洋而归。卧至旦，呼之无闻，就视，神形离矣。见《志从
父弟宗直殡》。雷塘，柳州有雷山，两崖间有水曰雷水，蓄崖中
曰雷塘。 [41] 为古人：指死亡。　[42] 郡城：指柳州城。　[43] 殡
绋（zhèn）：牵引棺材的绳索。因柳宗直死于外地，故棺木先寄
存于佛寺外，日后再归葬祖茔。　[44] 同归：指死后同归于祖
茔。　[45] 庶几：也许。

[**点评**]

　　作者与宗直虽非亲兄弟，却如同亲兄弟，始终相随
不离。故祭文直白，不拘形式，如叙家常，情真意切，
悲戚动人。论者常以之与韩愈《祭十二郎文》相提并论，

蒋之翘说："凄情哀旨，与昌黎《祭十二郎文》上下。所不如者，昌黎之抑扬跌宕，愈令人肠断耳。"（辑注《柳河东集》卷四一）储欣则说："韩《祭十二郎文》是放声长号，柳却呜咽如有节族而不成声，皆哀之至也。"（《河东先生全集录》卷六）孙琮也说："虽不似《祭十二郎》之缠绵，而沉朴恳挚，少许胜多。"（《山晓阁选唐大家柳柳州全集》卷四）

非国语（六十七篇选四）[1]

三川震[2]

幽王二年[3]，西周三川皆震。伯阳父曰[4]："周将亡矣！夫天地之气，不失其序，若过其序，民乱之也。阳伏而不能出[5]，阴迫而不能蒸[6]，于是有地震。今三川实震，是阳失其所而镇阴也[7]。阳失而在阴[8]，源必塞[9]。源塞，国必亡。若国亡，不过十年，数之纪也[10]。夫天之所弃，不过其纪。"是岁也，三川竭，岐山崩[11]，幽王乃灭，周乃东迁[12]。

非曰：山川者，特天地之物也[13]。阴与阳者，气而游乎其间者也。自动自休，自峙自流[14]，是恶乎与我谋[15]？自斗自竭[16]，自崩自缺，是恶乎为我设[17]？彼固有所逼引[18]，而认之者不塞则惑[19]。夫釜鬲而爨者[20]，必涌溢蒸郁以麋百物[21]，畦汲而灌者[22]，必冲荡渍激以败土石[23]。是特老妇老圃者之为也[24]，犹足动乎物[25]，又况天地之无倪[26]，阴阳之无穷，以涸洞轇轕乎其中[27]，或会或离，或吸或吹，如轮如机[28]，其孰能知之？且曰"源塞，国必亡""人乏财用，不亡何待"[29]，则又吾所不识也[30]。且所谓者天事乎？抑人事乎？若曰天者，则吾既陈于前矣[31]；人也，则乏财用而取亡者，不有他术乎[32]？而曰是川之为尤[33]，又曰"天之所弃，不过其纪"，愈甚乎哉[34]！吾无取乎尔也[35]。

以上是柳宗元关于天人相分的主要观点，即：自然界是自然界，人类社会是人类社会，两者各有各的规律，是互不相干的。下面所论也是围绕此观点，如曰"天事乎？抑人事乎"？就在于区分天事、人事是两类不同的现象。用天象来附会人类社会，毫无道理。

［注释］

[1]《非国语》：共六十七篇，非一时所作，完稿当在元和四年（809）。六十七篇的次序除个别篇章外，基本上是按《国语》的前后次序编排的。文章具有读后感的性质，先简引《国语》中的言论，然后加以批评，提出自己的看法。短小精悍，却说理透彻，击中要害。所涉及的问题则包括哲学、历史、政治、经济、文化、道德等各个方面。此篇反映了柳宗元反天命、反迷信的唯

物主义思想。　[2]三川：指泾、渭、洛三水。泾水北源于今宁夏六盘山北麓固原市，至陕西高陵入渭河。渭水发源于今甘肃渭源县鸟鼠山，至陕西潼关入黄河。洛水发源于陕西洛南县，经河南汇入黄河。震：地震。　[3]幽王：周幽王，后被犬戎部所杀，西周从此灭亡。幽王二年即公元前780年。　[4]伯阳父：周朝大夫。　[5]伏：潜伏。　[6]阴迫：受阴气的压迫。蒸：上升。　[7]所：所在，位置。镇阴：被阴所镇。　[8]在阴：在阴的下方。　[9]源：指水源。　[10]纪：极限。《国语》韦昭注："数起于一，终于十，十则更，故曰纪也。"　[11]岐山：在今陕西岐山县东北，一名箭括山。　[12]东迁：幽王被杀，周平王便将都城迁往洛阳，是为东周。以上所引见《国语·周语上》。　[13]特：只不过，只是。　[14]峙：屹立，积聚。　[15]恶（wū）乎：哪里，怎能。谋：谋划，合计。　[16]斗：斗争，对立。　[17]设：设立，安排。　[18]彼：指山川。逼引：逼迫、吸引。　[19]认之者：指伯阳父一类人。塞：闭塞无知。　[20]釜（fǔ）鬲（lì）：古代的两种炊具。爨（cuàn）：烧火煮食物。　[21]涌溢：水沸腾溢出。蒸郁：蒸气弥漫。麋：烂。　[22]畦汲：汲水灌园。　[23]渍（pēn）激：涌激。败：毁坏。　[24]老圃：种菜老农。　[25]动乎物：使物体移动。　[26]无倪：没有边际。　[27]颎（hòng）洞：水势弥漫无际貌。轇輵（jiāo gé）：交错，错综复杂。　[28]轮：车轮。机：机械。　[29]"源塞，国必亡""人乏财用，不亡何待"：皆为伯阳父的话。　[30]不识：不懂，不理解。　[31]陈：陈述。　[32]他术：其他的原因。　[33]尤：罪过。　[34]甚乎：过分。　[35]尔：指伯阳父以及他所说的话。

[点评]
　　此文论证了地震是自然现象，并非神的意志，也与

人类社会无关。西周的灭亡自有其原因，与地震没有关系。古人相信天意、天命之说，大多反对柳宗元之论，如蒋之翘所云就很有代表性。蒋之翘说："伯阳父之言，虽谓山崩川竭，在乎阴阳失序，然所以致其失序者，意实谓为人事也。子厚非之云云，则《十月之诗》所谓'百川沸腾，山冢崒崩'者，亦不足信乎？《中庸》云：'国家将亡，必有妖孽。'岂圣人亦好为是以诬人也！"（辑注《柳河东集》卷四四）可见迷信思想之根深蒂固。

卜[1]

献公卜伐骊戎[2]，史苏占之曰[3]："胜而不吉[4]。"

非曰：卜者，世之余伎也[5]，道之所无用也。圣人用之[6]，吾未之敢非[7]，然而圣人之用也，盖以驱陋民也[8]，非恒用而征信矣[9]。尔后之昏邪者神之[10]，恒用而征信焉，反以阻大事[11]。要言[12]，卜史之害于道也多[13]，而益于道也少，虽勿用之可也。左氏惑于巫而尤神怪之[14]，乃始迁就附益以成其说[15]，虽勿信之可也。

占卜的结果不能真的信而不疑。如刘向《说苑·权谋》载武王伐纣，"卜而龟燋，散宜生又谏曰：'此其妖欤？'武王曰：'不利以祷祠，利以击众，是燋之已。'"却取得灭商的胜利。当然，上述记载未必是历史事实，却也符合柳宗元所说：对占卜恒用征信，反阻大事。

[注释]

[1] 卜：占卜。古代烧灼龟壳或兽骨，根据裂纹形状以判断吉

凶。　[2]献公：晋献公。骊戎：春秋时居住在今陕西临潼一带的一个部落。　[3]史苏：人名，掌占卜者。　[4]胜而不吉：据记载：晋献公灭骊戎，以骊姬为妻，生子奚齐。骊姬为使奚齐做太子，向献公进谗言，离间献公和他的儿子，太子申生被迫自杀，重耳、夷吾出亡，晋国内乱。故卜之曰"胜而不吉"。以上引自《国语·晋语一》。　[5]余伎：多余的伎俩。　[6]圣人用之：《尚书》中有许多占卜的记载；《史记·齐太公世家》亦载周文王占卜遇太公。《礼记·表记》记孔子云"昔三代明王，皆事天地之神明，无非卜筮之用"。　[7]未之敢非：即"未敢非之"，不敢否定它。　[8]驱：驱使。陋民：愚昧的民众。　[9]恒用：总是用。征信：取证而相信它（指占卜）。　[10]昏邪：昏庸而相信邪门歪道。神之：把占卜说得神乎其神。　[11]阻：妨碍。　[12]要言：总而言之。　[13]卜史：占卜之官。周时太史为史官，太卜为占卜之官，东汉将太卜并于太史，故合而称之。　[14]左氏：指左丘明。相传《国语》为左丘明所作，柳宗元依附此说。巫：巫术。　[15]附益：附会，添枝加叶。

[点评]

　　占卜的目的在于想预知未来，柳宗元不信天命，认为这是不可能的，故对《国语》中占卜能正确预示吉凶的记载嗤之以鼻，批评这些记载根本不可信。他认为圣人或用之"以驱陋民"，作为偶一用之的愚民手段是可以的，然不可恒用而征信。当然，这也是柳宗元思想的局限。何焯批评说："《易》《洪范》之言，柳子固尝诵之矣，何立论之易也！"（《义门读书记》卷三七）其实，读其书不等于信其言，此为常理，何氏所驳无据。

命　官[1]

胥、藉、狐、箕、栾、郄、柏、先、羊舌、董、韩[2]，实掌近官[3]。诸姬之良[4]，掌其中官[5]。异姓之能[6]，掌其远官[7]。

非曰：官之命[8]，宜以材耶[9]？抑以姓乎[10]？文公将行霸而不知变是弊俗[11]，以登天下之士[12]，而举族以命乎远近[13]，则陋矣[14]。若将军、大夫必出旧族[15]，或无可焉[16]，犹用之耶？必不出乎异族[17]，或有可焉[18]，犹弃之耶？则晋国之政可见矣[19]。

这是问题的关键。晋文公也算是春秋时期的英明之主，尚且如此，可见传统势力之大了。

[注释]

[1]命官：任命官员。　[2]胥、藉、狐、箕、栾、郄（xì）、柏、先、羊舌、董、韩：春秋时晋国十一个世袭贵族的氏族。　[3]近官：在国君左右参与机密的官员。　[4]诸姬：众多姬姓官员。良：优秀的。　[5]中官：宫廷里的官。　[6]异姓：非姬姓者。能：有才能的。　[7]远官：指做地方官。以上见《国语·晋语四》。[8]命：任命。[9]宜：应当。材：才干，才能。[10]抑：还是。　[11]文公：晋文公，名重耳。在外多年，后回国为晋国国君。春秋五霸之一。行霸：推行霸业，即成为诸侯的盟主。弊俗：不好的习俗。　[12]登：进用，选拔。　[13]举族：按照家族。命：命官。远近：谓血缘关系离自己远还是离自己近。近者得亲信、掌机密，远者反是。　[14]陋：浅陋，见

识短浅。 [15] 将军：执掌军权的官员。大夫：职官名，多为朝廷要职。旧族：旧贵族。 [16] 可：可以称职的。 [17] 异族：异姓，非姬姓。 [18] 或有可焉：谓异姓中或有可以胜任的。 [19] 可见：可想而知。

[点评]

晋文公的用人政策是任人唯亲的，而这个"亲"是以血缘关系来划分的，这样的官僚系统当然是世袭的。柳宗元严厉批评了这种用人政策，并尖锐地提出用人唯才干还是唯亲疏的问题。在《六逆论》中，柳宗元批判了"贱妨贵""远间亲""新间旧"的说法，与此篇相似，都是主张举贤任能、"命官以材"的。

戮　仆

晋悼公四年[1]，会诸侯于鸡丘[2]。魏绛为中军司马[3]，公子扬干乱行于曲梁[4]，魏绛斩其仆[5]。

非曰：仆，禀命者也[6]，乱行之罪在公子。公子贵[7]，不能讨[8]，而禀命者死，非能刑也[9]。使后世多为是以害无罪[10]，问之则曰魏绛故事，不亦甚乎[11]！然则绛宜奈何[12]？止公子[13]，以请君之命[14]。

商鞅在秦国实行变法，秦孝公的太子犯法，不能施刑于太子，于是刑其傅公子虔，鲸其师公孙贾，亦此例。可见法家之"法"也不是在法律面前人人平等的。

[注释]

[1] 晋悼公：晋国国君，姓姬名周。晋悼公四年即公元前569 年。　[2] 鸡丘：地名，又叫鸡泽，在今河北省邯郸市永年区。　[3] 魏绛：晋国大夫，又名魏庄子。中军：春秋时晋国军队分为上、中、下三军，中军地位最高。司马：军队中的执法官。　[4] 扬干（gān）：晋悼公之弟。乱行（háng）：扰乱军队行列。曲梁：地名，在今河北省邯郸市永年区。　[5] 仆：即驾御车的仆人。以上见《国语·晋语七》。　[6] 禀命：奉命。　[7] 贵：显贵，地位高。　[8] 讨：责罚，惩办。　[9] 能刑：善于用刑，执法严明之意。　[10] 是：指魏绛戮仆这件事。害无罪：杀害无辜的人。　[11] 不亦甚乎：不也太过分了吗。　[12] 宜奈何：应该怎么办。　[13] 止：制止，扣留。　[14] 请：请示。君：谓晋悼公。命：命令。

[点评]

扬干干扰了军事行动，魏绛拿替罪羊开刀，杀了他的仆人以示惩罚，是明显地怕得罪公室，是“刑不上大夫”“法不治贵”思想的体现。《国语》反而表彰魏绛严于执法，何其荒谬！故柳宗元认为如果后世以此为例，法律条文成了一纸空文，危害甚大。此类事件柳宗元也感到难办，他提出的处理方法是：先请示君主之命，然后再做处置。还是畏于权势。总之，在君主专制、等级森严的中国古代，是不可能真正依法治罪的。

四　言

贞符并序[1]

　　负罪臣宗元惶恐言[2]：臣所贬州流人吴武陵为臣言[3]："董仲舒对三代受命之符[4]，诚然非耶[5]？"臣曰："非也，何独仲舒尔。自司马相如、刘向、扬雄、班彪、彪子固[6]，皆沿袭嗤嗤[7]，推古瑞物以配受命[8]。其言类淫巫瞽史[9]，诳乱后代[10]，不足以知圣人立极之本[11]，显至德[12]，扬大功[13]，甚失厥趣[14]。"臣为尚书郎时[15]，尝著《贞符》，言唐家正德[16]，受命于生人之意[17]，累积厚久，宜享无极之义[18]，本末闳阔[19]。会贬逐中辍[20]，不克备究[21]。武陵即叩头邀臣[22]："此大事，不宜以辱故休歇[23]，使圣王之典不立，无以抑诡类[24]，拔正道[25]，表核万代[26]。"臣不胜奋激，即具为书[27]。念终泯没蛮夷[28]，不闻于时[29]，犹不为也[30]。苟一明大道[31]，施于人世，死无所憾，用是自决[32]。臣宗元稽首拜手以闻曰[33]：

孰称古初朴蒙空侗而无争[34]，厥流以讹[35]，越乃奋敫[36]，斗怒振动[37]，专肆为淫威[38]？曰：是不知道。惟人之初[39]，总总而生[40]，林林而群[41]，雪霜风雨雷雹暴其外[42]，于是乃知架巢空穴[43]），挽草木[44]，取皮革。饥渴牝牡之欲驱其内[45]，于是乃知噬禽兽[46]，咀果谷[47]。合偶而居[48]，交焉而争[49]，睽焉而斗[50]。力大者搏，齿利者啮[51]，爪刚者决[52]，群众者轧[53]，兵良者杀[54]。披披藉藉[55]，草野涂血[56]。然后强有力者出而治之[57]，往往为曹于险阻[58]，用号令起[59]，而君臣什伍之法立[60]。德绍者嗣[61]，道怠者夺[62]，于是有圣人焉曰黄帝[63]，游其兵车[64]，交贯乎其内[65]，一统类[66]，齐制量[67]。然犹大公之道不克建[68]，于是有圣人焉曰尧[69]，置州牧四岳[70]，持而纲之[71]，立有德有功有能

以上写董仲舒的三代受命之符为邪说，并述上书皇帝之由。

孙鑛："此等起真是奇崛，第是侧锋势，微觉不甚壮。"（孙月峰评点《柳柳州全集》卷一）蒋之翘："只此数语，其体气以便典奥。"（辑注《柳河东集》卷一）

者参而维之[72]，运臂率指[73]，屈伸把握[74]，莫不统率[75]。年老[76]，举圣人而禅焉，大公乃克建。由是观之，厥初罔匪极乱[77]，而后稍可为也[78]。非德不树[79]，故仲尼叙《书》[80]，于尧曰"克明俊德"[81]，于舜曰"浚哲文明"[82]，于禹曰"文命祇承于帝"[83]，于汤曰"克宽克仁，彰信兆民"[84]，于武王曰"有道曾孙"[85]。稽揆典誓[86]，贞哉[87]！惟兹德实受命之符[88]，以奠永祀[89]。

孙鑛："是《史记》腰锁法。'非德'一句振起，有力。"（孙月峰评点《柳柳州全集》卷一）

蒋之翘："一路叙古圣贤以德受命事，若经若史，古雅之极。"（辑注《柳河东集》卷一）

林纾："入手推源人种肇生之时，营巢衣革，救饥渴，分牝牡，于是遂解仇杀侵掠之事，自得有力者治之，然后社会成。主者更得圣人，然后国家立。'厥初罔匪极乱，而后稍可为也'句总束上文。由开辟而迄于中古，然后拈一德字，立通篇之干，谓为德始为贞符。"（《韩柳文研究法·柳文研究法》）

[注释]

[1] 贞符：即正符，真正的符瑞，也就是文中强调的"惟兹德实受命之符"。贞，正。《周易·师》象曰："贞，正也。"符，符瑞。据序云"臣为尚书郎时，尝著《贞符》"，柳宗元为尚书礼部员外郎在贞元二十一年（805）；序又云"会贬逐中辍，不克备究"，是当时未完成。是年冬被贬为永州司马，诗当至永州始定稿。序又云"臣所贬州流人吴武陵为臣言董仲舒对三代受命之符"，吴武陵流永州在元和三年（808），序当作于此年。此篇当是进呈皇帝的，故有"负罪臣宗元惶恐言"云云。　　[2] 惶恐：恐惧，惊慌。此为上奏皇帝的套语。　　[3] 流人：迁谪流放之人。吴武陵：信州人，元和二年（807）进士及第，坐事流永州。以史才直史馆。后为忠、韶二州刺史。《新唐书》有传。　　[4] 董仲舒：西汉人。少治《春秋公羊传》，景帝时为博士。武帝时以贤良对策称旨见重。对：对策，回答皇帝的问题。三代：指夏、商、周。受命：接

受天命。《汉书·董仲舒传》载：汉武帝元光元年，举贤良文学之士，制策有曰："三代受命，其符安在？"董仲舒对曰："臣闻天之所大奉使之王者，必有非人力所能致而自至者，此受命之符也。天下之人，同心归之，若归父母，故天瑞应诚而至。"　[5]诚然非耶：正确的还是错误的。　[6]司马相如：字长卿，蜀郡成都人。西汉文学家。刘向：本名更生，字子政，沛人。西汉文学与文献学家。扬雄：字子云，蜀郡成都人。西汉文学家、语言学家。班彪：字叔皮，扶风安陵人。东汉史学家。彪子固：班彪子班固，字孟坚。东汉史学家、文学家。　[7]嗤嗤：通"蚩蚩"，无知貌。扬雄《法言·重黎》："六国蚩蚩。"宋咸注："蚩蚩，无知也。"司马相如《封禅文》、刘向集上古以来历春秋六国至秦汉符瑞灾异之记凡十一篇号《洪范五行传论》、扬雄《剧秦美新》、班彪《王命论》、班固《典引》，皆言符瑞之应。即谓此。　[8]推：推崇。瑞物：吉祥之物。　[9]淫巫：邪恶的巫师。瞽史：盲目的史官。古代乐师常以盲者充任，乐师和史官常兼祭祀等迷信活动。　[10]诳乱：欺骗，迷乱。　[11]立极：树立公正的典范、规则。《尚书·君奭》："作汝民极。"孔安国传："为汝民立中正矣。"本：根本，本意。　[12]至德：最高尚的道德。　[13]扬：发扬。　[14]甚：大。厥：其。趣：旨趣，旨意。　[15]尚书郎：柳宗元为尚书礼部员外郎在贞元二十一年。　[16]正德：真正的恩德。　[17]生人：即生民，人民。　[18]无极：无限，千年万代。　[19]本末：始终。闳阔：宏大，广阔。　[20]会：恰巧。中辍（chuò）：中止，中途而废。　[21]克：能。备究：完成。备，全部。究，探讨，追究。　[22]邀：请。　[23]以辱故：因遭受贬谪的缘故。休歉：停下而使之缺少。歉，同"缺"。　[24]抑诡类：抑制邪说。　[25]拔：提高，突出。　[26]表核：表正。表，表示。核，正确。　[27]具：写。　[28]终：一生。泯（mǐn）没：淹没。蛮夷：代指南方僻远之地。　[29]不闻：不为世人所知。　[30]犹：如同。　[31]苟：假如。　[32]是：此。指此诗及序。自决：自我决断。　[33]稽首：叩头。拜手：下跪后双手拱合于胸前，低头至手，叫拜手。　[34]朴蒙空侗：蒙昧无知貌。扬雄《法言·学行》："天降生民，倥侗颛蒙。"[35]厥流：它的末流。"厥"指代上古时代。以讹：因之谬误。谓走向错误的道路。　[36]越：于是。越，通"粤"，发语辞。奋敓（duó）：奋力争夺。敓，古"夺"字。　[37]斗怒：竞相发怒，因发怒而争斗。振动：即震动，震慑对方之意。　[38]专肆：独断并肆意妄为。淫威：指滥用权威。　[39]惟：句首语气词，无义。人：即民。　[40]总总：《楚辞》屈原《九歌·大司命》："纷总总兮九州。"王逸注："总总，众貌。"生：生活。　[41]林林：纷纭众多貌。群：群居。　[42]暴：欺凌，侵害。　[43]架巢空穴：在树上搭屋子，挖洞穴作房子。　[44]挽：通"绾"，编结。　[45]牝（pìn）牡：雌雄两性。牝，雌性动物。牡，雄性动物。欲：指性欲。驱：驱使。内：指本性。　[46]噬（shì）：咬。此为"吃"的意思。　[47]咀（jǔ）：咀嚼。果谷：草木的果实和谷类。　[48]合偶：两性相合。　[49]交：交往，来往。　[50]睽（kuí）：相异，不合。《周易·序卦》："睽者，乖也。"斗：争斗。　[51]啮（niè）：咬。　[52]爪：指手。刚：硬，坚利。决：裂，指抓裂人的肌肤。　[53]群众：谓人多。轧（yà）：辗压，排挤。　[54]兵：兵器，武器。杀：谓杀死对方。　[55]披披藉藉：杂乱交横貌。刘向《九叹·思古》："发披披以鬤鬤兮。"藉藉，同"籍籍"。司马相如《上林赋》："它它藉藉，填坑满谷。"《汉书·司马相如传》注引郭璞曰："言交横也。"[56]涂血：染血。　[57]治：统治。　[58]为曹：设曹。曹，指管理机构。险阻：艰险阻绝之处。　[59]用：因此。起：起用，发起。　[60]君臣：谓君臣的身份权力。什伍：谓军队。《礼记·祭义》："军旅什伍。"贾公彦疏："五人为伍，二伍为什。" [61]绍：连续，延续。嗣：继承。 [62]怠：怠惰荒废。夺：剥夺，罢免。 [63]黄帝：古史云黄帝为少典之子，姓公孙，居轩辕之丘，建国于有熊，打败炎帝，斩杀蚩尤。传说蚕桑、医药、舟车、宫室等皆始于黄帝。 [64]兵车：指征伐。《史记·五帝本纪》："于是轩辕乃习用干戈，以征不享，诸侯咸来宾从。" [65]交贯：交通往来。 [66]一：统一。统类：指纲纪法规。《荀子·非十二子》："壹统类。"杨倞注："统，谓纲纪。类，谓比类。大谓之统，分别谓之类。" [67]齐：统一，一致。制量：制指长短的度量，量指轻重的度量。 [68]大公之道：指举贤能的禅让制度。刘向《说苑·至公》："古有行大公者，帝尧是也。……得舜而传之，不私于其子孙也。"克建：能够建立。 [69]尧：古帝陶唐氏。 [70]州牧：谓管理地方。《史记·五帝本纪》载尧命羲仲、羲叔、和仲、和叔分别居东、南、西、北四方。四岳：四方。《汉书·郊祀志上》颜师古注："四岳诸牧，谓四方诸侯也。" [71]持而纲之：控制而统辖他们。 [72]参而维之：参预治理而协助他们。 [73]运臂：挥动胳膊。率指：使用手指。 [74]屈伸：身体弯曲和伸直。把：执，拿着。握：攥在手里。此二句以身体的行动自如比喻治理天下得心应手。 [75]统率：率领。 [76]"年老"二句：尧知其子丹朱不足以当天下大任，年老，授其位于舜。圣人即谓舜。禅（shàn），将帝位让于他姓称禅。 [77]罔匪极乱：法律没有、最高准则混乱。罔，通"网"，法网。匪，通"非"，表示否定。极，最高准则。 [78]可为：有所作为。 [79]树：树立。指为帝。 [80]仲尼：孔子字仲尼。《书》：《尚书》。孔安国《〈尚书〉序》云孔子"讨论坟典，断自唐虞以下讫于周，芟夷烦乱，翦截浮辞，举其宏纲，撮其机要，足以垂世立教，典谟训诰誓命之文，凡百篇"。 [81]克明俊德：语见《尚书·尧典》。孔安国传："能明俊德之士任用之。" [82]浚哲文明：语见《尚书·舜典》。孔安国传："浚，深。哲，智也。舜有深智文明。" [83]文命祗承于帝：《尚书·大禹谟》："文命敷于四海，祗承于帝。"孔安国传："言其外布文德教命，内则敬承尧舜。" [84]于汤曰"克宽克仁，彰信兆民"：所引见《尚书·仲虺之诰》。孔安国传："言汤宽仁之德，明信于天下。" [85]有道曾孙：语见《尚书·武成》，为周武王伐纣布告天下之辞。孔颖达疏："曾孙者，《曲礼》说诸侯自称之辞。" [86]稽揆（kuí）：稽考、度量。典誓：《尚书》有《尧典》《舜典》《牧誓》《泰誓》。此代指《尚书》。 [87]贞：真正。 [88]兹德：指像尧、舜、禹、汤、周武王那样的道德。受命：接受天命。 [89]奠：奠定。永祀：谓长久的帝业。祀，年代。

后之妖淫嚚昏好怪之徒[1]，乃始陈大电、大虹、玄鸟、巨迹、白狼、白鱼、流火之乌以为符[2]。斯皆诡谲阔诞[3]，其可羞也，而莫知本于厥贞[4]。汉用大度[5]，克怀于有氓[6]，登贤庸能[7]，濯痍煦寒[8]，以瘳以熙[9]，兹其为符也[10]。而其妄臣[11]，乃下取虺蛇[12]，上引天光[13]，推类号休[14]，用夸诬于无知之氓[15]。增以骀虞神鼎[16]，胁驱纵臾[17]，俾东之泰山石闾[18]，作大号[19]，谓之封禅[20]，皆《尚书》所无有。莽述承效[21]，卒奋骜逆[22]。其后有贤帝曰光武[23]，克绥天下[24]，复承旧物[25]，犹崇赤伏[26]，以玷

何焯："柳子独排封禅，断以六艺为考信。"（《义门读书记》卷三五）章士钊："封禅之事固《尚书》所不载，然柳宗元之意并非谓《尚书》所有、《雅》《颂》所著，便不诡谲阔诞。"（《柳文指要》上《体要之部》卷一）

汉言天命符瑞，结果也被他人所利用，这不是作茧自缚吗？引王莽、公孙述事正此意。

厥德[27]。魏晋而下，尨乱钩裂[28]，厥符不贞，邦用不靖[29]，亦罔克久[30]，驳乎无以议为也[31]。积大乱至于隋氏，环四海以为鼎[32]，跨九垠以为炉[33]，爨以毒燎[34]，煽以虐焰[35]，其人沸涌灼烂[36]，号呼腾蹈，莫有救止。

于是大圣乃起[37]，丕降霖雨[38]，浚涤荡沃[39]，蒸为清氛[40]，疏为泠风[41]。人乃瀏然休然[42]，相睎以生[43]，相持以成[44]，相弥以宁[45]。琢斲屠剔[46]，膏流节离之祸不作[47]，而人乃克完平舒愉[48]，尸其肌肤[49]，以达于夷途[50]。焚垎抵掎[51]，奔走转徙之害不起[52]，而人乃克鸠类集族[53]，歌舞悦怿[54]，用祇于元德[55]。徒奋祖呼[56]，犒迎义旅[57]，谨动六合[58]，至于麾下[59]。大盗豪据[60]，阻命遏德[61]，义威殄戮[62]，咸坠厥绪[63]，无刘于虐[64]。人乃并受休嘉[65]，去隋氏，克归于唐，踯躅讴歌[66]，灏灏和宁[67]。帝庸威栗[68]，惟人之为[69]，敬奠厥赋[70]，积藏于下[71]，是谓丰国[72]。乡为义廪[73]，敛发谨饬[74]，岁丁大侵[75]，人以有年[76]。简于厥刑，不残而惩[77]，是谓严威。小属而支[78]，大生而

孙鑛："语非不工，只是太分明。"（孙月峰评点《柳柳州全集》卷一）

林纾："凡大电、大虹、巨迹、白狼、鱼跃、乌流、虺蛇、天光，贬周黜汉，均妖幻以欺人，不足据为受命之证。自汉魏两晋，尤尨乱钩裂，厥符不贞。将一切驳翻，不复置议，至此作一大顿。留下隋之大乱，沸涌灼烂，引起唐受天命之有据。"（《韩柳文研究法·柳文研究法》）

孥，恺悌祇敬[79]，用底于治[80]。凡其所欲，不谒而获[81]，凡其所恶[82]，不祈而息[83]。四夷稽服[84]，不作兵革[85]，不竭货力[86]，丕扬于后嗣[87]，用垂于帝式[88]。十圣济厥治[89]，孝仁平宽，惟祖之则[90]。泽久而逾深，仁增而益高。人之戴唐[91]，永永无穷。是故受命不于天，于其人；休符不于祥[92]，于其仁。惟人之仁，匪祥于天[93]。匪祥于天，兹惟贞符哉！

蒋之翘："数语是一篇结穴处。"（辑注《柳河东集》卷一）

蒋之翘："就把上意作抑扬赞叹法而下，又以丧仁恃祥紧跟上语，极跌宕。"（同上）林纾："自'大圣乃起'句以下，全述唐之元德。至'人之戴唐，永永无穷'，其中初不言符瑞，但言孝仁平宽，此即为天子之贞符。其下点清数语，为全文关键，则曰：'受命不于天，于其人；休符不于祥，于其仁。惟人之仁，匪祥于天。匪祥于天，兹惟贞符哉！未有丧仁而久者也，未有恃祥而寿者也。'此数语精理如铸，果能辟马、刘、扬、班之失矣。"（《韩柳文研究法·柳文研究法》）

[注释]

[1]妖淫：妖妄惑乱。嚚（yín）：妄言，胡言乱语。《左传》僖公二十四年："口不道忠信之言为嚚。"昏：昏聩，迷乱。　[2]大电：传说黄帝母曰附宝，见大电光绕北斗枢星，照耀郊野，附宝意感而孕，生黄帝于寿丘。见《宋书·符瑞志上》及《艺文类聚》卷一〇引《帝王世纪》。大虹：传说舜母握登见大虹，意感而生舜于姚墟。见《艺文类聚》卷一〇引《帝王世纪》。又《宋书·符瑞志上》："帝挚少昊氏，母曰女节，见星如虹，下流华渚，既而梦接意感生少昊。"玄鸟：《诗经·商颂·玄鸟》："天命玄鸟，降而生商。"《史记·殷本纪》载：帝喾次妃简狄，行浴时遇玄鸟遗其卵，简狄吞之，孕而生契。契始封于商，为商始祖。巨迹：《史记·周本纪》载：姜源为帝喾元妃，出野见巨人迹，践之，身动如孕者，居期而生子，名之曰弃。后受封曰后稷，为周的始祖。白狼：《宋书·符瑞志上》："有神牵白狼衔钩而入商朝，金德将盛，银自山溢，汤将奉天命放桀。"《太平御览》卷八三引《尚书璇

玑铃》:"汤受金符,白狼衔钩入殷朝。"白鱼:《汉书·董仲舒传》董仲舒对策引《书》曰:"白鱼入于王舟,有火复于王屋,流为乌,"颜师古注谓今文《尚书·泰誓》之辞,谓武王伐纣时有此祥瑞。亦见《史记·周本纪》。流火之乌:《汉书·郊祀志上》:"周得火德,有赤乌之符。"颜师古注引《尚书·中候》曰:"有火自天,止于王屋,流为赤乌,五至,以谷俱来。"《史记·周本纪》:"武王渡河,中流,白鱼跃入王舟中,武王俯取以祭。既渡,有火自上复于下,至于王屋,流为乌,其色赤,其声魄云。"　[3]诡:怪异,虚假。谲(jué):欺诈,诳骗。阔:迂阔,不合事理。诞:荒诞,虚妄。　[4]而莫知本于厥贞:意谓却没有人知道贞符的"贞"的本原是什么。本,根本,本原。厥贞,贞符的"贞"。厥,其。代词。　[5]大度:气度恢宏。《史记·高祖本纪》云刘邦"常有大度"。　[6]怀:怀有,常想着。有氓(méng):黎民,百姓。有,句首语助词,无义。《说文》:"氓,民也。"　[7]登贤庸能:提拔进用贤能之人。庸,用。　[8]濯痍(yí)煦(xù)寒:清洗创伤,使受冻的人获得温暖。比喻爱护人民。《说文》:"痍,伤也。"煦,温暖。　[9]以:因。瘳(chōu):病愈。熙:和乐,快活。　[10]兹:则。连词。　[11]妄臣:荒唐的臣子。　[12]虺(huǐ)蛇:蛇。虺,蛇。《史记·高祖本纪》载:刘邦被酒,夜径泽中,有大蛇当道,高祖拔剑斩之。后人来至蛇所,有一老妪哭曰:"吾子,白帝子也,化为蛇当道,今为赤帝子斩之。"《汉书·叙传上》班彪《王命论》:"初,刘媪任高祖,而梦与神遇,震电晦冥,有龙蛇之怪……始受命则白蛇分,西入关则五星聚。"　[13]天光:《史记·高祖本纪》:"秦始皇帝常曰东南有天子气,于是因东游以厌之。高祖即自疑,亡匿,隐于芒砀山泽岩石之间。吕后与人俱求,常得之。高祖怪问之,吕后曰:'季所居上常有云气。'"　[14]推类:敷演事例。号(háo):喧嚷,鼓噪。休:吉庆,美好。　[15]夸诬:

夸耀荒诞。　[16] 驺（zōu）虞：传说中的仁兽。《诗经·召南·驺虞》毛传："驺虞，义兽也。白虎黑文，不食生物，有至信之德则应之。"司马相如《封禅书》："囿驺虞之珍群。"《汉书·武帝纪》云：元狩元年，行幸雍，祠五畤，获白麟，作《白麟之歌》。神鼎：《汉书·武帝纪》又载：元鼎元年，得鼎汾水上。元鼎四年六月，得宝鼎汾阴后土祠旁。　[17] 胁驱：《诗经·秦风·小戎》："游环胁驱。"指在马的胁部加带，为驭马车的驾具。此引申为控制，绑架。纵臾：犹怂恿。《汉书·衡山王刘赐传》："日夜纵臾王谋反事。"　[18] 俾（bǐ）：使。泰山：五岳之东岳。古代帝王常至泰山举行封禅典礼。石间：山名。《汉书·武帝纪》："（太初）三年，春正月，行东巡海上。夏四月，还，修封泰山，禋石间。"注引应劭曰："石间山在泰山下址南方，方士言仙人间也。"　[19] 大号：堂皇的名号。　[20] 封禅（shàn）：古代帝王在泰山祭天地，在山上筑土为坛祭天，报天之功，称封。在山下梁父山上辟场祭地，报地之功，称禅。《大戴礼·保傅》："封泰山而禅梁甫。"　[21] 莽述：王莽、公孙述。承效：继承、效仿。王莽承汉，伪作符命。《汉书·王莽传上》载：元始五年十二月，前辉光谢嚣奏：武功长孟通浚井得白石，上圆下方，有丹书著石，文曰："告安汉公莽为皇帝。"又《王莽传中》载莽即位，颁符命四十二篇于天下，"言莽当代汉有天下"。《后汉书·公孙述传》载述为益州牧，后自立为蜀王，都成都。有龙出其府殿中，夜有光耀，述以为符瑞，因刻其掌，文曰"公孙帝"。遂自立为天子。　[22] 奋：振作，鼓劲。骜（ào）逆：叛逆。骜，通"傲"。　[23] 光武：东汉光武帝刘秀。王莽地皇三年，刘秀与其兄缜起兵反王莽，曾大破莽军于昆阳。更始帝刘玄杀刘缜，刘秀以行大司马定河北。更始三年即帝位，定都洛阳，是为东汉。　[24] 克：能够。绥：安定。　[25] 旧物：指过去的典章制度。　[26] 赤符：《后汉书·光武纪上》载：光武在长安时，同舍生强华自关中奉《赤伏符》，曰："刘秀发兵捕不道，四夷云集龙斗野，四七之际火为主。"群臣奏曰："受命之符，人应为大。万里合信，不议同情。周之白鱼，曷足比焉。"建武元年六月，光武遂即皇帝位。　[27]玷（diàn）：本指白玉上的斑点，此引申为缺损、污染。　[28]尨（máng）乱：多而杂乱。钩裂：改变、分裂。　[29]邦：国。靖：安定，和平。　[30]罔：不，没有。　[31]驳：本指马毛色不纯，引申为繁杂。议为：即"为议"，为之议论。　[32]环四海：意同"海内"，指中国。古代以为中国四周皆有海，故以海内指中国。鼎：古代煮食物的器物，一般都较大。　[33]九垠（yín）：犹言九州。《汉书·扬雄传上》扬雄《甘泉赋》："漂龙渊而还九垠兮。"注引晋灼曰："九垠，九垓也。"以上二句将中国比作鼎，将周围环境比作火炉，人民群众如同鼎中的肉类，遭受煎熬。　[34]爨（cuàn）：炊饭，烧火。燎（liǎo）：火。　[35]煽（shān）：火炽盛。此用作动词。焰：火焰。　[36]人：即民。沸涌灼烂：在沸水中翻涌，在炙烫中糜烂。　[37]大圣：大圣人，指唐高祖李渊、太宗李世民。　[38]丕：大。霖雨：喻恩泽。《尚书·说命上》："若岁大旱，用汝作霖雨。"　[39]浚：清理。涤：洒水，清除。荡：清除，扫除。沃：浇灌。皆谓用水浇灭烈火，清除火灾，以喻将人民群众从灾难中拯救出来。　[40]蒸：上升。清氛：清凉的云气。　[41]疏：疏导。泠（líng）风：和风，微风。《庄子·齐物论》："泠风则小和，飘风则大和。"　[42]瀏（liú）然休然：复苏休养之意。　[43]睎（xī）：顾看。《广雅·释诂》："睎，视也。"　[44]持：扶持，帮助。　[45]弥：弥合，补救。　[46]琢（zhuó）斫（zhuó）屠剔：指各种酷刑。"琢"当作"椓（zhuó）"。陈景云《柳集点勘》卷一："案从木是也，《文粹》正作椓。"《诗经·大雅·召旻》郑玄笺："椓，毁阴者也。"即宫刑。斫，斩，杀。屠，《广韵·虞韵》："屠，杀也，裂也，刳也。"剔，《尚书·泰誓上》孔颖达疏："今人去肉至骨谓之剐。"　[47]膏:指人体中的脂肪。节:骨头关节。　　[48]完平舒愉:生活安全、和平,心情舒畅、愉悦。　　[49]尸其肌肤:谓人能保护其躯体。《诗经·召南·采蘋》:"谁其尸之。"毛传:"尸,主也。"　[50]夷途:坦途。夷,平。　[51]焚坼(chè)抵掎(jǐ):指各种灾祸和民事冲突。焚,山林火灾。坼,裂开。土地开裂,指旱灾。《淮南子·本经》:"天旱地坼。"高诱注:"坼,燥裂也。"抵,冲突。掎,排挤。　　[52]奔走:谓因生活所迫而到处奔波。转徙:流离,背井离乡。　　[53]鸠类集族:家族团聚之意。《三国志·魏书·王朗传》:"鸠集兆民。"《周易·同人》:"君子以类族辨物。"柳宗元将"鸠集""类族"两词交互而用,意义相同。　　[54]悦怿(yì):喜悦,欢乐。怿,悦。　[55]用:因而。祗(zhī):恭敬。《尔雅·释诂》:"祗,敬也。"元德:大德。　　[56]徒奋:步行而挥舞手臂。袒(tǎn)呼:脱去衣服而高声呼喊。形容场面热烈。　　[57]犒迎:带着酒食欢迎。义旅:仁义之师。指唐军。　　[58]谨:同"欢"。六合:指全国。四方上下为六合。　　[59]麾(huī)下:将旗之下。服从统领之意。麾,大将之旗。　　[60]大盗:指隋末反隋的其他豪强。豪据:强据,以武力占据。　　[61]阻命:阻挠天命。遏(è)德:抑制大德。意谓天命、大德皆为唐所有。　[62]义威:仁义的威力。殄(tiǎn)戮:消灭。《说文》:"殄,尽也。"　[63]咸:皆,都。坠:坠落,断绝。厥绪:他们的事业。"厥"指那些"大盗"。《尚书·五子之歌》:"荒坠厥绪,覆宗绝祀。"　[64]无刘于虐:意谓大唐并没有虐杀无辜。刘,《尚书·盘庚上》孔安国传:"刘,杀也。"虐,残酷。　　[65]休嘉:和乐美好。　[66]踟蹰(zhí zhú):徘徊不前。　[67]灏(hào)灏:同"浩浩",广大貌。　　[68]帝:指唐高祖、唐太宗。庸:用。威栗:权威,震慑。　　[69]惟人之为(wèi):意谓只是为了人民。人，即民。为，为了。 [70]敬：谨慎。奠：定。厥赋：指民众的赋税。 [71]积藏：积累财富。下：天下。《韩诗外传》卷五："王者藏于天下，诸侯藏于百姓。" [72]丰国：富国，大国。 [73]为：作，建。义廪（lǐn）：义仓。地方公共储备的粮食，贫富所缴纳不等，以防凶年，叫义仓。 [74]敛发：征收和发放。谨饬（chì）：严谨规范。 [75]丁：当，遇到。大侵：大灾。《穀梁传》襄公二十四年："五谷不升，谓之大侵。" [76]有年：丰年。《穀梁传》桓公三年："五谷皆熟，为有年也。" [77]不残：不加残害。 [78]"小属而支"二句：小罪则不伤害你的身体，大罪则保全你全家。属，《说文》："属，连也。"而，通"尔"，指罪犯。支，通"肢"，肢体。生，活。孥，妻和子。 [79]恺悌（kǎi tì）：和乐平易。《左传》僖公十二年引《诗》："恺悌君子，神所劳矣。"杜预注："恺，乐也。悌，易也。"祇敬：敬重。 [80]底：致，达到。 [81]谒：谒请，请托。 [82]恶（wù）：厌恶，不喜欢。 [83]祈：祈求，祈祷。息：止。 [84]四夷：四方邻国。稽服：一致服从。 [85]兵革：指战争。 [86]不竭货力：用不着竭尽财富人力。 [87]丕扬：大大发扬。后嗣：后代。 [88]垂：留传。帝式：皇帝的典范。 [89]十圣：唐高祖、太宗、高宗、中宗、睿宗、玄宗、肃宗、代宗、德宗、顺宗，共十帝，是谓十圣。济：成就。 [90]惟：语气词。祖：谓唐高祖。则：原则。 [91]戴：感戴，拥护。 [92]休符：美好之符。 [93]匪：通"非"。

　　未有丧仁而久者也，未有恃祥而寿者也[1]。商之王以桑谷昌[2]，以雉雊大[3]，宋之君以法星寿[4]，郑以龙衰[5]，鲁以麟弱[6]，白雉亡汉[7]，黄犀死莽[8]，恶在其为符也[9]？不胜唐德之代[10]，光绍明浚[11]，深鸿厖大[12]，保人斯无疆[13]，宜荐于郊庙[14]，文之雅诗[15]，祇告于德之休[16]。帝曰："谌哉[17]！"乃黜休祥之奏[18]，究贞符之奥[19]，思德之所未大，求仁之所未备，以极于邦治[20]，以敬于人事。其诗曰：

於穆敬德[21]，黎人皇之[22]。惟贞厥符[23]，浩浩将之[24]。仁函于肤[25]，刃莫毕屠[26]。泽熯于爨[27]，鬶炎以浣[28]。殄厥凶德[29]，乃驱乃夷[30]。懿其休风[31]，是煦是吹[32]。父子熙熙[33]，相宁以嬉[34]。赋彻而藏[35]，厚我糗粻[36]。刑轻以清，我肌靡伤[37]。贻我子孙[38]，百代是康。十圣嗣于治[39]，仁后之子[40]。子思孝父[41]，易患于己。拱之戴之[42]，神具尔宜[43]。载扬于雅[44]，承天之嘏[45]。天之诚神，宜鉴于仁[46]。神之曷依[47]？宜仁之归。濮铅于北[48]，祝栗于南。幅员西东[49]，祇一乃心[50]。祝唐之纪[51]，后天罔坠[52]。祝皇之寿，与地咸久。曷徒祝之[53]，心诚笃之[54]。神协人同[55]，道以告之[56]。

俾弥亿万年[57]，不震不危[58]。我代之延[59]，永永毗之[60]。仁增以崇[61]，曷不尔思[62]？有号于天[63]，金曰呜呼[64]，咨尔皇灵[65]，无替厥符[66]。

[注释]

[1]恃：依仗，凭借。寿：长久。 [2]商：商朝。桑谷：商太戊时，有桑谷共生于朝，一暮大拱。伊陟曰："妖不胜德。"太戊修德，桑谷枯死。见《尚书·咸有一德》及《史记·殷本纪》。 [3]雉雊（gòu）：野鸡鸣叫。商高宗时，祭成汤，有飞雉升鼎耳而雊。高宗修政行德，殷道遂复兴。见《尚书·高宗肜日》及《史记·殷本纪》。大：强大。 [4]法星：星名，即荧惑。刘峻《辨命论》："宋公一言，法星三徙。"宋景公疾，司星子韦曰："荧惑守心，心，宋之分野。君当祭之，可移于相。"公曰："相，股肱也。除心腹之疾，而置之股肱，可乎？"曰："可移于民。"公曰："民所以为国，无民何以为君？"曰："可移于岁。"公曰："岁所以养人也，岁不登，何以畜人乎？"子韦曰："君善言三，荧惑必退三舍。"于是候之，果徙三舍。见《吕氏春秋·季夏纪·制乐》及《史记·宋微子世家》。景公在位六十四年而卒。 [5]郑以龙衰：《左传》昭公十九年："郑大水，龙斗于时门之外洧渊。国人请为禜焉，子产弗许。"次年，子产卒，郑遂衰。 [6]鲁以麟弱：《左传》哀公十四年："西狩获麟。"后十三年，鲁国之政归三桓。 [7]白雉亡汉：汉平帝元始元年春正月，越裳氏重译献白雉一、黑雉二，诏以荐宗庙。见《汉书·平帝纪》。八年后，汉亡，王莽立。 [8]黄犀死莽：汉平帝元始二年，黄支国献犀牛。见《汉

书·平帝纪》。王莽班符命，总说有云："肇命于新都，受瑞于黄支。"见《汉书·王莽传中》。然新莽政权却是短命的。按：桑谷生朝、雉雊于鼎、法星临境，古代皆以为凶兆，而其国反以昌盛，人反以寿；龙、麟、白雉、犀牛，皆为祥瑞之物，反致灾祸，故以符物之不可信。　[9]恶（wū）在其为符也：意谓吉凶福祸和"符"有什么关系。"符"指自然现象。恶，何，表疑问。　[10]不胜：没有超过的。代：即世。　[11]光绍明浚：承续光明，治理清明。绍，继承。浚，治理。　[12]深鸿厖（páng）大：深广宏大。鸿，大。厖，通"庞"。《尔雅·释诂》："厖，大也。"　[13]保人：保民。斯：是。无疆：没穷尽，没有边界。　[14]宜：应当。荐：进献。郊庙：谓用于祭祀天地祖先。祭祀天地称郊祀，祭祀祖先之处叫庙。　[15]文：写，著。雅诗：指帝王朝贺、祭天地祖先所用之诗。　[16]祗：敬。休：美好。　[17]谌（chén）：《尔雅·释诂》："谌，诚也。谌，信也。"　[18]黜：罢免。　[19]奥：奥秘。　[20]极：至于极盛。邦治：治国。　[21]於：句首语助词。穆：美也。　[22]黎人：黎民。皇：赞美。　[23]惟：句首语助词。贞厥符：即"厥贞符"，这个贞符。　[24]浩浩：广大貌。言其力量无穷。将：帮助。　[25]仁函于肤：言以仁德为铠甲保护肌肤，锋刃就不能造成重伤。函，铠甲。《玉篇·臼部》："函，铠也。"　[26]毕屠：完全杀死。　[27]熯（hàn）：干涸。《说文》："熯，干也。"爨：火烧。　[28]瀵（fèi）炎：沸水烈火。瀵，同"沸"。以火把水泽烧干、人民在沸水中洗濯比喻隋末人民所受的苦难。　[29]殄（tiǎn）：完全消灭。凶德：凶残的本性。　[30]乃驱乃夷：意谓行进在平坦的大道上。乃，语助词。驱，行进。夷，平坦。　[31]懿（yì）：大。休风：美好的风气。　[32]是：语助词，无义。煦（xù）：吹气。《淮南子·精神训》："若吹呴呼吸。"　[33]熙熙：和乐貌。《老子》："众人熙熙。"　[34]嬉（xī）：

娱乐。　[35]赋彻：薄赋。《孟子·滕文公上》："周人百亩而彻。"谓什一之赋。藏：贮藏。谓民众的贮藏。　[36]厚：多。糇粻（qiǔ zhāng）：指粮食。《尚书·费誓》孔颖达疏："郑玄云：糇，捣熬谷也。谓熬米麦使熟，又捣之以为粉也。"《楚辞·离骚》王逸注："粻，音张，食米也。"　[37]肌：肌体，身体。靡（mǐ）：不，没有。　[38]贻（yí）：留赠。　[39]嗣：继承。　[40]仁后之子：指唐宪宗李纯。李纯为顺宗皇后王氏所生。宪宗为唐第十一代皇帝（不计武则天）。　[41]"子思孝父"二句：儿子总想着孝顺父亲，容易使自己忧虑成病。患，担忧，忧虑。　[42]拱之戴之：拱戴，拥护、敬奉、爱戴之意。之，指唐宪宗。　[43]神具尔宜：神使你（指皇帝）具有你的威仪。宜，通"仪"。　[44]载：句首语助词。扬：发扬。雅：雅诗。　[45]嘏（jiǎ）：福。《诗经·小雅·宾之初筵》："锡尔纯嘏，子孙其湛。"　[46]宜：适宜，适当。　[47]曷（hé）：通"何"。　[48]"濮铅于北"二句：谓南北幅员之广。濮铅，南方远国之名。祝栗，北方远国之名。《尔雅·释地》："东至于泰远，西至于邠国，南至于濮铅，北至于祝栗，谓之四极。"于，句中语助词，相当于"以"。　[49]幅员：疆域。员，通"圆"。广狭为幅，四周为圆。《诗经·商颂·长发》："幅陨既长。"幅陨即幅圆。　[50]祗：恭敬。一乃心：即"乃一心"。乃，其，他。指皇帝。一心，一心一意。　[51]纪：纲领，纲纪。　[52]后天：以后的时候。罔坠：不失落。　[53]曷徒：岂止是，难道仅仅是。　[54]诚笃（dǔ）：的确忠实。　[55]协：合，同。人：民。　[56]道以告（gù）之：公布于道路。告，颁布。《周礼·春官·太史》："颁告朔于邦国。"　[57]俾弥：使长久。　[58]震：惊惧。危：畏惧。《说文》："危，在高而惧也。"　[59]我代：我世。指唐世系。　[60]毗（pí）：毗佐，辅助。《诗经·小雅·节南山》：

"天子是毗。" [61]仁增以崇："仁"会代代增加，越来越高。崇，高。 [62]尔思：想想这些。尔，此。指关于贞符的事。 [63]有：句首语助词，无义。号（háo）：呼叫，呼喊。 [64]佥（qiān）：皆，共。谓天上先皇的灵魂共曰。呜呼：感叹之声。 [65]咨尔皇灵：即"皇灵咨尔"的倒装。皇灵，先皇的灵魂。咨，赞叹，赞赏。尔，你。 [66]无：通"勿"，不要。替：废除，荒废。

[点评]

据序，《贞符》诗作于在长安时，至永州后，因吴武陵之言，又为诗作序，并进献于宪宗皇帝。序文之长，在唐代实属罕见，其重要性远远超过了诗。诗序并载《新唐书·柳宗元传》，可见后人对此篇作品的重视。此篇大义，一论符瑞之不可信，二论治天下以仁德为指归。"受命不于天，于其人；休符不于祥，于其仁"，认为这才是真正的符瑞，是为此篇主旨，并论证了这也是唐所以享国永远的根本原因。序文集中体现了柳宗元以民为本的政治思想和唯物主义的历史观，以编造符瑞、鼓吹封禅为批判的对象，彻底否定了"君权神授"和"天人感应"的荒唐言论。柳宗元也指出：统治者之所以乐于编造"天人感应"的神话，"用夸诬于无知之氓"，即是用来欺骗民众的，以显示其政权的合理性。《新刊增广百家详补注唐柳先生文》卷一引黄唐说："古人之治，以德为本，而符瑞为报应。后世之治，不本于德，而符瑞为虚文。《贞符》之作，有见于后，世之虚文，遂欲一举而尽废之。岂古人所谓惟德动天，作善降祥之意乎？"张履祥也说：

"愚常疑三代以上，纪帝王者以德以政，三代以下，纪帝王者以象以相，窃以为作史之过，读柳子《贞符》之文，推立极之本，抑受命之符，可谓识高千古。"(《读诸文集偶记》,《杨园先生全集》卷三〇）虽然序文中一大段歌颂唐德的文字有些言过其实，颇有阿谀奉承之嫌，但归结为唐能享国长久，在于得到人民群众的拥护，不在符瑞，如郑瑷所言："柳子厚《贞符》效司马长卿《封禅书》体也，然长卿之谀不如子厚之正。"(《井观琐言》卷二）至于此诗，作者有意模仿《诗经》中的《雅》《颂》，以四言为句（只有两句五言），大量使用语助，或颠倒词序，押韵也依古韵，如以南、心押韵，力求风格的古朴，然而这些都是形式。就诗而论，实属平澹。王文禄说："惟柳子厚《贞符》贬斥祥瑞，一归于德，佳哉奇也！词则疏矣。"(《文脉》卷二）"词"即谓《贞符》诗，也是公道之评。

古 体

初秋夜坐赠吴武陵[1]

稍稍雨侵竹[2]，翻翻鹊惊丛[3]。美人隔湘浦[4]，一夕生秋风。积雾杳难极[5]，沧波浩无穷。相思岂云远，即席莫与同[6]。若人抱奇音[7]，朱弦缅枯桐[8]。清商激西颢[9]，泛滟凌长空[10]。自得本无作[11]，天成谅非功[12]。希声阒大朴[13]，聋俗何由聪。

高步瀛："以上秋夜忆武陵。"（《唐宋诗举要》卷一）

高步瀛："借琴以喻其文。"（同上）

高步瀛："结出感慨之意，喻武陵，亦以自喻也。"又总评："风神淡远，意象超妙。"（同上）

[注释]

[1]吴武陵：信州人。元和二年（807）进士及第，次年坐事流永州，成为柳宗元的好友。韩醇云此诗作于元和四年（809）秋，可从。 [2]稍稍：细雨声。 [3]翻翻：犹"翩翩"，鹊飞翔貌。刘桢《赠徐幹》："轻叶随风转，飞鸟何翻翻。" [4]美人：谓吴武陵。湘浦：地名。《水经注》卷三八湘水："湘水又北左会瓦官水口，湘浦也。" [5]杳（yǎo）：昏暗深远。极：穷尽。 [6]即席：座席相接，距离很近的意思。 [7]若人：你这

个人。　[8]朱弦：朱丝做的琴弦。絚（gēng）：同"縆"。《楚辞》屈原《九歌·东君》："絚瑟兮交鼓。"王逸注："絚，急张弦也。"枯桐：代指琴。古时常用桐木作琴身。　[9]清商：五音之一，商声，其声悲。《韩非子·十过》："（晋）平公问师旷曰：'此所谓何声也？'师旷曰：'此所谓清商也。'公曰：'清商固最悲乎？'师旷曰：'不如清徵。'"西颢：歌曲名，迎秋之歌。《汉书·礼乐志》载《西颢》歌曰："西颢沆砀，秋气肃杀。"　[10]泛滟：流水光耀貌，此以喻琴声悠扬。　[11]自得：自然而然之得，非有意做作。　[12]谅：诚，确实。　[13]"希声闷（bì）大朴"二句：意思是说：你的极细微的乐声盖过了至为浑朴的声音，一般的俗人怎能听得明白呢？希声，极细微的声音。《老子》："大音希声。"闷，掩闭，盖过。大朴，非常浑朴。聋俗，像聋子一样的俗人。聪，听得明白。

［点评］

此诗为作者初秋之夜独坐，怀念在湘浦那一边的吴武陵，想象他正在弹琴。琴音高雅，自然天成，庸俗之人却是听不懂的。是借琴音比喻吴武陵的才华，也暗含自己是武陵的知音之意。唐汝询说："此因离索而想其抱负也。雨洒鹊惊，怀人之念举。彼武陵者，隔湘浦而居，离别经秋矣。欲往从之，则有积雾苍波之阻。所思非远，竟不获与之同席也。且其人抱高世之具，而不为人知，我安得不念之哉！奇音、清商等语，借琴曲以形容其才华，非实有师襄之技。不然，乌足为柳州重乎？"(《唐诗解》卷一〇)

晨诣超师院读禅经[1]

　　汲井漱寒齿[2]，清心拂尘服[3]。闲持贝叶书[4]，步出东斋读。真源了无取[5]，妄迹世所逐[6]。遗言冀可冥[7]，缮性何由熟[8]？道人庭宇静[9]，苔色连深竹。日出雾露余[10]，青松如膏沐[11]。澹然离言说[12]，悟悦心自足[13]。

[注释]

[1]超师：柳宗元《霹雳琴赞引》记零陵湘水西有震余之枯桐，超道人取以为三琴，疑即此超师。诣：往，到。禅经：禅宗的经文。禅宗是佛教的宗派之一。此诗作于永州，而年月无可考。　[2]漱寒齿：谓汲井水漱口。　[3]拂尘服：拂去衣服上的尘土。　[4]贝叶书：段成式《酉阳杂俎》前集卷一八："贝多，出摩伽陀国，长六七丈，经冬不凋。此树有三种，一者多罗娑力叉贝多，二者多梨婆力叉贝多，三者部婆力叉多罗多梨，并书其叶，部阇一册，取其皮书之。贝多是梵语，汉翻为叶。贝多婆力叉者，汉言叶树也。西域经书用此三种皮叶，若能保护，亦得五六百年。"此指禅经。　[5]真源：指佛教真谛。了：了结。无取：指世人无取。　[6]妄迹：妄诞的事迹。逐：追求。　[7]遗言：指佛的留言。冀：希望。冥：冥想，领悟。　[8]缮性：治性，修养本性。《庄子·缮性》："缮性于俗，俗学以求复其初。"熟：精通，有所成就。　[9]道人：指超师。　[10]雾露余：尚有未消散的露水和雾气。　[11]膏沐：《文选》曹植《求通亲亲表》："膏沐之遗。"

章燮："言漱井水，内可以清心；拂尘服，外可以去垢。谓内外洁净诚心，方可读禅经也。"（《唐诗三百首注疏·五言古诗》）

范温："盖远过'曲径通幽处，禅房花木深'。"（《苕溪渔隐丛话》前集卷一九引《诗眼》）

范温："予家旧有大松，偶见露洗而雾披，真如洗沐未干，染以翠色，然后知此语能传造化之妙。"（同上）

范温："盖言因指而见月，遗经而得道，于是终焉。其本末立意遣词，可谓曲尽其妙，毫发无遗恨者也。"（同上）

吕正济注："膏，脂也。沐，甘浆之属。"洗沐所用。此句言雾露中的青松就像抹上了脂浆一样光亮。　[12]澹然：恬静。离言说：脱离了禅经的教导。　[13]悟悦：有所领悟而喜悦。自足：自我满足。

[点评]

作者到超师院读禅经，寺院的宁静以及院中的景色，使他得到的慰藉和满足，反而是从禅经中无法得到的。禅宗认为人要想得到解脱，不能向外面寻求，须向自己的内心寻求。如《坛经·疑问品》说："菩提只向心觅，何劳向外求玄？所说依此修行，西方只在眼前。"柳宗元并不信奉禅宗，但这首诗却与禅宗的思想暗合。唐汝询对此诗也有很好的解说，转录如下："此读经而迷，览物而悟也。言清洁身心，取经以读，专精如此，而不获其真源。彼世之所逐，特其妄迹耳。然言尚可冀其默悟，性何由治之使纯一哉！今观草木自得之天，而性在是矣。是以不待言说而心自悟也。经岂必深读哉！"（《唐诗解》卷一○）周珽《删补唐诗选脉笺释会通评林》卷一二引杨慎说："不作禅语，却语语入禅，妙，妙。"

零陵赠李卿元侍御简吴武陵 [1]

这是他们共同的心声。

理世固轻士 [2]，弃捐湘之湄 [3]。阳光竟四溟 [4]，敲石安所施 [5]？铩羽集枯干 [6]，低昂互鸣悲^[7]。朔云吐风寒^[8]，寂历穷秋时^[9]。君子尚容与^[10]，小人守兢危^[11]。惨凄日相视，离忧坐自滋^[12]。樽酒聊可酌，放歌谅徒为^[13]。惜无协律者^[14]，窈眇弦吾诗^[15]。

上四句既是眼前之景，又有比喻之意。"铩羽"之鸟，不正是他们几个人的形象吗？"风寒"又是他们对世道的感受。孙鑛说"古炼，耐细玩"（孙月峰评点《柳柳州全集》卷四二），正是针对这些描写而言。

[注释]

[1] 零陵：永州郡名。今属湖南。李卿元侍御：韩醇说：《钴𬭁潭西小丘记》云李深源、元克己时同游。深源、克己，即此诗之李卿、元侍御。时在元和四年（809）九月。此诗云"朔云吐风寒，寂历穷秋时"，亦是时作（见《诂训唐柳先生文集》卷四二）。韩说可从。李深源即李幼清，亦即《与李睦州论服气书》之李睦州。简：寄与。吴武陵：见《初秋夜坐赠吴武陵》注[1]。　[2] 理世：治世，太平之世。轻士：轻视士人。　[3] 弃捐：抛弃。湘：湘江。湄：岸边。《说文》："湄，水草交为湄。"　[4] 竟：满。四溟：四海，代指天下。　[5] 敲石：敲击石头发出的火光，喻微弱。潘岳《河阳县作二首》其一："颍如敲石火，瞥若截道飙。"施：用。　[6] 铩（shā）羽：羽毛摧残之鸟。枯干（gàn）：干枯的树干。　[7] 低昂：高低起伏。　[8] 朔云：北方的云。　[9] 寂历：《文选》江淹《杂体诗三十首·王徵君微》："寂历百草晦。"李善注："寂历，凋疏貌。"吕向注："寂历，闲旷貌。"　[10] 容与：安逸自得。屈原《九歌·湘夫人》："时不可兮骤得，聊逍遥兮容与。"　[11] 兢（jīng）危：戒慎、忧惧。　[12] 离忧：别离之忧。滋：生。　[13] 谅：诚，确实。徒为：指无意义的行为。　[14] 协律：调和音律。　[15] 窈眇（yǎo miǎo）：通"幼眇"，幽咽。李治《敬斋古今黈》卷三："《中山靖王胜传》：'每闻幼眇之声，不知涕泣之横集也。'师古曰：'幼

音一笑反，眇音妙。幼眇，精微也。'治曰：幼音窈，眇如字。幼眇，犹言幽咽也。"弦吾诗：为我的诗谱曲。

[点评]

李幼清、元克己、吴武陵，加上柳宗元，四个遭贬谪的人汇聚在永州，可谓同病相怜。故此诗一开始即为三人抱不平，同时也是自己抒发愤懑。继写秋末的景象，衰飒凄凉，借以喻世道。"君子"一联则直写世人之冷漠。末三联写对三人的怀念，作诗赠寄，并说可惜没人给我的诗配上曲子。此诗倾诉了世道对他们的不公平，流露着一种幽愤之感。汪森评此诗说："哀怨，是《楚骚》之遗。"（《韩柳诗选》）甚确。

山青水绿，绝美的一幅江南山水画。

曾氏《笔墨闲录》："始言水帘之状，不甚言，但发二语云：'忽如朝玉皇，天冕垂前旒'，简而工矣。"（《新刊增广百家详补注唐柳先生文》卷四二引）宋长白亦评此二句："骨力傲岸，撑拄全篇。"（《柳亭诗话》卷二）

界围岩水帘 [1]

界围汇湘曲 [2]，青壁环澄流 [3]。悬泉粲成帘 [4]，罗注无时休 [5]。韵磬叩凝碧 [6]，锵锵彻岩幽 [7]。丹霞冠其巅 [8]，想象凌虚游 [9]。灵境不可状 [10]，鬼工谅难求 [11]。忽如朝玉皇 [12]，天冕垂前旒 [13]。楚臣昔南逐 [14]，有意仍丹丘 [15]。我今始北旋，新诏释缧囚 [16]。采真诚眷恋 [17]，许国无淹留 [18]。再来寄幽梦 [19]，遗贮催行舟 [20]。

[注释]

[1] 界围岩：刘履《风雅翼》卷一三："界围岩在永州。"水帘：瀑布。此诗作于元和十年（815）正月作者回京时经岩下而作。诗云"我今始北旋"，柳宗元永贞元年（805）贬永州，至十年春召还。　　[2] 湘曲：湘江曲折处。界围岩在湘江曲折绕流之处，围绕湘江的是陡峭的石壁，故称界围岩。　　[3] 青壁：青青的石壁。环：围绕。澄流：指湘江。　　[4] 悬泉：指飞流而下的瀑布。粲（càn）：鲜明貌。　　[5] 罗注：分布而流下。　　[6] 韵磬：磬发出的音调。比喻发出响声的流水。磬，古代乐器，用石或玉制成，悬挂于架上，击之而鸣。叩：冲激。凝碧：指长有草树的石壁。　　[7] 锵（qiāng）锵：水冲击山石的声音。彻：传遍。　　[8] 巅：山顶。　　[9] 凌虚：凭空，在空中。　　[10] 灵境：神灵的境界。　　[11] 鬼工：形容极其美妙，非人力所能为。　　[12] 玉皇：天帝。　　[13] 天冕（miǎn）：天帝的冠冕。前旒（liú）：帝王冕前所垂挂的珠串。《淮南子·主术训》："古之王者，冕而前旒。"此句言水帘之状，如下垂的冕旒。　　[14] 楚臣：指屈原，曾被流放于江南。　　[15] 仍丹丘：谓往就光明。仍，依，就。丹丘，《楚辞·远游》："仍羽人于丹丘兮。"王逸注："丹丘，昼夜常明也。《九怀》曰'夕宿乎明光'，明光即丹丘也。"　　[16] 缧（léi）囚：囚犯。作者自指。缧，绳索，引申为捆绑。元和十年，朝廷下诏征召柳宗元等赴京。此句即谓此。　　[17] 采真：神采纯真。《庄子·天运》："古者谓是采真之游。"郭象注："游而任之，则真采也。采真，则色不伪矣。"　　[18] 许国：许身与国，以身报国之意。淹留：滞留。　　[19] 寄：托。意谓再来此地只能在梦中。　　[20] 遗贮：遗留且藏于心中。

[点评]

此诗是作者奉诏回京之作，十年的贬谪生涯终于结束，自然十分开心。诗说："楚臣昔南逐，有意仍丹丘。"在他看来，前途是一派光明，因此笔下的景致，也是那样美好。你看，流水的声音像磬所奏出的乐章，红霞笼罩在山巅，瀑布则像天帝冠冕前的珠旒。柳宗元一生仕途坎坷，抒发忧愁愤懑就成了他诗歌的主调，像这样的明快愉悦之作极少，也就成了柳诗中的另类。

再至界围岩水帘遂宿岩下 [1]

再来界围岩，有些出乎意料。"欣"字不真实，勉强，做作。

以下数句全是用比喻。

有恍若隔世之感。

发春念长违 [2]，中夏欣再睹 [3]。是时植物秀 [4]，杳若临玄圃 [5]。歊阳讶垂冰 [6]，白日惊雷雨 [7]。笙簧潭际起 [8]，鸑鹤云间舞 [9]。古苔凝青枝，阴草湿翠羽 [10]。蔽空素彩列 [11]，激浪寒光聚。的皪沉珠渊 [12]，锵鸣捐佩浦 [13]。幽岩画屏倚 [14]，新月玉钩吐 [15]。夜凉星满川，忽疑眠洞府 [16]。

[注释]

[1] 界围岩：见前诗注 [1]。此诗作于元和十年（815）五月。柳宗元元和十年正月自永州召还京过岩下，有《界围岩水帘》诗。是年三月出刺柳州，五月复经界围岩，作此，故有"中夏欣再睹"之句。　[2] 发春：开春，指正月。《楚辞·招魂》："献岁发春兮，

洎吾南征。"长违：永久不能再见（界围岩）。　[3]中夏：农历五月。　[4]秀：开花。　[5]杳：旷远。玄圃：传说中的仙境。《水经注》卷一河水："《昆仑说》曰：昆仑之山三级：下曰樊桐，一名板桐；二曰玄圃，一名阆风；上曰层城，一名天庭。是为太帝之居。"[6]歊（xiāo）阳：炽热的太阳。歊，通"熇"，烈火燃烧貌。垂冰：喻下垂的瀑布。　[7]雷雨：雷喻瀑布声，雨喻瀑布溅起的水。　[8]笙簧：即笙，代指乐器。簧为笙中金属薄片。《诗经·小雅·鹿鸣》："吹笙鼓簧。"此以乐声喻击水声。　[9]鹔鹤：皆水鸟名，色白。此言流水自高而下，如二鸟飞舞云间。　[10]翠羽：翠鸟的羽毛。此以翠羽喻绿草。　[11]素彩：白色中的光彩。指水汽中出现的彩虹。　[12]的皪（lì）：白亮貌。《文选》司马相如《上林赋》："明月珠子，的皪江靡。"李善注："《说文》曰：'玓瓅，明珠光也。'玓瓅与的皪，音义同。"沉珠渊：沉珠之渊。班孟坚《东都赋》："贱奇丽而不珍，捐金于山，沉珠于渊。"　[13]锵鸣：金玉撞击声。捐佩浦：抛掷佩玉的水边。屈原《九歌·湘君》："捐余玦兮江中，遗余佩兮澧浦。"　[14]屏倚：言界围岩像靠在那里的画屏。　[15]玉钩：喻弯月。　[16]洞府：神仙的住处。

[点评]

　　汪森评此诗说："前诗澹远，此诗刻画。"（《韩柳诗选》）与前诗《界围岩水帘》相比，此诗感情压抑，流露着对远去柳州的不满。此诗多用"比"的手法，避开了对界围岩景象的直接描写，感觉像个仙境，但"沉珠渊""捐佩浦"语典的运用，给人以遭遗弃之感。从形式上看，此诗用的是仄声韵，基本是通篇对仗，琢语工整，却未免凝滞。如前篇，用平声韵，语言明快流畅，这些特点在此诗中全不见了。诗的沉重之感正是他当时心情的反映。

湘口馆潇湘二水所会 [1]

从二水之源写起，然点到即止，绝不多费笔墨。

九疑浚倾奔 [2]，临源委萦回 [3]。会合属空旷 [4]，泓澄停风雷 [5]。高馆轩霞表 [6]，危楼临山隈 [7]。兹辰始澄霁 [8]，纤云尽褰开 [9]。天秋日正中，水碧无尘埃。杳杳渔父吟 [10]，叫叫羁鸿哀 [11]。境胜岂不豫 [12]，虑分固难裁 [13]。升高欲自舒 [14]，弥使远念来 [15]。归流驶且广 [16]，泛舟绝沿洄 [17]。

贺裳评韦、柳之别："余以韦、柳相同者神骨之清，相异者不独峭淡之分，先自忧乐之别。……'升高欲自舒，弥使远念来'，韦又安有此愁思？"（《载酒园诗话又编·柳宗元》）近藤元粹："又入感慨。"（《柳柳州集》卷三）

[**注释**]

[1] 湘口馆：即湘口驿。湘口为潇、湘二水所汇处。顾祖禹《读史方舆纪要》卷八一永州府："湘江，府北十里。自广西兴安县流入府界，东北流至湘口，潇水会焉。"又："湘口关，府北十里，潇、湘二水合流处也。今为湘口驿。"雍正《湖广通志》卷一四永州府："湘口渡在城北湘口驿前一里。"此诗约元和四年（809）作于永州。　[2] 九疑：山名，在永州界。潇水源出九疑山。浚：深。　[3] 临源：岭名。湘水发源处。乐史《太平寰宇记》卷一六二桂州："湘水今名小湘江，源出临源县阳海山。漓水、湘水同源，分为二水。"委：曲折。萦回：弯曲环绕。　[4] 属：归于。空旷：广阔貌。　[5] 泓澄：水广阔而清澈。停：滞留。　[6] 轩：

高出。霞表：云霞之外。　[7]危楼：高楼。山隈（wēi）：山弯曲处。　[8]澄霁：天空晴朗清澈。霁，雨止。　[9]搴（qiān）：散开。　[10]杳杳：象声，模糊的吟唱声。　[11]叫叫：象声。陈仁子《文选补遗》扬雄《解难》："大语叫叫，大道低回。"注："叫叫，远声也。"羁鸿：寄居的鸿雁。　[12]豫：安乐。　[13]虑分：思虑分散、思虑多之意。裁：割断。　[14]升高：登高。　[15]弥：越。　[16]驶：水流疾。　[17]绝：不通，没有。沿洄：顺流而下曰沿，逆流而上曰洄。此指来往的船。

［点评］

　　此诗描写湘口馆周围的景色，空间开阔，景物清澄，作者登高望远，虽是秋日，但天高云淡，水碧山青，是一幅绝美的画面。作者在开心之余，仍不免"虑分固难裁""弥使远念来"，还是无法忘记自己谪官的身份。邢昉说："悲凄宛曲，音旨哀绝，而无怨怼叫噪之气，所以得风人之正也。"（《唐风定》卷五）日本人近藤元粹评此诗写景说："开旷之景，叙来如见，宛然一幅活画。"（《柳柳州集》卷三）

陆时雍："一起数语，峻绝孤耸。"（《唐诗镜》卷三七）

登蒲洲石矶望横江口潭岛深迥斜对香零山[1]

　　隐忧倦永夜[2]，凌雾临江津[3]。猿鸣稍已疏，登石娱清沦[4]。日出洲渚静，澄明晶无垠[5]。浮晖翻高禽[6]，沉景照文鳞[7]。双江汇西奔[8]，诡

近藤元粹："警联妙绝。'浮晖'句五平，唐人古诗不拘声律如此。"（《柳柳州集》卷三）按："澄明晶无垠"也是五平。

怪潜坤珍[9]。孤山乃北峙[10]，森爽栖灵神[11]。洞潭或动容[12]，岛屿疑摇振[13]。陶埴兹择土[14]，蒲鱼相与邻[15]。信美非所安[16]，羁心屡逡巡[17]。纠结良可解[18]，纡郁亦已伸[19]。高歌返故室，自調非所欣[20]。

[注释]

[1]蒲洲石矶：雍正《湖广通志》卷一一永州府零陵县："蒲洲在县东十里，柳宗元尝登蒲洲石矶，有诗。"香零山：《湖广通志》卷一一："香零山在城东五里。《明一统志》：唐柳宗元尝登蒲洲石矶以望之。《名胜志》：地产香草，唐世上供，郡人苦之，刺史韦宙奏罢。"又名香陵山。祝穆《方舆胜览》卷二五永州："香陵山，在零陵县东数里。"此诗亦作于元和四年（809）前后。　[2]永夜：长夜。　[3]凌雾：冒着雾气。　[4]清沦：清澈而有微波。《诗经·魏风·伐檀》："河水清且沦猗。"沦，水面微波。　[5]晶：光亮。无垠（yín）：无边，没有尽头。屈原《九章·涉江》："霰雪纷其无垠兮。"　[6]浮晖：浮动的日光。　[7]沉景：水中的倒影。文鳞：彩色的鱼。　[8]双江：指湘水、潇水，二水于永州城东北湘口合流。　[9]诡怪：水中神怪，为作者所想象。坤珍：此谓地下神奇之处。《后汉书·班彪传附班固》："于是圣皇乃握乾符，阐坤珍。"李贤等注："乾符、坤珍，谓天地符瑞也。"　[10]孤山：指香零山。北峙：峙立而向北延伸。　[11]森爽：高耸而开阔。　[12]洞潭：回旋的潭水。动容：指水面动荡。　[13]屿：小岛。摇振（zhēn）：摇动。　[14]陶埴（zhí）：用黏土烧制器皿。埴，黏土。择土：选土。　[15]蒲鱼：此谓在

蒲塘中捕鱼。《周礼·夏官·职方氏》："其利蒲鱼。" [16]信美：确实美。王粲《登楼赋》："虽信美而非吾土兮，曾何足以少留。" [17]羁心：羁旅之心。逡（qūn）巡：迟疑徘徊。 [18]纠结：纠缠连结。 [19]纡（yū）郁：屈抑郁闷。 [20]自誷（wǎng）：自欺。《玉篇·言部》："誷，无纺切，诬也。"

[点评]

此诗写登蒲洲石矶远望周围之景，澄江远流，孤山北峙，景象开阔而又明朗。作者笔下有大景：高山流水；有小景：洄潭文鳞。有实景，也有虚景，如坤珍、灵神。有声有色，有动有静。自然环境是如此之美，这不能不令作者动心。但"信美非所安"，这里究竟是羁旅之地。无论如何，此次出游还是开心的，纠结、纡郁可化可解，于是高歌回家。汪森评此诗说："一题便抵一篇游记，妙在言简而曲折无穷。诗便是逐笔皴染而出。"（《韩柳诗选》）十分正确。

南涧中题[1]

秋气集南涧，独游亭午时[2]。回风一萧瑟[3]，林影久参差[4]。始至若有得，稍深遂忘疲。羁禽响幽谷，寒藻舞沦漪[5]。去国魂已游[6]，怀人泪空垂。孤生易为感[7]，失路少所宜[8]。索

高棅引刘辰翁："子厚每诗起语如法，更清峭奇整。"（《唐诗品汇》卷一五）何焯："万感俱集，忽不自禁。发端有力。"（《义门读书记》卷三七）

吴可："前人诗如'竹影金琐碎，竹日静晖晖'；又'野林细错黄金日，溪岸宽围碧玉天'。此荆公诗也。错，谓交错之错。又'山月入松金破碎'，亦荆公诗。此句造作，所以不入七言体格。如柳子厚'清风一披拂，林影久参差'，能形容出体态，而又省力。"（《藏海诗话》）

高棅引刘辰翁："精神在此十字，遂觉一篇苍然。"（《唐诗品汇》卷一五）

高楝引刘辰翁："结得平淡，味不可言。"（同上）叶寘："东方朔云：'往者不可及兮，来者不可待。'严忌云：'往者不可攀援兮，来者不可与期。'……不若柳子厚诗'谁为后来者，当与此心期。'犹有以启来世无穷之思，否则夫子何以谓，焉知来者之不如今也。"（《爱日斋丛钞》卷三）

窦竟何事[9]，徘徊只自知。谁为后来者，当与此心期[10]。

[注释]

[1]南涧：韩醇说：柳宗元永州诸记，石涧在南，即此诗所题之南涧。有《石涧记》，作于元和七年（812）春，此诗盖其年秋作（见《诂训唐柳先生文集》卷四三）。韩说是。 [2]亭午：正午。《初学记》卷一引梁元帝《纂要》："（日）在午曰亭午"。 [3]回风：旋转之风。萧瑟：秋风声。宋玉《九辩》："萧瑟兮草木摇落而变衰。" [4]参差：摇晃不齐。 [5]沦漪（yī）：水面波纹。《说文》："小波为沦。"并引《诗》"河水清且沦漪"。今《诗经·魏风·伐檀》"漪"作"猗"。 [6]去国：离开都城。魂已游：魂已游离。 [7]孤生：孤立无援。《文选·古诗十九首》其八："冉冉孤生竹，结根泰山阿。"感：感伤。 [8]失路：迷失道路。指被贬谪。宜：适宜，适从。 [9]索寞：沮丧、无生气貌。鲍照《拟行路难》其九："今日见我颜色衰，意中索寞与先异。" [10]期：领会，理解。

[点评]

《苕溪渔隐丛话》前集卷一九引苏轼评此诗："柳仪曹诗忧中有乐，乐中有忧，盖妙绝古今矣。"此诗大体分两层意思：前写南涧的景色，后面抒发去国南来的感慨。作者独游南涧，本为消解愁闷，而此游又偏偏勾起愁闷，故苏轼有上述之评。唐汝询对此诗有很好的解说，云："此因游南涧而写迁谪意。言此地风景冷落，而我爱之，故始至恍若有所得，久则忘疲矣。但悲怀触物而生，即羁禽寒藻之景，动我去国怀人之思，正以孤客易伤失路，鲜所宜耳。今斯情正难语人，诗虽留题，谁谓后来者知我心乎？盖柳州以叔文之党而被黜，悔恨之意，每见于篇。"(《唐诗解》卷一〇)此诗写景与抒情都有独到之处，颇获论诗者的激赏。全诗平淡质朴，却意味深长，故好评如潮。略引数例，如《竹庄诗话》卷八引曾氏《笔墨闲录》："《南涧》诗平淡有天工，在《与崔策登西山》诗上，语奇故也。"邢昉说："刻骨透髓，真如见其衷曲。"(《唐风定》卷五)孙鑛说："此是入选最有名诗，兴趣音节俱佳。盖以炼意妙，若字句则炼如无痕，遂近自然，调不陶却得陶之神。"(孙月峰评点《柳柳州全集》卷四三)

与崔策登西山[1]

鹤鸣楚山静[2]，露白秋江晓[3]。连袂度危桥[4]，萦回出林杪[5]。西岑极远目[6]，毫末皆可了[7]。重叠九疑高[8]，微茫洞庭小[9]。迥穷两仪际[10]，高出万象表[11]。驰景泛颓波[12]，遥风递寒筱[13]。谪居安所习[14]，稍厌从纷扰[15]。生同胥靡遗[16]，寿等彭铿夭[17]。蹇连困颠踣[18]，愚蒙怯幽眇[19]。非令亲爱疏，谁使心神悄[20]？偶

何焯："鹤夜半而警露。此句是不眠待晓，即'隐忧倦永夜'之意，尤不露骨也。"(《义门读书记》卷三七)

高棅引刘辰翁："参差隐约，可尽而不尽。"(《唐诗品汇》卷一五)陆时雍："语堪入画。"(《唐诗镜》卷三七)

吴昌祺："我安逐客而离纷扰，生无用、寿无益也。"(《删订唐诗解》卷五)

兹遁山水^[21]，得以观鱼鸟。吾子幸淹留，缓我愁肠绕。

吴山民："景语清澈。遁山水，观鱼鸟，亦足寄慨。"（《删补唐诗选脉笺释会通评林》卷一二引）

[注释]

[1]崔策：字子符，即《送崔子符罢举诗序》之崔子符，为柳宗元姊夫崔简之弟。西山：《明一统志》卷六五永州府："西山在府城西潇江之外。唐柳宗元爱其胜境，有《西山宴游记》。"此诗作于元和七年（812）。　[2]楚山：此指西山。　[3]秋江：此指潇水。　[4]连袂：携手，结伴。袂，衣袖。危桥：高处的桥。　[5]萦回：谓沿着曲曲折折的道路。杪（miǎo）：树梢。　[6]西岑：即西山。岑，小而高的山。极：尽目力所及。　[7]毫末：指细微之物。毫端为末。了：清楚。　[8]九疑：山名，在永州南。李吉甫《元和郡县图志》卷二九道州："九疑山，在（延唐）县东南一百里，舜所葬也。九山相似，行者疑惑，故为名。舜庙在山下。"　[9]洞庭：湖名。《元和郡县图志》卷二七岳州："洞庭湖，在（巴陵）县西南一里五十步，周回二百六十里。湖口有一洲，名曹公洲。"　[10]迥：远。两仪：指天地。《周易·系辞上》："是故《易》有太极，是生两仪。"　[11]万象：指世间一切事物。　[12]驰景：快速移动的日光。颓波：往下流的水。　[13]递：吹动。筱（xiǎo）：竹名。代指竹。　[14]习：习惯。　[15]纷扰：指纷杂烦扰的事物。　[16]胥靡：服劳役的囚徒。《汉书·楚元王刘交传》："（王戊）乃与吴通谋，（申公、白生）二人谏不听，胥靡之。"颜师古注："联系使相随而服役之，故谓之胥靡。犹今之役囚徒，以锁联缀耳。"遗：弃。　[17]寿等彭铿夭：即使寿命很长像彭祖，也等同于夭折。意谓这样的人生无意义。彭铿，即彭祖，传说姓籛名铿，古之长寿者，寿至八百余岁。见刘向《列仙传》卷上。夭，

夭折。《庄子·齐物论》:"莫寿于殇子,而彭祖为夭。" [18]蹇连:艰难。《周易·蹇》:"往蹇来连。"孔颖达疏:"往来皆难,故曰往蹇来连也。"颠踣(bó):跌倒。 [19]愚蒙:愚昧、蒙昧。幽眇:精深微妙。 [20]悄:忧愁。《说文》:"悄,忧也。" [21]遁:逃避。此谓逃避于。

[点评]

此诗分前后两段:前段写登西山所看到的景象,后段抒发贬谪的幽愤,但首尾不离崔策。前写与崔共登西山,后写幸有崔陪伴,可以多少缓解愁肠。至于写景,突出了所处之高、所望之远,甚得取舍之法。吴昌祺说:"言九疑、洞庭,皆在指顾中,可以揽天地、凌万物,而日驰风起,游兴遂矣。"(《删订唐诗解》卷五)然贬谪的现实是柳宗元无法回避的,故在他的纪游诗中每每带出,此诗甚至说出"寿等彭铿夭"这样的话,正如汪森所说:"子厚山水诗极佳,然每篇之中必见羁宦迁谪之意,此是胸中所积,不可强者。"(《韩柳诗选》)

夏夜苦热登西楼[1]

苦热中夜起,登楼独褰衣[2]。山泽凝暑气,星汉湛光辉[3]。火晶燥露滋[4],野静停风威[5]。探汤汲阴井[6],炀灶开重扉[7]。凭栏久彷徨[8],

以上四句描写暑热之状:露烤干,风没有。用井水冲凉,井水也是热的;开窗透透风,像对着炉灶。

老、庄也解决不了热的问题。设想奇妙，自我解嘲。

流汗不可挥。莫辩亭毒意[9]，仰诉璇与玑[10]。谅非姑射子[11]，静胜安能希[12]。

[注释]

[1]此诗作于永州，具体年月无考。　[2]褰（qiān）衣：撩起衣裳。　[3]星汉：银河。湛：清澈透明。　[4]火晶：即火精，指夏。《后汉书·郎颛传》郎颛顺帝时拜章："火精南方，夏之政也。"燥：干燥。此为"烤干"之意。　[5]停：止，息。　[6]探汤汲阴井：言取阴井之水以涤热，水也变热了。探汤，取热水。汤，热水。《论语·季氏》："见不善如探汤。"阴井，阴处之井。　[7]炀（yáng）灶开重扉：言开窗时如对灶火。炀灶，向灶烘烤。炀，烤。《庄子·寓言》："炀者避灶。"扉，窗。　[8]彷徨：徘徊。《庄子·逍遥游》："彷徨乎无为其侧。"　[9]亭毒：化育，养育。王弼《老子》注："及其有形有名之时，则长之育之，亭之毒之，为其母也。"　[10]仰诉璇与玑（jī）：犹言诉于苍穹。璇玑，星名，北斗魁四星。《史记·天官书》："北斗七星，所谓旋玑玉衡，以齐七政。"　[11]谅：的确。姑射（yè）子：《庄子·逍遥游》："藐姑射之山，有神人居焉，肌肤若冰雪，淖约若处子……大浸稽天而不溺，大旱金石流土山焦而不热。"　[12]静胜：《老子》："躁胜寒，静胜热。"希：希望，希冀。

[点评]

此诗只是写夏夜之热，"仰诉璇与玑"一句，或以为"此以刺当时之政也"（见《新刊增广百家详补注唐柳先生文》卷四三王俦补注引《笔墨闲录》），刻意求深，非作者本意。蒋之翘说："'莫辩'二句，子厚意似感慨，然亦可有可无。"（辑注《柳河东集》卷四三）为平实之论。此诗正如日人近藤元粹所评："暑夜之状写出，逼真。"（《柳柳州集》卷三）

独　觉[1]

觉来窗牖空[2]，寥落雨声晓[3]。良游怨迟暮[4]，末事惊纷扰[5]。为问经世心[6]，古人谁尽了[7]？

陆时雍："末二语名言通恨。"（《唐诗镜》卷三七）孙鑛："点得透快。"（孙月峰评点《柳柳州全集》卷四三）

[注释]

[1]觉（jiào）：睡醒，醒来。首句之"觉"同此义。"觉"又音 jué，觉悟、明白之意。诗题有双关意。此诗作于永州，年月无考。　[2]窗牖：窗户。　[3]寥落：稀疏。　[4]良游：优游，游乐。迟暮：晚年，年老。屈原《离骚》："惟草木之零落兮，恐美人之迟暮。"　[5]末事：琐碎小事。　[6]经世：谓治理世事。《抱朴子·审举》："故披《洪范》而知箕子有经世之器。"　[7]了：实现，完成。

[点评]

作者独眠于室，早晨醒来才知道外面正在下雨，但雨不大。想到岁月不饶人，眼前全是一些繁杂的小事，可能自己的一生就这样度过了。最后两句既是悟世之语，也是自我宽慰之语。

首春逢耕者[1]

南楚春候早[2]，余寒已滋荣[3]。土膏释原野[4]，百蛰竞所营[5]。缀景未及郊[6]，穑人先耦耕[7]。园林幽鸟啭[8]，渚泽新泉清。农事诚素务[9]，羁囚阻平生[10]。故池想芜没[11]，遗亩当榛荆[12]。慕隐既有系[13]，图功遂无成[14]。聊从田父言，款曲陈此情[15]。眷然抚耒耜[16]，回首烟云横。

[注释]

[1]首春：即正月。《初学记》卷三引梁元帝《纂要》："正月孟春，亦曰……发春、献春、首春。"此诗作于永州，作年无考。　[2]南楚：楚南之地，指永州。永州即位于春秋时楚国的南部。春候：春天的气象。　[3]滋荣：滋长、开花。《尔雅·释草》："木谓之华，草谓之荣。"　[4]土膏：土壤的润泽肥力。《国语·周语上》："阳气俱蒸，土膏其动。"韦昭注："膏，润也。"释：放。　[5]百蛰：各种冬眠的虫子。蛰，藏伏。《礼记·月令》孟春之月："蛰虫始振。"营：指营生活动。　[6]缀景：点缀之景，谓树木开花。郊：郊区。城外百里之内为郊。　[7]穑（sè）人：农民。《左传》襄公四年："民狎其野，穑人成功。"耦（ǒu）耕：古代耕田二人协作，称耦耕。《论语·微子》："长沮、桀溺耦而耕。"　[8]啭（zhuàn）：鸟鸣。　[9]素务：平素想做的事。　[10]羁囚：行动受限制的犯人。指自己。　[11]故池：指作者京城的池

园。芜没：被荒草埋没。　[12]遗亩：指先人留下的田地。榛荆：意谓长满了荆棘。榛、荆皆灌木名。　[13]慕隐：羡慕隐居。系：羁绊。　[14]图功：希望建立功业。　[15]款曲：衷情，引申为殷勤。　[16]眷然：依恋貌。耒耜（sì）：耕田用的农具。《周易·系辞下》："神农氏作，斫木为耜，揉木为耒，耒耨之利，以教天下。"

[点评]

　　此诗先从早春田野的景象写起，继写遇到一位耕田的老农，因而触发了自己隐痛：归耕不得，功业不就。追想遗亩故池，都付芜没，也无如之何。作者视老农为知心，遂向老农倾诉了一番自己的心情。沈德潜说："因逢耕者而念及田园之芜，羁人心事，不胜黯然。"（《唐诗别裁集》卷四）此诗风格平淡自然，近乎陶渊明。蒋之翘辑注《柳河东集》卷四三引宋瑛曰："差有渊明风味。"

章燮："谪而曰幸，不怨之怨，怨深哉！"（《唐诗三百首注疏·五言古诗》）

陆蓥："昔人谓诗中有画，画中有诗，然亦有画手所不能到者。先广文尝言：……柳子厚《溪居》诗'晓耕翻露草，夜榜响溪石'，《田家》诗'鸡鸣村巷白，夜色归暮田'，此岂画手所能到耶？"（《问花楼诗话》卷一）

顾璘："超逸。"（批点《唐诗正音》卷三）

溪 居[1]

　　久为簪组累[2]，幸此南夷谪[3]。闲依农圃邻，偶似山林客[4]。晓耕翻露草，夜榜响溪石[5]。来往不逢人，长歌楚天碧[6]。

[注释]

[1]溪：指愚溪。柳宗元《与杨诲之书》："方筑愚溪东南为室，

耕野田，圃堂下，以咏至理。”当与此诗所写为一处。书作于元和五年（810），此诗也大致作于是时。　[2]簪组：古代官员的冠饰。此代指做官。累：束缚。　[3]南夷：南方少数民族。此代指南方僻远之地。屈原《九章·涉江》："哀南夷之莫吾知兮，旦余济乎江湘。"　[4]山林客：谓隐士。郭璞《游仙诗七首》其七："长揖当途人，去来山林客。"　[5]榜：船桨。此用作动词，指划船。　[6]楚天：指南方的天空。

[点评]

周珽《删补唐诗选脉笺释会通评林》卷一二评此诗是："因谪居，寻出乐趣来。"高步瀛《唐宋诗举要》卷一则评："清泠旷远。"盖此诗写得非常含蓄，意在言外，颇耐人寻味。如说为官是"为簪组累"，谪来南方是"幸"，自然是假话真说。"闲依""偶似"两句，看似闲适自得，却是闲散无聊的表露。最后之"长歌"，也是洒脱，也是超逸，也是故作豪放。沈德潜说："愚溪诸咏，处连蹇困厄之境，发清夷澹泊之音，不怨而怨，怨而不怨，行间言外，时或遇之。"（《唐诗别裁集》卷四）所评甚是。

陆时雍："'引杖'二语有写作。"（《唐诗镜》卷三七）高步瀛："情景真切。"（《唐宋诗举要》卷一）

黄周星："可知避暑之方矣。"（《唐诗快》卷五）

夏初雨后寻愚溪 [1]

悠悠雨初霁 [2]，独绕清溪曲 [3]。引杖试荒泉 [4]，解带围新竹 [5]。沉吟亦何事 [6]？寂寞固所欲 [7]。幸此息营营 [8]，啸歌静炎燠 [9]。

[注释]

[1]愚溪：见《愚溪对》注[1]。此诗大约也作于元和五年（810）。　[2]悠悠：连续不断。霁：雨停。　[3]清溪曲：弯弯曲曲的清溪。　[4]试荒泉：指用手杖试探泉水的浅深。　[5]围新竹：解下衣带拴在新长的竹子上。围，缠绕在。　[6]沉吟：指深沉的叹息。　[7]固所欲：本来是自己所想要的。　[8]息：停止。营营：《诗经·小雅·青蝇》："营营青蝇，止于樊。"毛传："营营，往来貌。"　[9]静：清静，消除。炎燠（yù）：炎热。谢朓《出下馆》："麦候始清和，凉雨销炎燠。"

[点评]

愚溪是作者多么熟悉的地方，为什么还要"寻"呢？原来是因为"雨后"。"独绕清溪曲"，溪水涨满且弯弯曲曲，写出"雨后"及"寻"字。还要用手杖试探水的深浅，看来是需要涉水而过了。诗的后半部分故作达观，仍然表现的是无可奈何的心情。近藤元粹评曰："勉强之语似自然。"（《柳柳州集》卷三）也是体会入微之评。

郊居岁暮[1]

屏居负山郭[2]，岁暮惊离索[3]。野迥樵唱来[4]，庭空烧烬落[5]。世纷因事远，心赏随年薄[6]。默默谅何为[7]，徒成今与昨[8]。

汪森："'野迥'二语，自然生动，在四虚字下得恰好。"（《韩柳诗选》）

[注释]

[1] 此诗约作于永州。　[2] 屏（bǐng）居：隐退而居。负：背靠着。山郭：山城。外城叫郭。　[3] 离索："离群索居"的简称，即离开朋友而独居。《礼记·檀弓上》："子夏投其杖而拜曰：'吾过矣，吾过矣！吾离群而索居，亦已久矣。'"　[4] 樵唱：打柴人唱的歌。　[5] 烬：灰烬。烧烬指烧畲时落到庭院的灰烬。烧畲，即火种。古代南方播种之前，伺有雨候，则将田中杂草放火烧之，其灰即可充当肥料。　[6] 心赏：谓心与景相契合。谢灵运《石室山诗》："灵域久韬隐，如与心赏交。"薄：迫近。　[7] 谅：料想。　[8] 徒：徒劳。

[点评]

　　岁暮之时，一年将尽，难免会思念亲人和朋友。作者并没有直接表达这种思念，一个"惊"字却把这种思想感情透露了出来。"野迥"二句写的是农家劳作，反衬自己的孤独无聊。结语二句则表达了对眼前境况的无奈，这样一天又一天，一年又一年，不知熬到什么时候。全诗直叙心怀，反觉亲切。

秋晓行南谷经荒村[1]

中间二联二十字，却包含了黄叶、溪桥、荒村、古木、寒花、幽泉六种景物，紧凑而不见排列之痕。

　　杪秋霜露重[2]，晨起行幽谷。黄叶覆溪桥，荒村唯古木。寒花疏寂历[3]，幽泉微断续[4]。机心久已忘[5]，何事惊麋鹿[6]？

[注释]

[1]南谷：当在永州城南。此诗作于永州，确切作年不详。 [2]杪（miǎo）秋：季秋九月。《初学记》卷三引梁元帝《纂要》："九月季秋，亦曰暮秋、末秋、暮商、季商、杪秋。"宋玉《九辩》："靓杪秋之遥夜兮，心缭悷而有哀。" [3]疏：稀疏。寂历：《文选》江淹《杂体诗三十首·王徵君微》："寂历百草晦，欻吸鹍鸡悲。"李善注："寂历，雕疏貌。" [4]微：细微。 [5]机心：机变之心。《庄子·天地》："有机械者必有机事，有机事者必有机心，机心存于胸中则纯白不备。" [6]麋鹿：麋，鹿的一种，体形较鹿为大。陈耀文《天中记》卷三九引潘岳《关中记》："鹿仙辛孟年七十，与麋鹿同群游世，谓之鹿仙。"化用此典，云与麋鹿同游，何事惊之？

[点评]

王尧衢解说此诗云："九月始寒，霜露交下，起行南谷，只有黄叶覆于溪桥，荒村但有古木，九月苍凉之景也。""寒花之态疏淡而寂寥，幽泉之声微闻其断续，此皆天地自然之妙。人生若无机械之心，鸥鸟可狎，何事而惊麋鹿乎？余久已忘机，将鹿群可入矣。"（《唐诗合解笺注》卷二）诗写秋景如在目前，显得宁静而和谐，清新而明快。后写麋鹿见之而惊，虽觉突兀，却表示自己并非真正的隐士。作者并未忘却世事。

雨后晓行独至愚溪北池 [1]

宿云散洲渚 [2]，晓日明村坞 [3]。高树临清池，风惊夜来雨^[4]。予心适无事^[5]，偶此成宾主^[6]。

[注释]

[1]愚溪北池：柳宗元《愚溪诗序》："愚溪之上……遂负土累石，塞其隘为愚池。"即此。此诗约作于元和五年(810)。   [2]宿云：昨夜雨后的残云。洲渚：水中陆地，大者为洲，小者为渚。   [3]村坞（wù）：村落。坞，防守用的小土堡。   [4]风惊夜来雨：风将树上积留的昨夜的雨水吹落。   [5]适：恰好。   [6]偶：投合。成宾主：谓有如宾主相待。

[点评]

王尧衢解说此诗云："夜雨初晴，隔宿之云散于洲渚，初升之日明于村坞。有高树下临北池，树中尚有余雨，因风一触而洒落若惊之者。吾心适然无事，偶值此境，独步无侣，即此便成宾主矣。"(《唐诗合解笺注》卷二）此诗寥寥六句，写得清丽明快，意境高远，颇得后人好评。如顾璘曰"雅意自足"（批点《唐诗正音》卷三）；吴山民曰"境清心寂"；郭濬曰"闲适之兴，寂悟之言"（皆见《删补唐诗选脉笺释会通评林》卷一二引）；方东树曰"奇逸"（《昭昧詹言》卷七）。

中夜起望西园值月上^[1]

觉闻繁露坠^[2]，开户临西园。寒月上东岭^[3]，

泠泠疏竹根[4]。石泉远逾响，山鸟时一喧。倚楹遂至旦[5]，寂寞将何言？

唐汝询："泉响鸟鸣，夜景清绝，令人竟夕不寐。"（《唐诗解》卷一〇）

[注释]

[1] 此诗作于永州，年月无考。　[2] 觉：睡醒。　[3] 东岭：即永州东山。　[4] 泠（líng）泠：清凉、清冷貌。宋玉《风赋》："清清泠泠，愈病析酲。"徐幹《情诗》："高殿郁崇崇，广厦凄泠泠。"疏：稀疏。　[5] 楹：屋前柱。

[点评]

王尧衢解说此诗云："睡醒而闻中庭之滴露，起而开户，临彼西园，只见寒月出于东山之上，泠泠然渐照至疏竹根矣。""夜静则石泉虽远而愈响，月明则山鸟有时而一喧，如此清绝之景，令人忘寐，不妨倚柱以至旦。然寂寞之怀，将复何言？盖不忘迁谪之情耳。"（《唐诗合解笺注》卷二）此诗写中夜因睡醒而起，写的是月光映照竹根、远处传来的泉水声与一两声的鸟鸣，将夜中寂静描写得细致入微。如此寂寞空旷，映射出作者悒郁的情怀。正如陆时雍所说："语有景趣，然此等景趣，在冥心独悟者领之。"（《唐诗镜》卷三七）

法华寺西亭夜饮赋得酒字[1]

祇树夕阳亭[2]，共倾三昧酒[3]。雾暗水连阶，月明花覆牖[4]。莫厌樽前醉，相看未白首[5]。

[注释]

[1]法华寺：清雍正《湖广通志》卷八〇永州府零陵县："高山寺在城内东山，即唐法华寺。唐柳宗元有《法华寺新作西亭记》。"参见《始得西山宴游记》注[14]。赋得：唐人宴集，常以分韵方式赋诗，所得之韵例加"赋得"字。柳宗元《法华寺西亭夜饮赋诗序》云："间岁，元克己由柱下史亦谪焉而来。"西亭建于元和二年（807），柳有《永州法华寺新作西亭记》，则此次宴集当在元和四年（809），诗即作于此时。　[2]祇（qí）树：即孤独园，为释迦往舍卫国说法时暂居之处。慧琳《一切经音义》卷一〇："祇树，梵语也。或云祇陀，或云祇洹，或云祇园，皆一名也。"此代指法华寺。　[3]三昧：即除杂念、宁心神之谓。《大智度论》卷七："善心一处住不动，是名三昧。"　[4]牖：窗户。陈景云《柳集点勘》卷四云："尔亭之西临池，故有'雾暗水连阶'之句。"　[5]未白首：还未老。元和四年柳宗元三十七岁。

[点评]

此诗为在法华寺西亭与朋友夜饮分韵赋诗所作，故首二句皆用佛语。三、四对仗工稳，写景如画。因为都是不得志之人，末二句互相宽慰，借酒消愁。

茆檐下始栽竹[1]

瘴茆葺为宇[2]，溽暑恒侵肌[3]。适有重胝疾^[4]，蒸郁宁所宜^[5]？东邻幸导我^[6]，树竹邀凉飔^[7]。欣然惬吾志^[8]，荷锸西岩垂^[9]。楚壤多怪石^[10]，垦凿力已疲^[11]。江风忽云暮^[12]，舆曳还相追^[13]。萧瑟过极浦^[14]，旖旎附幽墀^[15]。贞根期永固^[16]，贻尔寒泉滋^[17]。夜窗遂不掩，羽扇宁复持^[18]。清泠集浓露^[19]，枕簟凄已知^[20]。网虫依密叶^[21]，晓禽栖迥枝^[22]。岂伊纷嚣间^[23]，重以心虑怡？嘉尔亭亭质^[24]，自远弃幽期^[25]。不见野蔓草^[26]，翁蔚有华姿^[27]。谅无凌云色^[28]，岂与青山辞^[29]。

"贻尔寒泉滋"句以上写种竹。叙述种竹的过程，娓娓道来，细致而又简洁。

已取得邀凉的效果，岂不甚好？

两句描写新栽之竹，不写竹本身，却写虫、鸟，精彩！只是作者太吝啬，只用了两句。

[注释]

[1]茆：同"茅"。此诗约作于元和五年或六年（810或811）夏，时方筑愚溪溪居。　[2]瘴茆：瘴乡的茅草。南方气候湿热，易使人生病，古人谓瘴气所致，"瘴"即指湿热之气。葺（qì）：用茅草盖屋叫葺。　[3]溽（rù）暑：湿热。《说文》："溽，湿暑也。"侵肌：伤人肌肤。　[4]重膇（zhuì）：疾病名，脚浮肿。《左传》成公六年："于是乎有沉溺重膇之疾。"杜预注："重膇，足肿。"　[5]蒸郁：闷热。宁：岂，难道。表反问。　[6]导：教，指引。　[7]树：种，栽植。凉飔（sī）：凉风。　[8]惬：适合，适应。　[9]荷锸（hè chā）：扛着铁锹。锸，掘土的工具。垂：通"陲"，边。　[10]楚壤：指南方的土地。　[11]垦凿：挖开，挖出。　[12]云暮：即暮，指天黑。云为语助词，无义。　[13]舆

曳：用车半载半拖。《周易·睽》：“见舆曳，其牛掣。” [14] 萧瑟：风声。此谓冒着风。极浦：远浦。屈原《九歌·湘君》：“望涔阳兮极浦。” [15] 旖旎（yǐ nǐ）：随风摇动貌。墀（chí）：台阶上的空地。 [16] 贞根：坚韧的根。 [17] 贻：给予。 [18] 羽扇：用鸟羽做的扇子。此指扇子。 [19] 清泠：清凉。 [20] 簟（diàn）：竹席。凄：凉快。 [21] 网虫：指蜘蛛。沈约《学省愁卧》：“网虫垂户织，夕鸟傍檐飞。” [22] 迥枝：高枝。迥，远。 [23] “岂伊纷嚣间”二句：意思是说：难道你在纷杂喧闹的世间，还会再有喜悦的心情吗？伊，你。此以第三者的角度，称自己为“你”。纷嚣，纷杂喧闹。重，又。心虑，心意，心思。怡，怡悦，喜欢。 [24] 嘉尔：赞美你。“尔”指竹子。亭亭：高而直立。质：本质，本性。 [25] 自远：从远地而来。幽期：指与怪石、野草在一起的时候。 [26] 蔓草：《诗经·郑风·野有蔓草》：“野有蔓草，零露漙兮。” [27] 蓊（wěng）蔚：蓬勃茂盛。华姿：美好的姿态。 [28] 谅：的确。凌云：高入云中。 [29] 辞：告别。

[点评]

此诗先从暑热写起，邻居说种竹可招凉风，于是从西山移来丛竹种在屋前。继写栽竹之后，果然凉快了许多。最后写自己心情不好，使竹子也离开了原生之地。难道竹子也难以凌云，就这样与青山告别了吗？最后的写竹子显然有寄托之意，正如汪森所说：“种植诸作，俱兼比兴，其意亦由迁谪起见也。”（《韩柳诗选》）蒋之翘说：“情幽兴远，鲜净有规矩，但末路自况，感慨意太露。”（辑注《柳河东集》卷四三）批评得也有道理，盖前面的种竹邀凉与最后的寄托不太融洽。全诗风格平

淡质朴，如孙矿所说："就事质叙，自有一种真味，即炼法皆从质中出，盖学陶。"（孙月峰评点《柳柳州全集》卷四三）

戏题阶前芍药[1]

凡卉与时谢[2]，妍华丽兹晨[3]。欹红醉浓露[4]，窈窕留余春[5]。孤赏白日暮，暄风动摇频[6]。夜窗蔼芳气[7]，幽卧知相亲。愿致溱洧赠[8]，悠悠南国人[9]。

吴乔："柳子厚《芍药》诗曰：'欹红醉浓露，窈窕留余春。'近体中好句皆不及。可见体物之妙，古体胜唐体。"（《围炉诗话》卷二）

写出"戏"意。何焯："结句虽戏，亦《楚辞》以美人为君子之旨也。"（《义门读书记》卷三七）

［注释］

[1]芍药：草本植物，花大而美。此诗亦作于永州，具体年月不详。　[2]凡卉：一般的花。指春天开的花。时谢：按时凋谢。　[3]妍华：美好。丽：此处用作动词，即展现美丽、开放之意。　[4]欹（qī）红：倾斜的红花。欹，倾斜。　[5]窈窕：美好貌。余春：春天的剩余。芍药在春末开放，故云。　[6]暄（xuān）风：温暖的风。　[7]蔼：盛，浓。　[8]溱洧（zhēn wěi）：溱水与洧水。《诗经·郑风·溱洧》："溱与洧，方涣涣兮。……维士与女，伊其相谑，赠之以芍药。"　[9]悠悠：形容遥远，难以接近。南国：指江南。曹植《杂诗六首》其四："南国有佳人，容华若桃李。"暗用其意。

[点评]

此诗先写在春花相继凋谢之时，芍药却开得正好。继写芍药花之美。苏轼《雨晴后步至四望亭下鱼池上遂自乾明寺前东冈上归二首》其一："殷勤木芍药，独自殿余春"，显然由柳诗的"窈窕留余春"之句变化而来。"夜窗"一联写花气袭人，"相亲"句有戏谑之意。由芍药而联想到《诗经》中有赠芍药以表爱情的诗句，自己也欲以芍药相赠，可是佳人在哪里呢？虽似玩笑，也暗含以美人喻君子之意。这是一首技巧纯熟的咏物诗，近藤元粹说："可为后人咏物轨范也。"（《柳柳州集》卷四）

自衡阳移桂十余本植零陵所住精舍[1]

谪官去南裔[2]，清湘绕灵岳[3]。晨登蒹葭岸[4]，霜景霁纷浊[5]。离披得幽桂[6]，芳本欣盈握[7]。火耕困烟烬[8]，薪采久摧剥[9]。道旁且不愿[10]，岑岭况悠邈[11]。倾筐壅故壤[12]，栖息期鸾鷟[13]。路远清凉宫[14]，一雨悟无学[15]。南人始珍重，微我谁先觉[16]？芳意不可传[17]，丹心徒自渥[18]。

当是柳宗元由长安赴永州时经过衡阳，将桂树带到永州的。

自己不愿意将这些小桂树栽在道旁，栽到深山路又太远了。

最后两句是寄托，既是说桂也是说自己。

[注释]

[1] 衡阳：唐衡州衡阳郡，今属湖南。零陵：即永州。精舍：

即佛寺。此指龙兴寺。乾隆《大清一统志》卷二八三永州府："龙兴寺，在零陵县治西南，唐柳宗元尝僦居于此……宋元丰四年改名太平寺。"柳宗元《永州龙兴寺西轩记》："出为邵州，道贬永州司马。至则无以为居，居龙兴寺西序之下。"韩醇云：龙兴寺在永州，柳宗元初至永州时居此寺，后四五年则居愚溪，故此诗元和三年（808）间作（见《诂训唐柳先生文集》卷四三）。韩说可从。　[2]南裔：南方僻远的地方。此指永州。边远之地为裔。　[3]清湘：指湘江。灵岳：指衡山。衡山为南岳。　[4]蒹葭（jiān jiā）：芦苇。　[5]霁：天放晴。纷浊：指雾气。　[6]离披：纷散貌。宋玉《九辩》："白露既下百草兮，奄离披此梧楸。"　[7]芳本：指小桂树。本，根。盈握：一满把。　[8]火耕：古代南方于播种前放火烧去野草，其灰当作肥料。《汉书·武帝纪》："江南之地，火耕水耨。"注引应劭曰："烧草下水种稻，草与稻并生，高七八寸，因悉芟去，复下水灌之，草死，独稻长，所谓火耕水耨。"烬：灰。　[9]薪采：砍柴。摧剥：砍伤、剥皮。与上句并言桂树所受到的伤害。　[10]道旁且不愿：言不愿意将小桂树栽在道旁。　[11]岑岭：山岭。悠邈：幽深遥远。　[12]倾筐：浅的筐子。《诗经·周南·卷耳》："采采卷耳，不盈倾筐。"壅：遮蔽。故壤：指桂树根部所带的土。　[13]期：期待。鸑鷟（zhuó）：凤凰。《国语·周语上》："鸑鷟，凤之别名。"　[14]清凉宫：指佛寺。此指龙兴寺。佛家常称佛寺所在之山为清凉山，佛寺为清凉寺。如李吉甫《元和郡县图志》卷一四代州："五台山……道经以为紫府山，内经以为清凉山。"　[15]一雨：一场雨。悟无学：使无知的人觉悟。学，识，知识。　[16]微我：没有我。先觉：预先觉察认识。《孟子·万章上》："使先知觉后知，使先觉觉后觉也。"　[17]芳意不可传：谓桂花的芳香是无法传递的。　[18]丹心：丹桂的红心。渥（wò）：浓厚。

［点评］

此诗写自己贬谪途中经过衡阳，见到桂树，可是桂树在那里遭遇摧残，无人怜惜，于是把十余棵小桂树带到永州，种在龙兴寺内。恰好下了一场及时雨，它们全活了。从此南方人珍重桂树，开始爱护它们。桂树开花很香，可惜无法传递给远方的人。作者此诗为桂树得不到赏识和爱护而惋惜，桂树身上何尝没有自己的影子！他的几首种植诗皆如此，都寄托了自己的贬谪之感。

早　梅[1]

以"朔吹""繁霜"衬托梅花的芳香与洁白。

有自喻意。

早梅发高树，迥映楚天碧[2]。朔吹飘夜香[3]，繁霜滋晓白[4]。欲为万里赠[5]，杳杳山水隔[6]。寒英坐销落[7]，何用慰远客[8]？

［注释］

[1]此诗作于永州，年月无考。　[2]楚天：永州为古代楚地。　[3]朔吹：北风。《尔雅·释训》："朔，北方也。"　[4]滋：增加。　[5]万里赠：谓赠给远方的友人。暗用陆凯诗："折梅逢驿使，寄与陇头人。江南无所有，聊赠一枝春。"见《太平御览》卷四○九引《荆州记》。　[6]杳杳：遥远。　[7]寒英：指梅花。坐：自。销落：凋谢。　[8]何用：用什么。

[点评]

前四句写梅花在寒风严霜中散发着芳香，后四句则化用陆凯诗意，暗含对友人的思念之情。蒋之翘说："此诗后四句全凭陆凯诗'江南无所有，聊赠一枝春'翻出，而意致自不同。"（辑注《柳河东集》卷四三）

曾氏《笔墨闲录》："《田家》诗'鸡鸣村巷白'云云，又'里胥夜经过'云云，绝有渊明风味。"（《新刊增广百家详补注唐柳先生文》卷四三王俦补注引）

田家三首[1]

其一

蓐食徇所务[2]，驱牛向东阡[3]。鸡鸣村巷白[4]，夜色归暮田。札札耒耜声[5]，飞飞来乌鸢[6]。竭兹筋力事[7]，持用穷岁年[8]。尽输助徭役[9]，聊就空舍眠[10]。子孙日已长，世世还复然[11]。

陆时雍："此语何必减陶！三复之，觉冲美可贵。"（《唐诗镜》卷三七）孙鑛："'鸡鸣'句绝佳，'夜色'句亦炼，但二句不对，又不串合，读来觉调不甚协。"（孙月峰评点《柳柳州全集》卷四三）

[注释]

[1]此组诗作于永州，确切作年不详。　[2]蓐（rù）食：《左传》文公七年："秣马蓐食。"杜预注："蓐食，早食于寝蓐也。"蓐，草垫子。徇：从事于。所务：所干的事，指农务。　[3]东阡：村东的道路。阡陌，道路，南北曰阡，东西曰陌。　[4]"鸡鸣村巷白"二句：早晨鸡叫时出村下地，景色刚发白，夜色降临时才从地里回来。归暮田，即"暮田归"。　[5]札札：象声词，象农具声。耒耜（sì）：翻土的农具。　[6]飞飞：飞舞貌。乌鸢（yuān）：

钟惺："结得味永，似储、王田居诸作。"（《唐诗归》卷二九）

乌鸦和鹞鹰。翻土会翻出土中的虫子，故引来乌鸢。　[7]竭：用尽。筋力事：指农活。农活都是体力劳动。　[8]持用：以此作为，指干体力活。穷：度过。　[9]输：指缴纳赋税。徭役：古时官府向民间摊派的无偿劳动叫徭役，有时不去服役可出钱助役。　[10]聊：姑且。　[11]还复然：还是老样子。

[点评]

此诗写农民终日辛勤劳作，年复一年，可是劳动的果实却都被官府拿去了，自己的家还是那个空屋子。"世世还复然"，连子孙后代也不能逃脱此命运。周珽说："朝作暮归，终岁勤动，只足供上官之征，子孙还相服业，田家能事止于如此。有悯农之思者，读是诗，宁无恻然？"（《删补唐诗选脉笺释会通评林》卷一二）邢昉说："太祝（张籍）《田家》亦已尽变，未道及此，诚骊珠也。"（《唐风定》卷五）

陆时雍："一起四语如绘。"（《唐诗镜》卷三七）

蒋之翘："家春甫曰：援吏胥来说，便松畅。是亦《捕蛇者说》光景。"（辑注《柳河东集》卷四三）

沈德潜："里胥恐吓田家之言，如闻其声。"（《唐诗别裁集》卷四）

其二

篱落隔烟火[1]，农谈四邻夕。庭际秋虫鸣，疏麻方寂历[2]。蚕丝尽输税，机杼空倚壁[3]。里胥夜经过[4]，鸡黍事筵席[5]。各言官长峻[6]，文字多督责[7]。东乡后租期[8]，车毂陷泥泽[9]。公门少推恕[10]，鞭扑恣狼籍[11]。努力慎经营[12]，肌肤真可惜[13]。迎新在此岁[14]，唯恐踵前迹[15]。

[注释]

[1]"篱落隔烟火"二句：是说农家一家一家用篱笆隔开，到傍晚炊烟四起，邻居们聚在一起交谈。　[2]疏麻：《楚辞》屈原《九歌·大司命》："折疏麻兮瑶华。"王逸注："疏麻，神麻也。"《太平御览》卷九六一引《南越志》："疏麻大二围，高数丈，四时结实，无衰落。骚人所谓'折疏麻兮瑶华'。"寂历：《文选》江淹《杂体诗三十首·王微君微》："寂历百草晦。"李善注："寂历，雕疏貌。"　[3]机杼：指织机。杼，织布用的梭子。　[4]里胥：古时乡里替官府办事的人。　[5]鸡黍事筵席：言农民设酒席招待里胥。鸡黍，杀鸡做饭。《论语·微子》："止子路宿，杀鸡为黍而食之。"　[6]峻：严厉。　[7]文字：指公文、文书。督责：督促责备。　[8]后：延误。　[9]车毂陷泥泽：用车轮陷在泥中比喻什么事都不好办了。车毂，车轮。　[10]公门：指官府。推恕：推脱和宽恕。少推恕即公事公办的意思。　[11]鞭扑恣狼籍：写缴不起租税的农民挨打的惨状。鞭扑，鞭打。恣，肆意。狼籍，散乱的样子。　[12]经营：指筹备缴税的事。　[13]可惜：可怜。自"各言"以下至此，皆转述里胥威胁农民的话。　[14]迎新：迎来新的收获季节。　[15]蹑：走上。

[点评]

此诗描写了一个场景，很像一幕短剧。时间是傍晚，地点是村里。相邻的农民聚在一起，相互谈论日子不好过，恰好里胥经过这里，农民赶紧酒食招待。原来里胥是来催科的，开口便是公事，威胁农民早把缴税的事筹划好，免得皮肉受苦。眼下是要收获了，农民的日子恐怕还是不好过。《删补唐诗选脉笺释会通评林》卷一二引周敬曰："本实事真情，以写痛怀，如泣如诉，读难终篇。"
《唐诗归》卷二九引钟惺云："诉得静，益觉情苦。"

其三

古道饶蒺藜[1]，萦回古城曲[2]。蓼花被堤岸[3]，陂水寒更渌[4]。是时收获竟[5]，落日多樵牧[6]。风高榆柳疏，霜重梨枣熟。行人迷去住[7]，野鸟竞栖宿。田翁笑相念，昏黑慎原陆[8]。今年幸少丰，无厌饘与粥[9]。

[注释]

[1]饶：多。蒺藜：一种野草。《尔雅·释草》："茨，蒺藜。"郭璞注："布地蔓生，细叶，子有三角，刺人。" [2]萦回：围绕。曲：指城角的地方。 [3]蓼（liǎo）：一年生草本植物，多生长在水边，开浅红色穗状花。被：覆盖，长满。 [4]陂（bēi）：池塘。渌（lù）：清澈。 [5]竟：完毕，结束。 [6]樵牧：指打柴和放牧的人。 [7]行人：行路的人。迷去住：谓行人因林密而迷路，也找不到住宿处。 [8]昏黑慎原陆：是田翁嘱咐行人的话，谓天黑行路要小心。原，平地。陆，高地。《说文》："陆，高平地。" [9]饘（zhān）：稠粥。《礼记·檀弓上》："饘粥之食。"孔颖达疏："厚曰饘，希曰粥。"

[点评]

此诗写薄暮村边的景象，末写田翁留客，感情深厚淳朴。周珽《删补唐诗选脉笺释会通评林》卷一二评曰：
"首四句田野间时景。中六句田家人情趣。尾四句，得
相助、相扶、相恤之意。古朴可味。"又引蒋一梅曰："'笑
相念'一转，是生意。"又引顾启琦曰："古隽精警，写
尽淳朴田家情景。"按：此组诗既描写农家生活，又反映
农民问题，二者兼具，是陶诗的异化。韦应物已有此种
作品，宗元则大大发展之，而与张、王乐府有同道之处。
孙镰说："三作俱以真意胜，锻炼意亦到。"（孙月峰评点
《柳柳州全集》卷四三）汪森说："三诗极似陶，然陶诗
是要安贫，此诗是感慨，用意故自不同。"（《韩柳诗选》）
余成教则说："柳子厚《田家》云……真能写田家风景。"
（《石园诗话》卷一）所评皆是。

饮　酒[1]

今旦少愉乐，起坐开清樽。举觞酹先酒[2]，
遗我驱忧烦[3]。须臾心自殊[4]，顿觉天地暄[5]。
连山变幽晦[6]，渌水函晏温[7]。蔼蔼南郭门[8]，
树木一何繁[9]。清阴可自庇[10]，竟夕闻佳言[11]。
尽醉无复辞，偃卧有芳荪[12]。彼哉晋楚富[13]，
此道未必存[14]。

山变得模糊了，水面仍然泛着光，写醉后的感受，很是真实。

借酒意发牢骚。

[注释]

[1]此诗作于永州，年月未详。　[2]觞：酒杯。酹（lèi）：饮酒前将酒洒在地上，表示祭奠或立誓。先酒：先前之酒。此句下有作者自注："始为酒者也。"据此可知，柳宗元长时期未喝酒，此为开戒，故先将酒洒在地上以破戒致歉。　[3]遗我：留给我。　[4]须臾：一会儿，表示时间很短。殊：不一样。　[5]暄（xuān）：温暖。《说文》："暄，温也。"　[6]连山：连绵不断的山。幽晦：意为模糊不清。　[7]渌：清澈。函：包容。晏温：天气晴暖。《史记·孝武本纪》："至中山，晏温。"裴骃集解引如淳曰："三辅谓日出清济为晏，晏而温也。"　[8]蔼蔼：草木茂盛貌。南郭门：指永州南城门。　[9]一何：多么。　[10]庇：庇护，遮挡。　[11]竟夕：终夕，到晚。　[12]偃卧：躺下。荪（sūn）：香草名，亦名荃。　[13]晋楚富：《孟子·公孙丑下》："曾子曰：'晋楚之富，不可及也。彼以其富，我以吾仁；彼以其爵，我以吾义。吾何慊乎哉！'"　[14]此道：指曾子所说的道。

[点评]

此诗写开戒饮酒，假借醉意写出人们终日向他说好听的话，可是结果在哪里呢？古代圣贤关于仁义的说教也未必有道理。不如一醉。陶渊明有《饮酒》诗二十首，思想内容比较复杂。柳宗元此诗显然是模仿陶渊明而作，《新刊增广百家详补注唐柳先生文》卷四三王俦补注引曾氏《笔墨闲录》云："《饮酒》诗绝似渊明。"所评未的，盖柳诗缺乏陶诗的"真趣"。陆时雍说："同一《饮酒》，陶令趣真，子厚趣假。此其中固不可强。"（《唐诗镜》卷三七）蒋之翘说："陶诗，人信不可学。子厚《饮酒》《读书》二首，不知如何费许多力气摹仿，终是自做自家诗耳。论者遂以逼真渊明，不特不知陶，并不知柳矣。"（辑注《柳河东集》卷四三）陆、蒋所评道出了柳诗要害。

读 书[1]

幽沉谢世事[2]，俯默窥唐虞[3]。上下观古今，起伏千万途[4]。遇欣或自笑，感戚亦以吁[5]。缥帙各舒散[6]，前后互相逾[7]。瘴疠扰灵府[8]，日与往昔殊[9]。临文乍了了[10]，彻卷兀若无[11]。竟夕谁与言[12]，但与竹素俱[13]。倦极更倒卧，熟寐乃一苏[14]。欠伸展支体[15]，吟咏心自愉。得意适其适，非愿为世儒[16]。道尽即闭口，萧散捐因拘[17]。巧者为我拙[18]，智者为我愚。书史足自悦，安用勤与劬[19]。贵尔六尺躯[20]，勿为名所驱。

[注释]

[1]读书：柳宗元《寄许京兆孟容书》《与李翰林建书》皆提到读书事，此诗亦当作于元和三、四年（808、809）间。　[2]幽沉：

贺裳评"临文乍了了"一联："则知先为余辈一种困人学人解嘲矣。"（《载酒园诗话又编·柳宗元》）

汪森："观此亦可见古人读书苦志，然乐境亦只在此。"（《韩柳诗选》）

蒋之翘："读书之作，至此意已自结煞，以下更属蛇足，可删。"（辑注《柳河东集》卷四三）

隐伏之意。　[3]唐虞：尧舜。代指古代的事。尧称有唐氏，舜称有虞氏。《论语·泰伯》："唐虞之际，于斯为盛。"　[4]途：道路，途径。　[5]吁（yū）：叹息。　[6]缥帙（piǎo zhì）：指书卷。缥，帛青白色。《说文》："帙，书衣也。"古代常用青白色的丝织品制作书套，故云。舒散：展开。　[7]逾：越过，指错了顺序。　[8]瘴疴（ē）：疾病。疴，病。灵府：心境。《庄子·德充符》："不可入于灵府。"成玄英疏："灵府者，精神之宅也，所谓心也。"　[9]殊：不一样。　[10]乍：刚刚。了了：明白。《世说新语·言语》："小时了了，大未必佳。"[11]彻：读完。兀：混沌无知。　[12]竟夕：整个晚上。　[13]竹素：《文选》张协《杂诗十首》其九："游思竹素园，寄辞翰墨林。"张铣注："竹素，皆乃古人所用书之者。言游思古人典籍也。"竹，竹简。素，绢。古人用以书写。俱（jū）：在一起。平声。[14]苏：苏醒。　[15]欠伸：打哈欠。《仪礼·士相见礼》："君子欠伸。"郑玄注："志倦则欠，体倦则伸。"　[16]世儒：世俗之儒。曹植《赠丁翼》："君子通大道，无愿为世儒。"　[17]萧散：闲散。捐：弃置。囚拘：拘束，不自由。　[18]为：通"谓"，即说。见裴学海《古书虚字集释》卷二。下句"为"字同义。　[19]劬（qú）：劳苦，劳累。《说文》："劬，劳也。"　[20]尔：你。指自己。

[点评]

诗题为《读书》，写了读书时的情景，如"倦极更倒卧""欠伸展支体"，描摹形象，十分真切。也写了读后的心态，如"临文乍了了，彻卷兀若无"，更是精彩。作者对书并不迷信，而是有自己的独立思考，"巧者为我拙，智者为我愚"，可见他的自负。诗中的各个内容之间并无明显的分界，写得曲折变化，正如何焯所说："诗亦无穷

起伏。"（《义门读书记》卷三七）

掩役夫张进骸[1]

生死悠悠尔[2]，一气聚散之[3]。偶来纷喜怒[4]，奄忽已复辞[5]。为役孰贱辱[6]，为贵非神奇。一朝纩息定[7]，枯朽无妍媸[8]。生平勤皂枥[9]，剉秣不告疲[10]。既死给槥椟[11]，葬之东山基[12]。奈何值崩湍[13]，荡析临路垂[14]。骸然暴百骸[15]，散乱不复支[16]。从者幸告余[17]，眎之涓然悲[18]。猫虎获迎祭[19]，犬马有盖帷[20]。仁立喑尔魂[21]，岂复识此为。畚锸载埋瘗[22]，沟渎护其危[23]。我心得所安，不谓尔有知。掩骼著春令[24]，兹焉适其时。及物非吾辈[25]，聊且顾尔私[26]。

[**注释**]

[1]役夫：为官府服役的人。此诗作于永州，确切作年不详。 [2]悠悠：自然而然之意。 [3]一气：王充《论衡·齐世》："万物之生，俱得一气。"此以气的聚散喻生死。 [4]纷：纠纷，争执。 [5]奄忽：忽然，很快。 [6]为役孰贱辱：意谓做役夫

孙鑛："起句大妙，然用于役夫最切。若朋友便须哀痛，岂得用此宽语？"（孙月峰评点《柳柳州全集》卷四三）汪森："起意极旷达，后意仍见凄恻，都是真实语耳。故足为见道之言。"（《韩柳诗选》）

沈德潜："'我心得所安'二语，见求安恻隐，非以示恩，此仁人之言也。"（《唐诗别裁集》卷四）

孙鑛："三段《礼》插得自然。想见其一时感叹，漫出数语，宛然无要紧意，所以味长。"（孙月峰评点《柳柳州全集》卷四三）

没有什么低贱耻辱的。孰，什么。　[7]纩（kuàng）息定：指死亡。纩，丝棉。息，气息。《礼记·丧大记》："属纩以俟绝气。"郑玄注："纩，今之新绵，易动摇。置口鼻之上，以为候。"　[8]妍媸：好恶，美丑。　[9]皂枥（lì）：马槽。这里指养马。　[10]刲秣（cuò mò）：铡草喂马。　[11]辌（huì）椟：小棺材。《汉书·成帝纪》："令郡国给辌椟葬埋。"颜师古注："辌椟，谓小棺。"　[12]基：山脚。　[13]崩湍：奔腾的急流，指山洪暴发。　[14]荡析：谓将尸骸冲出并散落。路垂：路边。　[15]骹（xiāo）然：骸骨暴露貌。《庄子·至乐》："庄子之楚，见空髑髅，骹然有形。"暴：暴露。　[16]不复支：不能连在一起。　[17]从者：随从的人。　[18]睊（juàn）：看到。涓然：即泫然，流泪貌。　[19]猫虎获迎祭：《礼记·郊特牲》："古之君子，使之必报之。迎猫，为其食田鼠也。迎虎，谓其食田豕也。迎而祭之也。"　[20]犬马有盖帷：《礼记·檀弓下》："仲尼之畜狗死，使子贡埋之，曰：'吾闻之也，敝帷不弃，谓埋马也；敝盖不弃，为埋狗也。'"　[21]伫立：长久站立。喑：哀悼。　[22]畚锸（běn chā）：土筐和铁锹。载：语助词。瘗（yì）：埋葬。　[23]沟渎：沟渠。指坟墓旁边的排水沟。危：高。指坟。　[24]掩骼：掩埋枯骨。《礼记·月令》孟春之月："掩骼埋胔。"郑玄注："骨枯曰骼，肉腐曰胔。"著：记载。　[25]及物：谓功德及于万物。非吾辈：意谓我们这些人做不到。　[26]尔私：指你我之间的私情。

[点评]

从诗中可知，役夫张进是个马夫，孤身，没有家人。曾替柳宗元养马，不幸去世，葬于东山脚下。一次山洪暴发，将张进的坟墓冲毁，尸骨散露在外，柳宗元将其重新棺葬掩埋，并在坟墓两边挖了排水沟以防再次被水冲毁。张进和柳宗元虽有身份的差异，柳宗元认为"为役孰贱辱，为贵非神奇"，将其视为友人，这样做也算是尽了友人之情。《苕溪渔隐丛话》前集卷一九引范温《诗眼》云："《掩役夫张进骸》，既尽役夫之事，又反复自明其意。此一篇笔力规模，不减庄周、左丘明也。"谢榛说："余读柳子厚《掩役夫张进骸》诗，至'但愿我心安，不为尔有知'，诚仁人之言也。夫子厚一代文宗，故其摘词振藻，能占地步如此。"（《四溟诗话》卷四）

冉 溪 [1]

少时陈力希公侯 [2]，许国不复为身谋 [3]。风波一跌逝万里 [4]，壮心瓦解空缧囚 [5]。缧囚终老无余事 [6]，愿卜湘西冉溪地 [7]。却学寿张樊敬侯 [8]，种漆南园待成器。

将少年壮志痛快淋漓地展现出来。

陡地一转，前后形成巨大反差，令人扼腕痛惜。

"无余事"正是永州时的处境。

[注释]

[1] 冉溪：即愚溪。元和五年（810），柳宗元易其名为愚溪。此诗作于迁居愚溪之前，当在元和四年（809）。 [2] 陈力：施展才力。《论语·季氏》："陈力就列，不能者止。"希：仰慕。 [3] 为身谋：为自身打算。 [4] 风波：喻政治变故。跌：失足。逝：去，往。《说文》："逝，往也。" [5] 瓦解：崩溃解体。《汉书·伍被传》：

"于是百姓离心瓦解，欲为乱者十室而七。"缧囚：指囚犯。《左传》成公三年："两释累囚。"杜预注："累，系也。" [6] 余事：其他的事。 [7] 卜：择地而居。湘西：湘江西边。 [8]"却学寿张樊敬侯"二句：《后汉书·樊宏传》载：樊宏父樊重，字君云。尝欲作器物，先种梓漆，积以岁月，皆得其用。光武帝建武十八年，南祠章陵，过湖阳，祠樊重墓，追爵，谥为寿张敬侯。樊敬侯即谓樊重。漆，漆树，落叶乔木，树皮可割取天然漆。

[点评]

此诗前四句写自己少年壮志，以身许国，没想到政治风云突变，惨遭贬谪。后四句写自己已成为政治上的局外人，愿在冉溪安家，学一学东汉的樊重，想制作器物，先把树种好。这当然是自我安慰的话。

戏题石门长老东轩[1]

"身如梦"，真即是幻，幻即是真。禅家机趣。

钟惺："三字（雊皆飞）禅机。"（《唐诗归》卷二九）近藤元粹："戏语。"（《柳柳州集》卷三）

石门长老身如梦[2]，栴檀成林手所种[3]。坐来念念非昔人[4]，万遍莲花为谁用[5]。如今七十自忘机[6]，贪爱都忘筋力微[7]。莫向东轩春野望，花开日出雊皆飞[8]。

[注释]

[1] 石门长老：柳宗元有《法华寺石门精室三十韵》，可知石

门与法华寺邻近。祝穆《方舆胜览》卷二五永州："华严岩，在城南，唐为石门精室，据法华寺南隅崖下。"又《永州法华寺新作西亭记》云"有僧曰觉照"，此石门长老或即觉照。诗当元和四、五年（809、810）间作。　[2]身如梦：谓其来去无踪，飘忽不定。有戏谑意。　[3]栴（zhān）檀：一种香木。《观佛三昧海经》卷一："牛头栴檀虽生此林，未成就故，不能发香。仲秋月满，卒从地出，成栴檀树，众人皆闻牛头栴檀之香。"　[4]念念：指极短的时间。《维摩诘所说经》卷上《方便品》："是身如电，念念不住。"非昔人：《释文纪》卷一〇僧肇《物不迁论》："梵志出家，白首而归，邻人见之曰：'昔人尚存乎？'梵志曰：'吾犹昔人，非昔人也。'邻人皆愕然。"　[5]万遍：谓诵经万遍。莲花：指佛经《妙法莲华经》。　[6]忘机：没有机巧之心。谓自甘恬淡，与世无争。　[7]贪爱：贪与爱。《胜天王般若经》卷一："众生长夜流转六道，苦轮不息，皆由贪爱。"《瑜伽论记》卷一七上："贪之与爱，名别体同。"筋力：力气，力量。　[8]雉：野鸡。吴兢《乐府古题要解》卷下《雉朝飞》解题："右旧说齐宣王时，处士犊沐子所作也。年七十无妻，出采薪于野，见雉雄雌相随而飞，意动心悲，乃仰天而叹曰：'圣王在上，恩及草木鸟兽，而我独不获！'因援琴而歌以自伤。其声中绝。"石门长老年亦七十，故作者以此戏之。

［点评］

此诗是题石门长老东轩的，且是"戏题"，故全诗一不离佛语，二不离机趣。如曰"身如梦"，实耶虚耶？幻耶真耶？曰"非昔人"，非昔人亦是昔人。僧人是不娶妻的，却又用《雉朝飞》歌事，虽为调侃，玩笑似乎也开重了。石门长老肯定是个好脾气的人，看到此诗恐怕也只是一笑而已。难怪柳宗元十分欣赏韩愈的《毛颖传》，原来他也是信奉"善戏谑兮，不为虐兮"的。

行路难三首[1]

其一

以上写夸父逐日，虽然失败了，却不失为失败的英雄。

君不见夸父逐日窥虞渊[2]，跳踉北海超昆仑[3]。披霄决汉出沆漭[4]，瞥裂左右遗星辰[5]。须臾力尽道渴死[6]，狐鼠蜂蚁争噬吞[7]。

写北方小人饮食只需"滴与粒"，亦足终天年。

北方竫人长九寸[8]，开口抵掌更笑喧[9]。啾啾饮食滴与粒[10]，生死亦足终天年。

末二句感慨。

睢盱大志少成遂[11]，坐使儿女相悲怜[12]。

[注释]

[1]行路难：乐府诗题。《乐府诗集》卷七〇《杂曲歌辞》："《乐府解题》曰：'《行路难》，备言世路艰难及离别悲伤之意，多以"君不见"为首。'按《陈武别传》曰：'武常牧羊，诸家牧竖有知歌谣者，武遂学《行路难》。'则所起亦远矣。"此诗约作于永州。 [2]君不见夸父逐日窥虞渊：《山海经·海外北经》："夸父与日逐走，入日，渴，欲得饮，饮于河渭。河渭不足，北饮大泽，未至，道渴而死。弃其杖，化为邓林。"《列子·汤问》："夸父不量力，欲追日影，逐之于隅谷之际。"张湛注："隅谷，虞渊

也，日所入。"夸父为神话中的人物。窥，窥探。虞渊，日所入处。《淮南子·天文》："日入于虞渊之汜，曙于蒙谷之浦。"[3]跳踉（liáng）：犹跳跃，腾跃。北海：指北方极远处。《庄子·逍遥游》："穷发之北，有冥海者，天池也。"昆仑：神话中的山名，此指极高之山。《山海经·大荒西经》："西海之南，流沙之滨，赤水之后，黑水之前，有大山名曰昆仑之丘。"[4]披霄决汉：拨开云霄，冲决银河。沆漭（hàng mǎng）：指浩渺无际的大气。《后汉书·马融传》马融《广成颂》："潇潆沆漭"。[5]瞥裂：迅疾貌。通"撇捩""潎洌"。《说郛》弓八一阙名《汉皋诗话》："'渡河不用船，千骑常撇捩。'撇捩，疾貌。《大食刀歌》：'鬼物撇捩辞沕壕'，字意皆同。"所引皆为杜甫诗，前者为《留花门》中句。遗：遗弃。[6]须臾：一会儿，形容时间很短。[7]噬（shì）：咬。[8]竫（jìng）人：神话中的小人。《山海经·大荒东经》："有小人国，名靖人。"郭璞注："《诗含神雾》曰：'东北极有人，长九寸。'殆谓此小人也。或作竫，音同。"《太平御览》卷三七八引《列子》："东北极有人，名竫人，长九寸。"[9]抵掌：拍手，鼓掌。[10]啾（jiū）啾：象声词，细小的声音。滴与粒：一滴水、一粒米。[11]睢盱（suī xū）：《文选》张衡《西京赋》："睢盱拔扈。"李善注："睢，仰目也。盱，张目也。"意谓瞪着眼睛。遂：实现，成功。[12]坐：空。

[点评]

此篇主旨谓志大如夸父者竟不免渴死，反不如北方之矮人，却足以终天年。当然，这是实话实说，还是实话反说，只有作者自己知道了。不过，他描写夸父逐日时的形象，跃北海、跨昆仑，拨开云霄，冲决银河，仍然是一个顶天立地的英雄形象。至于北方矮人，描写他们"开口抵掌更笑喧"，虽然"亦足终天年"，却充满了不屑。此诗与陶渊明《读山海经十三首》中的"夸父诞宏志，乃与日竞走……神力既殊妙，倾河焉足有"用意不同，然与其中的"精卫衔微木，将以填沧海，形夭舞干戚，猛志固常在"却是异曲同工的。

其二

无数的大好木材毁于山火，感叹之余，不能不思考这是谁的责任。

虞衡斤斧罗千山 [1]，工命采斫杙与椽 [2]。深林土蹶十取一 [3]，百牛连鞅催双辕 [4]。万围千寻妨道路 [5]，东西蹶倒山火焚 [6]。遗余毫末不见保 [7]，蹢踯碨礧何当存 [8]？群材未成质已夭 [9]，突兀峥嵘空岩峦 [10]。

不仅已成材的被烧，未成材的也不能幸免。

柏梁天灾武库火 [11]，匠石狼顾相愁冤 [12]。君不见南山栋梁益稀少 [13]，爱材养育谁复论 [14]！

末二句不仅是感慨，也是提出问题供管理者思考。

[注释]

[1]虞衡：古代掌山林泽薮的官。《周礼·天官·大宰》："虞衡作山泽之材。"郑玄注："虞衡，掌山泽之官。"贾公彦疏："掌山泽者谓之虞，掌川林者谓之衡。"斤斧：皆为砍斫的工具。罗：搜寻。 [2]工命：掌管工程官员的命令。杙（yì）：木桩。椽：屋顶上用以支架茅草或瓦的木条，俗称椽子。 [3]土蹶：谓贴着地面砍伐树木。 [4]鞅（yàng）：牛马拉运东西时套在脖子上的皮

革制的环状物。连鞅指把很多牛套在一起。双辕：车前面用来架在牲口身上的两根木杠。　[5]万围千寻：指很多又高又粗的被砍倒的树木。古代一抱为一围，八尺为一寻。　[6]蹶倒：倒在地上。　[7]遗余：剩下的。毫末：指细小的东西。　[8]蹸躒（lìn lì）：践踏辗压。司马相如《上林赋》："徒车之所辚轹。""辚轹"即"蹸躒"。磵壑：溪涧和山谷。磵，同"涧"。何当：安得，怎能。　[9]殀：此谓完结、毁掉。　[10]突兀：高耸貌。峤（xiāo）：同"庨"，高貌。《集韵·爻韵》："庨，宫室高邃貌。"豁：凹深貌。岩峦：山冈。　[11]柏梁天灾武库火：汉武帝太初元年，柏梁台灾。二月起建章宫。见《汉书·武帝纪》及《五行志上》。晋惠帝元康五年，武库火，累代异宝，一时荡尽。见《晋书·惠帝纪》。《左传》宣公十六年："人火曰火，天火曰灾。"柏梁台为汉武帝所建。武库，储备战备物资的仓库。　[12]匠石：《庄子·人间世》："匠石之齐，至乎曲辕。"匠人名石。此指工匠。狼顾：犹豫徘徊貌。《史记·苏秦列传》："秦虽欲深入，则狼顾。"张守节正义："狼性怯，走常还顾。"[13]南山：终南山，在长安南。　[14]论（lún）：考虑，关心。

[点评]

此篇写上山砍伐建筑工程所用的树木，结果突遭一场山火，木材全部化为灰烬，什么也没有留下，只剩下光秃秃的山冈。显然，这个工程要泡汤了。作者感叹说：南山的栋梁之材越来越少，可谁又关心栽培养植树木呢？这就是此篇的主旨，流露着作者对自己被贬谪的不满。从大的方面来说，也是作者对朝廷不关心人才、浪费人才的批评。

其三

飞雪断道冰成梁[1]，侯家炽炭雕玉房[2]。蟠龙吐耀虎哆张[3]，熊蹲豹踯争低昂。攒峦丛崿射朱光[4]，丹霞翠雾飘奇香[5]。美人四向回明珰[6]，雪山冰谷晞太阳[7]。星躔奔走不得止[8]，奄忽双燕栖虹梁[9]。风台露榭生光饰，死灰弃置参与商[10]。盛时一去贵反贱，桃笙葵扇安可常[11]！

[注释]

[1]冰成梁：谓水都冻成了冰。梁，桥梁。　[2]侯家：王侯之家。炽炭：热腾腾的炭火。雕玉房：用玉雕装饰的房间。　[3]"蟠龙吐耀虎哆张"二句：古者王侯之家将木炭碎成屑揉和做成各种兽形，蟠龙、虎哆、熊蹲、豹踯，皆是炭的形状。如《晋书·外戚传·羊琇》："琇性豪侈，费用无复齐限，而屑炭和作兽形以温酒。"《说郛》号七六萧统《锦带书》黄钟十一月："酌醇酒而据切骨之寒，温兽炭而祛透心之冷。"蟠，屈曲。耀，光焰。哆，嘴巴。蹲，坐，踞。踯（zhí），跳跃。低昂，高低貌。　[4]攒峦丛崿（è）：此以山喻炽炭堆积之状。崿，山崖。朱光：红光。　[5]丹霞翠雾：指炉火的红光和青色的烟雾。奇香：奇特的香味。炭中和有香料，故香。　[6]四向：四面围坐。珰（dāng）：耳饰。　[7]晞：晒。扬雄《方言》卷七："晞，暴也。……暴五谷之类，秦晋之间谓之晒，东齐、北燕、海岱之郊谓之晞。"　[8]星躔奔走不得止：谓物换星移，冬去春来。星躔，指星宿的位置次序。《艺文类聚》卷四六王褒《太子太保中都公陆逞碑铭》："水朝江汉，星躔

牛斗。"　[9]奄（yǎn）忽：忽然。虹梁：弯曲的屋梁。　[10]死灰：指炭灰。《汉书·韩安国传》载安国坐法抵罪，狱吏辱之，安国曰："死灰独不复然乎？"参（shēn）与商：皆星名。参在西，商在东，此出彼没，终不相见。后人以参商喻远隔，如曹植《与吴季重书》："别有参商之阔。"商星又名辰星。此为分离、撇开之意。　[11]桃笙：竹席。苏轼《书子厚诗》："不知桃笙为何物，偶阅《方言》：'簟，宋、魏之间谓之笙。'乃悟桃笙以桃竹为簟也。"见《苏轼文集》卷六七《题跋》。葵扇：用蒲葵叶做的扇子。晋谢安少有盛名，时多爱慕。乡人有罢中宿县者，还诣安，安问其归资，答曰："有蒲葵扇五万。"安乃取其中者捉之，京师士庶竞市，价增数倍。见《晋书·谢安传》。常：长久，持久。

[点评]

此篇写冰雪严冬之时，侯家炽炭，至春阳发而双燕来，炭成死灰，剩下的炭亦弃置一旁。竹席葵扇，夏热时用，也不能长久。谓物适其时，则无有不贵，及时异事迁，则贵者反贱。言世事有变迁，人也有进退兴废，自是暗寓自己前日居朝而今日贬黜之事。不过，此诗却颇给人以世事无常的感觉。这三首诗，正如邢昉所评："止咏一物，借题生感，骨力老苍。"（《唐风定》卷一〇）也正如汪森所评："音节古，色泽鲜，绝去纤、伪二种流弊。"（《韩柳诗选》）

放鹧鸪词[1]

楚越有鸟甘且腴[2]，嘲嘲自名为鹧鸪[3]。徇

写鹧鸪被诱骗
而罹难。

媒得食不复虑[4]，机械潜发罹罝罦[5]。羽毛摧折触笼篽[6]，烟火煽赫惊庖厨[7]。鼎前芍药调五味[8]，膳夫攘腕左右视[9]。齐王不忍觳觫牛[10]，简子亦放邯郸鸠[11]。二子得意犹念此[12]，况我万里为孤囚。破笼展翅当远去，同类相呼莫相顾[13]。

由鹧鸪的遭遇
想到自己的境况，
怜悯之情油然而
生，遂决定放生。

[注释]

[1]鹧鸪：鸟名。《太平御览》卷九二四引杨孚《异物志》："鹧鸪，其形似雌鸡，其志怀南，不思北。其名呼飞，但南不北。其肉肥美宜炙，可以饮酒为诸膳也。"又引《南越志》："鹧鸪虽东西回翔，然开翅之始，必先南翥。其鸣自呼杜薄州。"此诗亦当作于永州，年月无考。 [2]楚越：泛指南方地区。腴：肉味肥美。 [3]嘲（zhāo）嘲：鸟叫声。自名：意谓鸟的叫声就像自呼它的名字。 [4]徇（xùn）：从，跟着。媒：捕鸟人驯养用来招引同类的鸟，俗称鸟媒子。 [5]罹：遭入，陷入。罝罦（jū fú）：捕捉鸟兽的网。罝罦即罝罘。《礼记·月令》季春之月："田猎，罝罘罗网。"郑玄注："兽罟曰罝罘，鸟罟曰罗网。" [6]笼篽（yù）：即鸟笼。《汉书·宣帝纪》地节三年颜师古注引臣瓒曰："篽者，所以养鸟也。设为藩落，周覆其上，令鸟不得出。" [7]煽赫：火烧得旺盛。庖厨：厨房。 [8]鼎：煮东西用的大锅。芍药：调味用的香料。《汉书·司马相如传》相如《子虚赋》："芍药之和，具而后御之。"颜师古注："芍药，药草名。其根主和五藏，又辟毒气，故合之于兰桂五味以助诸食，因呼五味之和为芍药耳。" [9]膳夫：厨师。攘腕：卷起袖子。 [10]齐王不忍觳觫（hú sù）牛：《孟

子·梁惠王上》载：齐宣王坐于堂上，有牵牛而过堂下者，曰："将以衅钟。"王曰："吾不忍其觳觫，若无罪而就死地。"觳觫，恐惧颤抖貌。　[11]简子亦放邯郸鸠：《列子·说符》："邯郸之民以正月之旦献鸠于简子，简子大悦，厚赏之。客问其故，简子曰：'正旦放生，示有恩也。'"　[12]二子：指齐宣王与赵简子。得意：谓有权有势。　[13]同类相呼莫相顾：为叮嘱鹧鸪的话，告诉鹧鸪再有同类相呼时要小心，提防对方可能是媒子而上当。顾，顾视。

[点评]

关于此诗宗旨，论者或以为柳宗元检讨前失之作，如葛立方《韵语阳秋》卷一六："柳子厚有《放鹧鸪词》，人徒知其不肯以生命供口腹，其仁如是也。余谓此词乃作于诏追之时，有自悔前失之意，故前言'徇媒得食不复虑'，后言'同类相呼莫相顾'。媒与类，皆谓伾、文也。"沈德潜《唐诗别裁集》卷八"机械"句下评："暗指王叔文招之及罹祸事。"皆不免穿凿附会。此诗盖借放鹧鸪以寄意，表悯物怜情之心。汪森说："已上三诗（按：指《跂乌词》《笼鹰词》及本篇）皆兼比兴，颇寓自伤之意也。"（《韩柳诗选》）笼统而论，反合情理。此诗有所寄托，至于寄托之意，自伤与自悲的情绪更为浓烈。

闻黄鹂[1]

倦闻子规朝暮声[2]，不意忽有黄鹂鸣[3]。

人云子规的叫声似"不如归去"。吴曾："细详其声，乃是云不如归去，此正所谓子规也。"（《能改斋漫录》卷四）然而怎能归去？以"闻子规"起，大有言外之意。

一声梦断楚江曲[4]，满眼故园春意生[5]。目极千里无山河，麦芒际天摇青波[6]。王畿优本少赋役[7]，务闲酒熟饶经过[8]。此时晴烟最深处，舍南巷北遥相语[9]。翻日迥度昆明飞[10]，凌风邪看细柳矗[11]。我今误落千万山，身同伧人不思还[12]。乡禽何事亦来此？令我生心忆桑梓[13]。闭声回翅归务速[14]，西林紫椹行当熟[15]。

胡仔："子厚《闻莺》诗云：'一声梦断楚江曲，满眼故园春草绿。'其感物怀土，不尽之意，备见于两句中，不在多也。"（《苕溪渔隐丛话》后集卷一一）汪森："亦有生新之致，缘下笔时不走熟径故也。"（《韩柳诗选》）

"不思还"不真。这是为了强调因黄鹂而引起的"忆桑梓"，故意这样说。

［注释］

[1] 黄鹂：鸟名。陆玑《毛诗草木鸟兽虫鱼疏》卷下："黄鸟，黄鹂留也。或谓之黄栗留，幽州人谓之黄莺。一名仓庚，一名商庚，一名鵹黄，一名楚雀。齐人谓之抟黍，关西谓之黄鸟。当甚熟时，来在桑间，故里语曰：'黄栗留，看我麦黄甚熟不？'亦是应节趋时之鸟。"此诗当作于在永州的后几年，确切作年未详。　[2] 子规：即杜鹃，一名鹈鴂。云其叫声如"不如归去"。　[3] 不意：没有料到。　[4] 楚江：此当指潇水。曲：江水曲折处。指永州。　[5] 故园：指在京城的家。　[6] 麦芒：代指麦田。芒，麦穗上的尖刺。　[7] 王畿（jī）：京郊之地。优本：优待农户。古代以农为本，故称农为本。赋役：赋税和劳役。　[8] 饶：多，经常。经过（guō）：指互相来往，亲密无间。　[9] 语：此指黄鹂的叫声。　[10] 翻日：在日光下翻腾飞翔。迥：远。昆明：池名。《三辅黄图》卷四："汉昆明池，武帝元狩四年穿，在长安西南，周回十里。"　[11] 细柳：地名。李吉甫《元和郡县图志》卷一京兆府："细柳仓在（咸阳）县西南二十里，汉旧仓也。周亚夫

军次细柳，即此是也。"翥（zhù）：高飞而上。　[12]伧（cāng）人：粗野的人。古时吴人骂楚人曰伧。　[13]桑梓：指家乡。《诗经·小雅·小弁》："维桑与梓，必恭敬止。"朱熹集传："桑、梓，二木。古者五亩之宅，树之墙下，以遗子孙，给蚕食、具器用者也。"　[14]回翅：回翔翅膀，往回飞。　[15]紫葚（shèn）：桑葚，紫红色。葚，同"甚"。《说文》："甚，桑实也。"《诗经·鲁颂·泮水》："食我桑黮，怀我好音。"行：正。

[点评]

黄鹂在关中地区是一种常见的鸟，作者在南方忽然听到黄鹂的叫声，顿时倍感亲切，使他的思绪一下子回到京城。这时的京城郊外一片青绿色，正是麦子将熟之际。不管是郊外还是城里，都经常看到黄鹂的影子，听到它的叫声。如今远在千里之外，真是有家难归啊。此诗抒发思乡之情，情真意切，语言自然流畅，令人感动。

周珽："风吹渡江水，谓白花南奔于梁也。宫树无颜色，以春色摇荡他地，怀念既远，不胜改容也。"（《删补唐诗选脉笺释会通评林》卷二四）

杨白花^[1]

杨白花，风吹度江水。坐令宫树无颜色^[2]，摇荡春光千万里。茫茫晓日下长秋^[3]，哀歌未断城鸦起^[4]。

沈德潜："通篇不露正旨，而以'长秋'二字逗出，用笔用意在微显之间。"（《唐诗别裁集》卷八）

[注释]

[1]杨白花：乐府诗题，《乐府诗集》卷七三归为之杂曲歌辞。《南史·王神念传》载：杨白花，武都仇池人。少有勇力，容貌瓖伟，魏胡太后逼幸之。白花惧祸，会父大眼卒，白花拥部曲南奔于梁，太后追思不已，为作《杨白花歌》，使宫人昼夜连臂蹋足歌之，声甚凄断。此诗作年未详，疑作于贞元中。　[2]坐：因。　[3]长秋：皇后宫。《后汉书·明德马皇后纪》："永平三年春，有司奏立长秋宫。"李贤等注："皇后所居宫也。"此以汉宫代指魏宫。　[4]哀歌：指《杨白花》。

[点评]

此诗为拟乐府。唐汝询解此诗说："此为太后怀人之词，而借杨花以托意也。风吹渡江者，谓白花南奔于梁也。所怀既远，足使我宫树无颜色，而彼摇荡春光于万里之外，于是作此哀歌，几忘暑刻，才睹晓日，忽闻晚鸦之起矣。唐人用乐府旧题，咸别自造意，惟此篇为拟古。"（《唐诗解》卷一八）此诗通篇比兴，《杨白花》古歌就是用的此种手法，以杨花双关杨白花，言物而意在人，如"杨花飘荡落南家""愿衔杨花入窠里"，柳宗元此诗继承了这种手法。然与古歌相比，柳诗简洁，不只从杨花着笔，而增以环境的渲染，因而更含蓄，也更意味悠长。许顗《彦周诗话》评柳宗元此诗"言婉而情深"；《唐诗品汇》卷三六引刘辰翁则云"语调适与事情俱美，其余音杳杳，可以泣鬼神者"；蒋之翘辑注《柳河东集》卷四三也说："子厚乐府小曲如《杨白花》，似得太白遗韵。"

渔　翁 [1]

　　渔翁夜傍西岩宿，晓汲清湘然楚竹 [2]。烟销日出不见人，欸乃一声山水绿 [3]。回看天际下中流，岩上无心云相逐 [4]。

顾璘："幽意绝人。"（批点《唐诗正音》卷五）

孙鑛："后二句尤妙，意竭中复出余波，含景无穷。"（孙月峰评点《柳柳州全集》卷四三）邢昉："高正在结，欲删二语者，难与言诗矣。"（《唐风定》卷一〇）

[注释]

　　[1] 柳宗元有《始得西山宴游记》，此诗"西岩"即西山，可知作于永州。确切作年未详。　[2] 清湘：《艺文类聚》卷八引《湘中记》："湘水至清，虽深五六丈，见底了了。"然：同"燃"。楚竹：楚地之竹。　[3] 欸（ǎi）乃：舟人歌声。元结《元次山集》卷三《系乐府十二首·欸乃曲》自注："欸音袄，乃音霭，棹船之声。"又卷四《欸乃曲五首序》云："大历丁未中，漫叟以军事诣都使还州，逢春水，舟行不进，作《欸乃》五曲，舟子唱之。盖欲取适于道路耳。"则"欸乃"为船夫之歌，有声无义。至于其音，当如元结所注，音"袄霭"，如船工号子声。属借字为音，故韵书不及。或真如洪刍所云，当作"欸霭"，然"欸"或为"嗐"之误。见惠洪《冷斋夜话》卷二。可参见胡仔《苕溪渔隐丛话》前集卷一九、姚宽《西溪丛语》卷上。　[4] 无心：形容云朵悠然飘荡。陶渊明《归去来辞》："云无心以出岫。"

[点评]

　　此诗写渔翁生活，自夜宿西岩起，至明晓驾船而去止。渔父放舟，欸乃一声，山碧如洗，好一派空明境界。回看西岩，白云缭绕，人已超然而去。诗只六句，层次分明，画面流动，有色有声。诗中渔父的生活是那样自由自在，无拘无束，俨然世外之人。作者投向渔父的是羡慕的眼光。唐汝询说："此盛称渔翁之乐，盖有欣慕之意。言彼寝食自适，而放歌于山水之间，泛舟中流而与无心之云相逐，岂不萧然世外耶？"（《唐诗解》卷一八）苏轼曾说"此诗有奇趣"，然认为"其尾两句，虽不必亦可"（见《冷斋夜话》卷五），引后人聚讼纷纭。赞成苏轼之说者如胡应麟（见《诗薮》内编卷六）、王士禛（见《居易录》卷九）、宋长白（见《柳亭诗话》卷三）、沈德潜（见《唐诗别裁集》卷八），反对者如刘辰翁（见《唐诗品汇》卷三六引）、王世贞（见《艺苑卮言》卷四）、田同之（见《西圃诗说》）、汪森（见《韩柳诗选》）。若作绝句，显得含蓄无穷，然渔父与山水的形象皆被削弱；若作六句，渔父的形象更突出，景象也更为丰富多彩，然意味稍减。此诗既然是描写渔父，作者写成六句，自是合理。

律　诗

朗州窦常员外寄刘二十八诗

见促行骑走笔酬赠 [1]

投荒垂一纪 [2]，新诏下荆扉 [3]。

疑比庄周梦 [4]，情如苏武归 [5]。

赐环留逸响 [6]，五马助征骓 [7]。

不羡衡阳雁 [8]，春来前后飞。

领联用典，表示过去的事如同一梦，现在终于回来了。

颈联就窦常写，对窦常写诗给刘禹锡表示祝贺，并帮助安排行程事，自己心里也高兴。

[注释]

[1]窦常：字中行，窦叔向之子，有诗名，与弟牟、群、庠、巩合称"五窦"。时为朗州刺史。《旧唐书·窦常传》："元和六年，自湖南判官入为侍御史，转水部员外郎。出为朗州刺史。"刘二十八：刘禹锡。柳宗元初与刘禹锡同贬，今例召至京师。窦常有寄刘诗，柳作诗酬赠。此诗作于元和十年（815）正月。 [2]投荒：指贬谪到南方荒僻之地。柳贬永州司马，刘

贬朗州司马。垂一纪：自永贞元年（805）至元和十年为十一年，将近一纪。一纪为十二年。　[3]新诏：指召回京师的诏书。荆扉：意同"柴门"，对自己居处的贬称。扉，门扇。　[4]庄周梦：《庄子·齐物论》："昔者庄周梦为胡蝶，栩栩然胡蝶也。自喻适志与，不知周也。俄然觉，则蘧蘧然周也。不知周之梦为胡蝶与？胡蝶之梦为周与？"用庄子之典，谓疑若梦中。　[5]苏武归：苏武出使匈奴，被留十九年不遣，至昭帝立，乃得归。见《汉书·苏武传》。此以苏武比自己与刘禹锡。　[6]赐环：允许回归之意。《荀子·大略》："绝人以玦，反绝以环。"杨倞注："古者臣有罪，待放于境，三年不敢去。与之环则还，与之玦则绝。"逸响：超轶的作品。指窦常寄刘禹锡和刘的酬赠诗。　[7]五马：古诗《陌上桑》："使君从南来，五马立踟蹰。"汉太守称五马，然说法不一，参见彭乘《墨客挥犀》卷四。唐刺史相当于汉太守，故以指窦常。窦常时为朗州刺史。助征骓（fēi）：帮助安排行程和整治行装。征骓，出行的车马。古代以马驾车，中间的马称服，两旁的马称骓，又称骖。　[8]衡阳雁：传说秋雁飞至衡阳便不再南飞，故衡阳有回雁峰。春天大雁由南方北飞，此"衡阳雁"指由衡阳飞回来的雁。意谓：今年我也回来了，何必羡雁？

[**点评**]

此诗为柳宗元十年贬谪后被召回京时作，自然心情愉快，笔调也轻松。正如近藤元粹所评："喜意溢于楮表。"（《柳柳州集》卷二）像这样写"喜意"的诗，在柳集中是不多见的。

北还登汉阳北原题临川驿 [1]

驱车方向阙 [2]，回首一临川 [3]。

多垒非余耻 [4]，无谋终自怜 [5]。

乱松知野寺，余雪记山田。

惆怅樵渔事 [6]，今还又落然 [7]。

近藤元粹："五、六意态自然，不烦雕琢。"（《柳柳州集》卷二）

[注释]

[1]汉阳：唐沔州汉阳郡治汉阳，宝历二年（826）并入鄂州。今属湖北。此诗为元和十年（815）北还至汉阳时作。　[2]向阙：指还京。　[3]临川：面临汉水。川，河流。临川驿当在汉水边。　[4]多垒：多军事营垒。《礼记·曲礼上》："四郊多垒，此卿大夫之辱也。"郑玄注："垒，军壁也。数见侵伐，则多垒。"元和十年朝廷发兵讨伐淮西吴元济，鄂州正当东南一面，谓此。耻：耻辱。　[5]无谋：没有谋略。指朝廷。　[6]樵渔事：代指逍遥、不问世事的生活。　[7]落然：荒废，没落。如白居易《自咏》："回面顾妻子，生计方落然。"《哭李三》："落然身后事，妻病女婴孩。"

[点评]

　　元和间战事不断，作者于北归途中因看到有很多军事营垒，遂写到眼前的政治形势，批评朝廷"无谋"。在这个时候批评朝廷，很可能因此葬送政治前途，是需要勇气的。诗的最后说"惆怅樵渔事，今还又落然"，对于做政治上的局外人似乎还有些留恋，其实他是很想为朝廷尽力的，这次还京也满怀着希望。

旦携谢山人至愚池 [1]

新沐换轻帻 [2]，晓池风露清。

自谐尘外意 [3]，况与幽人行 [4]。

霞散众山迥，天高数雁鸣。

机心付当路 [5]，聊适羲皇情 [6]。

颔联似对不对，
与萧散之情正合。

陆时雍："'霞
散'二韵，气韵高
标。"(《唐诗镜》
卷三七)

[注释]

[1]山人：唐时常称隐士为山人。愚池：在永州。愚溪原名冉溪，柳宗元改名愚溪，并做了一番整治。据《愚溪诗序》所说，愚溪之上有愚丘，愚丘东北有愚泉，泉屈曲而南为愚沟，"负土累石，塞其隘为愚池"，可见是一个人工池。柳宗元《愚溪诗序》作于元和五年（810），此诗当元和五、六年间作。　[2]沐：洗头。《说文》："沐，濯发也。"帻（zé）：头巾。　[3]谐：谐合，投合。尘外：尘世之外。　[4]幽人：隐士。《周易·履》："履道坦坦，幽人贞吉。"此指谢山人。　[5]机心：机诈之心。《庄子·天地》："有机事者必有机心。"成玄英疏："有机动之务者，必有机变之心。"当路：指担任要职、掌握权力的人。《孟子·公孙丑上》："夫子当路于齐。"赵岐注："夫子谓孟子……如使夫子得当仕路于齐，而可以行道。"　[6]羲皇：古帝伏羲。陶渊明《与子俨等疏》："北窗下卧，遇凉风暂至，自谓是羲皇上人。"

[点评]

此诗写与谢山人早晨同到愚池出游，因为对方是一位隐士，自己自然也受些感染，使作者想起了北窗下卧的陶渊明，不妨也体会一下做羲皇时代人的情怀。诗云"自谐尘外意""机心付当路"，俨然有出世之想。写景虽着笔不多，然"风露清""众山迥"，加上几声长空传来的雁鸣，意境清明高远，正与他的心情相应，如孙矿所评"意兴洒然"（孙月峰评点《柳柳州全集》卷四三）。

新植海石榴^[1]

弱植不盈尺^[2]，远意驻蓬瀛^[3]。
月寒空阶曙^[4]，幽梦彩云生^[5]。
粪壤擢珠树^[6]，莓苔插琼英^[7]。
芳根闵颜色^[8]，徂岁为谁荣^[9]？

王楙：《高斋诗话》载王昌龄《梅诗》云：'落落莫莫路不分，梦中唤作梨花云。'坡（苏轼）盖用此事也。'梦云'又有榴花一事，柳子厚《海石榴》诗曰：'月寒空阶曙，幽梦彩云生。'"（《野客丛书》卷六）

[注释]

[1]海石榴：《太平广记》卷四〇九引《酉阳杂俎》："新罗多海红并海石榴。唐赞皇李德裕言：花中带海者悉从海东来。"范成大《桂海虞衡志·志花》："石榴花，南中一种，四季常开。"归有光《震川先生集》别集卷七《与王子敬》云："读柳州《海石榴》诗，疑是今之千叶石榴，今志书亦云。"此诗作于永州，具体年

月不详。　[2]弱植:指小的石榴树苗。　[3]蓬瀛:蓬莱、瀛洲,皆神话传说中的海中仙山。此名海石榴,故有远从蓬瀛移来之想象。　[4]曙:至曙,到天亮。　[5]幽梦彩云生:言睡中梦见石榴花开了。彩云,喻石榴花。　[6]擢:拔高,谓长大。珠树:神话中的树名。《山海经·海外南经》:"三株树在厌火北,生赤水上。其为树如柏,叶皆为珠。"　[7]莓苔:苔藓。此指长满苔藓的地方。琼英:喻石榴花。琼,赤玉。英,草木之华。　[8]闷(bì)颜色:谓不开花。闷,关闭,掩藏。　[9]徂(cú)岁:岁月消逝。荣:开花。

[点评]

　　此诗写新种了一棵海石榴,想象它是从海上仙山移植来的,并在梦中梦见它开出彩云般的花朵。但我这里环境简陋("粪壤""莓苔"即谓此),委屈了花的高贵品格。最后说石榴始终不肯开花,岁月流逝,你在等谁呢?此诗的企盼之意,自然可作其他的联想。但写得含而不露,故近藤元粹评:"幽婉。"(《柳柳州集》卷四)

方回:"老杜在蜀曰:'南京犀浦道,四月熟黄梅。'子厚在永州曰:'梅实迎时雨,苍茫入晚春。'今江浙间以五月芒种节后逢壬为入梅,夏至后逢庚为出梅,定有大雨。惟北土无之。"(《瀛奎律髓》卷一七)

张耒:"退之作诗,其精工乃不及柳子厚。子厚诗律尤精,如'愁深楚猿夜,梦断越鸡晨''乱松知野寺,余雪记山田'之类,当时人不能到。"(《明道杂志》,《说郛》引四三)

梅　雨[1]

梅实迎时雨[2],苍茫值晚春[3]。
愁深楚猿夜[4],梦断越鸡晨[5]。
海雾连南极[6],江云暗北津[7]。

素衣今尽化^[8]，非为帝京尘。

[注释]

[1]梅雨：《海录碎事》卷一引梁元帝《纂要》："梅熟而雨曰梅雨，江东呼为黄梅雨。"陆佃《埤雅》卷一三："今江湘二浙，四五月之间，梅欲黄落，则水润土溽，础壁皆汗，蒸郁成雨，其霏如雾，谓之梅雨。"此诗约作于永州。　[2]梅实：梅子果实成熟。迎时雨：《渊鉴类函》卷一四引《风土记》注："夏至霖霪，至前为黄梅，先时为迎梅雨，及时为梅雨，后时为送梅雨。"　[3]苍茫：阴雨连绵貌。　[4]楚猿：楚地的猿。　[5]越鸡：越地的鸡，体小。《庄子·庚桑楚》："越鸡不能伏鹄卵。"　[6]南极：南方极远处。　[7]北津：北边的渡口。　[8]"素衣今尽化"二句：陆机《为顾彦先赠妇二首》一："京洛多风尘，素衣化为缁。"谢朓《酬王晋安》："谁能久京洛，缁尘染素衣。"皆云在京城白衣服都被尘霾所染黑。柳宗元变化其意而用之。素衣，白衣。化，变化，改变颜色。

[点评]

周珽《删补唐诗选脉笺释会通评林》卷三四云："前四句写岭外梅天情绪之凄楚。后四句写梅时景物变化之惨悲。"借写梅雨天气抒发久遭贬谪的苦闷和对京城的思念，情景交融，意味深迥，耐人寻思。周珽对此诗极为欣赏，说："今读《梅雨》诗，乃知高古蕴秀，不独古体，而五律亦足范世。"孙鑛也说此诗"意兴有余"（孙月峰评点《柳柳州全集》卷四三）。

汪森："'素衣'意用古翻新，极典极切，此种可为用古之法。"（《韩柳诗选》）沈德潜："活用陆士衡语，所以念帝京、伤放逐也。"（《唐诗别裁集》卷一二）

南省转牒欲具江国图令尽通风俗故事^[1]

这件工作还是有意义的。

近藤元粹："好典故，又好句调。"（《柳柳州集》卷二）

圣代提封尽海壖^[2]，狼荒犹得纪山川^[3]。

华夷图上应初录^[4]，风土记中殊未传^[5]。

椎髻老人难借问^[6]，黄茆深峒敢留连^[7]。

南宫有意求遗俗^[8]，试检周书王会篇^[9]。

[注释]

[1]南省：唐尚书省称南省，负责行政的朝廷机构。转牒：传发的文书。具：具备，具有。江国图：地域图之类。江国，江河与城市。此诗作于柳州，具体年月未详。　[2]提封：管辖的疆域。《汉书·刑法志》："一同百里，提封万井。"颜师古注引李奇曰："提，举也，举四封之内也。"海壖（ruán）：江海的边地。　[3]狼荒：荒远之地。纪：通"记"，记载，记录。　[4]华夷图：地图。《旧唐书·德宗纪下》贞元十七年（801）："宰相贾耽上《海内华夷图》。"　[5]风土记：记载地方风俗名胜的书。晋周处有《风土记》十卷。　[6]椎髻：发髻结成椎形。《汉书·西南夷传》云：自滇以北……皆椎结。颜师古注："结读曰髻，为髻如椎之形也。"　[7]黄茆：一种茅草类植物。茆，同"茅"。峒（dòng）：山穴。古代南方少数民族多有居岩穴者。留连：停留。　[8]南宫：南省，指尚书省。遗俗：遗留的习俗。　[9]王会篇：周武王时，远国归款，周史集其事为《王会篇》。见《汲冢周书》第五十九篇。

[点评]

朝廷由尚书省下发文书，要求各州郡皆须具备地域图，长官要熟悉当地风土人情。这样的事必须实地调查，不能只看先前的文字记载。柳州为荒远之地，山水阻隔，交通十分不便，很多地方人迹罕至，作为柳州刺史的柳宗元感到有些为难。诗中"应初录""殊未传""难借问""敢留连"等语，都反映了这种情绪。这件工作柳宗元做了没有就不得而知了。就诗而论，则如汪森所评："字字雅饬，不入浮响，此子厚所长。"（《韩柳诗选》）

同刘二十八哭吕衡州兼寄江陵李元二侍御[1]

衡岳新摧天柱峰[2]，士林憔悴泣相逢[3]。
只令文字传青简[4]，不使功名上景钟[5]。
三亩空留悬磬室[6]，九原犹寄若堂封[7]。
遥想荆州人物论[8]，几回中夜惜元龙[9]。

[注释]

[1] 刘二十八：刘禹锡。吕衡州：吕温。元和六年（811）卒于衡州刺史任。江陵：唐江陵府江陵郡，今属湖北。李元二侍御：李景俭、元稹。吕温与李景俭也是王叔文集团中人，韩愈《韩昌黎全集》外集卷一〇《顺宗实录》卷五："（王）叔文最所贤重者李景俭，而最所谓奇才者吕温。叔文用事时，景俭持母丧在东都，而吕温使吐蕃半岁，至叔文败方归，故二人皆不得用。"时李景俭因窦群事牵连，贬江陵户曹参军。元稹因得罪宦官，由监

朱三锡："吕温卒于衡州，故以天柱峰比之。"（《东岳草堂评订唐诗鼓吹》卷一）

胡以梅："名家必一句擒题。起处妙在是哭。吕在衡州，推尊现成，不可移易。"（《唐诗贯珠》卷三三）

汪森："用经传事，极稳贴。"（《韩柳诗选》）

朱三锡："七、八写寄江陵二侍御，故即以刘荆州比之。言下有责望二公之意。"（《东岳草堂评订唐诗鼓吹》卷一）

察御史被贬江陵士曹参军。此诗即作于元和六年。　[2]衡岳新摧天柱峰：衡山为南岳。有五峰，曰紫盖、芙蓉、祝融、天柱、石廪。衡州因衡山而得名，吕温为衡州刺史，故以衡山天柱峰喻吕温。　[3]士林：士人群。古代仕宦之人称士。　[4]青简：指文集。《后汉书·吴祐传》载祐父吴恢"欲杀青简以写经书"，李贤等注："杀青者，以火炙简令汗，取其青易书，复不蠹，谓之杀青，亦谓汗简。"　[5]景钟：《国语·晋语七》："魏颗以其身却退秦师于辅氏，亲止杜回，其勋铭于景钟。"韦昭注："景钟，景公钟。"　[6]三亩：指田园。《列子·杨朱》载梁王说杨朱"三亩之园而不能芸"。此用其字面。悬罄：形容空无所有。罄，通"磬"。《左传》僖公二十六年："室如悬罄，野无青草。"王观国《学林》卷一云："又此'罄'字非训'尽'，许慎《说文》曰'罄器中空'也。室如悬罄者，如悬一器，其中空而无物耳。"　[7]九原：指墓地。《礼记·檀弓下》载晋献文子语："是全要领，以从先大夫于九京。"郑玄注："晋卿大夫之墓地在九原。京盖字之误，当为原。"寄：存。堂封：《礼记·檀弓上》载孔子云："吾见封之若堂者矣。"郑玄注："封，筑土为垄，堂形，四方而高。"当时吕温藁葬于江陵之野，故曰"犹寄若堂封"。　[8]荆州：江陵即古荆州。人物论：评论人物。　[9]元龙：陈登字元龙，在广陵有威名，年三十九卒。后许汜与刘备并在荆州牧刘表坐，表与备共论天下人，汜曰："陈元龙湖海之士。"备因言曰："若元龙文武胆志，当求之于古耳，造次难得比也。"见《三国志·魏书·陈登传》。时李、元二侍御皆在江陵，故用此事。

[点评]

廖文炳《唐诗鼓吹注解》卷一解说此诗云："首言温之死，士林相逢者，莫不悲泣而憔悴。盖惜其传文字于青简，未勒功名于景钟也。且官清而贫，室如悬罄，今已物化，见其封若高堂耳。昔刘备知惜元龙，岂二侍御而不惜衡州哉！"吕温虽不在"八司马"之列，但与刘禹锡、柳宗元同属王叔文集团中人，故于吕温之死，既写悲痛之情，又为吕温怀才不遇、清廉立世却不得归葬而抱不平。全诗用典较多，蒋之翘说："使事甚切，而且化。"（辑注《柳河东集》卷四二）柳宗元尚有《唐故衡州刺史东平吕君诔》《祭吕衡州温文》，可见柳宗元与吕温之间的深厚情谊。刘禹锡、元稹皆有《哭吕衡州》诗。

衡阳与梦得分路赠别[1]

十年憔悴到秦京[2]，谁料翻为岭外行[3]。

伏波故道风烟在[4]，翁仲遗墟草树平[5]。

直以慵疏招物议[6]，休将文字占时名[7]。

今朝不用临河别[8]，垂泪千行便濯缨。

[注释]

[1] 梦得：即刘禹锡，字梦得。刘禹锡《重至衡阳伤柳仪曹诗引》云："元和乙未岁，与故人柳子厚临湘水为别，柳浮舟适柳州，余登陆赴连州。"元和乙未即元和十年（815）。是年，柳与刘例召至京师，又皆出为刺史，至衡阳分路。可知此诗作于元和十年三月。刘禹锡有《再授连州至衡州酬柳柳州赠别》诗。　[2] 秦京：指京城长安。　[3] 翻：反而。岭外：岭南。柳州、连州皆在

赵臣瑗："十年憔悴，不为不久。到秦京，意谓是憔悴结局矣，而翻为岭外之行，则又是憔悴起头，此真人所不料也。"（《山满楼笺注唐诗七言律》卷四）

赵臣瑗："三、四不过是记其分路处，而'风烟在''草树平'，一片凄凉境界，便堪吊出离人无数眼泪。"（同上）

纪昀："五、六乃规之以谨慎韬晦，言已往以戒将来，非追叙得罪之由。虚谷（方回）以为不自反，失其命词之意。"（《瀛奎律髓刊误》卷四三）

汪森："结语沉着，翻临河濯缨语，可悟用古之法。"（《韩柳诗选》）

岭南。　[4]伏波故道:《后汉书·南蛮传》:"(建武)十六年,交
趾女子征侧及其妹征贰反。……十八年,遣伏波将军马援、楼船
将军段志,发长沙、桂阳、零陵、苍梧兵万余人讨之。"谓所经
乃马援之故道。《唐诗鼓吹》卷一郝天挺注:"后汉马援拜伏波将
军,南讨交趾,道出衡阳,至今庙存焉。"　[5]翁仲:墓前石人。
何焯《义门读书记》卷三七:"沈佺期《渡南海入龙编》诗:'尉
佗曾驭国,翁仲久游泉。'亦以翁仲为岭外事,但检之不得其原。
皇甫录《近峰闻略》云:'阮翁仲,安南人。身长三丈二尺,气
质端勇,事秦始皇守临洮,声振匈奴。秦范其像,置司马门外。
匈奴使来见之,犹以为生。'惜不载所出何书。"遗墟:遗留的坟
墓。　[6]直:只。慵疏:慵散疏忽。物议:议论、批评。　[7]文字:
指诗文。占:占有。时名:当时的名声。据《旧唐书·刘禹锡传》,
元和十年禹锡奉召至京,因作《元和十年自朗州承召至京戏赠看
花诸君子》诗,语涉讥刺,执政不悦,复出为播州刺史。　[8]"今
朝不用临河别"二句:《文选》李陵《与苏武诗三首》其二:"嘉
会难再遇,三载为千秋。临河濯长缨,念子怅悠悠。"化用此诗意。
临河,在河边。濯缨,洗缨。缨为系冠的丝带。

[点评]

　　孙月峰评点《柳柳州全集》卷四二解曰:"起两句点
得事明。三、四点景,浑雅。五、六申首联。末以惜别意,
结格最稳。"刘、柳二人是同道,又是患难之交,此诗直
写二人于分手时依依难舍的情谊,真挚而又感人。近藤
元粹说:"慷慨凄婉,情景俱穷,直堪陨泪。"(《柳柳州
集》卷二)刘禹锡《再授连州至衡州酬柳柳州赠别》:"归
目并随回雁尽,愁肠正遇断猿时。"借景抒情,亦情亦景,

可与柳诗的颔联相媲美。

登柳州城楼寄漳汀封连四州[1]

城上高楼接大荒[2]，海天愁思正茫茫[3]。
惊风乱飐芙蓉水[4]，密雨斜侵薜荔墙[5]。
岭树重遮千里目[6]，江流曲似九回肠[7]。
共来百越文身地[8]，犹自音书滞一乡[9]。

[注释]

[1]柳州：今属广西。漳汀封连：指漳州刺史韩泰、汀州刺史韩晔、封州刺史陈谏、连州刺史刘禹锡。漳州、汀州，今皆属福建。封州、连州，今皆属广东。永贞元年（805），柳宗元与韩泰、韩晔、刘禹锡、陈谏、凌准、程异、韦执谊皆以附王叔文遭贬谪，号"八司马"。凌准、韦执谊皆卒贬所。程异先被召用。元和十年（815），柳宗元等五人例召至京师，又皆出为刺史。此诗作于元和十年夏。　[2]大荒：辽阔无际的荒野。《山海经》有《大荒经》。　[3]海天愁思：言愁思深如海、广如天。　[4]飐（zhǎn）：风吹动。《集韵·琰韵》："飐，风动物也。"芙蓉：荷花。屈原《离骚》："制芰荷以为衣兮，集芙蓉以为裳。"　[5]薜（bì）荔：一种常绿的蔓生植物。屈原《离骚》："擘木根以结茝兮，贯薜荔之落蕊。"王逸注："薜荔，香草也，缘木而生。"　[6]重遮：重重叠叠地遮蔽。　[7]九回肠：司马迁《报任安书》云："肠一日而九回。"取意于此，喻柳江之曲折。　[8]百越：指东南及南方的少数民族居住之地。《史记·秦始皇本纪》引贾谊《过秦论》："南取百越之

沈德潜："从登城起，有百端交集之感。"（《唐诗别裁集》卷一五）

俞陛云："三、四言临水芙蓉，覆墙薜荔，本有天然之态，乃密雨惊风，横加侵袭，致嫣红生翠，全失其度。以风雨喻谗人之高张，以薜荔、芙蓉喻贤人之摈斥。犹《楚辞》之以兰蕙喻君子，以雷雨喻摧残，寄慨遥深，不仅写登楼所见也。"（《诗境浅说丙编》）

何焯："岭树句喻君门之远，江流句喻臣心之苦，皆逐臣忧思烦乱之词。"（《义门读书记》卷三七）

汪森："结语最能兼括，却自入情。"（《韩柳诗选》）

地。"裴骃集解引韦昭曰："越有百邑。"文身：在身体上刺花纹。《史记·吴太伯世家》："乃奔荆蛮，文身断发。"裴骃集解引应劭曰："文其身以象龙子，故不见伤害。" [9]滞：阻隔，不通。

[点评]

唐汝询《唐诗解》卷四四："此登楼览景，慕同类也。言楼高与大荒相接，海天空阔，愁思无穷，惊风密雨，愈添愁矣。况岭树重叠，既遮我望远之目，江流盘曲，又似我肠之九回也。因思我与诸君同来绝域，而又音书久绝，各滞一乡，对此风景，情何堪乎！"查慎行曰："起势极高，与少陵'花近高楼'两句同一手法。"纪昀批："一起意境阔远，倒摄四州，有神无迹。通篇情景俱包得起。"（《瀛奎律髓汇评》卷四）此诗悲愤之情与对友人的思念浑涵交融，写景之中又深寓比兴之义，带有浓重的感情色彩，景象开阔之中又不乏细致，堪推柳诗七言律诗中第一。方东树说："一气挥斥，细大情景分明。"（《昭昧詹言》卷一八）《瀛奎律髓汇评》卷四引陆贻典曰："子厚诗律细于昌黎，至柳州诸咏，尤极神妙，宣城（谢朓）、参军（鲍照）之匹。"

纪昀："一说谓卢以衡州为炎，其地犹雁所到，若我所居，则林邑、牂牁之间，更为远矣。于理较通而不免多一转折，存以备考。"（《瀛奎律髓刊误》卷四）

孙鑛："二景联分大小，是层数。"（孙月峰评点《柳柳州全集》卷四二）赵臣瑗："若尔衡阳，则水有蒹葭，秋雨至而其声淅沥，可以娱耳；山有橘柚，夕阳留而其影玲珑，可以悦目，何为不足羁高贤之驾乎？"（《山满楼笺注唐诗七言律》卷四）

得卢衡州书因以诗寄 [1]

临蒸且莫叹炎方 [2]，为报秋来雁几行。

林邑东回山似戟 [3]，牂牁南下水如汤 [4]。

蒹葭淅沥含秋雾 [5]，橘柚玲珑透夕阳 [6]。

非是白蘋洲畔客[7]，还将远意问潇湘[8]。

[注释]

[1] 卢衡州：名未详，时为衡州刺史。唐衡州衡阳郡，今属湖南。此诗元和十一年（816）作于柳州。　[2] 临蒸：县名，衡阳县旧名。李吉甫《元和郡县图志》卷二九衡州："本汉酃县地，吴分置临蒸县，属衡山郡，天宝初更名衡阳郡，县仍属焉。"炎方：炎热之地。　[3] 林邑：汉日南郡象林县，马援铸铜柱处，为古林邑国。山似戟：山峰尖峭如戟尖。　[4] 牂牁（zāng kē）：古水名。《史记·西南夷列传》："夜郎者，临牂牁江，江广百余步，足以行船。"《华阳国志》卷四载：楚顷襄王时，遣庄蹻伐夜郎，军至且兰，椓船于岸而步战。既灭夜郎，以且兰有椓船牂牁处，乃改其名为牂牁。　[5] 蒹葭（jiān jiā）：芦苇。《诗经·秦风·蒹葭》："蒹葭苍苍，白露为霜。"淅沥：像风吹芦苇所发出的声音。　[6] 玲珑：空明貌。　[7] 非是白蘋洲畔客：言自己虽然不是柳恽，今日也能遇见您（指卢衡州）这位老朋友。白蘋，水草名，生浅水中，开白花。南朝梁柳恽《江南曲》："汀洲采白蘋，日落江南春。洞庭有归客，潇湘逢故人。"柳恽曾为吴兴太守。柳宗元与柳恽同姓，遂化用其诗。　[8] 问潇湘：问候故人，借用柳恽诗"潇湘逢故人"之意。

胡以梅："全用柳恽《江南曲》内语意，而'远'字本于恽作。且挽到起句，暗应三、四，通身结出路远。己又姓柳，攒簇得妙。"（《唐诗贯珠》卷一二）

[点评]

朱三锡《东岩草堂评订唐诗鼓吹》卷一解说此诗云："一、二因卢衡州有书而报之也。三、四因卢衡州叹临蒸之热而自言柳州之山水尤为不堪也。五、六又因柳州之不堪而致问临蒸也。故结云'还将远意问潇湘'也。夫先生岂真思临蒸耶？只因柳州之与临蒸其相去有数十百倍者，不得不致问临蒸也。言外有极感慨意。"此诗为酬答卢衡州之作，既安慰了对方，又曲折地表达了柳州的环境还不如衡州。诗意含蓄蕴藉，中间二联写景尤妙。

岭南江行[1]

瘴江南去入云烟[2]，望尽黄茆是海边[3]。
山腹雨晴添象迹[4]，潭心日暖长蛟涎[5]。
射工巧伺游人影[6]，飓母偏惊旅客船[7]。
从此忧来非一事，岂容华发待流年[8]。

薛雪："诗有通首贯看者，不可拘泥一偏。如柳河东《岭南郊行》一首，之中瘴江、黄茆、海边、象迹、蛟涎、射工、飓母，重见叠出，岂复成诗？殊不知第七句云'从此忧来非一事'，以见谪居之所。如是种种，非复人境，遂不觉其重见叠出，反若必应如此之重见叠出者也。"（《一瓢诗话》）

[注释]

[1]岭南：柳州唐时属岭南东道。江：当指桂江。柳宗元赴柳州由湘江经灵渠下漓水，而后经桂江、浔江至柳州。此诗当是元和十年（815）柳宗元赴柳州刺史任，由桂州赴柳州途中作。　[2]瘴江：弥漫着瘴气的江水。　[3]黄茆：即黄茅。缪荃孙校辑《元和郡县图志阙卷逸文》卷三廉州："瘴江，州界有瘴名，为合浦江。自瘴江至此，瘴疠尤甚，中之者多死，举体如墨。春秋两时弥盛，春谓青草瘴，秋谓黄茅瘴。"　[4]象迹：比喻白云形状。周去非《岭外代答》卷一："象州郡治西楼，正面西山，山腹忽起白云，状如白象，移时不灭。然不可常见。"何焯《义门读书记》卷三七："《近峰闻略》：广西象州，雨后山中遍成象迹，而实非有象也。"　[5]蛟涎（xián）：彭乘《墨客挥犀》卷三：

"蛟之状如蛇，其首如虎，长者至数丈，多居溪潭石穴下，声如牛鸣。岸行或溪谷者，时遭其患。见人先以腥涎绕之，既坠水，即于腋下咂其血，血尽乃止。"蛟实为传说中的一种动物。　[6]射工：《诗经·小雅·何人斯》："为鬼为蜮。"郑玄笺："蜮状如鳖，三足，一名射工，俗呼之水弩，在水中含沙射人。一云射人影。"伺：窥探等候。　[7]飓（jù）母：飓风到来之前天空出现的虹。刘恂《岭表录异》卷上："南海秋夏间，或云物惨然，则其晕如虹，长六七丈，比候，则飓风必发，故呼为飓母。忽见有震雷，则飓风不能作矣。"李肇《唐国史补》卷下："南海人言，海风四面而至，名曰飓风。飓风将至，则多虹蜺，名曰飓母。"　[8]华发：白头发。

[点评]

朱三锡《东岳草堂评订唐诗鼓吹》卷一云："一、二写地，言瘴江、海外，一望云烟也。三、四写景，岭南山水皆在所望之中矣。五、六写物，即七之'忧非一事'也。极言景物之异，以见所居之非地耳。"此诗主要描写江行所见岭南景物，于写景中寓含无限忧愁，正如汪森所说："中四语极写柳州风土之恶，故结语以'从此忧来'作收。"（《韩柳诗选》）如果换一个角度，柳宗元描写岭南风物，新异奇特且动人心魄。俞陛云《诗境浅说丁编》说："'山腹雨晴添象迹，潭心日暖长蛟涎'，柳州谪官以后诸诗，多纪岭南殊俗，此联与'射工巧伺游人影，飓母偏惊旅客船'句，纪其风物之异也。《寄友》诗云：'林邑东回山似戟，牂牁南下水如汤'，纪山川之异也。《峒氓》诗云：'青箬裹盐归峒客，绿荷包饭趁虚人。鹅毛御腊缝山罽，鸡骨占年拜水神。'纪俗尚之异也。就见闻所及，语意既新，复工对仗，非亲历者不能道之。"

别舍弟宗一[1]

零落残魂倍黯然[2]，双垂别泪越江边[3]。
一身去国六千里[4]，万死投荒十二年[5]。
桂岭瘴来云似墨[6]，洞庭春尽水如天[7]。
欲知此后相思梦，长在荆门郢树烟[8]。

[注释]

[1]宗一：柳宗元从兄弟见于集者有宗一、宗玄、宗直，其世系皆不详。此诗作于元和十一年（816）。由诗意观之，柳宗一由柳州赴江陵，柳宗元作诗送别。　[2]零落：遭际漂泊。黯然：心情暗淡感伤。江淹《别赋》："黯然销魂者，唯别而已矣。"　[3]越江：即粤江。当指柳江。　[4]去国：离开京城。六千里：柳州距长安四千二百多里，此夸张其远。　[5]万死：极言无数次的艰难险阻。投荒：指被贬逐到荒僻之地。十二年：自永贞元年（805）被贬永州司马至元和十一年为十二年。　[6]桂岭：乐史《太平寰宇记》卷一六一贺州："桂岭山在（桂岭）县东北一百五里，高三千余丈。东接连州，北连道州。山有桂竹、桂木。"此处当是泛指柳州一带的山岭。瘴：瘴气，南方山林中的湿热之气，古人认为可以致病。　[7]洞庭：湖名，在今湖南北部。宗一去江陵须经洞庭湖。　[8]荆门：唐江陵府江陵郡，属县有荆门。此代指江

汪森："三、四句法极健，以无闲字衬贴也。"（《韩柳诗选》）金圣叹："三、四只得十四字，而于其中下得四数目字者，如高达夫'百年将半仕三已，五亩就荒天一涯'，真是绝代妙笔。后来乃又有柳子厚'一身去国六千里，万死投荒十二年'，便更于十四字中，下却六数目字，此所谓强中更有强中手也。"（《与沈麟长龙升》，《圣叹尺牍》）

周紫芝谓："梦中安能见郢树烟？'烟'字只当用'边'字"（《竹坡诗话》），被何孟春斥为："此真痴人说梦耳。梦非实事，'烟'正其梦境模糊，欲见不可，以寓其相思之恨。"（《馀冬叙录》卷闰三）

陵。郢：春秋时楚国的都城，今湖北江陵。

[点评]

唐汝询《唐诗解》卷四四说："此亦在柳而送其弟入楚也。流放之余，惊魂未定，复此分别，倍加黯然，不觉泪之双下也。我之被谪，既远且久，今又与弟分离，一留桂岭，一趋洞庭，瘴疠风波，尔我难堪矣。弟之此行，当在荆、郢之间。我之梦魂，常不离夫斯土耳。"此诗将离别之情与远放之苦熔于一炉，凄恻伤感，如朱三锡所说："'云似墨'言不可居，'水如天'言不得归。"又说："弟兄远别，后会无期，殊方异域，度日如年，真一字一泪也。"（《东岳草堂评订唐诗鼓吹》卷一）

柳州城西北隅种甘树[1]

手种黄甘二百株，春来新叶遍城隅。

方同楚客怜皇树[2]，不学荆州利木奴[3]。

几岁开花闻喷雪[4]，何人摘实见垂珠[5]。

若教坐待成林日[6]，滋味还堪养老夫[7]。

方回："后皇嘉树，屈原语也。摘出二字以对'木奴'，奇甚。"（《瀛奎律髓》卷二七）近藤元粹："好典故，又好对句，何处得来？"（《柳柳州集》卷三）

何焯："结句正见北归无复望矣。悲咽，以谐传之。"（《义门读书记》卷三七）姚鼐："结句自伤迁谪之久，恐见甘之成林也，而托词反平缓，故佳。"（《唐宋诗举要》卷五引）

[注释]

[1]隅：角落。甘：通"柑"，果树，种植于南方。此诗元和十二年（817）作于柳州。　[2]楚客：指屈原。屈原《九章·橘颂》："后皇嘉树，橘徕服兮。"王逸注："言皇天后土，生美橘树，

黄彻："惟柳子厚《从崔中丞过卢少府郊居》一联最工……似称坐客而有两意。盖甘草为国老，浊酒为贤人故也。"（《䂬溪诗话》卷三）钱锺书："韩退之《赠同游》诗：'唤起窗全曙，催归日未西'，以二鸟名双关人事。柳子厚《郊居》诗……以国老代甘草，贤人代浊酒……苏子瞻《雪》诗：'冻合玉楼寒起粟，光摇银海眩生花'，以玉楼代肩，以银海代目。虽皆词格纤巧，而表里二意俱可通。即不作二鸟、甘草、浊酒、肩、目解，亦尚词达。"（《谈艺录》第七五条）

蒋之翘："写景极婉曲有致。"（辑注《柳河东集》卷四三）

异于众木。来服习南土，便其风气。" [3]木奴：襄阳李衡种橘千株，临死，敕儿曰："汝母恶吾治家，故穷如是。然吾州里有千头木奴，不责汝衣食，岁上一匹绢，亦可足用尔。"吴末，橘成，岁得绢数千匹。见《三国志·吴书·三嗣主孙休传》裴松之注引《襄阳记》。襄阳古属荆州。本句反用此典。 [4]喷雪：喻柑花开放时雪白且香。 [5]垂珠：喻挂在树枝上的果实。《艺文类聚》卷八六引宗炳《甘颂》："煌煌嘉实，磊如景星。南金其色，隋珠其形。" [6]坐待：能待。 [7]老夫：作者自谓。

[点评]

此诗写作者于柳州城角种柑树，只为爱其树而种，并不想得到它的好处。如果能等待柑树成林，果实累累，也不妨享受享受柑子的滋味。此诗实际蕴含复杂的感情，然语调平和，表达得委婉曲折，韵味深厚。

从崔中丞过卢少府郊居[1]

寓居湘岸四无邻[2]，世网难婴每自珍[3]。

莳药闲庭延国老[4]，开樽虚室值贤人[5]。

泉回浅石依高柳，径转垂藤间绿筠[6]。

闻道偏为五禽戏[7]，出门鸥鸟更相亲[8]。

[注释]

[1]崔中丞：崔能，时为永州刺史。卢少府：未详。唐人称县

尉为少府。此诗当元和九年、十年（814、815）间作。　[2]湘岸：湘江岸边。　[3]世网：谓世事如罗网。婴：缠绕。陆机《赴洛道中作》："借问子何之，世网婴我身。"此反用陆诗之意。上二句皆写卢少府。　[4]莳（shì）：栽种。延：长行排列。又，延请。国老：国中受人尊敬的老者。又，甘草又名国老。罗愿《尔雅翼》卷七："今之甘草，味甘而无毒，能安和七十二种石，千二百种草，故于人譬之国老。不入君臣佐使之列，虽非君而为君所宗，以其能燮和故也。"此双关。　[5]樽：盛酒器。虚室：《庄子·人间世》："虚室生白。"释文引司马彪云："室喻心，心能空虚，则纯白独生也。"后以指清静的心境。又指空屋子。值：赶上。贤人：贤德之人。又，浊酒称贤人。《三国志·魏书·徐邈传》载曹操禁酒，徐邈私饮，至于沉醉，校事赵达问事，邈曰："中圣人。"曹操闻之甚怒，鲜于辅进曰："平日醉客谓酒清者为圣人，浊者为贤人。"此亦双关。　[6]径转：小路拐弯处。筠：竹皮。代指竹。　[7]五禽戏：一种健身操。华佗为五禽之戏，即虎、鹿、熊、猿、鸟，以当导引。见《后汉书·方术传·华佗》。　[8]鸥鸟：《列子·黄帝》："海上之人有好沤鸟者，每旦之海上，从沤鸟游，沤鸟之至者，百住而不止。"诗用此意，谓相互之间没有猜疑。

[点评]

此诗通篇写卢少府，而"国老""贤人"表面指药草和酒，却语意双关，不动声色地联系到来访的崔中丞与自己，藏而不露，巧妙之极。胡以梅《唐诗贯珠》卷三七说"构思饶仙灵之气"，大概卢少府是一个好道之人。

绝　句

桂州北望秦驿手开竹径至钓矶留待徐容州 [1]

此钓矶并非子
陵钓台，柳宗元岂
能不知？诗本具游
戏意味，引发一笑，
庶可化解去国离乡
的愁闷。

幽径为谁开，美人城北来 [2]。
王程傥余暇 [3]，一上子陵台 [4]。

[注释]

[1] 桂州：为桂管经略使治所。今广西桂林。秦驿：即秦城
驿。范成大《骖鸾录》："二十三里过秦城，秦筑五岭之戍，疑此
地是。"钓矶：雍正《湖广通志》卷一一道州："彭祖石在（宁远）
县南。《明一统志》：地名彭祖村，有池。池内有石若钓矶，上有
人迹，世传彭祖尝至此。"疑即此。徐容州：徐俊。《旧唐书·宪
宗纪下》："（元和十年三月）壬戌，以长安县令徐俊为邕管经略
使。"据《新唐书·阳惠元传附阳旻》："容州西原蛮反，授本州经
略招讨使，击定之。进御史大夫，合邕、容两管为一道。"元和
十年授容管经略使者确为徐俊，但受邕管经略使阳旻节制。容州，
唐容州普宁郡，治所在今广西容县。此诗作于元和十年（815），
柳宗元赴柳州经桂州时作。　[2] 美人城北：美人指徐俊。《战国

策·齐策一》："城北徐公，齐国之美丽者也。"以同姓人的典故喻徐俊。徐俊授容管前为长安县令，"城北"一语既是用典，也是写实。　[3]王程：此指赴任的行程。傥：假如。余暇：空闲时间。　[4]子陵台：后汉严光字子陵，隐于钓台，后人名其钓处为严陵濑。李吉甫《元和郡县图志》卷二六睦州："严子陵钓台在（桐庐）县西三十里浙江北岸也。"此以严陵钓台喻钓矶。

[点评]

柳宗元被放为柳州刺史，徐俊也恰在同年同月出为容管经略使，大概柳宗元先走一步，故先至桂州，遂作诗留待徐俊。诗意显得轻松怡悦，且有玩笑的意味。

登柳州峨山[1]

荒山秋日午，独上意悠悠[2]。

如何望乡处，西北是融州[3]。

唐汝询："以故乡在西北，而登山以望，乃乡不可见而见融州，何耶？按子厚家河东，以柳视之，当在西北。"（《唐诗解》卷二三）

[注释]

[1]峨山：又名鹅山。雍正《广西通志》卷一六柳州府："鹅山在城西二里，隔江十里。水自半岭喷出，流小河入大江，远望如双鹅飞舞。又名深峨山。唐柳宗元有诗。"此诗元和十一年（816）作于柳州。　[2]悠悠：深思貌。《诗经·邶风·终风》："莫往莫来，悠悠我思。"　[3]融州：在柳州北。唐融州融水郡，今广西融水。

[点评]

此诗之"望乡",乃是望京城。柳宗元习以京城为故乡,京城正在柳州西北,解作河东,非是。吴昌祺说:"河东在北,若西北则京师也。"(《删订唐诗解》卷一二)诗不言悲而悲自见,周珽《删补唐诗选脉笺释会通评林》卷四九引唐汝询曰:"望乡不可见,而见融州,悲极,却不说出。"蒋之翘也说:"此样语痛至,读自有省,本不须着一字。"(辑注《柳河东集》卷四二)

入黄溪闻猿 [1]

唐汝询:"猿声虽哀,而我无泪可滴。此于古歌中翻一新意,更悲。"(《唐诗解》卷二三)

溪路千里曲,哀猿何处鸣 [2]?
孤臣泪已尽 [3],虚作断肠声 [4]。

[注释]

[1] 黄溪:溪名。柳宗元有《游黄溪记》。祝穆《方舆胜览》卷二五永州:"黄溪,在州北九十里。柳子厚记有云'环永之治,其间多名山水,而黄溪最善'。" [2] 哀猿:猿鸣声哀伤,《水经注》卷三四江水引渔歌有"猿鸣三声泪沾裳"之句。 [3] 孤臣:失势无援之臣。 [4] 断肠:形容极度痛苦。《世说新语·黜免》:"桓公入蜀,至三峡中,部伍中有得猿子者。其母缘岸哀号,行百余里不去,遂跳上船,至便即绝。破视其腹中,肠皆寸寸断。"

[点评]

此诗写游黄溪听到猿鸣后心中的痛苦和悲哀,格调

相当低沉。古渔歌有"猿鸣三声泪沾裳"之句，曾被《宜
都山川记》、盛宏之《荆州记》、郦道元《水经注》等书
征引。此诗却云"孤臣泪已尽"，自己已无泪可流，则
痛苦更深。周珽《删补唐诗选脉笺释会通评林》卷四九
解此诗说："上二句尽题面，下二句入情。多感思，得翻
案法。"沈德潜《唐诗别裁集》卷一九也说："翻出新意，
愈苦。"

江　雪 [1]

千山鸟飞绝，万径人踪灭 [2]。
孤舟蓑笠翁 [3]，独钓寒江雪。

[注释]

[1] 此诗作于永州，确切作年未详。　[2] 径：小路。　[3] 蓑
（suō）笠：蓑衣、斗笠。

[点评]

此诗是一幅绝妙的寒江垂钓图，后世多少画家将其
写入画图。顾璘说："雪景如在目前。"（批点《唐诗正音》
卷一二）黄周星说："只为此二十字，至今遂图绘不休，
将来竟与天地相终始矣。"（《唐诗快》卷一四）此诗自
然是有所寄托的，但所寄托之情藏而不露，亦此亦彼，
若即若离，致有不同的理解，原因也在于此。唐汝询说：

朱之荆："千、万、孤、独，两两对说，亦妙。"（黄生《唐诗摘钞》卷二朱之荆补评）

李瑛："前二句不沾着'雪'字，而确是雪景，可称空灵。末句一点便足。"（《诗法易简录》卷一三）

"人绝鸟稀，而披蓑之翁傲然独钓，非奇士耶？按七古《渔翁》亦极褒美，岂子厚无聊之极，托此自高欤？"（《唐诗解》卷二三）徐增说："余谓此乃子厚在贬时所作以自寓也。当此途穷日短，可以归矣，而犹依泊于此，岂为一官所系耶？一官无味，如钓寒江之鱼，终亦无所得而已矣，余岂效此渔翁者哉？"（《而庵说唐诗》卷八）

春怀故园[1]

陆梦龙："亦复悠悠。"（《柳子厚集选》卷四）

九扈鸣已晚[2]，楚乡农事春[3]。
悠悠故池水[4]，空待灌园人[5]。

[注释]

[1]此诗当作于永州，年月无考。　[2]九扈：九种物候之鸟。《左传》昭公十七年："九扈为九农正。"杜预注："扈有九种也，春扈鸹鴠，夏扈窃玄，秋扈窃蓝，冬扈窃黄，棘扈窃丹，行扈唶唶，宵扈啧啧，桑扈窃脂，老扈鷃鷃。以九扈为九农之号，各随其宜，以教民事。"　[3]楚乡：永州古属楚地，故称。　[4]悠悠：闲静貌。　[5]灌园：古代归隐者常自灌园蔬，如战国於陵子仲，东汉戴宏、范丹等。

[点评]

此诗先写眼前景象：永州这里农家已忙碌起来，布谷鸟也叫晚了。随即转入怀乡："故池水"犹在，"灌园人"

却不见。语淡情深，意在言外。柳宗元的五言绝句大多看似平易，却往往含不尽之意，纡郁婉转，耐人寻味。

与浩初上人同看山寄京华亲故[1]

海畔尖山似剑铓[2]，秋来处处割愁肠。
若为化得身千亿[3]，散上峰头望故乡。

[**注释**]

[1]浩初：龙安海禅师弟子。上人：对僧人的尊称。浩初自临贺至柳州来见柳宗元，柳尚有《浩初上人见贻绝句欲登仙人山因以酬之》。刘禹锡《海阳湖别浩初师诗引》记浩初"前年省柳仪曹于龙城"，又云浩初省柳前曾吊杨凭之丧，杨凭卒于元和十二年（817），则浩初赴柳州亦当在元和十二年，诗即作于此时。　[2]海畔：海边。岭南近海，作者把柳州也看作近海。剑铓（máng）：剑锋。　[3]身千亿：佛家语。《翻译名义集》："一华百亿国，一国一释迦，故召释迦牟尼名千百亿化身也。"

苏轼："仆自东武适文登，并海行数日，道傍诸峰，真若剑铓。诵柳子厚诗，知海山多尔耶？"（《书柳子厚诗》，《苏轼文集》卷六七《题跋》）又为之作对："系闷岂无罗带水，割愁还有剑铓山。"（《对韩柳诗》，同上）

[**点评**]

此诗题为看山，然作者之意却不在欣赏山景。言山似剑锋欲割愁肠，可见思乡之苦。周紫芝《竹坡诗话》谓子厚南迁，"盖未死而身已在刀山矣"，虽为谑语，然可见此喻之新颖且险峻。周珽说："留滞他山，愁肠如割，到处无可慰之地，因同上人欲假释家化身神通，少舒乡国之想。"（《删补唐诗选脉笺释会通评林》卷五六）所解符合作者当时的心情。

过衡山见新花开却寄弟[1]

吴曾："余按柳子厚《过衡州见新花开却寄弟》诗云……盖子厚自永还阙，过衡州正春时，适见雁自南而北，故其诗云尔。岂专谓雁至此而回乎？乃古今考柳诗不精故耳。"（《能改斋漫录》卷五）

故国名园久别离，今朝楚树发南枝[2]。

晴天归路好相逐，正是峰前回雁时[3]。

[注释]

[1]衡山：五岳之南岳，跨长沙、衡州二郡，在今湖南省境内。却寄：回寄。陈景云《柳集点勘》卷四："味诗意，盖已北还而弟尚留永，故寄诗促其行耳。以《祭从弟宗直文》参证，似所寄即宗直也。"陈说可从。可定此诗作于元和十年（815）。　[2]楚树：指永州之树。发南枝：谓向南的树枝已开花。《海录碎事》卷二二引《六帖》："大庾岭上梅，南枝落，北枝开。"化用此事。　[3]回雁：大雁向北飞。衡山有回雁峰。范成大《骖鸾录》："回雁峰，郡南一小山也。世传阳鸟不过衡山，至此而回。"

[点评]

此诗从春树发南枝写起，言此时正是回家的好时候，你看大雁也纷纷结队北飞。正如陈景云所说，是敦促留在永州的弟弟柳宗直也赶紧回京。因是寄弟之作，故诗不假雕琢，平白如话，却也有工巧之处。汪森说："末句兼括三意，极工。'雁'切寄弟，'回雁'指过衡山，'回

雁时’则见新花之候也。”(《韩柳诗选》)

离觞不醉至驿却寄相送诸公[1]

无限居人送独醒[2]，可怜寂寞到长亭[3]。
荆州不遇高阳侣[4]，一夜春寒满下厅[5]。

孙镛：“是戏语。”(孙月峰评点《柳柳州全集》卷四二)

[注释]

[1]离觞：送别的酒。元和十年（815）正月，柳宗元奉诏回京，临行前永州的官员及友人为他送行。此诗是回京途中在驿站写诗回寄给永州为他送行的友人。　[2]独醒：指自己。屈原曾云：“举世皆浊我独清，众人皆醉我独醒，是以见放。”见《楚辞·渔父》。此处既是说自己饮酒未醉，也是说对世事保持清醒头脑。　[3]寂寞：指自己离开送行人之后。长亭：古时设在路边供行人休息的亭舍。《天中记》卷一四引《白帖》：“十里一长亭，五里一短亭。”　[4]荆州不遇高阳侣：意谓到荆州再不会遇到像你们这样的酒友了。《晋书·山涛传附山简》载山简镇襄阳，“优游卒岁，唯酒是耽。诸习氏，荆土豪族，有佳园池。简每出嬉游，多之池上，置酒辄醉，名之曰高阳池。”又，郦食其为陈留高阳人，楚汉相争时他去见刘邦，自称高阳酒徒（见《史记·郦生列传》）。兼用两典。襄阳属荆州。高阳侣，指酒徒。　[5]一夜春寒满下厅：言客舍中的夜晚是春寒料峭的。下厅，指客舍。

[点评]

此诗是作者写给在永州为他送行的人的，既表示了离开之后对他们的怀念，又用玩笑的口吻说在荆州不会遇到像你们这样热情的人了。诗的风格轻松诙谐，然用"独醒"称自己，也双关自己在这里是个流贬之人，被如此对待更显示出当地友人的热情。

诏追赴都二月至灞亭上 [1]

景物清新，和人的心情是一样的。

十一年前南渡客 [2]，四千里外北归人 [3]。
诏书许逐阳和至 [4]，驿路开花处处新。

[注释]

[1]诏：指诏书。灞亭：灞桥旁的亭子。李吉甫《元和郡县图志》卷一京兆府："灞水在（万年）县东二十里。灞桥，隋开皇三年造，唐隆二年仍在旧所创制为南北二桥。"此诗元和十年（815）二月到京时作。 [2]十一年：自永贞元年（805）柳宗元被贬往永州，至元和十年为十一年。南渡客：指自己。南去永州须渡洞庭、溯湘江，故云南渡客。 [3]四千里：据《旧唐书·地理志三》，永州在京师南三千二百七十四里，言四千里系举其整数。 [4]阳和：指仲春二月。《史记·秦始皇本纪》引之罘刻石："时在中春，阳和方起。"

[点评]

十一年前柳宗元遭贬离京时经过灞亭，如今又来到灞亭，心情可与当年大不相同了，何况正是春光明媚的季节。作此诗时当是悲喜交集，然"喜"是主要的，如近藤元粹所评："快意可想。"(《柳柳州集》卷二)

重别梦得[1]

二十年来万事同[2]，今朝歧路忽西东[3]。
皇恩若许归田去[4]，晚岁当为邻舍翁[5]。

概括了二人的宦海浮沉，可谓荣辱与共。

刘禹锡答诗谓："耦耕若便遗身老，黄发相看万事休。"摆脱世间烦扰之意更浓。

[注释]

[1]梦得：即刘禹锡。此诗作于元和十年（815）三月。柳宗元与刘禹锡被召回京后，又分别出为柳州刺史与连州刺史。二人结伴南行，至衡阳分手，柳作有《衡阳与梦得分路赠别》诗，刘亦有诗赠别。此为再赠之诗，故曰"重别"。刘亦有《答重别》诗。　[2]二十年来万事同：柳宗元与刘禹锡同于贞元九年（793）进士及第，同为王叔文所器重，又同被贬为州司马，今又同出为远州刺史，故曰"万事同"。自贞元九年至元和十年为二十三年，此为举其整数。　[3]歧路：岔路。西东：谓分路。　[4]归田：指辞官回乡。　[5]邻舍：居舍相邻。

[点评]

"二十年来"包括忆旧在内，是过去时；"今朝"是当前，是现在进行时；"晚岁"则是设想，是将来时。二人志同道合，荣辱与共，在这里又将他们的未来预定了，可谓情深谊厚。此诗并没有互相勉励之语，只是叙友情，但彼此压抑的感情当是双方都能感受得到的。

柳州二月榕叶落尽偶题 [1]

宦情羁思共凄凄 [2]，春半如秋意转迷。
山城过雨百花尽 [3]，榕叶满庭莺乱啼。

王尧衢："羁人最怕是秋，今春半而木叶尽落，竟如秋一般，使我意思转觉迷乱也。"（《唐诗合解笺注》卷六）

蒋之翘："落句悠然自远。"（辑注《柳河东集》卷四二）

[注释]

[1]榕：生长于南方的一种树木，有大叶榕、小叶榕之分。大叶榕落叶，小叶榕经年常绿，故柳诗所写当是大叶榕。嵇含《南方草木状》卷中："榕树，南海、桂林多植之，叶如木麻，实如冬青。树干拳曲，是不可以为器也；其本棱理而深，是不可以为材也；烧之无焰，是不可以为薪也。以其不材，故能久而无伤。其荫十亩，故人以为息焉。"此诗作于元和十一年（816）二月。　[2]羁思（sì）：羁旅他乡的情思。凄凄：形容悲伤。　[3]山城：指柳州。柳州多山，故称。

[点评]

此诗描写的是柳州的春日，却给人以萧瑟凄凉之感，不仅是因为榕树落叶而感叹岭南风物之异，首句的"宦情羁思"已道出其中原因。唐汝询说："羁旅戚矣，春半如秋，则又使我意迷也。花尽叶落，岂二月时光景耶？盖柳州风气之异如此。"（《唐诗解》卷二九）但作者直接透露思想感情的也就是"宦情羁思"四字，其他皆借景抒发，含蓄蕴藉，意味无穷。《唐诗品汇》卷五二引刘辰翁云："其情景自不可堪。"陆梦龙《柳子厚集选》卷四说："自在而深。"皆道出了此诗的艺术特点。

段九秀才处见亡友吕衡州书迹[1]

交侣平生意最亲[2]，衡阳往事似分身[3]。
袖中忽见三行字[4]，拭泪相看是故人。

[注释]

[1] 段九秀才：段弘古。为柳宗元、吕温、刘禹锡、李景俭的友人。吕衡州：吕温。吕温为衡州刺史，卒于任，故称吕衡州。书迹：书写的字迹。吕温有《送段九秀才归澧州》诗。段弘古卒后，柳宗元为其作有《处士段弘古墓志》及《祭段弘古文》。吕温卒于元和六年（811），段弘古卒于元和九年（814），故此诗当作于元和七、八年（812、813）间。时在永州。 [2] 交侣：交朋友。 [3] 似分身：言吕温处理政事效率甚高，好像有两个身子。 [4] 袖中：指段弘古的袖中。《文选·古诗十九首》其十七："置书怀袖中，三岁字不灭。"三行字：指吕温书迹。

吴汝纶："'侣'当作'吕'。子厚用事最精切。"（《柳州集点勘》）按：《文选》颜延年《五君咏·向常侍》："交吕既鸿轩，攀嵇亦凤举。"吕谓吕安。此以喻吕温。作"吕"是。作"交侣"也讲得通，但不如"交吕"既用语典又双关吕温，用典在似用不用之间。

[点评]

此诗写睹物怀人之情，语言虽似平淡，却情意真切。近藤元粹评曰："悲痛之语。"（《柳柳州集》卷三）

柳州寄京中亲故 [1]

林邑山联瘴海秋 [2]，牂牁水向郡前流 [3]。
劳君远问龙城地 [4]，正北三千到锦州 [5]。

[注释]

[1]此诗作于元和十三年（818）秋。　[2]林邑：古南海国名。《旧唐书·地理志四》林邑："汉武帝开百越，于交趾郡南三千里置日南郡……其林邑，即日南郡之象林县。……至贞观中，其主修职贡，乃于驩州南侨置林邑郡以羁縻之，非正林邑国。"瘴海：充满瘴气的海。　[3]牂牁：江名。雍正《广西通志》卷一六山川象州："牂牁水流经（来宾）县西，合红水江。"此当指柳江。　[4]龙城：即柳州。《旧唐书·地理志四》柳州："天宝元年，改为龙城郡。乾元元年，复为柳州，以州界柳岭为名。"　[5]锦州：今湖南麻阳西。《旧唐书·地理志三》锦州："垂拱二年，分辰州麻阳县地并开山洞置锦州及四县。天宝元年，改锦州为卢阳郡。乾元元年，复为锦州。"

[点评]

此诗先写柳州地处荒远，山水相连。继写若问柳州到京城有多远，正北三千里才到锦州，与京城的距离就不用说了。此诗并没有过多地渲染柳州环境的险恶，当是慰解京中的亲故之情。张邦基《墨庄漫录》卷五云：唐人诗行役异乡，怀归感叹而意相同者，如贾岛云"客舍并州已十霜"（按：实为刘皂诗，非贾岛诗），窦巩云"风雨荆州二月天"，柳宗元云"林邑山联瘴海秋"，李商隐云"君问归期未有期",称许以上诗皆为佳作。

种木槲花 [1]

上苑年年占物华 [2],飘零今日在天涯。
只应长作龙城守 [3],剩种庭前木槲花 [4]。

"只应"二字,看似想得开,实为无奈。此诗有"怨"意,但较淡薄,表达也很含蓄。

[注释]

[1] 木槲(hú):一种落叶乔木。李时珍《本草纲目》卷三〇:"槲有二种,一种丛生小者名枹(音孚,见《尔雅》)。一种高者名大叶栎,树叶俱似栗,长大粗厚。冬月凋落,三四月开花,亦如栗。八九月结实,似橡子而稍短小。其蒂亦有斗,其实僵涩味恶,荒岁人亦食之。"此诗作于柳州,确切作年未详。　[2] 上苑:指京城的皇家林苑。物华:风物年华。　[3] 龙城:即柳州。　[4] 剩:尽管。

[点评]

柳宗元的种植诗大多作于永州,作于柳州的较少。此诗先写京城禁苑的槲树,继写如今远放柳州做地方官,不妨在我的庭前也种上。诗云"只应长作龙城守",包含着多少无奈在内。徐燉说:"柳子厚贬柳州,《种木槲花》诗云……白乐天守忠州,《种荔支》诗云:'红颗珍珠诚可羡,白须太守亦何痴。十年结子知谁在,自向庭前种荔支。'程师孟守福州,《种榕树》诗云:'三楼相望枕城隅,临去频栽木万株。试问国人来往处,不知还忆使君无。'柳诗近怨，白诗近达，程诗近夸。"（《徐氏笔精》卷四）所评甚是。

酬曹侍御过象县见寄^[1]

破额山前碧玉流^[2]，骚人遥驻木兰舟^[3]。
春风无限潇湘忆^[4]，欲采蘋花不自由^[5]。

周弼引高士奇：
"采蘋花者，喻自
献也。《左传》：'蘋
蘩荇藻，可羞于王
公。'盖曹在湖湘，
暂过柳州象县，诗
意谓欲自献于曹，
怀意无限，而拘于
罪，不自由也。叶
梦得词云：'谁采蘋
花寄取，但目送兰
舟容与。'语意本
此。"（《三体唐诗》
卷一）

[注释]

[1] 曹侍御：不详其名。象县：唐属柳州，今柳州东北。此诗元和十四年（819）春作。 [2] 破额山：乐史《太平寰宇记》卷一六八记柳州洛容县西北，有铜盘山、破额山、龙降山等。即此。在今柳州市柳江区白沙乡柳江边上。碧玉：喻江水碧绿如玉。 [3] 骚人：指曹侍御。驻：停留。木兰舟：船的美称。木兰是一种香木。旧题任昉《述异记》卷下："七里洲中有鲁班刻木兰为舟，舟至今在洲中。诗家云木兰舟，出于此。" [4] 潇湘忆：关于潇湘的回忆。曹侍御过象县北去，故云。忆，五百家注本、世綵堂本、《全唐诗》作"意"。 [5] 欲采蘋花不自由：用采蘋花相赠指欲去象县相会，因公务缠身，身不由己。蘋花，蘋为一种水生植物，小叶呈田字形，开小白花，也叫田字草。柳恽《江南曲》："汀洲采白蘋，日暖江南春。洞庭有归客，潇湘逢故人。"用其诗意。采蘋花，谓自己，欲献与对方。不自由，不由自己。

[点评]

有官员路过柳州属县，柳宗元因故不能前往相会，故寄诗致意。此诗之意正如唐汝询所解说："山前水碧，侍御停舟于此，我之感春风而怀无限之思者，正欲采蘋潇湘，以图自献，乃拘以官守，不自由也。"（《唐诗解》卷二九）诗意委婉而含蓄，化用柳恽诗意，如水中着盐，有味而全无痕迹。顾璘说："意活，所以难及。"（批点《唐诗正音》卷一三）正对此而言。俞陛云说："柳州之文，清刚独造，诗亦如之。此诗独淡荡多姿，可入唐人三昧集中。首二句叙明与友酬唱之地。后言潇湘云水，无限低回，欲采蘋花，不自知其何以。《楚辞》云：'折芳馨兮遗所思'。柳州此作，其灵均嗣响乎？"（《诗境浅说续编》二）

夏昼偶作[1]

南州溽暑醉如酒[2]，隐机熟眠开北牖[3]。
日午独觉无余声[4]，山童隔竹敲茶臼[5]。

[注释]

[1]此诗作于永州，年月无考。　[2]南州：指永州。溽（rù）暑：夏季的湿热。醉如酒：像醉酒一样困乏。　[3]隐机：靠着茶几。机，通"几"。《庄子·秋水》："公子牟隐机太息。"又《齐物论》："南郭子綦隐几而坐。"　[4]觉：睡觉醒来。余声：其他声音。　[5]茶臼：捣茶的容器。唐人饮茶，往往自采自制，将茶叶捣碎，制就即饮，"敲茶臼"即谓此。

[点评]

这是一首仄韵绝句。周珽说："暑窗熟眠，一茶臼之

谢榛："诗有简而妙者……李洞'药杵声中捣残梦'，不如柳子厚'日午睡觉无余声，山童隔竹敲茶臼'。"（《四溟诗话》卷二）此以声写静，何焯评杜甫"有时自发钟磬响"说："从动处形容出静来，犹云'鸟鸣山更幽'也。"（《义门读书记》卷五二）柳诗亦是如此，而知王安石"一鸟不鸣山更幽"（《钟山即事》）为拙。

外无余声，心地何等清静。惟静生凉，溽暑无能困之矣。"
（《删补唐诗选脉笺释会通评林》卷五六）又引周敬曰：
"好一幅山居夏景图。"（同上）柳宗元永州诸诗，难得有
如此超逸之作，清迥绝尘，与王维、韦应物为同调。

雨晴至江渡 [1]

江雨初晴思远步，日西独向愚溪渡 [2]。
渡头水落村径成 [3]，撩乱浮槎在高树 [4]。

蒋之翘："落句大有画意。"（辑注《柳河东集》卷四三）黄叔灿："与韦苏州'野渡无人舟自横'致同，而笔力横硬。"（《唐诗笺注》卷九）

[注释]

[1]江渡：此指潇水边的渡口。此诗元和五年（810）作于永州。　[2]愚溪：原名冉溪，东流入潇水，柳宗元将其改名愚溪。　[3]水落：水面下降。　[4]撩乱：杂乱。浮槎：水中漂浮的树枝。

[点评]

此诗写雨后放晴，作者在愚溪渡口散步所见到的景象。孙鑛说："偶然景。"（孙月峰评点《柳柳州全集》卷四三）正是。至于何以"撩乱浮槎在高树"？一场大雨导致溪水大涨，淹没了溪边的树木，当大水退去时，一些本落在地上的干枯的树枝便留在了树上。诗写野趣，绘景如画，表现了一种闲淡的心情，的确与韦应物《滁州西涧》有异曲同工之妙。

主要参考文献

韩柳文研究法　（清）林纾著　商务印书馆 1914 年

柳宗元集　柳宗元集校点组　中华书局 1979 年

唐宋文举要　高步瀛选注　上海古籍出版社 1982 年

柳宗元诗笺释　王国安笺释　上海古籍出版社 1993 年

唐宋八大家文钞校注集评·柳州文钞　高海夫主编　三秦出版社
1998 年

柳宗元评传　孙昌武著　南京大学出版社 1998 年

柳文指要　章士钊著　文汇出版社 2000 年

柳宗元诗文选评　吴文治注评　三秦出版社 2004 年

柳宗元集校注　尹占华、韩文奇校注　中华书局 2013 年

柳河东集　（明）蒋之翘辑注　四部备要本

柳文　（明）阙名选评　明刊本

柳集点勘　（清）陈景云撰　民国间蟫隐庐印行本

唐诗鼓吹　（金）元好问编　（元）郝天挺注　（明）廖文炳解　（清）
钱朝鼒、王俊臣等参校　四库全书存目丛书影清乾隆刻本

《中华传统文化百部经典》已出版图书

书　名	解读人	出版时间
周易	余敦康	2017 年 9 月
尚书	钱宗武	2017 年 9 月
诗经（节选）	李　山	2017 年 9 月
论语	钱　逊	2017 年 9 月
孟子	梁　涛	2017 年 9 月
老子	王中江	2017 年 9 月
庄子	陈鼓应	2017 年 9 月
管子（节选）	孙中原	2017 年 9 月
孙子兵法	黄朴民	2017 年 9 月
史记（节选）	张大可	2017 年 9 月
传习录	吴　震	2018 年 11 月
墨子（节选）	姜宝昌	2018 年 12 月
韩非子（节选）	张　觉	2018 年 12 月
左传（节选）	郭　丹	2018 年 12 月
吕氏春秋（节选）	张双棣	2018 年 12 月
荀子（节选）	廖名春	2019 年 6 月
楚辞	赵逵夫	2019 年 6 月
论衡（节选）	邵毅平	2019 年 6 月
史通（节选）	王嘉川	2019 年 6 月
贞观政要	谢保成	2019 年 6 月
战国策（节选）	何　晋	2019 年 12 月
黄帝内经（节选）	柳长华	2019 年 12 月
春秋繁露（节选）	周桂钿	2019 年 12 月
九章算术	郭书春	2019 年 12 月
齐民要术（节选）	惠富平	2019 年 12 月
杜甫集（节选）	张忠纲	2019 年 12 月
韩愈集（节选）	孙昌武	2019 年 12 月
王安石集（节选）	刘成国	2019 年 12 月
西厢记	张燕瑾	2019 年 12 月

书　　名	解读人	出版时间
聊斋志异（节选）	马瑞芳	2019 年 12 月
礼记（节选）	郭齐勇	2020 年 12 月
国语（节选）	沈长云	2020 年 12 月
抱朴子（节选）	张松辉	2020 年 12 月
陶渊明集	袁行霈	2020 年 12 月
坛经	洪修平	2020 年 12 月
李白集（节选）	郁贤皓	2020 年 12 月
柳宗元集（节选）	尹占华	2020 年 12 月
辛弃疾集（节选）	王兆鹏	2020 年 12 月
本草纲目（节选）	张瑞贤	2020 年 12 月
曲律	叶长海	2020 年 12 月
孝经	汪受宽	2021 年 6 月
淮南子（节选）	陈　静	2021 年 6 月
太平经（节选）	罗　炽	2021 年 6 月
曹操集	刘运好	2021 年 6 月
世说新语（节选）	王能宪	2021 年 6 月
欧阳修集（节选）	洪本健	2021 年 6 月
梦溪笔谈（节选）	张富祥	2021 年 6 月
牡丹亭	周育德	2021 年 6 月
日知录（节选）	黄　珅	2021 年 6 月
儒林外史（节选）	李汉秋	2021 年 6 月
商君书	蒋重跃	2022 年 6 月
新书	方向东	2022 年 6 月
伤寒论	刘力红	2022 年 6 月
水经注（节选）	李晓杰	2022 年 6 月
王维集（节选）	陈铁民	2022 年 6 月
元好问集（节选）	狄宝心	2022 年 6 月
赵氏孤儿	董上德	2022 年 6 月
王祯农书（节选）	孙显斌	2022 年 6 月
三国演义（节选）	关四平	2022 年 6 月
文史通义（节选）	陈其泰	2022 年 6 月

书　　名	解读人	出版时间
汉书（节选）	许殿才	2022 年 12 月
周易略例	王锦民	2022 年 12 月
后汉书（节选）	王承略	2022 年 12 月
通典（节选）	杜文玉	2022 年 12 月
资治通鉴（节选）	张国刚	2022 年 12 月
张载集（节选）	林乐昌	2022 年 12 月
苏轼集（节选）	周裕锴	2022 年 12 月
陆游集（节选）	欧明俊	2022 年 12 月
徐霞客游记（节选）	赵伯陶	2022 年 12 月
桃花扇	谢雍君	2022 年 12 月
法言	韩敬、梁涛	2023 年 12 月
颜氏家训	杨世文	2023 年 12 月
大唐西域记（节选）	王邦维	2023 年 12 月
法书要录（节选）　历代名画记	祝　帅	2023 年 12 月
耶律楚材集（节选）	刘　晓	2023 年 12 月
水浒传（节选）	黄　霖	2023 年 12 月
西游记（节选）	刘勇强	2023 年 12 月
乐律全书（节选）	李　玫	2023 年 12 月
读通鉴论（节选）	向燕南	2023 年 12 月
孟子字义疏证	徐道彬	2023 年 12 月
嵇康集	崔富章	2024 年 12 月
白居易集（节选）	陈才智	2024 年 12 月
李清照集（节选）	诸葛忆兵	2024 年 12 月
近思录	查洪德	2024 年 12 月
林则徐集	杨国桢	2024 年 12 月